13*13 TLK Taschenbuch Literatur Klassiker

AF186599

Band 13
Oscar Wilde
Das Bildnis des Dorian Grey

Oscar Wilde

Das Bildnis des Dorian Grey

Band 13
1.Auflage
TLK Taschenbuch - Literatur - Klassiker
Herausgeber Frank Weber, Marburg
Bibliografische Information der Deutschen Nationalbibliothek:
Die Deutsche Nationalbibliothek verzeichnet diese Publikation in der Deutschen
Nationalbibliografie; detaillierte bibliografische Daten sind im Internet abrufbar über
http://dnb.dnb.de
© 2019 OscarWilde
ISBN: 9783749468294
Deutsch von H.Lachmann und G.Landauer
Herstellung und Verlag: BoD – Books on Demand, Norderstedt

Inhalt:

Erstes Kapitel

Starker Rosenduft durchströmte das Atelier, und als ein leichter Sommerwind die Bäume im Garten hin und her wiegte, kam durch die offene Tür der schwere Geruch des Flieders oder der feinere Duft des Rotdorns.

Von dem Perserdiwan, auf dem er lag und nach seiner Gewohnheit unzählige Zigaretten rauchte, konnte Lord Henry Wotton gerade die süßduftenden und honigfarbenen Blüten eines Goldregenstrauchs gewahren, dessen zitternde Zweige die Last einer so flammenden Schönheit kaum tragen zu können schienen; und hie und da flitzten die phantastischen Schatten vorbeifliegender Vögel über die langen bastseidenen Vorhänge des großen Fensters und brachten eine Art japanische Augenblickswirkung hervor, so daß ihm die blassen, nephritfarbenen Maler Tokios einfielen, die vermittelst einer Kunst, die nicht anders als unbeweglich sein kann, den Eindruck der Raschheit und Bewegung hervorzurufen suchen. Das summende Murren der Bienen, die in dem langen ungemähten Gras hin und her taumelten oder mit eintöniger Hartnäckigkeit die staubiggoldenen Blütentrichter des wuchernden Geißblatts umkreisten, schienen die Stille noch drückender zu machen. Das dumpfe Getöse Londons klang wie das Schnarrwerk einer entfernten Orgel.

In der Mitte des Gemaches stand auf einer hoch aufgerichteten Staffelei das lebensgroße Porträt eines ungewöhnlich schönen jungen Mannes, und ihm gegenüber, etwas entfernt davon, saß der Künstler, der es gemalt hatte, Basil Hallward, dessen plötzliches Verschwinden vor einigen Jahren das Publikum erregt und so viele seltsame Vermutungen erweckt hat.

Als der Maler auf die anmutige Gestalt blickte, die er so schön in seiner Kunst gespiegelt hatte, überflog ein Lächeln der Freude seine Züge und schien auf ihnen verweilen zu wollen. Aber er fuhr plötzlich auf, schloß die Augen und drückte die Lider mit den Fingern zu, wie wenn er einen absonderlichen Traum, dessen Erwachen er fürchtete, im Hirne gefangen halten wollte.

»Es ist deine beste Arbeit, Basil, das Beste, was du je gemacht hast,« sagte Lord Henry mit müder Stimme. »Du mußt es bestimmt nächstes Jahr ins Grosvenor schicken. Die Akademie-Ausstellung ist zu groß und zu gewöhnlich.

Jedesmal, wenn ich hinging, waren entweder so viele Menschen da, daß ich die Bilder nicht sehen konnte, und das war schrecklich, oder so viele Bilder, daß ich die Menschen nicht sehen konnte, und das war noch schlimmer. Das Grosvenor ist wirklich der einzige Ort, der in Frage kommt.«

»Ich denke nicht daran, es überhaupt auszustellen,« antwortete der Maler und warf den Kopf in der besonderen Art zurück, über die seine Freunde in Oxford so oft gelacht hatten. »Nein, ich stelle es nirgends aus.«

Lord Henry zog die Brauen hoch und blickte ihn durch die dünnen blauen Rauchgirlanden, die sich in phantastischen Windungen aus seiner schweren, opiumgetränkten Zigarette emporkräuselten, erstaunt an. »Nirgends ausstellen? Mein Lieber, warum? Hast du einen Grund? Was ihr Maler für kuriose Kerle seid! Ihr tut alles in der Welt, um berühmt zu werden. Sowie ihr es seid, scheint ihr des Ruhms überdrüssig. Das ist dumm von dir, denn es gibt nur ein Ding in der Welt, das schlimmer ist, als daß über einen geredet wird, nämlich, daß nicht über einen geredet wird. Ein Porträt wie dieses muß dich weit über alle jungen Leute in England heben und die Alten ganz neidisch machen – wenn alte Leute überhaupt einer Gemütsbewegung fähig sind.«

»Ich weiß, du wirst mich auslachen,« erwiderte jener, »aber ich kann es wirklich nicht ausstellen. Ich habe zu viel von mir selbst hineingebracht.«

Lord Henry streckte sich auf dem Diwan aus und lachte. »Ja, ja, das wußte ich, aber es ist völlig wahr, trotzdem.«

»Zu viel von dir soll darin sein! Auf mein Wort, Basil, ich wußte nicht, daß du so eitel bist; ich kann wahrhaftig nicht die geringste Ähnlichkeit zwischen dir mit deinem eckigen strengen Gesicht und deinen kohlschwarzen Haaren und diesem jungen Adonis finden, der aussieht, als sei er aus Elfenbein und Rosenblättern gemacht. Nein, lieber Basil, er ist ein Narcissus, und du – nun, natürlich hast du geistigen Ausdruck und so weiter. Aber Schönheit, wahre Schönheit hört auf, wo geistiger Ausdruck anfängt. Geist ist an sich eine Art Übertriebenheit und zerstört das Ebenmaß jedes Gesichts. Sowie man sich ans Denken macht, wird man ganz Nase oder ganz Stirn oder derart Gräßliches. Betrachte die Männer, die in irgendeinem gelehrten Beruf Erfolg hatten. Wie vollendet häßlich sind sie! Ausgenommen natürlich die

Männer der Kirche. Aber in der Kirche denken sie eben nicht. Ein Bischof bleibt dabei, mit achtzig Jahren dasselbe zu sagen, was man ihm als achtzehnjährigem Jungen beigebracht hat, und die natürliche Folge ist, daß er immer ganz wonnig aussieht. Dein geheimnisvoller junger Freund, dessen Namen du mir nie gesagt hast, dessen Bild mich jedoch wahrhaft bezaubert, denkt niemals. Das ist mir ganz sicher. Er ist so ein hirnloses, schönes Geschöpf, das wir im Winter immer haben sollten, wenn es keine Blumen gibt, auf die wir blicken können, und immer im Sommer, wenn wir etwas zur Abkühlung unseres Geistes brauchen. Schmeichle dir nicht, Basil: du hast nicht die mindeste Ähnlichkeit mit ihm.«

»Du verstehst mich nicht, Harry,« antwortete der Künstler. »Natürlich habe ich keine Ähnlichkeit mit ihm – das weiß ich sehr wohl. Ich wäre sogar traurig, wenn ich so aussähe wie er. Du zuckst die Achseln? Ich sage dir die Wahrheit. Es schwebt ein Verhängnis um alle körperliche und geistige Auszeichnung; die Art Verhängnis, die in der ganzen Geschichte den schwankenden Schritten der Könige auf dem Fuße zu folgen scheint. Es ist besser, sich nicht von seinen Genossen zu unterscheiden. Die Häßlichen und die Dummen sind in dieser Welt am besten daran. Sie können behaglich dasitzen und sorglos dem Spiel zuschauen. Wenn sie nichts von Siegen wissen, so ist ihnen dafür auch erspart, Niederlagen kennen zu lernen. Sie leben, wie wir alle leben sollten: sorglos, gleichgültig und ohne Unruhe. Sie bringen über andere kein Verderben und empfangen es auch nicht aus fremden Händen. Dein Rang und dein Reichtum, Harry; mein Hirn, wie es nun schon ist – meine Kunst, sie mag wert sein, was sie will – Dorian Grays schönes Äußere: wir werden alle drei unter dem leiden, was uns die Götter gegeben haben, schrecklich leiden.«

»Dorian Gray? So heißt er?« fragte Lord Henry und ging durch das Atelier auf Basil Hallward zu.

»Ja, so heißt er. Ich wollte dir den Namen nicht nennen.« »Aber warum nicht?«

»Oh! Ich kann das nicht erklären. Wenn ich einen Menschen unmäßig lieb habe, sage ich nie jemandem seinen Namen. Es ist, als übergäbe man damit einen Teil von ihm. Ich bin dazu gekommen, das Geheimnis zu lieben. Das scheint allein imstande zu sein, das Leben unserer Zeit für uns zum Mysterium oder zum Wunder zu machen. Das gemeinste Ding ist voller Schönheit, wenn man es nur versteckt.

Wenn ich die Stadt verlasse, sage ich den Menschen nie mehr, wohin ich gehe. Täte ich es, so büßte ich all meinen Genuß ein. Es ist eine törichte Gewohnheit, ich gehe es zu, aber irgendwie scheint dadurch viel Romantik ins Leben zu kommen. Vermutlich hältst du mich darum für schrecklich verrückt?«

»Nicht im geringsten,« erwiderte Lord Henry, »nicht im geringsten, lieber Basil. Du scheinst zu vergessen, daß ich verheiratet bin, und die Ehe hat den einen Reiz, daß sie beiden Teilen ein Leben der Täuschung völlig zur Notwendigkeit macht. Ich weiß nie, wo meine Frau ist, und meine Frau weiß nie, was ich treibe. Wenn wir zusammen sind – wir sind manchmal zusammen, wenn wir miteinander eingeladen sind oder zum Herzog aufs Land fahren –, erzählen wir uns die verrücktesten Geschichten mit der ernsthaftesten Miene. Meine Frau versteht sich trefflich darauf –eigentlich besser als ich. Sie bringt ihre Daten nie durcheinander; und ich immer. Aber wenn sie mich ertappt, macht sie keinen Lärm darüber. Ich wünschte manchmal, sie täte es; aber sie lacht mich bloß aus.«

»Die Art, wie du über dein Eheleben sprichst, ist mir verhaßt, Harry,« sagte Basil Hallward und ging langsam zu der Tür, die in den Garten führte. »Ich glaube, du bist in Wahrheit ein sehr guter Ehemann, schämst dich jedoch heftig über deine eigene Tugendhaftigkeit. Du bist ein absonderlicher Bursche. Du sagst nie etwas Moralisches, und du tust nie etwas Schlechtes. Dein Zynismus ist lediglich Pose.«

»Natürlichsein ist lediglich eine Pose, und die ärgerlichste, die ich kenne,« rief Lord Henry und lachte; und die beiden jungen Leute gingen miteinander in den Garten und setzten sich in dem Schatten eines großen Lorbeerbusches auf ein langes Bambussofa. Das Sonnenlicht glitt über die glänzenden Blätter. Im Grase zitterten weiße Gänseblümchen. Nach einer Pause zog Lord Henry seine Uhr. »Ich fürchte, ich muß gleich gehen, Basil,« brummte er, »und ehe ich gehe, bestehe ich darauf, daß du mir die Frage beantwortest, die ich vorhin an dich richtete.«

»Was denn?« fragte der Maler, ohne aufzublicken. »Du weißt schon.«

»Nein, Harry.«

»Nun, dann will ich dirs sagen. Du sollst mir erklären, warum du Dorian Grays Bildnis nicht ausstellen willst. Ich verlange den wirklichen Grund zu wissen.«

»Ich sagte dir den wirklichen Grund.«

»Nein, das tatest du nicht. Du sagtest, der Grund sei, weil zu viel von dir in dem Bilde sei. Nun, das ist kindisch.«

»Harry,« sagte Basil Hallward und schaute ihm gerade ins Gesicht, »jedes Porträt, das mit Empfindung gemalt ist, ist ein Porträt des Künstlers, nicht dessen, der ihm sitzt. Der ist bloß der Anlaß, die Gelegenheit. Nicht er wird vom Maler offenbart; es ist eher der Maler, der auf der farbigen Leinwand sich selber offenbart. Der Grund, warum ich dieses Bild nicht ausstellen will, ist, daß ich fürchte, ich habe in ihm das Geheimnis meiner eigenen Seele aufgedeckt.«

Lord Henry lachte. »Und das wäre?« fragte er.

»Ich will es dir erklären,« sagte Hallward; aber ein Ausdruck der Ratlosigkeit legte sich über seine Züge.

»Ich bin ganz Erwartung, Basil,« fing sein Gefährte wieder an und sah zu ihm hin.

»Oh! Es ist wirklich nicht viel zu erzählen, Harry,« antwortete der Maler, »und ich fürchte, du wirst es kaum verstehen. Vielleicht wirst du es kaum glauben.«

Lord Henry lächelte; dann bückte er sich, pflückte ein rot gefärbtes Gänseblümchen aus dem Gras und betrachtete es. »Ich bezweifle gar nicht, daß ich es verstehen werde,« gab er zurück und blickte anhaltend auf das kleine goldene, weißgefiederte Rund in seiner Hand; »und was das Glauben angeht, so kann ich alles glauben, vorausgesetzt, daß es unwahrscheinlich genug ist.«

Der Wind schüttelte ein paar Blüten von den Bäumen, und die schweren Sternenbüschel des Flieders schwankten in der schwülen Luft hin und her. Eine Grille fing an der Mauer zu zirpen an, und wie ein blauer Faden schwebte eine lange, dünne Libelle auf ihren braunen Gazeflügeln durch die Luft. Lord Henry war es, als könnte er Basil Hallwards Herz klopfen hören, und war gespannt, was er hören sollte.

»Die Geschichte ist einfach die,« sagte der Maler nach einer Weile. »Vor zwei Monaten ging ich einmal zu einem Gesellschaftsrummel bei Lady Brandon. Du weißt, wir armen Künstler müssen uns von Zeit zu Zeit in der Gesellschaft sehen lassen, bloß um dem Publikum ins Gedächtnis zu rufen, daß wir keine Wilden sind. Mit einem Gesellschaftsanzug und einer weißen Binde, wie du mir einmal sagtest, kann jeder, selbst ein Börsenmakler, in den Ruf eines Gebildeten kommen.

Nun, ich war etwa zehn Minuten da und plauderte mit umfangreichen, überladenen, vornehmen Witwen und langweiligen Akademikern, als mir plötzlich ins Bewußtsein kam, daß mich jemand ansah. Ich drehte mich halb um und erblickte zum erstenmal Dorian Gray. Als unsre Augen sich trafen, fühlte ich, daß ich blaß wurde. Ein seltsames Gefühl des Bangens überkam mich. Ich spürte, ich stand einem von Angesicht zu Angesicht gegenüber, dessen bloße Erscheinung so bezaubernd war, daß sie, wenn ich es ihr gestattete, meine ganze Natur, meine ganze Seele und sogar meine Kunst an sich reißen mußte. Ich brauchte in meinem Leben keinerlei Einwirkung von außen. Du weißt selbst, Harry, wie unabhängig ich von Natur aus bin. Ich bin immer mein eigener Herr gewesen; war es zum mindesten gewesen, bis ich Dorian Gray getroffen habe. Dann – aber ich weiß nicht, wie ich es dir erklären soll. Ich hatte ein Vorgefühl, daß ich unmittelbar vor einer furchtbaren Krise in meinem Leben stehe. Ich hatte die seltsame Empfindung, das Schicksal halte erlesene Freuden und erlesene Schmerzen für mich in Bereitschaft. Mich schauderte, und ich wandte mich zum Gehen. Es war nicht das Gewissen, was mich dazu trieb; es war eine Art Feigheit. Ich rechne es mir nicht zur Ehre an, daß ich zu fliehen versuchte.«

»Gewissen und Feigheit sind in Wahrheit ein und dasselbe. Gewissen ist der eingetragene Name der Firma, weiter nichts.«

»Ich glaube das nicht, Harry, und ich glaube, auch du nicht. Indessen, das oder jenes mag mein Motiv gewesen sein – vielleicht war es Stolz, ich bin immer sehr stolz gewesen –, gewiß ist, daß ich die Tür erreichen wollte. Dort natürlich prallte ich mit Lady Brandon zusammen. ›Sie werden doch nicht so früh weglaufen wollen, Herr Hallward?‹ schrie sie. Du kennst ihre seltsam gellende Stimme?«

»O ja, die Dame ist, von der Schönheit abgesehen, ein Pfau,« sagte Lord Henry und zerzupfte mit seinen langen, nervösen Fingern das Gänseblümchen.

»Ich konnte mich nicht von ihr losmachen. Sie produzierte mich königlichen Hoheiten und Leuten mit Sternen und Hosenbandorden und ältlichen Damen mit riesenhaften Diademen und Papageinasen. Sie sprach von mir als von ihrem besten Freund. Wir hatten uns ein einziges Mal vorher gesehen, aber sie hatte es sich in den Kopf gesetzt, mich als berühmten Mann zu behandeln. Ich glaube, irgendein Bild von mir hatte gerade großen Erfolg gehabt, oder es war wenigstens in den Abendblättern davon geschwatzt worden, und das ist der

Unsterblichkeitsmaßstab unsres Jahrhunderts. Plötzlich befand ich mich dem jungen Manne gegenüber, dessen Erscheinung mich so sonderbar erschüttert hatte. Wir waren einander ganz nahe und berührten uns fast. Unsre Augen trafen sich wieder. Es war unbedacht von mir, aber ich bat Lady Brandon, mich ihm vorzustellen. Vielleicht war es, alles erwogen, nicht so unbedacht. Es war einfach unvermeidlich. Wir hätten angefangen, miteinander zu sprechen, auch ohne jede Vorstellung – dessen bin ich sicher. Dorian sagte es mir später. Auch er hatte das Gefühl, daß wir dazu bestimmt waren, einander kennen zu lernen.« »Und was für eine Beschreibung gab Lady Brandon von diesem wunderbaren Jüngling?« fragte sein Gefährte.

»Ich weiß, es ist ihre Art, von allen ihren Gästen einen kurzen Abriß zu geben. Ich erinnere mich, sie stellte mich einmal einem schauderhaften rotbackigen alten Herrn vor, der über und über mit Orden und Bändern bedeckt war, und zischte mir dabei mit einem tragischen Geflüster, das jeder im Zimmer vollkommen deutlich hören mußte, die erstaunlichsten Details ins Ohr. Es blieb mir nichts übrig, als wegzulaufen. Ich komme den Menschen gern von mir selbst auf den Grund. Aber Lady Brandon behandelt ihre Gäste genau wie ein Auktionator seine Waren. Sie erklärt sie entweder vollständig fort, oder erzählt einem alles von ihnen, mit Ausnahme dessen, was man wissen möchte.«

»Arme Lady Brandon! Du bist hart gegen sie, Harry,« sagte Hallward in zerstreutem Ton.

»Lieber Junge, sie wollte einen Salon gründen, aber es gelang ihr nur, ein Restaurant zu eröffnen. Wie könnte ich sie bewundern! Aber, sage mir, wie sprach sie über Herrn Dorian Gray?«

»Oh, etwa: ›Ein reizender junger Mensch die arme Mutter und ich ganz unzertrennlich. Vergaß ganz, was er tut – fürchte, er – tut gar nichts – ach ja, er spielt Klavier – oder war es Geige, Herr Gray?‹ Wir mußten beide lachen, und wir wurden sofort Freunde.«

»Lachen ist für eine Freundschaft noch lange nicht der schlechteste Anfang, und ist weitaus das beste Ende für sie,« sagte der junge Lord und pflückte ein neues Gänseblümchen.

Hallward schüttelte den Kopf. »Du verstehst nicht, was Freundschaft ist, Harry,« murmelte er, »und ebensowenig, was Feindschaft ist. Du magst alle Welt; das heißt, dir sind alle gleichgültig.«

»Wie schrecklich ungerecht von dir!« rief Lord Henry, schob seinen Hut zurück und blickte zu den Wölkchen empor, die wie verwirrte Strähnen glänzender weißer Seide über das Türkisgewölbe des Sommerhimmels dahintrieben. »Ja, schrecklich ungerecht von dir. Ich unterscheide sehr zwischen den Menschen. Ich wähle meine Freunde nach ihrem guten Aussehen, meine Bekannten nach ihrem guten Charakter und meine Feinde nach ihrem guten Verstand. Man kann nicht vorsichtig genug in der Auswahl seiner Feinde sein. Ich habe keinen einzigen erlangt, der dumm ist. Es sind alles Leute von einer gewissen geistigen Stärke, und daher schätzen sie mich alle. Ist das sehr eitel von mir? Ich glaube, es ist ein bißchen eitel.«

»Ich glaube auch, Harry. Aber nach deiner Einteilung kann ich bloß ein Bekannter von dir sein.«

»Mein lieber alter Basil, du bist viel mehr als ein Bekannter.«

»Und viel weniger als ein Freund. Eine Art Bruder vermutlich? «

»Oh, Bruder! Ich mache mir nichts aus Brüdern. Mein ältester Bruder denkt nicht ans Sterben, und meine jüngeren scheinen nichts anderes zu tun.«

»Harry!« rief Hallward und runzelte die Stirn. »Lieber Junge, ich rede nicht ganz ernsthaft. Aber ich kann mir nicht helfen. Ich verabscheue meine Verwandten. Ich vermute, das ist der Tatsache zuzuschreiben, daß kein Mensch andre Menschen ausstehen kann, die dieselben Fehler wie er selbst haben. Ich verstehe den Zorn der englischen Demokratie gegen das, was sie die Laster der obern Stände nennen, vollkommen. Die Massen fühlen, daß Trunkenheit, Dummheit und Unmoral ihre eigene Domäne sein sollten, und daß jemand von uns, der sich bloßstellt, auf ihren Jagdgründen wildert. Beim Ehescheidungsprozeß des armen Southwark war ihre Entrüstung ganz prachtvoll. Und doch möchte ich behaupten, daß nicht zehn Prozent im Proletariat vorschriftsgemäß leben.« »Ich stimme keinem einzigen Wort zu, das du da gesagt hast, und was mehr ist, Harry, ich bin sicher, du auch nicht.«

Lord Henry strich seinen braunen Spitzbart und klopfte mit seinem zierlichen Ebenholzstock gegen die Spitze seines eleganten Stiefels. »Wie englisch du bist, Basil! Zum zweitenmal hast du jetzt diese Bemerkung gemacht. Wenn man einem richtigen Engländer eine Idee vorträgt – schon an sich eine Tollkühnheit –, denkt er nie daran, zu erwägen, ob die Idee richtig oder falsch ist. Das einzige, was ihm von

Bedeutung scheint, ist, ob man selbst daran glaubt. Aber der Wert einer Idee hat nicht das mindeste mit der Aufrichtigkeit des Menschen zu tun, der sie vorbringt. In Wahrheit ist es wahrscheinlich, daß, je unaufrichtiger der Mensch ist, um so mehr rein geistig die Idee sein wird, da sie in diesem Fall weder von seinen Bedürfnissen und Wünschen noch von seinen Vorurteilen gefärbt sein wird. Indessen habe ich nicht die Absicht, Politik, Soziologie oder Metaphysik mit dir zu treiben. Ich mache mir mehr aus Personen als aus Prinzipien, und nichts liebe ich mehr als Personen ohne Prinzipien. Erzähle mir mehr von Herrn Dorian Gray. Wie oft siehst du ihn?«

»Jeden Tag. Ich wäre unglücklich, wenn ich ihn nicht täglich sähe. Er ist mir ganz und gar ein Bedürfnis.«

»Wie ungewöhnlich! Ich hätte gedacht, du kümmertest dich um nichts als deine Kunst.«

»Er ist mir jetzt meine ganze Kunst,« sagte der Maler ernst. »Ich denke manchmal, Harry, es gibt in der Weltgeschichte nur zwei Perioden von Bedeutung. Die erste ist das Auftreten eines neuen Kunstmittels, und die zweite ist, ebenfalls für die Kunst, das Auftreten eines neuen Menschentypus. Was die Erfindung der Ölmalerei für die Venezianer war, das ist das Antlitz des Antinous für die spätgriechische Skulptur gewesen, und das wird eines Tages das Antlitz des Dorian Gray für mich sein. Es ist nicht bloß, daß ich nach ihm male, zeichne, skizziere. Natürlich habe ich all das getan. Aber er ist für mich viel mehr als ein Modell oder ein Mensch, der mir sitzt. Ich möchte nicht sagen, daß ich unzufrieden mit dem bin, was ich aus ihm gemacht habe, oder daß seine Schönheit derart ist, daß die Kunst sie nicht ausdrücken kann. Es gibt nichts, was die Kunst nicht ausdrücken kann; und ich weiß: was ich gemacht habe, seit ich Dorian Gray kennen gelernt, ist gute Arbeit, ist die beste Arbeit meines Lebens. Aber auf seltsame Weise – ich glaube kaum, daß du mich verstehst – hat seine Erscheinung in mir eine neue Art meiner Kunst wachgerufen, eine völlig neue Stilform. Ich sehe die Dinge anders, ich denke anders über sie. Ich kann jetzt das Leben in einer Weise gestalten, die mir vorher verborgen war. ›Ein Traum von Form in den Tagen des Denkens‹ – wer hat das gesagt? Ich habe es vergessen; aber das ist Dorian Gray für mich geworden.

Das bloße sichtbare Dasein dieses Jünglings, der fast noch ein Knabe ist – so erscheint er, obwohl er in Wirklichkeit über zwanzig ist – sein bloßes sichtbares Dasein – ah! ich glaube nicht, daß du dir vorstellen kannst, was alles darin liegt! Ohne es zu wissen, bildet er für mich das Lineament einer neuen Schule, einer Schule, die bestimmt ist, alle Leidenschaft des romantischen Geistes, alle Vollkommenheit des griechischen in sich zu fassen. Die Harmonie der Seele und des Körpers – wie viel das ist! Wir in unserm Wahnsinn haben die zwei getrennt und haben einen Realismus erfunden, der gemein ist, und einen Idealismus, der leer ist. Harry! wenn du nur wüßtest, was Dorian Gray für mich ist! Erinnerst du dich an die Landschaft, für die Agnew mir einen so ungeheuren Preis bot, von der ich mich aber nicht trennen wollte? Sie ist eins der besten Stücke, die ich je gemacht habe. Und warum? Weil, während ich sie malte, Dorian Gray neben mir saß. Irgendein feiner Einfluß ging von ihm zu mir, und zum erstenmal in meinem Leben sah ich in der einfachen Waldlandschaft das Wunder, nach dem ich immer ausgeblickt und das ich nie gefunden hatte.«

»Basil, das ist etwas Außerordentliches! Ich muß Dorian Gray sehen.« Hallward stand auf und ging im Garten hin und her. Nach einer Weile kam er zurück. »Harry,« sagte er, »Dorian Gray ist für mich lediglich ein künstlerisches Motiv. Vielleicht sähst du nichts in ihm. Ich sehe alles in ihm. Er ist in meiner Arbeit nie mehr gegenwärtig, als wenn kein Abbild von ihm darin ist. Er ist, wie ich sagte, eine Anregung zu einer neuen Art in der Kunst. Ich finde ihn in den Schwingungen gewisser Linien, in dem Zauber und der zarten Tönung gewisser Farben. Das ist es, und das ist alles.«

»Warum willst du dann aber sein Porträt nicht ausstellen?« fragte Lord Henry.

»Weil ich, ohne es zu wollen, einen gewissen Ausdruck all dieser absonderlichen künstlerischen Abgötterei hineingelegt habe, von der ich natürlich zu ihm nie sprechen wollte. Er weiß nicht darum. Er soll nie darum wissen. Aber die Welt könnte es erraten; und ich will meine Seele ihren oberflächlichen, spähenden Augen nicht entblößen. Mein Herz soll nie unter ihr Mikroskop kommen. Es ist zu viel von mir in dem Ding, Harry zu viel von mir!«

»Die Dichter sind nicht so peinlich wie du. Sie wissen, wie nützlich es ist, Leidenschaft zu publizieren. Heutzutage bringt es ein gebrochenes Herz zu vielen Auflagen.«

»Ich hasse sie darum,« rief Hallward. »Ein Künstler sollte schöne Dinge schaffen, sollte aber nichts von seinem eigenen Leben hineintun. Wir leben in einer Zeit, wo die Menschen die Kunst behandeln, als ob sie bestimmt wäre, eine Art Selbstbiographie zu sein. Wir haben den Sinn für absolute Schönheit verloren. Eines Tages werde ich der Welt zeigen, was Schönheit ist, und aus diesem Grunde soll sie nie mein Porträt Dorian Grays sehn.«

»Ich glaube, du hast unrecht, Basil, aber ich will nicht mit dir streiten. Nur die geistig Enterbten finden Gefallen am Streiten. Sag mir, hat Dorian Gray dich sehr lieb?« Der Maler überlegte ein paar Augenblicke. »Er hat mich gern,« antwortete er nach einer Weile, »ich weiß, daß er mich gern hat. Natürlich schmeichle ich ihm schrecklich. Ich finde ein schreckliches Vergnügen daran, Dinge zu ihm zu sagen, von denen ich weiß, daß sie mir später leid tun werden. In der Regel ist er reizend zu mir, und wir sitzen im Atelier und plaudern von tausenderlei Dingen. Hie und da jedoch ist er schrecklich gedankenlos und scheint eine richtige Freude daran zu finden, mir weh zu tun. Dann fühle ich, Harry, daß ich meine ganze Seele an einen hingegeben habe, der sie behandelt, als ob sie eine Blume fürs Knopfloch wäre, eine kleine Dekoration, seiner Eitelkeit damit zu schmeicheln, ein Schmuck für einen Sommertag.« »Im Sommer, Basil, ziehen sich die Tage manchmal lange hin,« erwiderte Lord Henry. »Vielleicht wirst du früher müde werden als er. Es ist eine traurige Sache, wenn man es bedenkt, aber es ist kein Zweifel, daß das Genie länger dauert als die Schönheit. Das erklärt die Tatsache, daß wir alle uns so damit quälen, uns mit Bildung vollzustopfen. In dem wilden Kampf ums Dasein wollen wir alle etwas haben, das dauert, und so füllen wir unsern Geist mit Schund und Tatsachen in der törichten Hoffnung, unsern Platz zu behaupten. Der durchaus wohlunterrichtete Mann das ist das Ideal unserer Zeit. Und um den Geist des durchaus wohlunterrichteten Mannes ist es etwas Schreckliches. Er ist wie ein Antiquitätenladen, in dem es Ausgeburten aller Art und Staub gibt und jedes Ding über seinen wirklichen Wert ausgezeichnet ist. Ich glaube, du wirst trotzdem zuerst müde werden. Eines Tages wirst du deinen jungen Freund ansehn, und er wird dir ein bißchen verzeichnet vorkommen, oder du magst seinen Farbenton nicht oder so was. Du wirst ihm in deinem Herzen bittere Vorwürfe machen und ernsthaft der Meinung sein, er benehme sich sehr schlecht gegen dich.

Wenn er dich das nächste Mal besucht, wirst du völlig kalt und gleichgültig sein. Es wird sehr schade sein, denn es wird dich ändern. Was du mir erzählt hast, ist völlig ein Gedicht, ein Gedicht von der Kunst möchte man es nennen, und das Schlimmste daran, ein Gedicht irgendeiner Art erlebt zu haben, ist, daß es einen so unpoetisch zurückläßt.«

»Harry, sprich nicht so. Solange ich lebe, wird die Erscheinung Dorian Grays Herr in mir sein. Du kannst meine Empfindung nicht nachfühlen. Du wandelst dich zu oft.«

»Ah, lieber Basil, genau darum kann ich sie nachfühlen. Menschen, die treu sind, kennen nur die gemeine Seite der Liebe: die Treulosen sind es, die die Tragödien der Liebe erfahren.« Und Lord Henry zündete an einer wertvollen silbernen Büchse ein Streichholz an und begann mit selbstbewußter und zufriedener Miene, als ob er die Welt auf einen Satz gebracht hätte, eine Zigarette zu rauchen. Es war ein Lärmen von zwitschernden Sperlingen in den Blättern des Efeus, die von grünem Lack überzogen glänzten, und die blauen Wolkenschatten jagten wie Schwalben über das Gras. Wie lieblich war es in dem Garten, und wie reizend die Empfindungen anderer Leute! – viel reizender als ihre Ideen, schien es ihm. Des Menschen eigene Seele und die Leidenschaften seiner Freunde, – das waren im Leben die fesselnden Dinge. Er malte sich in stiller Vergnüglichkeit das langweilige Frühstück aus, uni das er gekommen war, weil er sich so lange mit Basil Hallward verweilt hatte. Wäre er zu seiner Tante gegangen, so würde er sicher dort Lord Goodbody getroffen haben, und die ganze Unterhaltung hätte sich um die Ernährung der Armen und um die Notwendigkeit gedreht, Musterarbeiterhäuser zu errichten. Menschen von allerlei Art hätten über die Wichtigkeit gerade der Tugenden gepredigt, für die sie in ihrem eigenen Leben keine Verwendung hatten. Der Reiche hätte vom Wert der Sparsamkeit gesprochen, und der Faule wäre über die Würde der Arbeit zum Redner geworden. Es war prächtig, alledem entgangen zu sein. Als er an seine Tante dachte, schien ihm ein Einfall zu kommen. Er wandte sich zu Hallward und sagte: »Mein Lieber, ich erinnere mich jetzt.«

»Woran erinnerst du dich, Harry?«

»Wo ich den Namen Dorian Grays gehört habe.«

»Wo war es?« fragte Hallward mit leichtem Stirnrunzeln.

»Blick nicht so ärgerlich drein, Basil. Es war bei meiner Tante Lady Agatha. Sie erzählte mir, sie habe einen prächtigen jungen Menschen entdeckt, der ihr im East-End helfen wollte, und er heiße Dorian Gray. Ich muß allerdings sagen, daß sie mir nie mitteilte, er sei schön. Frauen haben keinen Sinn für Schönheit, wenigstens gute Frauen nicht. Sie sagte, er sei sehr ernst und habe eine edle Seele. Ich malte mir für mich ein Geschöpf mit einer Brille und herabhängendem Haar aus, dessen Gesicht furchtbar mit Sommersprossen übersät war und der auf riesigen Füßen einhertrat. Ich wollte, ich hätte gewußt, daß er dein Freund ist.«

»Ich bin sehr froh, daß du es nicht wußtest, Harry.«

»Warum?«

»Ich will nicht, daß du ihn kennen lernst.«

»Du willst nicht, daß ich ihn kennen lerne?«

»Nein.«

»Herr Dorian Gray ist im Atelier,« sagte der Diener, der in den Garten heraustrat.

»Jetzt mußt du mich vorstellen,« rief Lord Henry lachend. Der Maler wandte sich zu dem Bedienten, der blinzelnd in der Sonne stand. »Bitten Sie Herrn Gray, er möchte warten, Parker; ich werde in ein paar Augenblicken kommen.« Der Mann verbeugte sich und ging ins Haus.

Dann schaute der Künstler Lord Henry an. »Dorian Gray ist mein liebster Freund,« sagte er. »Er hat eine einfache und edle Seele. Deine Tante hatte mit dem, was sie von ihm sagte, ganz recht. Verdirb ihn nicht! Versuche nicht, Einfluß auf ihn zu üben! Dein Einfluß wäre schlimm. Die Welt ist weit und birgt viele wundervolle Menschen. Entreiß mir nicht den einzigen Menschen, der meiner Kunst allen Zauber gibt, den sie besitzt: mein Leben als Künstler hängt von ihm ab! Denk daran, Harry, ich verlasse mich auf dich.« Er sprach sehr langsam, und die Worte schienen ihm gegen seinen Willen entpreßt zu werden.

»Was für einen Unsinn du redest,« sagte Lord Henry lächelnd, nahm ihn unterm Arm und führte ihn ins Haus.

Zweites Kapitel

Sie traten ein und erblickten Dorian Gray. Er saß am Klavier, wendete ihnen den Rücken und blätterte in einem Bande mit Schumanns Waldszenen. »Die mußt du mir leihen, Basil,« rief er. »Ich will sie spielen lernen. Sie sind ganz entzückend!«

»Das hängt ganz davon ab, wie du heute sitzt, Dorian.«

»Oh, ich habe das Sitzen satt, ich brauche kein lebensgroßes Bild von mir,« antwortete der junge Mann und drehte sich nach Art eines eigenwilligen, launischen Knaben auf dem Klavierstuhl herum. Als er Lord Henry gewahrte, färbte ein schwaches Rot einen Augenblick seine Wangen, und er sprang auf. »Ich bitte um Entschuldigung, Basil, aber ich wußte nicht, daß jemand bei dir ist.«

»Das ist Lord Henry Wotton, Dorian, ein alter Freund von mir aus Oxford. Ich habe ihm eben erzählt, wie famos du sitzt, und jetzt hast du alles verdorben.«

»Mein Vergnügen, Sie kennen zu lernen, haben Sie nicht verdorben, Herr Gray,« sagte Lord Henry, indem er auf ihn zuging und die Hand ausstreckte. »Meine Tante hat mir oft von Ihnen gesprochen. Sie sind einer ihrer Günstlinge und ich fürchte, auch ihrer Opfer.«

»Ich stehe zur Zeit bei Lady Agatha im schwarzen Buch,« antwortete Dorian und machte ein komisch bußfertiges Gesicht. »Ich versprach ihr, letzten Dienstag mit ihr in einen Klub in Whitechapel zu gehen, und ich habe es in der Tat völlig vergessen. Wir hätten zusammen vierhändig spielen sollen – drei Stücke, glaube ich. Ich weiß nicht, was sie zu mir sagen wird. Ich fürchte mich hinzugehn.«

»Oh, ich werde Sie mit meiner Tante versöhnen. Sie ist Ihnen überaus gewogen, und ich glaube nicht, daß es in Wahrheit etwas ausmacht, daß Sie nicht dort waren. Die Zuhörer dachten vermutlich, es sei vierhändig. Wenn Tante Agatha sich ans Klavier setzt, macht sie völlig genug Lärm für zwei Personen.«

»Das ist recht abscheulich gegen sie und nicht sehr hübsch gegen mich,« erwiderte Dorian und lachte.

Lord Henry sah ihn an. Ja, er war sicher wunderbar schön mit seinen fein geschwungenen Purpurlippen, seinen treuherzigen blauen Augen und seinem gewellten Goldhaar. Es lag etwas in seinen Mienen, das sofort Vertrauen hervorrief. Aller Schimmer der Jugend war da, und ebenso all die leidenschaftliche Keuschheit der Jugend. Man fühlte, er hatte sich in seiner Unbeflecktheit vor der Welt bewahrt. Kein Wunder, daß Basil Hallward ihn anbetete.

»Sie sind zu hübsch, um sich mit Wohltätigkeit zu befassen, Herr Gray viel zu hübsch.« Und Lord Henry warf sich auf den Diwan und nahm eine Zigarette.

Der Maler hatte sich damit beschäftigt, seine Farben zu mischen und seine Pinsel zurechtzumachen. Er sah gequält aus, und als er Lord Henrys letzte Bemerkung hörte, sah er ihn an, zögerte einen Augenblick und sagte dann: »Harry, ich möchte dieses Bild heute fertig bekommen. Fändest du es sehr grob von mir, wenn ich dich bäte fortzugehn?«

Lord Henry lächelte und schaute Dorian Gray an. »Soll ich gehn, Herr Gray?« fragte er.

»Oh, bitte nein, Lord Henry. Ich sehe, Basil ist wieder einmal schlecht aufgelegt, und ich kann ihn gar nicht leiden, wenn er verdrossen ist. Außerdem möchte ich Sie gern fragen, warum ich mich nicht mit Wohltätigkeit befassen soll?«

»Ich weiß nicht, ob ich Ihnen das sagen soll, Herr Gray. Es ist ein so langweiliges Thema, daß man ernsthaft darüber reden müßte. Aber sicher werde ich nicht fortgehn, nachdem Sie mir erlaubt haben zu bleiben. Du bist doch nicht im Ernst dagegen, Basil, nicht wahr? Du hast mir oft gesagt, es sei dir recht, wenn die, die dir sitzen, einen haben, mit dem sie plaudern können.«

Hallward biß sich auf die Lippen. »Wenn Dorian es wünscht, mußt du natürlich bleiben. Dorians Launen sind für jeden Gesetz, außer ihm selbst.«

Lord Henry griff nach Hut und Handschuhen. »Trotz deiner dringlichen Aufforderung, Basil, fürchte ich, ich muß gehn. Ich habe versprochen, jemanden im Orleans zu treffen. Adieu, Herr Gray! Bitte, besuchen Sie mich einmal nachmittags in Eurzon Street. Um fünf Uhr bin ich fast immer zu Hause. Schreiben Sie mir, an welchem Tage Sie kommen. Es täte mir leid, wenn Sie mich verfehlten.«

»Basil, » rief Dorian Gray, »wenn Lord Henry Wotton geht, gehe ich auch. Du machst nie den Mund auf, solange du malst, und es ist schrecklich ermüdend, auf einem Podium zu stehn und sich Mühe zu geben, hübsch auszusehen. Bitte ihn zu bleiben. Ich bestehe darauf!«

»Bleibe, Harry, du machst Dorian ein Vergnügen damit und mir auch,« sagte Hallward, ohne von seinem Bild aufzuschauen.

»Es ist völlig wahr, ich rede nie während der Arbeit und höre ebensowenig zu, und das muß für die Unglücklichen, die mir sitzen, schrecklich langweilig sein. Ich bitte dich, bleib!«

»Aber was mache ich mit meinem Mann im Orleans?«

Der Maler lachte. »Ich glaube, das wird keinerlei Schwierigkeiten machen. Setz dich wieder, Harry. Und nun, Dorian, geh auf das Podium und bewege dich nicht zu viel und achte nicht auf das, was Lord Henry sagt. Er hat einen sehr schlechten Einfluß auf alle seine Freunde, mich allein ausgenommen.«

Dorian Gray ging mit der Miene eines jungen griechischen Märtyrers die Stufen zum Podium hinauf und stieß gegen Lord Henry einen leichten, drolligen Seufzer aus. Er gefiel ihm gut. Er war so anders als Basil. Sie bildeten einen reizenden Kontrast. Und er hatte so eine schöne Stimme. Nach ein paar Augenblicken sagte er zu ihm: »Üben Sie wirklich einen sehr schlechten Einfluß aus, Lord Henry? So schlecht, wie Basil sagt?«

»So etwas wie guten Einfluß gibt es nicht, Herr Gray. Jeder Einfluß ist unmoralisch – unmoralisch im wissenschaftlichen Sinne.«

»Warum?«

»Weil, wer einen Menschen beeinflußt, ihm seine eigene Seele gibt. Er denkt nicht seine natürlichen Gedanken und glüht nicht in seinem natürlichen Feuer. Seine Tugenden gehören nicht wirklich ihm. Seine Sünden, wenn es so etwas wie Sünden gibt, sind geborgte. Er wird ein Echo der Musik irgendeines Fremden, Schauspieler einer Rolle, die nicht für ihn geschrieben wurde. Das Ziel des Lebens ist Selbstentfaltung. Seine eigene Natur vollkommen zu verwirklichen – dafür ist jeder von uns da. Die Menschen von heutzutage haben Angst vor sich selbst. Sie haben die höchste aller Pflichten vergessen, die Pflicht, die man sich selbst gegenüber hat. Natürlich sind sie wohltätig. Sie nähren den Hungrigen und kleiden den Bettler. Aber ihre eigenen Seelen sterben Hungers und sind nackt. Der Mut ist unserm Geschlecht verloren gegangen. Vielleicht haben wir ihn nie wirklich besessen. Die Furcht vor der Gesellschaft, die die Grundlage der Moral ist, die Furcht vor Gott, die das Geheimnis der Religion ist – das sind die zwei Dinge, die uns beherrschen. Und doch.

»Bitte, drehe den Kopf ein wenig mehr nach rechts, Dorian, sei so lieb!« sagte der Maler, der tief in seine Arbeit versenkt war und nur gewahrte, daß ein Zug in das Gesicht des Jünglings gekommen war, den er vorher nie darin gesehen hatte.

»Und doch,« fuhr Lord Henry mit seiner sanften, wohlklingenden Stimme und mit der anmutigen Handbewegung fort, die so bezeichnend an ihm war und die er schon seinerzeit in Eton gehabt hatte, »ich glaube, wenn ein einziger Mensch sein Leben völlig und ganz ausleben wollte, jeder Empfindung Form, jedem Gedanken Ausdruck, jedem Traum Wirklichkeit gehen wollte – ich glaube, die Welt erhielte einen solchen Schwung von Freudigkeit, daß wir all das Siechtum aus den Zeiten des Mittelalters vergäßen und zum hellenischen Ideal zurückkehrten – vielleicht zu etwas, das intimer und reicher wäre als das hellenische Ideal. Aber der Tapferste unter uns hat Angst vor sich selber. Die Selbstverstümmelung der Wilden lebt in tragischer Weise in der Selbstverleugnung fort, die unser Leben verstümmelt. Wir werden für unser Verleugnen gestraft. Jeder Trieb, den wir ersticken möchten, wühlt sich im Geiste fort und vergiftet uns. Der Körper sündigt nur einmal und hat die Sünde abgetan, denn das Tun ist eine Art Reinigung. Es bleibt nichts übrig als die Erinnerung an eine Lust oder der köstliche Schmerz, daß sie vorbei ist. Der einzige Weg, eine Versuchung loszuwerden, ist, ihr nachzugeben. Widerstehe ihr, und deine Seele wird krank vor Sehnsucht nach den Dingen, die sie sich selber verboten hat, vor Verlangen nach dem, was ihre ungeheuerlichen Gesetze zu etwas Ungeheuerlichem und Gesetzwidrigem gemacht haben. Man hat wohl gesagt, die größten Geschehnisse in der Welt ereigneten sich im Hirne. Im Hirne, und einzig und allein im Hirne ereignen sich auch die großen Sünden der Welt. Sie, Herr Gray, Sie selber mit Ihrer rosigen Jugend und Ihrer Knabenunschuld, die wie weiße Rosen ist, Sie haben Leidenschaften gehabt, die Ihnen bange machten, Gedanken, die Sie in Schrecken setzten, Träume bei Tag und Träume im Schlaf, die, wenn Sie nur daran denken, das Blut der Scham in Ihre Wangen jagen...«

»Halten Sie ein!« rief Dorian Gray mit versagender Stimme, »halten Sie ein, mir wird wirr von Ihren Reden. Ich weiß nicht, was ich sagen soll. Es gibt eine Antwort auf Ihre Worte, aber ich kann sie nicht finden. Sprechen Sie nicht! Lassen Sie mich nachdenken. Oder lieber, lassen Sie mich den Versuch machen, nicht nachzudenken.«

Fast zehn Minuten lang stand er da, ohne sich zu regen, mit geöffneten Lippen und einem seltsamen Glanz in den Augen.

Er war sich undeutlich bewußt, daß völlig neue Einflüsse in ihm am Werke seien. Jedoch schienen sie ihm in Wahrheit aus ihm selbst gekommen. Die paar Worte, die Basils Freund zu ihm gesprochen hatte – Worte, die ohne Zweifel von ungefähr und mit absichtlicher Paradoxie gesprochen waren –, hatten eine geheime Saite berührt, die zuvor nie berührt worden war, die er aber jetzt zittern und in seltsamer Wildheit rauschen hörte.

Die Musik hatte ihn so ähnlich erregt. Die Musik hatte ihn oft wirr gemacht. Aber die Musik war unbestimmt. Sie erzeugte in einem nicht eine neue Welt, sondern eher ein neues Chaos. Worte! bloße Worte! Wie furchtbar sie waren! Wie deutlich und lebendig und grausam! Man konnte ihnen nicht entrinnen. Und was war doch in ihnen für eine feine Magie! Sie schienen imstande, gestaltlosen Dingen plastische Gestalt zu geben und eine Musik in sich zu bergen, die so süß war wie die der Bratsche oder der Laute. Bloße Worte! Gab es denn irgend etwas, das so wirklich war wie Worte?

Ja: es hatte in seinem Jünglingsknabentum Dinge gegeben, die er nicht verstanden hatte. Er verstand sie jetzt. Das Leben wurde für ihn plötzlich feuerfarben. Ihm schien, er sei in leibhaftem Feuer gewandelt. Warum hatte er es nicht gemerkt?

Mit seinem feinen Lächeln beobachtete ihn Lord Henry. Er verstand sich auf den feinen psychologischen Moment, wo es galt, nicht zu reden. Er war stark interessiert. Er war über den plötzlichen Eindruck erstaunt, den seine Worte hervorgebracht hatten; er erinnerte sich an ein Buch, das er mit sechzehn Jahren gelesen, ein Buch, das ihm vieles offenbart hatte, was er zuvor nicht gekannt, und so war er neugierig, ob Dorian Gray jetzt ein ähnliches Erlebnis hätte. Er hatte nur einen Pfeil in die Luft geschossen. Hatte er ins Schwarze getroffen? Wie bezaubernd der Junge war!

Hallward malte mit seinem wundervollen kühnen Pinselstrich, der die wahre Feinheit und vollkommene Zartheit an sich hatte, die, in der Kunst jedenfalls, nur aus der Kraft kommt, drauf los. Er merkte nichts von dem Schweigen.

»Basil, ich habe genug gestanden!« rief Dorian Gray plötzlich. »Ich muß hinausgehn und mich in den Garten setzen. Die Luft hier ist zum Ersticken.«

»Mein Lieber, das tut mir sehr leid. Wenn ich beim Malen bin, kann ich an nichts anderes denken. Aber du hast nie besser gesessen. Du warst völlig ruhig. Und ich habe den Effekt erhascht, den ich brauchte, die halb offenen Lippen und den Glanz in den Augen. Ich weiß nicht, was Harry zu dir gesagt hat, aber sicher hat er bewirkt, daß du den wundervollsten Ausdruck hast. Ich vermute, er hat dir Schmeicheleien gesagt. Du mußt kein Wort von allem, was er sagt, glauben.«

»Er hat mir gewiß keine Schmeicheleien gesagt. Vielleicht glaube ich darum nichts von allem, was er gesagt hat.«

»Sie wissen, daß Sie es alles glauben,« sagte Lord Henry und sah ihn mit seinen träumerischen, lockenden Augen an. »Ich komme mit Ihnen in den Garten. Es ist furchtbar heiß im Atelier. Basil, verschaffe uns ein Eisgetränk, mit Erdbeeren darin.«

»Gern, Harry. Drücke nur auf die Klingel, und wenn Parker kommt, werde ich ihm sagen, was ihr haben wollt. Ich bin jetzt mit dem Hintergrund hier beschäftigt und werde also später zu euch kommen. Halte Dorian nicht zu lange auf! Ich bin nie besser zum Malen aufgelegt gewesen als heute. Das wird mein Meisterwerk werden! Wie es dasteht, ist es mein Meisterwerk!«

Lord Henry ging in den Garten hinaus und fand Dorian Gray, wie er sein Gesicht in den großen kühlen Fliederblütenbüscheln badete und fiebrig ihren Duft schlürfte, als wäre er Wein. Er trat nahe zu ihm hin und legte ihm die Hand auf die Schulter. »Sie tun ganz recht daran, es so zu machen,« sprach er leise. »Nichts kann die Seele heilen als die Sinne, gerade wie nichts die Sinne heilen kann als die Seele.«

Der Jüngling fuhr zusammen und trat zurück. Er war barhäuptig, und die Zweige hatten seine widerspenstigen Lokken verwirrt und ihre goldenen Strähnen in Unordnung gebracht. Es war ein furchtsamer Ausdruck in seinen Augen, wie ihn Menschen haben, die man plötzlich geweckt hat. Seine fein gebauten Nüstern bebten, und irgendein versteckter Nerv riß leise an seinen Purpurlippen, so daß sie in einem Zittern blieben.

»Ja,« fuhr Lord Henry fort, »das ist eins der großen Geheimnisse des Lebens: die Seele mittelst der Sinne, und die Sinne mittelst der Seele zu heilen. Sie sind ein prächtiges Menschenkind! Sie wissen mehr, als Sie denken, gerade wie Sie weniger wissen, als Ihnen zu wissen nottut.«

Dorian Gray runzelte die Stirn und wandte den Kopf ab. Er mußte den jungen Mann, der groß und anmutig neben ihm stand, liebhaben.

Sein romantisches, olivenfarbenes Gesicht und der müde Ausdruck darin interessierten ihn. Es war etwas in dem müden Ton seiner Stimme, was völlig bezauberte. Auch seine kühlen, weißen, blumenhaften Hände hatten einen besonderen Reiz. Sie bewegten sich wie Musik, wenn er sprach, und schienen eine eigene Sprache zu haben. Aber er fühlte Angst vor ihm und schämte sich, Angst zu haben. Warum war es einem Fremden vorbehalten geblieben, ihn sich selbst zu offenbaren? Basil Hallward kannte er seit Monaten, aber die Freundschaft zwischen ihnen hatte ihn nie geändert. Plötzlich war einer in sein Leben eingetreten, der ihm das Geheimnis des Lebens enthüllt zu haben schien. Und doch, wovor sollte er Angst haben? Er war kein Schulknabe und kein junges Mädchen. Es war töricht, zage zu sein.

»Wir wollen uns in den Schatten setzen,« sagte Lord Henry. »Parker hat uns zu trinken gebracht, und wenn Sie noch länger in dieser Sonnenglut stehen bleiben, werden Sie eine häßliche Haut bekommen, und Basil wird Sie nie mehr malen. Sie dürfen sich wirklich nicht von der Sonne verbrennen lassen. Es würde Ihnen nicht stehen.«

»Was kann daran liegen?« rief Dorian Gray lachend, als er sich auf die Bank am Ende des Gartens setzte.

»Es sollte Ihnen alles daran liegen, Herr Gray.« »Wieso?«

»Weil Sie die entzückendste Jugend haben, und es gibt ein Ding, das zu haben sich lohnt: Jugend.«

»Ich empfinde das nicht, Lord Henry.«

»Nein, Sie empfinden es jetzt nicht. Eines Tages, wenn Sie alt und runzlig und häßlich sein werden, wenn das Denken Ihre Stirn mit seinen Linien verwüstet und die Leidenschaft Ihre Lippen mit ihrem eklen Feuer gezeichnet hat, werden Sie es empfinden, furchtbar empfinden. Jetzt, gehen Sie, wohin Sie wollen, entzücken Sie alle Welt. Wird es immer so sein? ... Sie haben ein wunderbar schönes Gesicht, Herr Gray. Runzeln Sie nicht die Stirn, Sie haben es. Und Schönheit ist eine Form des Genies, steht in Wahrheit höher als das Genie, da sie keiner Erklärung bedarf. Sie gehört zu den großen Tatsachen der Welt, wie das Sonnenlicht oder der Frühling oder die Spiegelung der silbernen Muschel, die wir Mond nennen, in dunklen Gewässern. Sie kann nicht in Frage gestellt werden. Sie hat ihr göttliches Hoheitsrecht. Sie macht Fürsten aus denen, die sie haben. Sie lächeln? Oh! wenn Sie sie verloren haben, lächeln Sie nicht mehr... Die Menschen sagen manchmal, die Schönheit sei nur auf der

Oberfläche. Das mag wohl sein. Aber zum mindesten ist sie nicht so oberflächlich wie das Denken. Für mich ist Schönheit das Wunder aller Wunder. Nur hohle Menschen urteilen nicht nach dem Schein. Das wahre Geheimnis der Welt ist das Sichtbare, nicht das Unsichtbare.. . Ja, Herr Gray, die Götter sind Ihnen gnädig gewesen. Aber was die Götter geben, nehmen sie schnell wieder. Sie haben nur ein paar Jahre, in denen Sie wahrhaft, vollkommen, völlig leben können. Wenn Ihre Jugend dahingeht, verläßt Sie auch Ihre Schönheit, und dann werden Sie mit einem Male entdecken, daß es keine Siege mehr für Sie gibt, oder daß Sie sich mit den niedrigen Siegen begnügen müssen, die Ihnen die Erinnerung an Ihre Vergangenheit bitterer machen wird als Niederlagen. Jeder Monat, der dahingeht, bringt Sie etwas Schrecklichem näher. Die Zeit ist eifersüchtig auf Sie und führt Krieg gegen Ihre Lilien und Ihre Rosen. Sie werden gelb und hohlwangig werden und trübe blicken. Sie werden entsetzlich leiden ... Ah! nehmen Sie Ihre Jugend wahr, solange Sie sie haben! Vergeuden Sie nicht das Gold Ihrer Tage, leihen Sie den Langweiligen kein Ohr, versuchen Sie nicht, das Los derer, deren Existenz hoffnungslos verfehlt ist, zu verbessern, geben Sie Ihr Leben nicht an die Unwissenden, die Gemeinen, die Gewöhnlichen hin! Das sind die krankhaften Ziele, die falschen Ideale unserer Zeit. Leben Sie! Leben Sie das wundervolle Leben, das in Ihnen ist! Lassen Sie nichts für Sie verloren sein! Seien Sie immer auf der Suche nach neuen Erlebnissen für Ihre Sinne! Fürchten Sie nichts! ... Ein neuer Hedonismus – das ist es, was unser Jahrhundert braucht. Sie könnten sein sichtbares Symbol sein. Bei Ihrer Erscheinung gibt es nichts, was Sie nicht tun könnten. Die Welt gehört einen Sommer lang Ihnen... Im Augenblick, als ich Sie sah, merkte ich, daß Sie keine Ahnung haben, was Sie in Wahrheit sind, was Sie in Wahrheit sein könnten. Es war so viel in Ihnen, was mich entzündete, daß ich fühlte, ich müsse Ihnen etwas über Sie selber sagen. Mir kam der Gedanke, wie tragisch es wäre, wenn Sie vergebens wären. Denn nur so kurze Zeit dauert Ihre Jugend – so kurze Zeit. Die gemeinen Wiesenblumen welken, aber sie blühen wieder. Der Goldregen wird im nächsten Juni ebenso gelb sein wie jetzt. In einem Monat werden purpurne Sterne an der Klematis sein, und Jahr für Jahr wird die grüne Nacht ihrer Blätter ihre purpurnen Sterne in ihrem Dunkel hegen. Aber wir bekommen nie wieder unsre Jugend. Der Puls der Freude, der in uns schlägt, wenn wir zwanzig sind, wird träge.

Unsre Glieder ermatten, unsre Sinne verkommen. Wir verfallen und werden häßliche Puppen, und die Erinnerungen an die Leidenschaften verfolgen uns, vor denen wir zurückschreckten, und an die köstlichen Versuchungen, denen zu erliegen wir nicht den Mut hatten. Jugend! Jugend! Es gibt gar nichts in der Welt als Jugend.«

Dorian Gray hörte staunend mit weit geöffneten Augen zu. Der Fliederzweig, den er in der Hand hielt, fiel in den Sand. Eine pelzverbrämte Biene schoß heran und umschwirrte ihn einen Augenblick lang. Dann begann sie hurtig über all die kleinen Blütensterne zu klettern. Er beobachtete sie mit dem seltsamen Interesse an Kleinigkeiten, das wir in uns erwecken wollen, wenn wir Angst vor entscheidenden Dingen haben, oder wenn uns ein neues Gefühl peinigt, dem wir keinen Ausdruck finden, oder wenn ein Gedanke, der uns in Schrecken setzt, das Hirn bestürmt und uns zur Übergabe auffordert. Nach einer Weile flog die Biene weg. Er sah, wie sie in den gefleckten Trichter einer Windenblüte kroch. Die Blume schien zu zucken und schwankte dann graziös auf und ab. Da erschien der Maler an der Ateliertür und machte ihnen hintereinander kurze Zeichen, sie sollten hereinkommen. Sie wandten sich einander zu und lächelten.

»Ich warte,« rief er. »Kommt herein! Das Licht ist vorzüglich, und ihr könnt eure Gläser mitbringen.«

Sie standen auf und gingen langsam den Weg zurück. Zwei grünweiße Schmetterlinge flatterten an ihnen vorbei, und im Birnbaum an der Gartenecke hub eine Amsel zu singen an.

»Sie freuen sich, daß Sie mich kennen gelernt haben, Herr Gray?« sagte Lord Henry und blickte ihn an.

»Ja, ich freue mich jetzt. Ich weiß nicht, ob ich mich immer freuen werde.«

»Immer! das ist ein schreckliches Wort. Ich schaudere, wenn ich es höre. Die Frauen gebrauchen es so gern. Sie zerstören jeden Roman mit ihrem Versuch, ihn ewig währen zu lassen. Es ist zudem ein sinnloses Wort. Der einzige Unterschied zwischen einer Laune und einer lebenslänglichen Leidenschaft ist, daß die Laune etwas länger dauert.« Als sie ins Atelier traten, legte Dorian Gray seine Hand auf Lord Henrys Arm. »Dann soll unsre Freundschaft eine Laune sein,« sagte er leise und errötete über seine eigene Kühnheit. Darauf ging er auf das Podium und nahm seine Pose wieder an.

Lord Henry warf sich in einen bequemen Korbstuhl und sah ihn an. Die Striche und Hiebe des Pinsels auf der Leinwand waren das einzige Geräusch, das die Stille unterbrach, außer wenn hie und da Hallward zurücktrat, um seine Arbeit aus der Entfernung zu betrachten.

In den schrägen Sonnenstrahlen, die durch die offene Tür flossen, tanzte, von Gold überronnen, der Staub. Der schwere Duft der Rosen schien allenthalben zu lagern.

Nach etwa einer Viertelstunde hörte Hallward mit Malen auf, blickte lange auf Dorian Gray und dann lange auf das Bildnis, nagte an einem seiner langstieligen Pinsel und runzelte die Stirn. »Fertig!« rief er endlich, bückte sich hinab und schrieb in langen grellroten Buchstaben seinen Namen in die linke Ecke der Leinwand.

Lord Henry trat heran und blickte prüfend auf das Bild. Es war ohne Frage ein wundervolles Kunstwerk, und ebenso wundervoll war die Ähnlichkeit.

»Mein Lieber, ich gratuliere dir herzlich,« sagte er. »Das ist das beste Porträt unsrer ganzen Zeit. Herr Gray, kommen Sie und sehen sich an.« Der junge Mann fuhr auf wie aus einem Traum geweckt. »Ist es wirklich fertig?« fragte er und kam von dem Podium herab.

»Völlig fertig,« antwortete der Maler. »Und du hast heute glänzend gesessen. Ich bin dir überaus dankbar.«

»Das ist ganz und gar mein Verdienst,« warf Lord Henry ein. »Nicht wahr, Herr Gray?«

Dorian gab keine Antwort, sondern ging, ohne hinzuhören, auf das Bild zu. Als er es sah, trat er zurück, und seine Wangen erröteten einen Augenblick vor Vergnügen. Ein Ausdruck der Freude kam in seine Augen, als ob er sich zum erstenmal selbst gesehen hätte. Er stand reglos und staunend da, wobei er undeutlich hörte, daß Hallward zu ihm sprach, aber den Sinn der Worte nicht verstand. Der Eindruck seiner eigenen Schönheit kam wie eine Offenbarung über ihn. Er hatte ihn nie zuvor gehabt. Basil Hallwards Schmeicheleien waren ihm nur als reizende Übertreibungen der Freundschaft erschienen. Er hatte sie gehört, über sie gelacht und sie vergessen. Sie hatten keinen Einfluß auf sein Wesen gehabt. Da war Lord Henry Wotton mit seinem seltsamen Hymnus auf die Jugend, seiner furchtbaren Warnung vor ihrer Flüchtigkeit gekommen.

Das hatte ihn zur rechten Zeit geweckt, und als er jetzt dastand und das Abbild seiner eigenen Schönheit beschaute, brach die volle Wirklichkeit der Schilderung über ihn herein. Ja, es kam ein Tag, an dem sein Antlitz verrunzelt und welk war, seine Augen trübe und farblos, die Grazie seiner Gestalt gebrochen und entstellt. Das Scharlachrot verschwand von seinen Lippen, und der Goldschimmer schlich sich aus seinen Haaren weg. Das Leben, das seine Seele bildete, zerstörte seinen Körper. Es war ihm beschieden, gräßlich, widerwärtig, abscheulich zu werden.

Als er daran dachte, durchfuhr ihn ein stechender Schmerz wie ein Messer, und jede zarte Fiber seines Wesens erbebte. Seine Augen umdunkelten sich, und ein Tränenschleier fiel über sie. Er hatte das Gefühl, es lege sich eine eisige Hand auf sein Herz.

»Gefällt es dir nicht?« rief Hallward endlich, dem das Schweigen des Jünglings, dessen Bedeutung er nicht verstand, ein Stachel war.

»Natürlich gefällt es ihm,« sagte Lord Henry. »Wem sollte es nicht gefallen! Es gehört zum Größten in der modernen Kunst. Ich gebe dir dafür, was du verlangst. Ich muß es haben!«

»Es ist nicht mein Eigentum, Harry.«

»Wessen denn?«

»Dorians natürlich,« antwortete der Maler. »Da ist er glücklich zu preisen.«

»Wie traurig ist das!« sagte Dorian Gray leise und wandte die Augen nicht von seinem eigenen Bildnis. »Wie traurig ist das! Ich werde alt und gräßlich und widerwärtig werden, aber dieses Bild wird immer jung bleiben. Es wird nie älter sein als dieser Junitag heute... Wenn es nur umgekehrt wäre! Wenn ich immer jung bleiben könnte und dafür das Bild immer älter würde! Dafür – dafür – dafür gäbe ich alles! Ja, es gibt nichts in der ganzen Welt, was ich nicht dafür gäbe! Ich gäbe meine Seele dafür!«

»Du wärst mit einer solchen Abmachung schwerlich einverstanden, Basil,« rief Lord Henry lachend. »Dein Bild würde bald schlimm aussehen.«

»Ich würde entschieden protestieren, Harry,« sagte Hallward.

Dorian Gray wandte sich um und sah ihn an. »Das glaube ich dir, Basil. Du liebst deine Kunst mehr als deine Freunde. Ich bin für dich nicht mehr, als eine Figur aus grüner Bronze ist. Kaum so viel, dürfte ich sagen.«

Der Maler starrte ihn erstaunt an. Es sah Dorian so gar nicht ähnlich, so zu sprechen. Was war geschehen? Er schien heftig erregt. Sein Gesicht war gerötet und seine Wangen glühten.

»Ja«, fuhr er fort, »ich bin dir weniger als dein Hermes aus Elfenbein oder dein silberner Faun. Die wirst du immer liebhaben. Wie lange wirst du mich liebhaben? Vermutlich bis zur ersten Runzel. Ich weiß jetzt, daß man, wenn man erst seine Schönheit verliert, alles verloren hat. Dein Bild hat mich das gelehrt. Lord Henry Wotton hat völlig recht. Es gibt nur ein Ding, das zu haben sich verlohnt: Jugend. Wenn ich merke, daß ich alt werde, werde ich mich umbringen.«

Hallward wurde blaß und griff nach seiner Hand. »Dorian, Dorian!« rief er, »sprich nicht so! Ich hatte nie einen Freund wie dich, und ich werde nie wieder so einen haben. Du bist doch nicht eifersüchtig auf tote Dinge, wie? – Du, der schöner ist als irgendeins von ihnen!«

»Ich bin eifersüchtig auf alles, dessen Schönheit nicht stirbt. Ich bin eifersüchtig auf das Bild, das du von mir gemalt hast. Warum soll es behalten, was ich verlieren muß? Jeder Augenblick, der vergeht, nimmt mir etwas und gibt ihm etwas. Oh, wenn es nur umgekehrt wäre! Wenn das Bild sich verändern könnte, und ich immer sein könnte, was ich jetzt bin! Warum hast du es gemalt? Es wird mich eines Tages verhöhnen – furchtbar verhöhnen!« Heiße Tränen traten ihm in die Augen; er riß seine Hand los, warf sich auf den Diwan und barg sein Gesicht in den Kissen, als ob er betete.

»Das ist dein Werk, Harry,« sagte der Maler in bitterem Tone.

Lord Henry zuckte die Achseln. »Es ist der wahre Dorian Gray – weiter nichts.«

»Das ist er nicht.«

»Wenn er es nicht ist, was habe ich damit zu tun?«

»Du hättest weggehen sollen, als ich dich darum bat,« zürnte er.

»Ich blieb, als du mich batest,« war Lord Henrys Antwort.

»Harry, ich kann nicht auf einmal mit meinen zwei besten Freunden streiten; aber ihr beide seid schuld, daß ich das schönste Werk, das ich je schuf, hassen muß, und ich will es vernichten. Was ist es als Leinwand und Farbe? Ich will nicht zugeben, daß es zwischen uns drei Lebendige tritt und unser Leben zerstört.«

Dorian Gray hob seinen goldig schimmernden Kopf aus dem Kissen und sah bleich und noch mit Tränen in den Augen zu ihm hin, wie er zu dem kienenen Maltisch hinüberging, der unter dem hohen Fenster stand. Was wollte er tun? Seine Finger wühlten unter den herumliegenden Zinntuben und trockenen Pinseln, als suchten sie etwas. Ja, sie suchten das lange Malmesser mit seiner dünnen Klinge aus biegsamem Stahl. Er hatte es endlich gefunden. Nun wollte er die Leinwand zerschneiden. Mit einem unterdrückten Seufzer sprang der junge Mann vom Diwan auf, rannte auf Hallward zu, riß ihm das Messer aus der Hand und warf es ans Ende des Ateliers.

»Tu es nicht, Basil, tu es nicht!« rief er. »Es wäre Mord.«

»Es freut mich, daß dir mein Werk endlich gefällt, Dorian,« sagte der Maler kalt, als er sich von seiner Überraschung erholt hatte. »Ich hätte es gar nicht gedacht.«

»Gefällt? Ich bin verliebt in das Bild, Basil. Es ist ein Teil von mir selbst. Ich fühle es.«

»Schön, sobald du trocken bist, wirst du gefirnißt, gerahmt und zu dir hingeschickt. Dann kannst du mit dir machen, was du willst.« Und er ging zur Glocke, um Tee zu bestellen. »Du nimmst doch Tee, Dorian? Du auch, Harry? Oder hast du etwas gegen so einfache Genüsse?«

»Ich liebe einfache Genüsse leidenschaftlich,« sagte Lord Harry. »Sie sind die letzte Zuflucht des Komplizierten. Aber ich bin kein Freund von Szenen, außer auf der Bühne. Was für törichte Burschen ihr seid, alle beide! Ich möchte wissen, wer es gewesen ist, der den Menschen als vernünftiges Tier definiert hat. Der Mensch ist vielerlei, aber er ist nicht vernünftig. Alles in allem bin ich froh, daß er es nicht ist: obwohl ich wünsche, ihr sonderbaren Kerle ließet den Zank um das Bild. Du hättest viel besser getan, es mir zu geben, Basil. Dieser törichte Knabe braucht es nicht wirklich; aber ich brauche es.«

»Wenn du es einem andern gibst als mir, Basil, werde ich dir nie verzeihen!« rief Dorian Gray, »und ich erlaube niemandem, mich einen törichten Knaben zu nennen.«

»Du weißt, das Bild gehört dir, Dorian. Ich gab es dir, bevor es entstanden war.«

»Und Sie wissen, Sie waren ein bißchen töricht, Herr Gray, und Sie protestieren nicht ernsthaft dagegen, daran erinnert zu werden, daß Sie überaus jung sind.«

»Ich hätte heute morgen noch sehr lebhaft protestiert, Lord Henry.«

»Ah, heute morgen! Sie haben seitdem einiges erlebt.«

Es klopfte an die Tür; der Diener trat ein und servierte auf einem japanischen Tischchen den Tee. Die Tassen klapperten, und ein georgischer Samowar summte. Zwei gewölbte Schüsseln wurden von einem jungen Diener hereingebracht. Dorian Gray goß den Tee ein. Die beiden Männer gingen langsam zum Tisch und sahen nach, was unter den Deckeln war.

»Wir wollen heute abend ins Theater gehn,« sagte Lord Henry. »Es ist sicher irgendwo etwas los. Ich habe versprochen, im White's Klub zum Essen zu sein, aber es ist nur ein alter Freund, der auf mich wartet; so kann ich ihm ein Telegramm schicken, ich sei krank, oder ich sei infolge einer späteren Verabredung am Kommen gehindert. Ich glaube, das wäre eine recht hübsche Entschuldigung: sie hätte ganz das Überraschende der Aufrichtigkeit.«

»Es ist so lästig, sich umzuziehen,« brummte Hallward. »Und wenn man den Gesellschaftsanzug anhat, dann ist er so gräßlich.«

»Ja,« antwortete Lord Henry träumerisch, »die Tracht unsres Jahrhunderts ist abscheulich. Sie ist so düster, so drückend. Die Sünde ist das einzige wirkliche Farbenelement, das dem Leben unsrer Zeit geblieben ist.«

»Du solltest wirklich vor Dorian solche Dinge nicht sagen, Harry.«

»Vor welchem Dorian? Dem einen, der uns den Tee eingießt, oder dem andern auf dem Bilde?«

»Vor keinem.«

»Ich ginge gern mit Ihnen ins Theater, Lord Henry,« sagte der junge Mann.

»Dann kommen Sie; und du auch, Basil, nicht wahr?«

»Ich kann wirklich nicht. Lieber nicht; ich habe eine Menge zu tun.«

»Schön. Dann werden wir zwei also allein gehn, Herr Gray.«

»Das wird mir großes Vergnügen machen.«

Der Maler biß sich auf die Lippen und schritt mit der Tasse in der Hand auf das Bild zu. »Ich werde beim wirklichen Dorian bleiben,« sagte er traurig.

»Ist es der wirkliche Dorian?« fragte das Original des Bildes und ging langsam zu ihm. »Sehe ich wirklich so aus?«

»Ja, du siehst genau so aus.« »Wie wundervoll, Basil!«

»Wenigstens ist deine Erscheinung genau so. Aber es wird sich nie verändern,« seufzte Hallward. »Das will etwas heißen!«

»Was die Menschen von der Beständigkeit und Treue für einen Lärm machen!« rief Lord Henry aus. »Und doch ist die Treue selbst in der Liebe lediglich eine Frage der Physiologie. Sie hat nichts mit unserm eigenen Willen zu tun. Junge Männer möchten treu sein und sind es nicht; alte Männer möchten treulos sein und können es nicht: weiter läßt sich nichts sagen.«

»Geh heute abend nicht ins Theater, Dorian,« sagte Hallward. »Bleib hier und iß mit mir.«

»Ich kann nicht, Basil.« »Warum?«

»Weil ich Lord Henry Wotton versprochen habe, ihn zu begleiten.«

»Er hat dich darum nicht lieber, daß du deine Versprechen hältst. Er bricht seine immer. Ich bitte dich, nicht zu gehn.«

Dorian Gray lachte und schüttelte den Kopf. »Ich beschwöre dich!«

Der Jüngling zögerte und blickte zu Lord Henry hinüber, der sie vom Teetisch aus mit belustigtem Lächeln beobachtete.

»Ich muß gehn, Basil,« antwortete er.

»Schön,« sagte Hallward und stellte seine Tasse auf das Tablett. »Es ist ziemlich spät, und da ihr euch noch umzuziehen habt, ist es besser, keine Zeit zu verlieren. Adieu, Harry! Adieu, Dorian! Komm bald zu mir. Komm morgen.«

»Gewiß.«

»Du vergißt es nicht?«

»Nein, natürlich nicht,« rief Dorian. »Und – Harry!«

»Ja" Basil?«

»Vergiß nicht, worum ich dich bat, als wir heute morgen im Garten waren!«

»Ich habe es vergessen.«

»Ich verlasse mich auf dich!«

»Ich wollte, ich könnte mich auf mich selbst verlassen,« sagte Lord Henry lachend. »Kommen Sie, Herr Gray, mein Wagen steht unten, und ich kann sie nach Hause fahren. Adieu, Basil! Es war ein sehr interessanter Nachmittag.«

Als die Tür sich hinter ihnen schloß, warf sich der Maler auf ein Sofa, und ein schmerzlicher Ausdruck kam in seine Züge.

Drittes Kapitel

Um halb ein Uhr am nächsten Tag schlenderte Lord Henry Wotton von Curzon Street nach The Albany hinüber, um seinen Onkel Lord Fermor, einen lustigen, aber etwas rauhen alten Junggesellen, zu besuchen, den die Außenwelt selbstsüchtig nannte, weil sie keinen besonderen Nutzen von ihm zog, der aber von der Gesellschaft freigebig genannt wurde, weil er den Menschen, die ihn amüsierten, gut zu essen gab. Sein Vater war britischer Botschafter in Madrid gewesen, als Isabella jung war und man an Prim noch nicht dachte, hatte sich aber in einem Augenblick ärgerlicher Laune aus dem diplomatischen Dienst zurückgezogen, weil man ihm nicht die Botschaft in Paris angeboten hatte, einen Posten, auf den er seiner Meinung nach auf Grund seiner Geburt, seiner Trägheit, des guten Englisch seiner Depeschen und seiner zügellosen Vergnügungslust Anspruch hatte. Der Sohn, der der Sekretär seines Vaters gewesen war, war zugleich mit seinem Chef zurückgetreten, was man damals ziemlich närrisch fand, und als der Titel einige Monate später auf ihn überging, hatte er sich dem ernsthaften Studium der großen aristokratischen Kunst gewidmet, absolut nichts zu tun. Er hatte zwei große Stadthäuser, zog es aber vor, in einer Junggesellenwohnung zu leben, da es bequemer war, und nahm meistens seine Mahlzeiten im Klub ein. Er widmete der Verwaltung seiner Bergwerke in den Midlandgrafschaften einige Aufmerksamkeit und entschuldigte diesen Schandfleck industrieller Betätigung gewöhnlich damit, daß er sagte, der Besitz von Kohle habe den einen Vorteil, einen Gentleman instand zu setzen, sich den Luxus zu leisten, auf seinem eigenen Herde Holz zu brennen. In der Politik war er Tory, ausgenommen wenn die Tones am Ruder waren, denn während dieser Zeit schimpfte er auf sie und nannte sie geradeheraus ein Pack von Radikalen. Er war ein Held seinem Bedienten gegenüber, der ihn terrorisierte, und ein Schrecken für die meisten seiner Verwandten, die er seinerseits terrorisierte. Nur England hatte ihn hervorbringen können, und er pflegte immer zu sagen, England komme auf den Hund. Seine Prinzipien waren altmodisch, aber seine Vorurteile waren nicht übel.
Als Lord Henry eintrat, saß sein Onkel in einer gewöhnlichen Jagdjoppe da, rauchte seine Manila und las brummend in den Times.

»Na, Harry,« sagte der alte Herr »was bringt dich so früh heraus? Ich dachte, ihr Stutzer steht nie vor zwei Uhr auf und seid nicht vor fünf Uhr sichtbar.«

»Reiner Familiensinn, ich versichere dich, Onkel Georg. Ich möchte etwas aus dir herausbringen.«

»Vermutlich Geld,« sagte Lord Fermor und verzog das Gesicht. »Nun, so setz dich und erzähle mir alles. Die jungen Leute von heutzutage meinen, Geld sei alles.«

»Ja,« erwiderte Lord Henry und befestigte seine Knopflochblume, »und wenn sie älter werden, wissen sie es. Aber ich brauche kein Geld. Nur Menschen, die ihre Rechnungen bezahlen, brauchen Geld, und ich bezahle meine nie. Kredit ist das Kapital eines Zweitgeborenen, und man lebt famos mit seiner Hilfe. Außerdem gehe ich immer zu Dartmoors Kaufleuten, und daher kommt es, daß sie mich in Ruhe lassen. Was ich brauche, ist Belehrung; keine nützliche Belehrung natürlich, nutzlose.«

»Nun, Harry, ich kann dir alles sagen, was in einem englischen Blaubuch steht, obwohl diese Kerle heutzutage eine Menge Unsinn schreiben. Als ich im diplomatischen Dienst stand, war es besser bestellt. Aber ich höre, sie stellen ihre Leute jetzt auf Grund von Prüfungen an. Was kann man davon erwarten? Prüfungen, Wertgeschätzter, sind reiner Humbug von Anfang bis zu Ende. Wenn einer ein Gentleman ist, weiß er völlig genug, und wenn er kein Gentleman ist, ist alles, was er weiß, von Übel für ihn.«

»Herr Dorian Gray hat nichts mit Blaubüchern zu tun, Onkel Georg,« sagte Lord Henry in seinem müden Ton.

»Herr Dorian Gray? Wer ist das?« fragte Lord Fermor und zog seine buschigen weißen Augenbrauen zusammen.

»Um das zu erfahren, bin ich hergekommen, Onkel Georg. Oder besser gesagt, ich weiß, wer er ist. Er ist der Enkel des letzten Lord Kelso. Seine Mutter war eine Devereux, Lady Margaret Devereux. Ich habe den Wunsch, daß du mir etwas von seiner Mutter erzählst. Was für eine Bewandtnis hatte es mit ihr? Wen heiratete sie? Du hast in deiner Zeit fast alle Menschen gekannt, und du wirst sie wohl auch gekannt haben. Ich habe für Herrn Gray zur Zeit sehr viel Interesse. Ich habe ihn jetzt eben kennen gelernt.«

»Kelsos Enkel!« wiederholte der alte Herr, »Kelsos Enkel! .. . Natürlich. .. Ich kannte seine Mutter sehr genau. Ich glaube, ich war bei ihrer Taufe. Sie war ein außergewöhnlich schönes Mädchen, Margaret Devereux, und machte alle Männer fast toll, als sie mit einem jungen Habenichts durchbrannte, einer vollkommenen Null, Wertgeschätzter, einem Fähnrich in einem Musketierregiment oder so was Ähnliches. Natürlich. Ich erinnere mich an die ganze Geschichte, als wäre sie gestern gewesen. Der arme Kerl wurde ein paar Monate nach der Hochzeit in einem Duell in Spaa getötet. Es war eine häßliche Sache dabei. Man erzählte, Kelso habe einen schurkischen Abenteurer, so einen Viechkerl aus Belgien, angeworben, um seinen Schwiegersohn öffentlich zu beleidigen, habe ihn bezahlt, Wertgeschätzter, damit er es tue, bezahlt, und der Bursche spießte seinen Mann auf wie eine Taube. Die Sache wurde vertuscht, aber Kelso aß eine Zeitlang sein Kotelett allein im Klub. Ich hörte, er habe seine Tochter zu sich zurückgeholt, und sie habe nie mehr ein Wort mit ihm gesprochen. O ja, es war eine schlimme Geschichte. Das Mädchen starb auch, starb binnen einem Jahr. So, sie hinterließ einen Sohn; wirklich? Das hatte ich vergessen. Was für ein Junge ist er? Wenn er seiner Mutter gleicht, muß er ein hübscher Bengel sein.«

»Er ist sehr hübsch,« bestätigte Lord Henry.

»Ich hoffe, er kommt in die rechten Hände,« fuhr der alte Mann fort. »Eine Menge Geld wartet auf ihn, wenn Kelso recht an ihm handelte. Seine Mutter hatte auch Geld. Die ganze Besitzung Selby fiel ihr zu von seiten ihres Großvaters. Ihr Großvater haßte Kelso, hielt ihn für einen gemeinen Hund. Das war er auch. Kam einmal nach Madrid, als ich da war. Wahrhaftig, ich schämte mich des Kerls. Die Königin fragte mich öfter, wer der englische Edelmann sei, der sich mit den Kutschern um den Fuhrlohn zankte. Eine ganze Geschichte haben sie daraus gemacht. Ich traute mich vier Wochen nicht an den Hof. Ich hoffe, er hat seinen Enkel besser als die Droschkenkutscher behandelt.«

»Ich weiß nichts davon,« erwiderte Lord Henry. »Ich denke mir, der Junge wird einmal wohlhabend sein. Er ist noch nicht großjährig. Selby gehört ihm, das weiß ich. Er sprach mir davon. Und... seine Mutter war sehr schön?«

»Margaret Devereux war eins der entzückendsten Menschenkinder, die ich je sah, Harry. Was in aller Welt sie dazu gebracht hat, so zu handeln, wie sie tat, habe ich nie verstehen können. Sie hätte, wen sie wollte, heiraten können. Carlington war verrückt nach ihr.

Allerdings war sie eine Romantische. Alle Frauen der Familie waren es. Die Männer waren eine traurige Bande, aber, bei Gott! die Weiber waren entzückend! Carlington rutschte auf den Knien vor ihr. Hat er mir selbst erzählt. Sie lachte ihn aus, dabei gab es damals in London kein Mädchen, das nicht auf ihn aus gewesen wäre. Nebenbei, Harry, weil wir schon über törichte Heiraten sprechen: was ist das für ein Blödsinn, den mir dein Vater von Dartmoor erzählt, er wolle eine Amerikanerin heiraten? Sind englische Mädchen ihm nicht gut genug, hä?«

»Es ist jetzt Mode, Amerikanerinnen zu heiraten, Onkel Georg.«

»Ich werde die englischen Frauen gegen die ganze Welt verteidigen, Harry,« sagte Lord Fermor und schlug mit der Faust auf den Tisch.

»Man wettet auf die Amerikanerinnen.« »Sie halten sich nicht, hab ich gehört.«

»Eine lange Verlobung erschöpft sie, aber in einer Steeplechase sind sie prächtig. Sie nehmen alles im Flug. Ich glaube nicht, daß Dartmoor Aussichten hat.«

»Was sind ihre Angehörigen?« grollte der alte Herr. »Hat sie überhaupt welche?«

Lord Henry schüttelte den Kopf. »Amerikanische Mädchen sind so geschickt im Verbergen ihrer Eltern, wie englische Frauen im Verbergen ihrer Vergangenheit,« sagte er und erhob sich zum Gehen. »Sie sind vermutlich Schweinefleischpacker?«

»Ich hoffe es, Onkel Georg, um Dartmoors willen. Man hat mir gesagt, daß das Schweinefleischpacken in Amerika nach der Politik die einträglichste Beschäftigung ist.«

»Ist sie hübsch?«

»Sie tritt auf, als ob sie schön wäre. Das tun die meisten Amerikanerinnen. Es ist das Geheimnis ihrer Anziehungskraft. «

»Warum bleiben diese Amerikanerinnen nicht bei sich zu Hause? Sie erzählen uns immer, es sei das Paradies für Frauen.«

»Das ist es. Das ist der Grund, warum sie wie Eva so gierig danach sind, herauszukommen,« sagte Lord Henry. »Adieu! Onkel Georg! Ich komme zu spät zum Frühstück, wenn ich länger bleibe. Danke sehr für die Belehrung, die du mir gabst! Es ist mir immer recht, von meinen neuen Freunden alles und von meinen alten nichts zu wissen.«

»Wo wirst du frühstücken, Harry?«

»Bei Tante Agatha. Ich habe mich und Herrn Gray bei ihr eingeladen. Er ist ihr neuester Protegé.«

»Hm! sage deiner Tante Agatha, Harry, sie solle mich mit ihren Wohltätigkeitsaufrufen in Ruhe lassen. Die habe ich satt. Wahrhaftig, die gute Frau meint, ich hätte nichts Besseres zu tun, als für ihre albernen Liebhabereien Schecks zu schreiben.«

»Schon recht, Onkel Georg, ich will es ihr sagen, aber es wird zwecklos sein. Wohltätige haben allen Sinn für Menschlichkeit verloren. Daran erkennt man sie.«

Der alte Herr brummte zustimmend und läutete seinem Diener. Lord Henry ging durch den niedrigen Säulengang nach Burlington Street und wandte seine Schritte in der Richtung nach Berkeley Square.

Das war also die Geschichte der Eltern Dorian Grays. So roh die Form war, in der sie ihm berichtet worden, hatte sie ihn doch erregt und ihm den Eindruck eines seltsamen, fast modernen Romans gemacht. Eine schöne Frau, die alles um eine wahnsinnige Leidenschaft wagt. Ein paar wilde Wochen des Glücks, kurz abgeschnitten durch ein scheußliches, verräterisches Verbrechen. Monate sprachloser Verzweiflung und dann ein Kind, das in Schmerzen geboren wurde. Die Mutter vom Tode weggenommen, der Knabe in Einsamkeit und der Tyrannei eines lieblosen alten Mannes überlassen. Ja, das war ein interessanter Hintergrund. Er gab dem jungen Menschen Relief, machte ihn vollkommener als zuvor. Hinter allem Erlesenen in der Welt lag etwas Tragisches, Welten hatten kreisen müssen, damit das unscheinbarste Blümchen aufblühen konnte... Und wie entzückend war er gestern abend gewesen, als er mit erschreckten Augen, die Lippen in scheuer Luft geöffnet, ihm im Klub gegenüber saß und die roten Schirme der Kerzen das erwachende Wunder seines Gesichts noch rosiger färbten. Zu ihm sprechen war, wie wenn man auf einer köstlichen Geige spielte. Er entsprach jedem Strich und jeder zitternden Bewegung des Bogens... Es war doch etwas schrecklich Unterjochendes in der Ausübung eines Einflusses. Keine andre Betätigung war ihr zu vergleichen. Seine Seele in eine anmutige Gestalt zu projizieren und sie dort einen Augenblick verweilen zu lassen; seine eigenen Geistestendenzen im Echo zu hören, vermehrt um all die Musik der Leidenschaft und Jugend; sein Temperament in ein andres hineinzuleiten, als ob es ein feines Fluidum oder ein seltsamer Duft wäre: darin lag eine wahrhafte Freude – vielleicht die befriedigendste Freude, die uns in einer Zeit geblieben, die so beschränkt und gemein war wie unsre, die in ihren Genüssen so grob fleischlich und in ihren Zielen so grob gewöhnlich war... Auch war er ein wunderbarer Typus, dieser Jüngling, den er durch so seltsamen Zufall in Basils Atelier kennen gelernt hatte, oder konnte wenigstens zu einem wundervollen Typus gemodelt werden. Grazie war ihm verliehen und die weiße Reinheit der Knabenunschuld, und Schönheit, wie sie alte griechische Marmorwerke bewahrten. Es gab nichts, was sich nicht aus ihm machen ließ. Er konnte zu einem Titanen oder zu einem Spielzeug gemacht werden. Was war es für ein Jammer, daß solche Schönheit zum Verwelken bestimmt war!.. Und Basil? Wie interessant er, psychologisch betrachtet, doch war! Die neue Art in der Kunst, die neue Weise, das Leben anzusehn, so seltsam erweckt durch das bloße sichtbare Dasein eines Menschen, der von alledem nichts wußte; der stille Geist, der in einer düsteren Waldlandschaft wohnte und ungesehen im freien Felde wandelte, zeigte sich plötzlich, dryadengleich und ohne Scheu, weil in der Seele dessen, der auf der Suche nach ihm war, die wundervolle Vision erwacht war, der allein wundervolle Dinge offenbart werden. Die bloßen Formen und Abbilder von Dingen wurden gleichsam geläutert und erlangten eine Art symbolischer Bedeutung, als ob sie selber Abbilder einer andern und vollendetem Form wären, deren Schatten sie zur Wirklichkeit machten: wie seltsam das alles war! Er erinnerte sich an Ähnliches in der Geschichte. War es nicht Plato, der Künstler in der Welt des Denkens, der es zuerst untersucht hatte? War es nicht Buonarroti, der es in die farbigen Marmorstücke einer Sonettenfolge gemeißelt hatte? Aber in unserm Jahrhundert war es seltsam... Ja, er wollte den Versuch machen, für Dorian Gray zu sein, was, ohne es zu wissen, der Jüngling dem Maler war, der das wundervolle Porträt geschaffen hatte. Er wollte suchen, in ihm Herr zu sein – hatte es in Wahrheit bereits halb und halb erreicht. Er wollte diesen wundervollen Geist zu seinem eigenen machen. Es war etwas unwiderstehlich Anziehendes in diesem Kind der Liebe und des Todes.

Plötzlich blieb er stehen und blickte an den Häusern empor. Er merkte, daß er schon vor einer Weile am Hause seiner Tante vorübergegangen war, und kehrte still lächelnd wieder um. Als er in die etwas düstere Halle eintrat, sagte ihm der Diener, man habe bereits mit dem

Frühstück begonnen. Er gab einem Lakaien Hut und Stock und ging ins Speisezimmer.

»Spät, wie gewöhnlich,« rief seine Tante und schüttelte den Kopf.

Er erfand geschickt eine Entschuldigung, setzte sich auf den leeren Stuhl neben ihr und blickte sich um, um zu sehen wer da war. Dorian, der am Ende der Tafel saß, grüßte ihn schüchtern, und ein freudiges Erröten trat auf seine Wangen. Gegenüber saß die Herzogin von Harley, eine bewunderungswürdig gutmütige und gut gelaunte Dame, die jeder gern hatte, der sie kannte, und die in den umfangreichen Maßen gebaut war, die man bei Frauen, die nicht Herzoginnen sind, Beleibtheit nennt. Neben ihr, zu ihrer Rechten, saß Sir Thomas Burdon, ein radikales Parlamentsmitglied, das im öffentlichen Leben seinem Leader und im Privatleben den besten Köchen folgte, und in Gemäßheit einer weisen und wohlbekannten Regel mit den Tones speiste und mit den Liberalen dachte. Den Platz zu ihrer Linken nahm Herr Erskine of Treadley ein, ein alter scharmanter und gebildeter Herr, der jedoch die schlechte Gewohnheit des Schweigens angenommen hatte, da er, wie er einmal Lady Agatha erklärt hatte, mit allem, was er zu sagen hatte, vor seinem dreißigsten Lebensjahr fertig geworden war. Seine eigene Nachbarin war Frau Vandeleur, eine der ältesten Freundinnen seiner Tante, eine vollkommene Heilige unter Frauen, aber so schrecklich angezogen, daß sie einem wie ein geschmacklos gebundenes Gebetbuch vorkam. Zum Glück für ihn hatte sie an der andern Seite Lord Faudel, eine sehr intelligente Mittelmäßigkeit im besten Alter, der so kahl war wie die Mitteilung eines Ministers im Unterhaus, und mit dem sie sich in dem tiefernsten Tone unterhielt, der, wie Lord Henry einmal selbst bemerkt hatte, der eine unverzeihliche Fehler ist, in den alle wahrhaft guten Menschen verfallen, und den keiner unter ihnen ganz vermeiden kann.

»Wir sprechen über den armen Dartmoor, Lord Henry,« rief die Herzogin und nickte ihm vergnügt über den Tisch weg zu. »Glauben Sie, daß er wirklich dieses reizende junge Mädchen heiraten wird?«

»Ich glaube, Frau Herzogin, sie hat sich in den Kopf gesetzt, um ihn anzuhalten.«

»Wie schrecklich!« rief Lady Agatha. »Wirklich, es sollte sich jemand ins Mittel legen.«

»Ich erfahre aus vorzüglicher Quelle, ihr Vater habe ein amerikanisches Kurzwarengeschäft,« sagte Sir Thomas Burdon mit stolzem Blick.

»Mein Onkel hat bereits behauptet, er habe eine Schweinefleischpackerei, Sir Thomas.«

»Kurzwaren! Was sind amerikanische Kurzwaren?« fragte die Herzogin und erhob staunend ihre großen Hände.

»Amerikanische Romane,« antwortete Lord Henry. Die Herzogin machte ein erstauntes Gesicht.

»Hören Sie nicht auf ihn, Liebste,« flüsterte Lady Agatha. »Er meint nie im Ernst, was er sagt.«

»Als Amerika entdeckt wurde,« hub der radikale Abgeordnete an und ließ etliche langweilige Tatsachen los. Wie alle Menschen, die ein Thema erschöpfen wollen, erschöpfte er seine Zuhörer. Die Herzogin seufzte und übte ihr Vorrecht, zu unterbrechen. »Wollte Gott, es wäre überhaupt nie entdeckt worden!« rief sie aus. »Wahrhaftig, unsre jungen Mädchen haben keine Aussichten heutzutage. Es ist empörend!«

»Wenn man's recht betrachtet, ist Amerika vielleicht gar nicht entdeckt worden,« sagte Herr Erskine in orakelhaftem Ton; »ich würde vorziehen zu sagen: man ist dahinter gekommen.«

»Aber ich habe Exemplare der Einwohnerinnen gesehen,« antwortete die Herzogin zerstreut. »Ich muß gestehen, die meisten von ihnen sind überaus hübsch. Und zudem ziehen sie sich gut an. Sie lassen alle ihre Kleider in Paris machen. Ich wollte, ich könnte mir das auch leisten.«

»Man sagt, wenn gute Amerikaner sterben, gehen sie nach Paris,« kicherte Sir Thomas, der einen großen Schrank voll abgelegter Witze besaß.

»Wirklich? Und wohin gehen schlechte Amerikaner, wenn sie sterben?« fragte die Herzogin.

»Sie gehen nach Amerika,« murmelte Lord Henry.

Sir Thomas runzelte die Stirn. »Ich fürchte, Ihr Neffe hat ein Vorurteil gegen dieses große Land,« sagte er zu Lady Agatha. »Ich habe ganz Amerika bereist, in Salonwagen, die die Direktionen mir stellten. Man ist dort in diesen Dingen äußerst entgegenkommend. Ich versichere Sie, es ist ein Bildungselement, das Land kennen zu lernen.«

»Aber müssen wir wirklich nach Chicago reisen, um gebildet zu werden?« fragte Herr Erskine in klagendem Ton. »Ich bin nicht aufgelegt zu der Reise.«

Sir Thomas schob seine Hand durch die Luft. »Herr Erskine hat die Welt in seinen Bücherschränken. Wir Männer der Praxis möchten die Dinge sehen, nicht über sie lesen. Die Amerikaner sind ein überaus interessantes Volk. Sie sind ganz und gar vernünftig. Ich glaube, das ist ihr Kennzeichen. Jawohl, Herr Erskine, ein ganz und völlig vernünftiges Volk. Ich versichere Sie, es gibt keinen Unsinn bei den Amerikanern.«

»Wie gräßlich!« rief Lord Henry. »Ich kann brutale Gewalt aushalten, aber brutale Vernunft ist ganz unerträglich. Es ist unbillig, sie anzuwenden. Es heißt, den Intellekt unterdrücken.«

»Ich verstehe Sie nicht,« sagte Sir Thomas und wurde etwas rot.

»Ich verstehe, Lord Henry,« sagte Herr Erskine lächelnd.

»Paradoxa sind in ihrer Art ganz gut. . .,« versetzte Sir Thomas.

»War das paradox?« fragte Herr Erskine. »Ich hielt es nicht dafür. Vielleicht. Nun, der Weg zur Wahrheit führt über Paradoxien. Um die Wahrheit zu prüfen, muß man sie seiltanzen lassen. Wenn die Wahrheiten Akrobaten werden, können wir über sie urteilen.«

»Mein Gott!« sagte Lady Agatha, »wie diskutiert ihr Männer! Wahrhaftig, ich bringe nie heraus, wovon ihr sprecht. O Harry, ich bin ganz böse mit dir! Warum versuchst du, Herrn Gray zu überreden, nicht mehr ins Eastend zu gehn? Ich versichere dich, er wäre dort ganz unschätzbar. Die Leute wären entzückt über sein Spiel.«

»Ich habe den Wunsch, daß er für mich spielt,« rief Lord Henry lächelnd und blickte ans Ende des Tisches, von wo er einen strahlenden Blick zur Antwort erhielt.

»Aber die Menschen in Whitechapel sind so unglücklich,« fuhr Lady Agatha fort.

»Ich kann mit allem Mitgefühl haben, nur nicht mit Leiden,« sagte Lord Henry und zuckte mit den Schultern. »Da kann ich nicht mitfühlen. Es ist zu häßlich, zu schauderhaft, zu quälend. Es liegt etwas schrecklich Krankhaftes in dem Mitgefühl unsrer Zeit mit dem Elend. Man sollte mit der Farbigkeit, der Schönheit, der Freude des Lebens mitfühlen. Je weniger über den Jammer des Lebens gesagt wird, um so besser.«

»Jedoch das Eastend ist eine sehr wichtige Frage,« bemerkte Sir Thomas und schüttelte ernsthaft den Kopf.

»Ganz richtig,« antwortete der junge Lord. »Es ist das Problem der Sklaverei, und wir machen den Versuch, es dadurch zu lösen, daß wir die Sklaven amüsieren.«

Der Politiker warf ihm einen durchdringenden Blick zu. »Welche Änderung schlagen Sie denn also vor?« fragte er.

Lord Henry lachte. »Ich habe nicht den Wunsch, irgend etwas in England zu ändern, außer dem Wetter,« war seine Antwort. »Ich ergebe mich in philosophischer Beschaulichkeit und bin zufrieden damit. Indessen, da das neunzehnte Jahrhundert durch übermäßigen Verbrauch von Mitgefühl Bankrott gemacht hat, möchte ich vorschlagen, wir wenden uns an die Wissenschaft, damit sie uns aufrichtet. Der Nutzen der Empfindungen ist, daß sie uns in die Irre führen, und der Nutzen der Wissenschaft ist, daß sie nicht empfindsam ist.«

»Aber wir haben eine so ernste Verantwortung,« wagte Frau Vandeleur schüchtern einzuwerfen.

»Furchtbar ernst,« stimmte Lady Agatha bei.

Lord Henry blickte zu Herrn Erskine hinüber.

»Die Menschheit nimmt sich selbst zu ernst. Das ist die Erbsünde der Welt. Wenn der Höhlenmensch sich aufs Lachen verstanden hätte, wäre die Geschichte andre Wege gegangen.«

»Sie sind fürwahr sehr tröstlich,« zwitscherte die Herzogin. »Ich habe immer ein Schuldgefühl verspürt, wenn ich Ihre liebe Tante besuchte, denn ich interessiere mich nicht im mindesten für Eastend. In Zukunft werde ich ihr ohne Erröten in die Augen sehen können.«

»Erröten steht den Damen sehr gut,« bemerkte Lord Henry. »Nur wenn man jung ist,« antwortete sie. »Wenn eine alte Frau wie ich errötet, ist es ein sehr schlimmes Zeichen. Ach, Lord Henry, ich wollte, Sie könnten mir sagen, wie man wieder jung wird!«

Er dachte einen Augenblick nach. »Können Sie sich an irgendeinen großen Fehler erinnern, den Sie in jungen Tagen begangen haben, Frau Herzogin?« fragte er und blickte sie über den Tisch hin an.

»Oh, an sehr viele, fürchte ich!« rief sie aus.

»Dann begehen Sie sie noch einmal,« sagte er ernsthaft. »Um seine Jugend wiederzuerlangen, braucht man bloß seine Torheiten zu wiederholen.«

»Eine reizende Theorie!« rief sie. »Ich muß sie in die Praxis umsetzen.«

»Eine gefährliche Theorie!« kam es zwischen den zusammengepreßten Lippen Sir Thomas' hervor. Lady Agatha schüttelte den Kopf, konnte aber nichts dagegen tun, daß das Gespräch sie amüsierte. Herr Erskine hörte zu.

»Ja,« fuhr Lord Henry fort, »das ist eins der großen Geheimnisse des Lebens. Heutzutage sterben die meisten Menschen an einer Art schleichendem Menschenverstand und kommen, wenn es zu spät ist, dahinter, daß die einzigen Dinge, die einer nie bereut, seine Fehler sind.«

Ein Lachen erhob sich am Tisch.

Nun spielte er mit dem Gedanken, wie es ihm beliebte; warf ihn in die Luft und wandelte ihn um; ließ ihn verschwinden und fing ihn wieder auf; ließ ihn phantastisch funkeln und beflügelte ihn mit Paradoxien. Das Lob der Narrheit erhob sich, als er fortfuhr, zu einer Philosophie, und die Philosophie selbst wurde jung, und zum Klang der tollen Musik der Lust bekleidet, mochte es einen bedünken, mit ihrem eingefleckten Gewande und einem Efeukranz im Haar – tanzte sie wie eine Bacchantin über die Hänge des Lebens und neckte den trägen Silen, weil er nüchtern blieb. Die Tatsachen flohen vor ihr wie erschreckte Tiere des Waldes. Ihre weißen Füße traten die mächtige Kelter, an der der weise Omar sitzt, bis der schäumende Traubensaft in purpurnen Blasen wogend an ihren nackten Beinen hochstieg oder in rotem Schaum über die schwarzen, tropfenden, bauchigen Seiten des Fasses herablief. Es war eine glänzende Improvisation. Er spürte, daß die Augen Dorian Grays auf ihn gerichtet waren, und das Bewußtsein, daß unter seinen Zuhörern einer war, dessen Naturell er bezaubern wollte, schien seinen Witz funkelnd zu machen und seiner Phantasie Farbe zu geben. Er war glänzend, phantasievoll, unwiderstehlich. Er entzückte seine Zuhörer aus sich selber, und lachend folgten sie seinen verführerischen Tönen. Dorian Gray verwandte den Blick nicht von ihm, sondern saß wie unter einem Banne da; ein Lächeln nach dem andern glitt über sein Gesicht, und schweres Staunen stieg in seine umdunkelten Augen.

Endlich trat in der Livree des Jahrhunderts die Wirklichkeit ins Gemach, und zwar in Gestalt eines Bedienten, der der Herzogin meldete, daß ihr Wagen vorgefahren war. Sie rang die Hände in affektierter Verzweiflung.

»Wie schade!« rief sie. »Ich muß meinen Mann im Klub abholen und mit ihm in so eine alberne Versammlung bei Willies gehn, wo er den Vorsitz führt. Wenn ich zu spät komme, wird er gewiß wütend, und wenn ich diesen Hut aufhabe, vertrage ich keine Szene. Er ist zu diffizil. Ein starkes Wort – und er ist ruiniert. Nein, ich muß gehn, liebe Agatha. Adieu, Lord Henry! Sie sind sehr amüsant und schrecklich unmoralisch. Wahrhaftig, ich weiß nicht, was ich zu Ihren Ansichten sagen soll. Sie müssen einmal bei uns zu Abend essen. Vielleicht Dienstag? Sind Sie am Dienstag frei?«

»Für Sie würde ich jeden sitzen lassen, Frau Herzogin,« sagte Lord Henry mit einer Verbeugung.

»Ah! das ist sehr hübsch und sehr abscheulich von Ihnen,« rief sie; »so kommen Sie also, bitte,« und sie rauschte hinaus, gefolgt von Lady Agatha und den andern Damen.

Als Lord Henry sich wieder gesetzt hatte, näherte sich ihm Herr Erskine, setzte sich neben ihn und legte die Hand auf seinen Arm.

»Sie reden wie ein Buch,« sagte er, »warum schreiben Sie keins?«

»Ich lese so gern Bücher, daß ich mir nichts daraus mache, welche zu schreiben, Herr Erskine. Gewiß, einen Roman würde ich gern schreiben, der so schön und so unwirklich wie ein persischer Teppich sein müßte. Aber es gibt in England kein literarisches Publikum, außer für Zeitungen, Fibeln und Nachschlagewerke. Von allen Menschen der Welt haben die Engländer den geringsten Sinn für die Schönheit der Literatur.«

»Ich fürchte, Sie haben recht,« antwortete Herr Erskine. »Ich hatte auch einmal literarischen Ehrgeiz, aber ich habe ihn seit langem aufgegeben. Und nun, lieber junger Freund
- wenn Sie mir erlauben wollen, Sie so zu nennen –, darf ich fragen, ob Sie wirklich alles im Ernst meinten, was Sie beim Frühstück zu uns sprachen?«

»Ich weiß gar nicht mehr, was ich sagte,« lächelte Lord Henry. »War es alles sehr böse?«

»Sehr böse, allerdings! Ich halte Sie für überaus gefährlich, und wenn unsrer guten Herzogin etwas zustößt, werden wir alle Sie in erster Linie dafür verantwortlich machen. Aber ich unterhielte mich gern mit Ihnen über das Leben. Die Generation, in die ich hineingeboren bin, war sehr trist. Kommen Sie einmal, wenn Sie genug von London haben, zu mir nach Treadley, und erklären Sie mir Ihre Philosophie der Lust bei einem vorzüglichen Burgunder, den zu besitzen ich mich freue.«

»Das wird mir großes Vergnügen machen. Ein Besuch in Treadley ist ein großer Vorzug. Es hat einen vollendeten Wirt und eine vollendete Bibliothek.«

»Die mit Ihnen komplett sein wird,« antwortete der alte Herr mit artiger Verbeugung.

»Und jetzt muß ich mich von Ihrer trefflichen Tante verabschieden. Ich muß in den Athenäum-Klub gehn. Es ist die Stunde, wo wir da schlafen.«

»Sie alle, Herr Erskine?«

»Vierzig, in vierzig Lehnstühlen. Wir üben uns für eine *Académie Anglaise.* »

»Lord Henry lachte und stand auf. »Ich gehe in den Park rief er.

Als er hinaustrat, berührte ihn Dorian Gray am Arm. »Ich möchte mit Ihnen gehn,« sagte er leise.

»Aber ich dachte, Sie hätten Basil Hallward versprochen, zu ihm zu kommen,« erwiderte Lord Henry.

»Ich möchte lieber mit Ihnen gehn; ja, ich fühle, ich muß mit Ihnen gehn. Erlauben Sie es mir? Und versprechen Sie mir, die ganze Zeit zu mir zu sprechen? Niemand spricht so wundervoll wie Sie.«

»Ach! ich habe für heute gerade genug geredet,« sagte Lord Henry lächelnd. »Alles, was ich jetzt wünsche, ist, das Leben zu beschauen. Wenn Sie wollen, so kommen Sie mit und beschauen Sie es mit mir.«

Viertes Kapitel

Eines Nachmittags, einen Monat später, saß Dorian Gray zurückgelehnt in einem üppigen Lehnstuhl in dem kleinen Bibliothekzimmer im Hause Lord Henrys in Mayfair. Es war in seiner Art ein entzückendes Zimmer mit seiner hohen, getäfelten Wandverkleidung aus olivenfarbenem Eichenholz, mit seiner mattgelben Decke und dem Fries mit Stuckverzierungen und dem ziegelmehlfarbenen Filzteppich, auf dem seidene, langbefranste persische Decken herumlagen. Auf einem zierlichen Tischchen aus Satinholz stand eine Statuette von Clodion, und daneben lag ein Exemplar der *'Cent Nouvelles'* das Clovis Eve für Margarete von Vabis gebunden hatte und in das vergoldete Gänseblümchen geprägt waren, die diese Königin als ihr Wahrzeichen erwählt hatte. Ein paar große blaue Porzellankrüge und Papageientulpen standen auf dem Kaminsims, und durch die kleinen, mit Blei eingefaßten Scheiben der Fenster floß das aprikosenfarbene Licht eines Londoner Sommertags.

Lord Henry war noch nicht gekommen. Er verspätete sich immer aus Prinzip, da es sein Prinzip war, daß Pünktlichkeit einem die Zeit stiehlt. So sah der Junge Mann recht verdrießlich drein, wie er lässig eine reich illustrierte Ausgabe der Manon Lescaut durchblätterte, die er in einem der Bücherschränke gefunden hatte. Das regelmäßige, eintönige Ticken der Louis-Quatorze-Uhr quälte ihn. Ein- oder zweimal dachte er daran fortzugehn. Endlich hörte er einen Schritt draußen, und die Tür öffnete sich. »Wie spät du kommst, Harry!« sagte er mit leisem Vorwurf.

»Ich fürchte, es ist nicht Harry, Herr Gray,« antwortete eine scharfe Stimme.

Er blickte sich schnell um und sprang auf die Füße.

»Ich bitte um Entschuldigung. Ich dachte...« »Sie dachten, es sei mein Mann. Es ist nur seine Frau. Sie müssen gestatten, daß ich mich selbst vorstelle. Ich kenne Sie ganz gut von Ihren Photographien her. Ich glaube, mein Mann hat siebzehn.«

»Doch nicht siebzehn, Lady Henry.«

»Nun denn also achtzehn. Und ich sah Sie gestern abend mit ihm in der Oper.« Sie lachte nervös, während sie sprach, und beobachtete ihn mit ihren verschwommenen Vergißmeinnichtaugen. Sie war eine absonderliche Frau, die fast immer in jemanden verliebt war und die, da ihr Gefühl nie erwidert wurde, sich alle ihre Illusionen bewahrt hatte. Sie versuchte, malerisch auszusehn. Es gelang ihr aber nur, unordentlich gekleidet zu sein. Sie hieß Viktoria und hatte eine krankhafte Neigung, in die Kirche zu gehn:

»Das war im ›Lohengrin‹, Lady Henry, nicht wahr?«

»Ja, es war im herrlichen ›Lohengrin‹. Ich liebe Wagners Musik mehr als irgendeine andre. Sie ist so laut, daß man sich die ganze Zeit unterhalten kann, ohne daß andre Menschen hören, was man sagt. Das ist ein großer Vorteil; meinen Sie nicht auch, Herr Gray?«

Dasselbe nervöse, kurz abgebrochene Lachen kam von ihren dünnen Lippen, und ihre Finger fingen an, mit einem langen Schildpattpapiermesser zu spielen.

Dorian lächelte und schüttelte den Kopf. »Ich fürchte, ich meine es nicht, Lady Henry. Ich spreche nie während der Musik – wenigstens nicht während guter Musik. Wenn man schlechte Musik hört, hat man die Pflicht, sie im Gespräch zu ertränken.«

»Oh! das ist einer von Harrys Sätzen, nicht wahr, Herr Gray? Ich höre Harrys Sätze immer aus dem Munde seiner Freunde. Es ist die einzige Art, auf die ich sie erfahre. Aber Sie dürfen nicht denken, daß ich gute Musik nicht liebe. Ich verehre sie, aber ich habe Angst davor. Sie macht mich zu romantisch. Ich habe Pianisten geradezu angebetet – manchmal zwei zu gleicher Zeit, behauptet Harry. Ich weiß nicht, was das mit ihnen ist. Vielleicht kommt es daher, daß sie Ausländer sind. Sie sind es alle, nicht wahr? Selbst die, die in England geboren sind, werden nach einiger Zeit Ausländer, nicht wahr? Das ist so klug von ihnen und für die Kunst so schmeichelhaft. Das macht sie kosmopolitisch, nicht wahr? Sie sind nie bei einer meiner Gesellschaften gewesen, nicht wahr, Herr Gray? Sie müssen kommen. Orchideen kann ich mir nicht leisten, aber für Ausländer ist mir nichts zu teuer. Sie machen ein Haus so malerisch. Aber hier ist Harry! – Harry, ich kam, um nach dir zu sehn, ich wollte dich etwas fragen – ich weiß nicht mehr was –, und ich fand Herrn Gray hier. Wir haben so reizend über Musik geplaudert. Wir denken ganz gleich darüber. Nein, ich glaube, wir denken ganz verschieden darüber. Aber er ist sehr scharmant gewesen. Ich freue mich so sehr, daß ich ihn gesehn habe.«

»Das ist recht, meine Liebe, ganz recht,« sagte Lord Henry, zog seine dunklen, sichelförmigen Brauen hoch und blickte die beiden mit vergnügtem Lächeln an. »Es tut mir so leid, daß ich mich verspätet habe, Dorian. Ich sah mich in Wardour Street nach einem Stück alten Brokat um und mußte stundenlang darum handeln. Heutzutage kennen die Menschen den Preis von allen Dingen und den Wert von keinem.«

»Ich fürchte, ich muß gehn,« rief Lady Henry und brach ein unangenehmes Schweigen mit ihrem albernen unmotivierten Lachen. »Ich habe versprochen, mit der Herzogin auszufahren.

Adieu, Herr Gray! Adieu, Harry! Du ißt nicht zu Hause, nicht wahr? Ich auch nicht. Vielleicht sehe ich dich bei Lady Thornbury.«

»Sehr wahrscheinlich, meine Liebe,« sagte Lord Henry und schloß die Tür hinter ihr, als sie, anzusehn wie ein Paradiesvogel, der die ganze Nacht im Regen gewesen, wie auf der Flucht das Zimmer verlassen hatte. Sie hinterließ einen leichten Duft von Jasminparfüm. Lord Harry steckte eine Zigarette an und machte sich's auf dem Sofa bequem.

»Heirate nie eine Frau mit strohfarbenem Haar, Dorian,« sagte er nach einigen Zügen.

»Warum nicht, Harry?«

»Weil sie so sentimental sind.«

»Aber ich liebe sentimentale Menschen.«

»Heirate überhaupt nie, Dorian. Männer heiraten, weil sie müde sind; Frauen, weil sie neugierig sind: beide werden enttäuscht.«

»Ich glaube nicht, daß ich heiraten werde, Harry. Ich bin zu sehr verliebt. Das ist eins deiner Aphorismen. Ich setze es in Praxis um, wie alles, was du sagst.«

»In wen bist du verliebt?« fragte Lord Henry nach einer Pause.

»In eine Schauspielerin,« sagte Dorian Gray errötend.

Lord Henry zuckte die Achseln. »Das ist ein recht gewöhnliches Debüt.«

»Das sagtest du nicht, wenn du sie sähest, Harry.« »Wer ist es?«

»Sie heißt Sibyl Vane.«

»Habe nie von ihr gehört.«

»Niemand kennt sie. Aber die Menschen werden eines Tages von ihr hören. Sie ist ein Genie!«

»Mein lieber Junge, kein Weib ist ein Genie. Die Weiber sind das dekorative Geschlecht. Sie haben nie etwas zu sagen, aber sie sagen es entzückend. Die Weiber verkörpern den Triumph der Materie über den Geist, so wie die Männer den Triumph des Geistes über die Moral vorstellen.«

»Harry, wie kannst du!«

»Lieber Dorian, das ist sehr wahr. Ich bin gerade mit einer Analyse der Weiber beschäftigt, daher muß ich es wissen.

Der Gegenstand ist nicht so verworren, wie ich dachte. Ich finde, es gibt schließlich nur zwei Arten von Frauen, die schlichten und die geschminkten. Die schlichten sind sehr nützlich. Wenn du in den Ruf der Ehrbarkeit kommen willst, mußt du nur mit einer von ihnen zu

Abend essen gehn. Die andern Frauen sind sehr reizend. Einen Fehler jedoch begehen sie: sie gebrauchen Farbe in der Absicht, jung auszusehn. Unsre Großmütter gebrauchten Farbe, um glänzend zu plaudern. *Rouge* und *Esprit* gingen gewöhnlich zusammen. Das ist jetzt alles vorbei. Solange eine Frau zehn Jahre jünger aussehn kann als ihre Tochter, ist sie völlig zufriedengestellt. Was die Unterhaltung angeht, so gibt es nur fünf Frauen in London, mit denen es sich zu reden lohnt, und zwei davon sind in anständiger Gesellschaft unmöglich. Indessen, erzähle mir von deinem Genie! Seit wann kennst du sie?«

»Ach, Harry, deine Worte entsetzen mich!«

»Kümmere dich nicht darum. Seit wann kennst du sie?« »Seit ungefähr drei Wochen.«

»Und wie kamst du mit ihr zusammen?«

»Ich will es dir erzählen, Harry; aber du darfst es nicht leichthin nehmen. Schließlich wäre es nie dazu gekommen, wenn ich dich nicht gefunden hätte. Du fülltest mich mit einem wilden Verlangen, alles im Leben kennen zu lernen. Viele Tage, nachdem ich dich kennen gelernt hatte, schien etwas in meinen Adern zu pochen. Wenn ich im Park spazierte oder nach Piccadilly schlenderte, schaute ich jeden an, der mir begegnete, und wollte mit wilder Neugier herausbekommen, was für ein Leben sie alle führten. Einige von ihnen zogen mich an, andere füllten mich mit Schauder. Es lag ein verführerisches Gift in der Luft. Meine Sinne dürsteten nach Erlebnissen... Nun, eines Abends gegen sieben Uhr beschloß ich auszugehn, auf die Suche nach einem Abenteuer. Ich empfand, unser graues, ungeheures London mit seinen vielen Hunderttausenden, seinen schmutzigen Sündern und seinen glänzenden Sünden, wie du dich einmal ausdrücktest, müsse etwas für mich in Bereitschaft halten. Ich träumte von tausend Dingen. Schon die bloße Gefahr machte mir Genuß. Ich erinnerte mich an die Worte, die du an dem wundervollen Abend zu mir sprachst, als wir zuerst zusammen speisten, von dem Suchen nach der Schönheit, die das wahre Geheimnis des Lebens ist. Ich weiß nicht, was ich erwartete, aber ich ging los und wanderte in den Osten, wo ich bald in einem Gewirr von rußigen Gassen und schwarzen Plätzen, die kein Fleckchen Grün hatten, meinen Weg verlor. Gegen halb acht Uhr kam ich an einem komischen kleinen Theater mit großen flackernden Gasflammen und grellen Ankündigungen vorbei.

Ein scheußlicher Jude, der das absonderlichste Wams trug, das ich in meinem Leben gesehen habe, stand am Eingang und rauchte eine stinkende Zigarre. Er hatte fettige Ringellöckchen, und ein riesiger Diamant blitzte auf seiner schmutzigen Hemdenbrust. »Bilett gefällig, Herr Baron?« fragte er, als er mich sah, und nahm mit einer Miene großartiger Unterwürfigkeit den Hut ab. Es war so erlesen scheußlich. Du wirst mich natürlich auslachen, aber ich trat tatsächlich ein und zahlte zwanzig Mark für die Proszeniumsloge. Noch heute weiß ich nicht, warum ich das tat; und doch, wenn es nicht geschehen wäre – liebster Harry, wenn es nicht geschehen wäre, würde mir das größte Ereignis meines Lebens entgangen sein. Ich sehe, du lachst. Es ist abscheulich von dir!«

»Ich lache nicht, Dorian; wenigstens lache ich nicht über dich. Aber du solltest es nicht das größte Ereignis deines Lebens nennen. Es wäre eher das erste Ereignis deines Lebens zu nennen. Du wirst immer geliebt werden, und du wirst immer in die Liebe verliebt sein. Eine *grande passion* ist das Vorrecht der Menschen, die nichts zu tun haben. Das ist der einzige Nutzen der Faulenzerklasse eines Landes. Sei nicht zaghaft! Köstliche Dinge warten auf dich. Das ist nur der Anfang.«

»Hältst du meine Natur für so oberflächlich?« rief Dorian zornig.

»Nein, ich halte sie für so tief.« »Wie verstehst du das?«

»Mein lieber Sohn, die Menschen, die nur einmal im Leben lieben, sind in Wahrheit die Oberflächlichen. Was sie ihre Treue nennen, nenne ich entweder die Trägheit der Gewohnheit oder ihren Mangel an Phantasie. Treue ist für das Gefühls- und Triebleben, was die Konsequenz für das geistige Leben ist – weiter nichts als ein Eingeständnis der Schwäche. Treue! Ich muß mich einmal daran machen, sie zu analysieren. Es liegt Besitzgier in ihr. Wie viele Dinge würden wir wegwerfen, wenn wir nicht fürchteten, andre würden sie aufheben. Aber ich will dich nicht unterbrechen. Erzähle weiter!«

»Also, ich saß in einer schauderhaften kleinen verhängten Loge und hatte den gemeinen Vorhang direkt vor den Augen. Ich blickte hinter der Gardine vor und sah mich im Hause um. Es war alles lächerlich ausgeputzt, lauter Kupidos und Füllhörner, wie auf einem Hochzeitskuchen schlimmster Sorte. Die Galerie und der Stehplatz waren ziemlich voll, aber die beiden Reihen schmutziger Sperrsitze waren ganz leer, und kaum ein Mensch war auf dem Platz, den sie vermutlich den ersten Rang nannten. Frauen liefen mit Orangen und

Ingwerbier herum, und schrecklich viele Haselnüsse wurden aufgeknackt.«

»Es muß genau wie in der Blütezeit des englischen Dramas gewesen sein.«

»Genau so, glaube ich, und sehr deprimierend. Ich hatte angefangen, mir zu überlegen, was in aller Welt ich tun sollte, als mein Blick auf den Theaterzettel fiel. Was glaubst du, das sie spielten, Harry?«

»Ich sollte meinen: ›Der arme Kretin oder Blödsinn und Unschuld‹. Unsre Väter liebten diese Art Stücke, glaube ich. Je länger ich lebe, Dorian, um so stärker fühle ich, daß alles, was für unsere Väter gut genug war, für uns nicht gut genug ist. In der Kunst wie in der Politik *les grand-peres ont toujours tort.*«

»Das Stück, das da gespielt wurde, war gut genug für uns, Harry. Es war ›Romeo und Julia‹. Ich muß gestehn, ich war bei dem Gedanken, Shakespeare in so einem elenden Loche spielen zu sehen, ziemlich niedergeschlagen. Und doch war ich in gewisser Weise interessiert. Jedenfalls beschloß ich, den ersten Akt abzuwarten. Es spielte ein schreckliches Orchester, das ein junger Hebräer leitete. Er saß an einem schetterigen Klavier, das mich beinahe vertrieben hätte; aber endlich ging der Vorhang auf, und das Stück begann. Romeo war ein vierschrötiger älterer Herr mit geschwärzten Brauen, einer heisern Komödiantenstimme und einer Gestalt wie ein Bierfaß. Mercutio war fast ebenso schlimm. Er wurde vom Komiker gespielt, der neue Stellen von sich aus improvisiert hatte und mit der Galerie auf bestem Fuße stand. Sie waren beide so grotesk wie die Dekoration, und die sah aus, als käme sie aus einer Jahrmarktsbude. Aber Julia! Harry, stell dir ein Mädchen vor, kaum siebzehn Jahre alt, mit kleinem blumenhaften Gesicht, schmalem griechischen Kopf mit dunkelbraunen Zöpfen, mit Augen wie blaue Brunnen der Glut, mit Lippen, die wie Rosenblätter waren. Ich habe nie etwas Schöneres im Leben gesehn. Du sagtest einmal zu mir, Pathos lasse dich ungerührt, aber Schönheit, reine Schönheit an sich könne deine Augen mit Tränen füllen. Ich sage dir, Harry, ich konnte dieses Mädchen vor dem Tränenschleier, der mein Auge verdunkelte, kaum sehen. Und ihre Stimme – ich habe nie eine solche Stimme gehört. Sie war zuerst sehr leise, mit tiefen, vollen Tönen, die einem jeder für sich ins Ohr zu fallen schienen. Dann wurde sie ein wenig lauter und klang wie eine Flöte oder eine entfernte Hoboe.

In der Gartenszene hatte sie all die zitternde Inbrunst, die man hört, wenn die Nachtigallen vor Morgengrauen singen. Es gab im weitern Augenblicke, wo die Stimme die glühende Wildheit der Geige hatte. Du weißt, wie eine Stimme einen erschüttern kann. Deine Stimme und die Stimme Sibyl Vanes, die beiden werde ich niemals vergessen. Wenn ich die Augen schließe, höre ich sie, und jede von ihnen sagt etwas andres. Ich weiß nicht, welcher ich folgen soll. Warum sollte ich sie nicht lieben? Harry, ich liebe sie! Sie ist mir alles im Leben. Abend für Abend gehe ich hin, um sie spielen zu sehen. An einem Abend ist sie Rosalinde, am nächsten Imogen. Ich habe sie im Dunkel eines italienischen Grabgewölbes gesehn, wie sie das Gift von den Lippen ihres Geliebten küßte und starb. Ich habe gesehen, wie sie durch die Ardennen wanderte, als hübscher Knabe verkleidet, in kurzen Hosen und im Wams und mit kecker Mütze. Sie ist wahnsinnig gewesen und ist vor einen schuldvollen König getreten und gab ihm Raute zu tragen und bittere Kräuter zu kosten. Sie ist unschuldig gewesen, und die schwarzen Hände der Eifersucht würgten ihren zarten Hals. Ich sah sie in jedem Jahrhundert und in jeder Tracht. Gewöhnliche Frauen erwecken einem nie die Phantasie. Sie bleiben in ihrem Jahrhundert. Kein Zauber verklärt sie und gibt ihnen neue Gestalt. Man erkennt ihren Geist so leicht wie ihre Hüte. Man findet sie immer heraus. Nichts Geheimes ist in ihnen. Sie reiten morgens in den Park und schnattern nachmittags beim Tee. Sie haben ihr stereotypes Lächeln und ihr Benehmen nach der Mode. Sie liegen völlig auf der Hand. Aber eine Schauspielerin! Wie anders ist es mit einer Schauspielerin! Harry! Warum sagtest du mir nicht, daß nichts wert ist, geliebt zu werden, als eine Schauspielerin?«

»Weil ich ihrer so viele geliebt habe, Dorian.«

»Oh! gewiß gräßliche Personen mit gefärbtem Haar und geschminkten Gesichtern.«

»Mach nur gefärbtes Haar und geschminkte Gesichter nicht schlecht. Es liegt manchmal etwas überaus Reizvolles in ihnen.«

»Ich wollte, ich hätte dir nicht von Sibyl Vane gesprochen.« »Du mußtest mir davon sprechen, Dorian. Dein ganzes Leben lang wirst du mir alles sagen, was du tust.«

»Ja, Harry, ich glaube, das ist wahr. Ich muß dir alles sagen. Du hast einen seltsamen Einfluß auf mich. Wenn ich je ein Verbrechen beginge, käme ich zu dir und beichtete es. Du verstündest mich.«

»Menschen wie du – die kecken Sonnenstrahlen des Lebens
- begehen keine Verbrechen, Dorian. Aber trotzdem verbindlichsten
Dank für das Kompliment. Und nun sage mir
- gib mir Feuer, sei so gut; danke schön! – in was für einem Verhältnis
stehst du jetzt zu Sibyl Vane?«

Dorian Gray sprang errötend und mit blitzenden Augen auf. »Harry!
Sibyl Vane ist mir heilig!«

»Nur heilige Dinge verlohnt es sich anzurühren, Dorian,« sagte Lord
Henry, und ein seltsamer Anflug von Pathos war in seine Stimme
gekommen. »Aber warum willst du böse sein? Ich vermute, sie wird
dir eines Tages gehören. Wenn man verliebt ist, betrügt man immer
anfangs sich selbst und am Ende die andern. Das nennt die Welt einen
Liebesroman. Du hast sie doch jedenfalls kennen gelernt, denke ich?«

»Natürlich kenne ich sie. Als ich am ersten Abend im Theater war, kam
der gräßliche alte Jude nach der Vorstellung an meine Loge und bot
mir an, er wolle mich hinter die Kulissen führen und mich ihr
vorstellen. Ich war wütend und sagte zu ihm, Julia sei seit ein paar
hundert Jahren tot und ihr Leichnam sei in einem marmornen Grab in
Verona bestattet. Nach seinem bestürzten Blick zu schließen hatte er
den Eindruck, ich hätte zu viel Champagner getrunken oder etwas der
Art.«

»Durchaus zu begreifen.«

»Dann fragte er mich, ob ich für irgendeine Zeitung schriebe. Ich
antwortete, daß ich nicht einmal eine läse. Er schien darüber furchtbar
enttäuscht und vertraute mir an, alle Theaterkritiker hätten sich gegen
ihn verschworen, und sie wären einer wie der andre zu kaufen.«

»Es sollte mich nicht wundern, wenn er damit ganz recht hätte. Aber
anderseits, nach ihrem Äußern zu urteilen, können die meisten von
ihnen nicht sehr teuer sein.«

»Immerhin schien er zu glauben, sie gingen über seine Verhältnisse,«
lachte Dorian. »Mittlerweile waren aber die Lichter im Theater
ausgedreht worden, und ich mußte gehn. Er bat mich, ein paar Zigarren
zu versuchen, die er mir lebhaft empfahl. Ich dankte. Am nächsten
Abend war ich natürlich wieder da. Als er mich sah, verbeugte er sich
tief vor mir und versicherte mich, ich sei ein edelmütiger Gönner der
Kunst. Er war ein sehr abstoßender Kerl, obwohl er eine
ungewöhnliche Leidenschaft für Shakespeare hatte.

Er erzählte mir einmal mit stolzer Miene, seine fünf Bankrotte verdanke er ausschließlich ›dem Barden‹, wie er ihn hartnäckig nannte. Er schien das für eine Ehre zu halten.«

»Es ist eine Ehre, lieber Dorian – eine große Ehre. Die meisten Leute werden bankrott, weil sie zuviel in der Prosa des Lebens angelegt haben. Sich durch Poesie zugrunde gerichtet zu haben, ist ein auszeichnender Vorzug. Aber wann sprachst du zum erstenmal mit Fräulein Sibyl Vane?«

»Am dritten Abend. Sie hatte die Rosalinde gespielt. Ich mußte zu ihr gehn. Ich hatte ihr einige Blumen zugeworfen, und sie hatte mich angesehn, wenigstens bildete ich es mir ein. Der alte Jude war hartnäckig. Er schien entschlossen, mich mit nach hinten zu nehmen, und so willigte ich ein. Es war seltsam, daß ich sie nicht kennen lernen wollte, nicht?«

»Nein, ich glaube nicht.«

»Lieber Harry, warum?«

»Ich sage es dir ein andermal. Jetzt möchte ich von dem Mädchen hören.«

»Von Sibyl? Oh, sie war so schüchtern und so freundlich. Sie ist noch fast wie ein Kind. Sie machte in reizendem Staunen große Augen, als ich ihr sagte, was ich von ihrer Darstellung hielt, und sie schien von ihrem Können gar nichts zu wissen. Ich glaube, wir waren beide recht nervös. Der alte Jude stand grinsend an der Tür des staubigen Ankleidezimmers und hielt große Reden über uns beide, während wir einander wie zwei Kinder ansahen. Er bestand darauf, mich ›Herr Baron‹ zu nennen, und so mußte ich Sibyl sagen, daß ich nichts der Art sei. Sie sagte ganz schlicht zu mir: ›Sie sehen mehr wie ein Prinz aus. Ich muß Sie Prinz Wunderhold nennen‹.«

»Auf mein Wort, Dorian, Fräulein Sibyl versteht sich aufs Schmeicheln.«

»Du verstehst sie nicht, Harry. Sie betrachtete mich nur so wie eine Gestalt in einem Stück. Sie weiß nichts vom Leben. Sie lebt bei ihrer Mutter, die eine verblühte ältliche Frau ist. Am ersten Abend spielte sie in einer Art türkischem Morgenrock die Lady Capulet, und sie sieht aus, als ob sie bessere Tage gesehen hätte.«

»Ich kenne dieses Aussehen; es ist mir peinlich,« sagte Lord Henry mit unterdrückter Stimme und spielte mit seinen Ringen.

»Der Jude wollte mir ihre Geschichte erzählen, aber ich sagte, sie interessiere mich nicht.«

»Da hattest du recht. Andrer Leute Tragödien haben immer etwas unsäglich Gemeines.«

»Ich kümmere mich um nichts als um Sibyl. Was bedeutet es mir, woher sie stammt? Von ihrem kleinen Kopf bis zu ihren kleinen Füßen ist sie ganz und gar ein himmlisches Geschöpf. Jeden Abend meines Lebens gehe ich hin und sehe sie spielen, und jeden Abend ist sie wunderbarer.«

»Das ist vermutlich der Grund, warum du nie mehr mit mir zusammen ißt. Ich dachte mir, daß da ein absonderlicher Roman im Gange sei. Es ist so, aber nicht ganz, was ich erwartet habe.«

»Lieber Harry, jeden Tag sind wir beim Frühstück oder Nachtessen zusammen, und ich bin ein paarmal mit dir in der Oper gewesen,« sagte Dorian und schaute ihn mit seinen blauen Augen erstaunt an.

»Du kommst immer schrecklich spät.«

»Aber ich muß Sibyl spielen sehn,« rief er, »und wenn es nur einen Akt lang ist. Ich hungere nach ihrer Gegenwart; und wenn ich an die herrliche Seele denke, die in diesem kleinen Elfenbeinleib verborgen ist, erfaßt mich Ehrfurcht.«

»Heute abend kannst du mit mir essen, Dorian, nicht wahr?«

Er schüttelte den Kopf. »Heute abend ist sie Imogen,« antwortete er, »und morgen wird sie Julia sein.«

»Wann ist sie Sibyl Vane?« »Nie.«

»Ich gratuliere.«

»Wie gräßlich du bist! Sie ist all die großen Frauengestalten der Welt in einer. Sie ist mehr als ein Individuum. Du lachst, aber ich sage dir, sie hat Genie. Ich liebe sie, und ich muß es erreichen, daß sie mich auch liebt. Du kennst alle Geheimnisse des Lebens, du mußt mir sagen, wie ich Sibyl Vane so entzücken kann, daß sie mich liebt! Ich muß Romeo eifersüchtig machen. Die toten Liebhaber der Welt sollen unsre lachenden Stimmen hören und sich grämen. Unsre strahlende Glut soll ihrem Staub Leben geben, soll ihre Asche zum Schmerz erwecken. O Gott, Harry, ich bete sie an!«

Er ging im Zimmer auf und ab, während er sprach. Fieberhafte rote Flecke brannten auf seinen Wangen. Er war furchtbar erregt.

Lord Henry beobachtete ihn mit stillem Wohlgefallen. Wie anders war er jetzt als der schüchterne, ängstliche Knabe, den er in Basil Hallwards Atelier getroffen hatte! Seine Natur hatte sie wie eine Blume entfaltet und trug Blüten von flammendem Scharlach. Die Seele war aus ihrem Versteck gekrochen, und die Wollust war ihr auf ihrem Wege begegnet.

»Und was hast du nun vor?« fragte Lord Henry schließlich.

»Ich habe den Wunsch, daß du und Basil mich eines Abends begleitet und sie spielen seht. Ich fürchte mich nicht im geringsten davor. Ihr müßt sicher ihr Genie erkennen. Dann müssen wir sie den Händen des Juden entreißen. Sie ist für drei Jahre an ihn gebunden – wenigstens für zwei Jahre und acht Monate, von heute an gerechnet. Natürlich werde ich ihm etwas zahlen müssen. Wenn all das erledigt ist, suche ich mir ein Theater im Westend und werde sie da erst richtig zum erstenmal auftreten lassen. Sie wird die Welt so toll machen wie mich.«

»Das wird wohl unmöglich sein, lieber Junge.«

»Doch, das wird sie. Sie hat nicht nur Kunst, vollendeten Kunstinstinkt in sich, sondern sie hat auch Persönlichkeit; und du hast mir oft gesagt, daß die Persönlichkeiten, nicht die Prinzipien die Welt regieren.«

»Nun schön, an welchem Abend wollen wir hingehn?«

»Warte mal. Heute ist Dienstag. Setzen wir morgen fest. Morgen spielt sie die Julia.«

»Schön! Morgen um acht Uhr im Bristol. Ich werde Basil bestellen.«

»Bitte, Harry, nicht acht Uhr. Halb sieben Uhr. Wir müssen da sein, ehe der Vorhang aufgeht. Du mußt sie im ersten Akt sehen, wenn sie Romeo begegnet.«

»Halb sieben Uhr! Was das für eine Stunde ist! Das ist gerade so, als gäbe man ein Philisterabendbrot oder läse einen englischen Roman. Vor sieben Uhr geht es nicht. Kein Gentleman ißt vor sieben. Siehst du Basil in der Zwischenzeit? Oder soll ich ihm schreiben?«

»Der liebe Basil! Ich habe mich seit einer Woche nicht bei ihm sehen lassen. Das ist recht häßlich von mir, denn er hat mir mein Bild in einem überaus herrlichen Rahmen, den er selbst entworfen hat, geschickt, und obwohl ich ein bißchen eifersüchtig auf das Bild bin, weil es einen ganzen Monat jünger ist als ich, muß ich zugeben, daß ich glücklich darüber bin. Vielleicht ist es besser, du schreibst ihm. Ich mag ihn nicht allein sehn. Er sagt Dinge, die mich ärgern. Er gibt mir gute Ratschläge.«

Lord Henry lächelte. »Die Menschen lieben es sehr, wegzugehen, was sie selbst am nötigsten hätten. Das nenne ich den Gipfel der Großherzigkeit.«

»Oh, Basil ist der beste Mensch, aber er scheint mir ein ganz klein bißchen Philister zu sein. Seit ich dich kennen gelernt habe, bin ich dahinter gekommen.

»Basil, lieber Junge, legt alle Grazie, die er hat, in sein Werk hinein. Daraus ergibt sich, daß ihm fürs Leben nichts übrig geblieben ist als seine Vorurteile, seine Prinzipien und sein gesunder Menschenverstand. Die einzigen persönlich anziehenden Künstler, die ich je kennen gelernt habe, waren schlechte Künstler. Gute Künstler existieren lediglich in ihren Werken und sind darum im Leben völlig uninteressant. Ein großer Dichter, ein wahrhaft großer Poet ist das unpoetischste aller Menschenkinder. Aber Dichter untergeordneter Art sind ganz bezaubernd. Je schlechter ihre Reime sind, um so malerischer sehn sie aus. Schon die Tatsache, eine mittelmäßige Sonettensammlung herausgegeben zu haben, macht einen Mann ganz unwiderstehlich. Er lebt die Poesie, die er nicht schreiben kann. Die andern schreiben die Poesie, die sie nicht zu verwirklichen wagen.«

»Ich möchte wissen, ob das wirklich so ist, Harry,« sagte Dorian Gray, der von einer großen Flasche, die auf dem Tische stand, inzwischen den goldenen Knopf gehoben und sich das Taschentuch mit Parfüm besprengt hatte. »Es muß wohl so sein, wenn du es sagst. Und jetzt gehe ich. Imogen wartet auf mich. Vergiß nicht morgen! Adieu!«

Als er das Zimmer verlassen hatte, schlossen sich die schweren Augenlider Lord Henrys, und er fing an nachzudenken. Gewiß hatten ihn wenig Menschen je so interessiert wie Dorian Gray, und doch verursachte die wie Leidenschaft des Jünglings für eine andre Person ihm nicht den leichtesten Schmerz oder Arger oder Eifersucht. Die Sache gefiel ihm. Der junge Mann wurde dadurch noch interessanter. Er war immer für die Methoden der Naturwissenschaft eingenommen gewesen, aber der gewöhnliche Gegenstand dieser Wissenschaft war ihm kleinlich und unbedeutend vorgekommen. Und so hatte er damit angefangen, sich selbst zu vivisezieren, und war schließlich dazu gekommen, andre zu vivisezieren. Das Menschenleben – das schien ihm das einzige Ding, das zu erforschen sich verlohnte. Im Vergleich zu ihm war alles andre unbedeutend.

Allerdings, wenn man das Leben in dem seltsamen Tiegel des Schmerzes und der Lust beobachtete, konnte man keine Glasmaske über seinem Gesicht tragen und konnte sich vor den Schwefeldämpfen nicht wahren, die einem das Hirn verwirrten und die Phantasie mit wilden Ausgeburten und verzerrten Träumen in Aufruhr brachten. Es gab so feine Gifte, daß, wer ihre Eigenschaften kennen lernen wollte, selbst von ihnen krank werden mußte. Es gab so seltsame Krankheiten, daß man sie durchmachen mußte, um ihr Wesen zu verstehn. Aber was empfing man auch für einen Lohn! Wie wundervoll verwandelte sich einem die ganze Welt! Die seltsame strenge Logik der Leidenschaft und das farbige Empfindungs- und Triebleben des Geistes aufzuzeichnen – zu beobachten, wo sie zusammenkamen und wo sie auseinandergingen, an welchem Punkte sie in Eintracht waren und wo sie sich befehdeten –, das war ein Genuß! Was tats, was er einen kostete? Für ein Sinnenerlebnis konnte man nie zu hohen Preis zahlen. Er war sich bewußt – und der Gedanke ließ seine braunen Achataugen freudig aufglänzen –, daß es durch gewisse Worte, die er gesprochen hatte, musikalische Worte in melodischem Tonfall, dahin gekommen war, daß die Seele Dorian Grays sich diesem weißen Mädchen zugewandt hatte und sich in Verehrung vor ihr beugte. In weitem Maße war der Jüngling sein Geschöpf. Er hatte ihn vor der Zeit reif gemacht. Das war etwas. Gewöhnliche Menschen warteten, bis das Leben ihnen sein Geheimnis enthüllte, aber den wenigen, den Erlesenen wurden die Mysterien des Lebens enthüllt, ehe der Schleier weggezogen war. Manchmal war das die Wirkung der Kunst, und hauptsächlich der Kunstgattung der Literatur, die unmittelbar die Leiden schaffen und den Geist behandelt. Aber hie und da trat dafür eine komplizierte Persönlichkeit ein und übte das Amt der Kunst, war fürwahr in ihrer Weise ein richtiges Kunstwerk, denn das Leben hatte seine vollendeten Meisterwerke, gerade wie die Dichtung oder die Plastik oder die Malerei sie hat. Jawohl, der Jüngling war vor der Zeit reif. Er sammelte seine Ernte, während noch Frühling war. Der Puls und die Leidenschaft der Jugend waren in ihm, und er fing an, bewußt zu werden. Es war ein Entzücken, ihn zu beobachten. Mit seinem schönen Antlitz und seiner schönen Seele war er ein erstaunliches Stück Leben. Es kam nichts darauf an, wie all das endete. Er war wie eine der zierlichen Gestalten auf einer gestickten Tapete oder in einem Spiel, deren Freuden einem fremd zu sein scheinen, aber deren Schmerzen den Schönheitssinn erschüttern und deren Wunden wie rote Rosen sind.

Seele und Körper, Körper und Seele – wie voller Geheimnis war das alles! Es war Animalisches in der Seele, und der Körper hatte seine spirituellen Momente. Die Sinne konnten geläutert werden, und der Geist konnte versinken. Wer konnte sagen, wo der fleischliche Trieb aufhörte und der psychische anfing? Wie seicht waren die willkürlichen Definitionen der gewöhnlichen Psychologen! Und wie schwer war es doch, zwischen den Aufstellungen der verschiedenen Schulen eine Entscheidung zu treffen! War die Seele ein Schatten, der im Haus der Sünde saß? Oder war der Körper in Wahrheit in der Seele, wie Giordano Bruno gemeint hatte? Die Trennung des Geistes und der Materie war ein Geheimnis, und die Vereinigung des Geistes mit der Materie war wiederum ein Geheimnis.

Er fing an, darüber zu sinnen, ob wir wohl je die Psychologie zu einer so absoluten Wissenschaft machen könnten, daß jedes kleine Triebrad des Lebens uns seinen Sinn offenbarte. Wie es heute darum stand, mißverstanden wir uns selbst immer und verstanden nur selten andre. Die Erfahrung hatte keine ethische Bedeutung. Sie war nichts als der Name, den die Menschen ihren Irrwegen gaben. Die Moralisten hatten sie in der Regel als eine Art Warnung betrachtet, hatten für sie eine gewisse ethische Wirksamkeit für die Charakterbildung beansprucht, hatten sie als ein Mittel gepriesen, das uns lehrte, welche Wege wir einschlagen und was wir vermeiden sollten. Aber es lag keine bewegende Kraft in der Erfahrung. Sie war so wenig eine aktive Ursache wie das Gewissen. Alles, was sie in Wirklichkeit dartat, war, daß unsere Zukunft die nämliche sein würde wie unsere Vergangenheit, und daß wir die Sünde, die wir einmal und damals mit Abscheu getan hatten, viele Male tun würden, und dann mit Freuden.

Es stand ihm fest, daß die experimentelle Methode die einzige sei, durch die man zu irgendeiner wissenschaftlichen Analyse der Leidenschaften gelangen könnte; und sicher war Dorian Gray ein Objekt, das wie für ihn geschaffen war und reiche und wertvolle Resultate erwarten ließ. Seine plötzliche wilde Liebe zu Sibyl Vane war eine psychologische Tatsache von nicht geringem Interesse. Kein Zweifel, die Neugier hatte viel damit zu tun, Neugier und das Verlangen nach neuen Erlebnissen; aber es war keine einfache, sondern eher eine komplizierte Leidenschaft.

Was von dem rein sinnlichen Trieb des Knaben-Jünglings darin lag, war durch das Eingreifen der Phantasie umgeformt worden, zu etwas gewandelt, das dem Jüngling selbst frei von Sinnlichkeit schien und gerade darum umso gefährlicher war. Die Leidenschaften, über deren Ursprung wir uns selbst täuschen, beherrschten uns gerade am heftigsten. Unsere schwächsten Motive waren die, deren Natur uns bewußt war. Es kam oft vor, daß, wenn wir an andern zu experimentieren gedachten, wir in Wahrheit an uns selbst experimentierten.

Während Lord Henry noch dasaß und diesen Dingen nachsann, klopfte es an die Tür; ein Bedienter trat ein und erinnerte ihn, daß es Zeit war, sich zu Tisch umzukleiden. Er stand auf und blickte auf die Straße hinab. Der Sonnenuntergang hatte die oberen Fenster der Häuser auf der andern Seite in rotglühendes Gold getaucht. Die Scheiben glühten wie erhitzte Metallplatten. Der Himmel über ihm war wie eine verwelkte Rose. Es gemahnte ihn an das ganze feuerfarbene Leben seines Freundes, und die Frage kam ihm: Wie würde das alles enden? Als er etwa um halb ein Uhr nachts nach Hause kam, fand er auf dem Tisch des Vorraums ein Telegramm liegen. Er öffnete es und sah, daß es von Dorian Gray kam. Sein Inhalt war, daß sich Dorian mit Sibyl Vane verlobt hatte.

Fünftes Kapitel

»Mutter, Mutter, ich bin so glücklich!« flüsterte das Mädchen und begrub ihr Gesicht im Schoß der verblühten, müde aussehenden Frau, die mit dem Rücken gegen das grelle Licht, das hereindrang, in dem einzigen Lehnstuhl saß, den das armselige Wohnzimmer aufzuweisen hatte. »Ich bin so glücklich!« wiederholte sie, »auch du sollst glücklich sein!«

Frau Vane zuckte etwas zurück und legte ihre dünnen Hände, die weiß wie Wismut waren, auf den Kopf ihrer Tochter. »Glücklich!« sprach sie ihr nach; »ich bin nur glücklich, Sibyl, wenn ich dich spielen sehe. Du mußt an nichts andres als an deine Rollen denken. Herr Isaacs ist sehr gut gegen uns gewesen, und wir sind ihm Geld schuldig.«

Das Mädchen sah auf und verzog den Mund. »Geld, Mutter?« rief sie, »was liegt am Geld? Liebe ist mehr als Geld.«

»Herr Isaacs hat uns tausend Mark Vorschuß gegeben, damit wir unsere Schulden bezahlen und James ordentlich einkleiden können. Du darfst das nicht vergessen, Sibyl. Tausend Mark sind eine sehr große Summe. Herr Isaacs ist sehr entgegenkommend gewesen.«

»Er ist kein Gentleman, Mutter, und ich hasse die Art, wie er zu mir spricht.« sagte das Mädchen, das aufstand und ans Fenster trat.

»Ich weiß nicht, was wir ohne ihn machen sollten,« antwortete die Alte in ihrem jämmerlichen Tone.

Sibyl Vane warf den Kopf zurück und lachte. »Wir brauchen ihn nicht länger, Mutter. Prinz Wunderhold sorgt jetzt für unser Leben.« Dann hielt sie inne. Das Blut schoß ihr in die Wangen und färbte sie dunkelrot. Schneller Atem teilte ihre blühenden Lippen. Sie zitterten. Ein Glutwind der Leidenschaft brauste über sie hin und erschütterte die glatten Falten ihres Gewandes. »Ich liebe ihn,« sagte sie einfach.

»Närrisches Kind! Närrisches Kind!« waren die papageienhaften Worte, die zur Antwort herüberkamen. Dabei gingen die gekrümmten Finger, an denen falsche Steine glänzten, ängstlich beschwörend hin und her, so daß die Worte eine komische Wirkung taten.

Das Mädchen lachte wieder. Der Jubel eines gefangenen Vogels lag in ihrer Stimme. Ihre Augen fingen die Melodie auf und gaben sie strahlend wieder; dann schlossen sie sich einen Augenblick, als wollten sie ihr Geheimnis verbergen. Als sie sich wieder öffneten, war der Hauch eines Traumes über sie hinweggegangen.

Aus dünnen Lippen sprach Weisheit zu ihr von dem zerrissenen Stuhl aus, verwies auf die Klugheit und sagte Stellen aus dem Buch der Feigheit, das vom gesunden Menschenverstand verfaßt ist. Sie hörte nicht hin. Sie war frei in ihrem Kerker der Leidenschaft. Ihr Prinz, Prinz Wunderhold, war bei ihr. Sie hatte das Gedächtnis aufgerufen, ihn herzuschaffen. Sie hatte ihre Seele auf die Suche nach ihm geschickt, und die hatte ihn zurückgebracht. Sein Kuß brannte wieder auf ihren Lippen. Ihre Lider waren wieder erwärmt vom Hauch seines Mundes.

Dann änderte die Weisheit ihr Verfahren und sprach vom Auskundschaften und Erforschen. Dieser junge Mann war vielleicht reich. Wenn dem so war, mußte man an die Heirat denken. An die Muschel ihres Ohres schlugen die Wellen weltlicher Schlauheit. Die Pfeile der Verschlagenheit flogen an ihr vorbei. Sie sah, wie die dünnen Lippen sich bewegten, und lächelte.

Auf einmal empfand sie das Bedürfnis zu sprechen. Das wortreiche Schweigen verwirrte sie. »Mutter, Mutter,« rief sie, »warum liebt er mich so sehr? Ich weiß, warum ich ihn liebe. Ich liebe ihn, weil er so ist, wie die Liebe selbst.«

»Ich dächte, du könntest ein paar Küsse für mich übrig behalten,« sagte der Bursche mit gutmütigem Brummen.

»Ach! du machst dir ja gar nichts aus Küssen, Jim,« rief das Mädchen. »Du bist ein schrecklicher alter Bär.« Und sie lief durch die Stube zu ihm hin und umschlang ihn.

James Vane blickte seiner Schwester zärtlich ins Gesicht. »Ich wollte dich bitten, mit mir spazieren zu gehn, Sibyl. Ich glaube nicht, daß ich dieses gräßliche London je wiedersehe. Ich bin sicher, ich werde nie Verlangen danach tragen.«

»Mein Sohn, sprich nicht so schreckliche Dinge,« sagte Frau Vane, nahm seufzend ein geschmacklos ausstaffiertes Theaterkostüm zur Hand und fing an, es auszuflicken. Sie war ein wenig enttäuscht, daß er sich der Gruppe nicht angeschlossen hatte; es hätte die malerische Wirkung der Szene erhöht.

»Warum nicht, Mutter? Ich meine es im Ernst.«

»Du peinigst mich, mein Sohn. Ich hoffe, du wirst als reicher Mann aus Australien zurückkehren. Ich glaube, es gibt in den Kolonien keine eigentliche Gesellschaft, nichts, was ich Gesellschaft nenne; daher mußt du, wenn du dein Glück gemacht hast, zurückkommen und dich in London zur Geltung bringen.«

»Gesellschaft,« murrte der junge Mensch. »Ich will davon nichts wissen. Ich möchte nur ein bißchen Geld verdienen, um dich und Sibyl von der Bühne zu nehmen. Ich hasse das Theater.«

»Oh, Jim!« sagte Sibyl lachend, »das ist unfreundlich von dir! Aber willst du wirklich mit mir spazieren gehn? Das ist reizend! Ich fürchtete, du wolltest dich von deinen Freunden verabschieden, etwa von Tom Hardy, der dir diese häßliche Pfeife geschenkt hat, oder von Ned Langton, der sich über dich lustig macht, weil du sie rauchst. Es ist sehr lieb von dir, daß ich deinen letzten Nachmittag haben soll. Wohin gehn wir? Komm, wir wollen in den Park gehn. «

»Ich bin zu schäbig angezogen,« antwortete er und runzelte die Stirn. »Nur elegante Leute gehn in den Park.«

»Unsinn, Jim,« flüsterte sie und streichelte seinen Ärmel.

Er zögerte einen Augenblick. »Nun also, gut,« sagte er schließlich, »aber brauch nicht zu lange zum Anziehen.«

Sie tanzte aus der Tür. Man hörte sie singen, als sie die Treppe hinaufging. Ihre kleinen Füße trippelten oben über der Decke.

Er ging zwei- oder dreimal in der Stube auf und ab. Dann wandte er sich zu der stillen Gestalt im Lehnstuhl.

»Mutter, sind meine Sachen in Ordnung?« fragte er.

»Alles bereit, James,« antwortete sie, ohne von ihrer Arbeit aufzublicken. Seit einigen Monaten fühlte sie sich unbehaglich, wenn sie mit ihrem rauhen, finstern Sohn allein war. Ihre oberflächliche Natur mit ihrem verborgenen Geheimnis wurde verwirrt, wenn ihre Augen sich trafen. Sie wußte nicht recht, ob er irgend etwas argwöhnte. Das Schweigen – denn er machte keine weitere Bemerkung – wurde ihr unerträglich. Sie fing an zu klagen. Frauen verteidigen sich, indem sie angreifen, gerade wie sie dadurch angreifen, daß sie sich unvermutet ergeben. »Ich hoffe, du wirst von deinem Seefahrerleben befriedigt sein, James,« sagte sie. »Du mußt bedenken, daß es deine eigene Wahl ist. Du hättest in ein Anwaltsbüro eintreten können. Anwälte sind ein sehr geachteter Stand und speisen auf dem Lande oft mit den feinsten Herrschaften.«

»Ich hasse Büros, und ich hasse Schreiber,« erwiderte er. »Aber du hast ganz recht; ich habe mein Leben selbst gewählt. Alles, was ich sage, ist: Behüte Sibyl! Laß ihr nichts zustoßen! Mutter, du mußt sie behüten!«

»James, du sprichst in Wahrheit sehr seltsam. Natürlich behüte ich Sibyl.«

»Ich höre, ein Herr kommt jeden Abend ins Theater und geht hinter die Kulissen, um mit ihr zu sprechen. Ist das richtig? Was ist's damit?«

»Du sprichst von Dingen, die du nicht verstehst, James. In unserm Beruf sind wir gewöhnt, sehr viele wohltuende Aufmerksamkeiten zu empfangen. Auch ich habe zu meiner Zeit sehr viel Buketten erhalten. Das war noch eine Zeit, wo man von der Schauspielkunst etwas verstand. Was Sibyl angeht, so weiß ich zur Zeit nicht, ob es ein ernsthaftes Verhältnis ist oder nicht. Aber daran ist kein Zweifel: der fragliche junge Mann ist ein vollkommener Gentleman. Er ist immer sehr höflich zu mir. Außerdem sieht er aus, als ob er reich wäre, und die Blumen, die er schickt, sind sehr schön.«

»Aber du weißt nicht, wie er heißt,« sagte der junge Mensch in rauhem Ton.

»Nein,« antwortete seine Mutter und sah gelassen drein. »Er hat seinen wirklichen Namen noch nicht enthüllt. Ich meine, das ist ganz romantisch von ihm. Wahrscheinlich ist er ein Mitglied der Aristokratie.«

James Vane biß sich auf die Lippen. »Hüte Sibyl, Mutter,« rief er, »hüte sie!«

»Mein Sohn, du kränkst mich sehr. Sibyl ist immer unter meiner besondern Obhut. Natürlich, wenn dieser Herr reich ist, liegt kein Grund für sie vor, einer Verbindung mit ihm auszuweichen. Ich glaube bestimmt, er gehört zur Aristokratie. Er hat ganz das Auftreten danach, muß ich sagen. Es könnte eine sehr glänzende Heirat für Sibyl werden. Sie wären ein reizendes Paar. Er ist wirklich hervorragend schön; es fällt jedem auf.«

Der junge Mensch brummte etwas in sich hinein und trommelte mit seinen schweren Fingern auf der Fensterscheibe. Eben hatte er sich umgewandt, etwas zu sagen, als die Tür sich öffnete und Sibyl zurückkam.

»Wie ernst ihr beide seid!« rief sie. »Was ist euch?«

»Nichts,« antwortete er. »Ich denke, man muß manchmal ernst sein. Adieu, Mutter; um fünf Uhr will ich essen. Es ist alles gepackt außer meinen Hemden; du brauchst dich um nichts zu kümmern.«

»Adieu, mein Sohn,« antwortete sie mit einem gemachten, hoheitsvollen Neigen des Kopfes.

Sie war über den Ton, den er ihr gegenüber angeschlagen hatte, äußerst gekränkt, und es war etwas in seinem Blick gewesen, was ihr Angst eingeflößt hatte.

»Küsse mich, Mutter!« sagte das Mädchen. Ihre blumenhaften Lippen berührten die welke Wange und erwärmten sie.

»Mein Kind! Mein Kind!« rief Frau Vane und blickte zur Decke empor, wo sie eine nicht vorhandene Galerie Zuschauer suchte.

»Komm, Sibyl,« sagte ihr Bruder ungeduldig. Er haßte das affektierte Wesen seiner Mutter.

Sie traten in den flackernden, windverwehten Sonnenschein hinaus und gingen langsam durch die trostlose Euston Road. Die Vorübergehenden blickten erstaunt auf den finstern, plumpen jungen Menschen, der in groben, schlecht sitzenden Kleidern in Gesellschaft eines so lieblichen, fein aussehenden Mädchens war. Er sah aus wie ein Gärtnerbursche, der mit einer Rose geht. Jim runzelte von Zeit zu Zeit die Stirn, wenn er den prüfenden Blick irgendeines Fremden bemerkte. Er hatte die Abneigung gegen das Angestarrtwerden, die Männer von Geist spät im Leben bekommen und die Dutzendmenschen nie verlieren. Sibyl dagegen merkte gar nichts von der ‚Wirkung, die sie ausübte. Ihre Liebe zitterte auf ihren lachenden Lippen. Sie dachte an Prinz Wunderhold; und damit sie um so mehr an ihn denken konnte, sprach sie nicht von ihm, sondern schwatzte über das Schiff, mit dem Jim abfahren sollte, über das Gold, das er sicher finden würde, über die wundervolle reiche Erbin, der er gegen die verruchten Buschklepper im roten Kamisol das Leben retten würde. Denn er würde kein Matrose oder Superkargo oder was er sonst noch zunächst werden wollte, bleiben. O nein! Das Dasein eines Matrosen war schrecklich. Er solle sich vorstellen, in einem gräßlichen Schiff eingepfercht zu sein, und die ‚Wellen krümmten sich brüllend hoch, um einzudringen, und ein finsterer Wind blase die Masten um und zerreiße die Segel in lange, sausende Bänder! Er werde das Schiff in Melbourne verlassen, sich vom Kapitän verabschieden und sofort nach den Goldfeldern reisen. Ehe noch eine Woche vorbei sei, werde er auf einen großen Klumpen reinen Goldes stoßen, auf den größten Klumpen, der je gefunden wurde, und werde ihn in einem Wagen, der von sechs berittenen Schutzleuten bewacht würde, zur Küste bringen. Die Buschklepper griffen sie dreimal an und würden in furchtbarem Kampfe zurückgeschlagen. Oder nein! Er ginge überhaupt nicht zu den Goldfeldern. Das sei ein schrecklicher Ort, wo die Menschen sich betränken und einander im ‚Wirtshaus erschössen und eine gemeine Sprache redeten. Er werde ein friedlicher Schafzüchter werden, und eines Abends, wenn er heimritte, sähe er die schöne Erbin, die von einem Räuber auf einem schwarzen Pferd entführt werde, und er jage ihm nach und rette sie. Natürlich werde sie sich in ihn verlieben und er in sie, und sie heirateten einander und kehrten heim und lebten in einem großen Palast in London. Jawohl, auf ihn warteten herrliche Dinge. Aber er müßte sehr brav sein und dürfte die Geduld nicht verlieren und sein Geld nicht verschwenden. Sie sei nur ein Jahr älter als er, aber sie verstehe so viel mehr vom Leben. Er müsse ihr auch mit jeder Post schreiben, und jede Nacht, wenn er schlafen gehe, zu Gott beten. Gott sei sehr gut und werde über ihn wachen.

Sie werde auch für ihn beten, und in ein paar Jahren werde er reich und glücklich zurückkommen. Der Bursche hörte ihr düster zu und gab keine Antwort. Ihm tat das Herz weh, daß er die Heimat verlassen sollte.

Aber es war nicht das allein, was ihn bedrückte und verstimmte. So unerfahren er auch war, hatte er doch ein starkes Gefühl für die Gefahr, in der Sibyl war. Dieser junge Stutzer, der eine Liebschaft mit ihr haben wollte, konnte es nicht gut mit ihr meinen. Er war ein Herr aus der Gesellschaft, und er haßte ihn darum, haßte ihn mit dem seltsamen Rasseninstinkt, von dem er sich keine Rechenschaft geben konnte und der darum nur um so stärker in ihm war. Er kannte auch die Oberflächlichkeit und Eitelkeit des ,Wesens seiner Mutter und sah darin unendliche Gefahren für Sibyl und ihr Glück. Kinder fangen damit an, ihre Eltern zu lieben; wenn sie älter werden, halten sie Gericht über sie; manchmal verzeihen sie ihnen.

Seine Mutter! Es lag ihm etwas im Sinn, was er sie fragen müsse, etwas, worüber er in vielen Monaten des Schweigens gebrütet hatte. Ein zufälliges ,Wort, das ihm im Theater zu Ohren gekommen war, ein geraunates Hohnwort, das er eines Abends hörte, als er an der Tür zur Bühne wartete, hatte eine Flucht schrecklicher Gedanken in ihm erweckt. Bei der Erinnerung daran war ihm, als ob er einen Peitschenschlag ins Gesicht bekommen hätte. Seine Brauen zogen sich zu einer keilförmigen Furche zusammen, und in krampfhafter Qual biß er sich auf die Lippen.

»Du hörst kein Wort von dem, was ich sage, Jim,« rief Sibyl, »und ich schmiede die entzückendsten Pläne für deine Zukunft. Sag doch etwas!«

»Was möchtest du, das ich sage?«

»Oh, daß du immer brav sein willst und uns nicht vergessen wirst,« antwortete sie und lächelte ihn an.

Er zuckte die Achseln. »Es wäre eher möglich, daß du mich vergißt, als daß ich dich vergesse, Sibyl.«

Sie errötete. »,Was meinst du damit, Jim?« fragte sie.

»Ich höre, du hast einen neuen Freund. Wer ist es? ,Warum sprachst du mir nicht von ihm? Er meint es nicht gut mit dir.«

»Hör auf, Jim!« rief sie aus. »Du darfst nichts gegen ihn sagen. Ich liebe ihn.«

»Wie, und du weißt nicht einmal seinen Namen?« antwortete der Bursche. »Wer ist es? Ich habe ein Recht, es zu wissen!«

»Er heißt Prinz Wunderhold. Gefällt dir der Name nicht? O du dummer Bube! du solltest ihn nie vergessen. Wenn du ihn nur einmal sähest, würdest du merken, daß er der wundervollste Mensch in der Welt ist. Eines Tages wirst du ihn kennen lernen, wenn du von Australien zurückkehrst. Er wird dir so sehr gefallen. Allen Menschen gefällt er, und ich . . . ich liebe ihn. Ich wollte, du könntest heute abend ins Theater kommen. Er wird da sein, und ich werde die Julia spielen! Oh, wie werde ich sie spielen! Denk dir, Jim, lieben und die Julia spielen! Und er hört zu! Zu seiner Wonne spielen! Ich fürchte, ich werde die Mitspieler erschrecken, erschrecken oder hinreißen. Wenn man liebt, geht man über sich selbst hinaus. Der arme gräßliche Herr Isaacs wird seinen Kumpanen am Schenktisch zurufen:

Ein Genie, ein Genie! Er hat mich wie ein Dogma verkündigt; heute abend wird er mich als Offenbarung preisen. Ich fühle es. Und es gehört alles ihm, ihm allein, dem Prinzen ,Wunderhold, meinem herrlichen Geliebten, der mein Gott ist! Ich aber bin arm neben ihm. Arm? ,Was tut das? Wenn die Armut durch die Tür hereinschleicht, fliegt die Liebe durchs Fenster herein, und die Liebe schlägt die Not tot. Sonst hieß es wohl anders im Sprichwort: Not sei der Liebe Tod, meinten sie. Aber die Sprichwörter müssen umgearbeitet werden. Sie sind im ,Winter gemacht worden, und jetzt ist es Sommer; für mich wohl Frühling, ein rechter Blütentanz im blauen Himmel.«

»Er ist ein Herr aus der feinen Gesellschaft«, sagte der Bursche finster.

»Ein Prinz!« rief sie, und es klang, als ob sie sänge; »was willst du mehr?«

»Er will dich zu seiner Sklavin machen.«

»Ich schaudere bei dem Gedanken, frei zu sein.« »Ich rate dir, sei auf der Hut vor ihm!«

»Ihn sehen heißt ihn anbeten, ihn kennen heißt ihm vertrauen.«

»Sibyl, deine Liebe ist wahnsinnig!«

Sie lachte und nahm seinen Arm. »Du lieber alter Jim, du redest, als wärst du hundert Jahre alt. Eines Tages wird die Liebe auch über dich kommen. Dann weißt du, was sie ist. Blick nicht so mürrisch drein. Du solltest doch froh sein bei dem Gedanken, daß du, obwohl du fortgehst, mich glücklicher zurückläßt, als ich je war. Das Leben ist hart für uns gewesen, schrecklich hart und schwer.

Aber es wird jetzt anders werden. Du gehst in eine neue Welt, und eine neue ‚Welt ist zu mir gekommen. – Hier sind zwei Stühle frei, wir wollen uns hinsetzen und die geputzten Menschen an uns vorbeigehen lassen.«

Sie setzten sich unter viele andre Menschen, die dasaßen und ausschauten. Die Tulpenbeete am ‚Wegrand flammten wie stürmisches Feuerläuten. Ein weißer Staub wie eine zitternde Wolke von Veilchenpuder hing in der lechzenden Luft. Die leuchtend farbigen Sonnenschirme tanzten und tauchten unter wie Riesenschmetterlinge.

Sie brachte ihren Bruder dazu, von sich selbst zu sprechen, von seinen Hoffnungen, seinen Aussichten. Er sprach langsam und gequält. Sie setzten ihre ‚Worte beide langsam und vorsichtig, wie Spieler ihre Züge. Sibyl fühlte sich bedrückt; sie konnte ihre Freude nicht mitteilen. Ein schwaches Lächeln, das diesen finstern Mund umspielte, war die ganze Erwiderung, die sie erlangen konnte. Nach einer Weile verstummte sie. Plötzlich gewahrte sie den Glanz goldenen Haares und lachende Lippen, und in einem offenen Wagen fuhr Dorian Gray mit zwei Damen vorüber.

Sie sprang auf. »Da ist er!« rief sie. »Wer?« fragte Jim Vane.

»Prinz Wunderhold« antwortete sie und blickte dem Wagen nach.

Er sprang auf und griff heftig nach ihrem Arm. »Zeig ihn mir! Welcher ist es? Deute nach ihm, ich muß ihn sehen!« rief er; aber in diesem Augenblick kam das Viergespann des Herzogs von Berwick dazwischen, und als der Raum wieder frei war, war der Wagen nicht mehr im Park zu sehen.

»Er ist weg,« flüsterte Sibyl traurig. »Ich wollte, du hättest ihn gesehen.«

»Das wollte ich auch, denn so wahr ein Gott im Himmel ist, wenn er dir je ein Leid zufügt, bringe *ich* ihn um!«

Sie sah ihn entsetzt an. Er wiederholte die ‚Worte; sie schnitten durch die Luft wie ein Dolch. Die Leute in der Nähe fingen an aufmerksam zu werden. Eine Dame, die neben ihnen stand, kicherte.

»Komm fort, Jim, komm,« flüsterte sie. Er folgte ihr mit verbissener Miene, als sie durch die Menschenmenge ging. Er war froh, daß er das gesagt hatte.

Als sie die Achillesstatue erreicht hatten, wendete sie sich um. In ihren Augen lag Mitleid, das auf ihren Lippen zu Lachen wurde. Sie schüttelte den Kopf über ihn.

»Du bist närrisch, Jim, völlig närrisch; ein galliger Bursche, weiter nichts. ‚Wie kannst du so schreckliche Sachen sagen! Du weißt nicht, was du zusammen redest. Du bist einfach eifersüchtig und unfreundlich. Ach! ich wollte, über dich käme die Liebe. Die Liebe macht die Menschen gut, und was du sagst, war böse.«

»Ich bin sechzehn Jahre alt,« antwortete er, »und ich weiß, was ich tue. An Mutter hast du keine Stütze. Sie versteht es nicht, dich zu behüten. Ich wollte jetzt, ich ginge überhaupt nicht nach Australien. Ich habe große Lust, die ganze Sache aufzugeben. Ich täte es, wenn mein Kontrakt nicht unterzeichnet wäre.«

»Ach, sei nicht so ernsthaft, Jim! Du bist wie einer der Helden aus den albernen Melodramen, in denen Mutter so gerne spielte. Ich will nicht mit dir in Streit kommen. Ich habe ihn gesehn, und ihn zu sehen ist vollkommenes Glück. ‚Wir wollen nicht streiten. Ich weiß, du wirst dich nie an einem vergreifen, den ich liebe, nicht wahr?«

»Solange du ihn liebst, wohl nicht,« war die finstere Antwort.

»Ich liebe ihn immer!« rief sie. »Und er dich?«

»Immer, auch!«

»Er täte recht daran.«

Sie fuhr zurück. Dann lachte sie und legte die Hand auf seinen Arm. Er war ja noch ein Knabe.

Am Marble Arch bestiegen sie einen Omnibus, der sie in die Nähe ihrer armseligen Wohnung in Euston Road brachte. Es war nach fünf Uhr, und Sibyl mußte sich, bevor sie auftrat, ein paar Stunden hinlegen. Jim bestand darauf, daß sie es tat. Er sagte, er wolle sich lieber von ihr verabschieden, wenn die Mutter nicht dabei sei. Sie würde sicher eine Szene aufführen, und er verabscheue Szenen aller Art.

In Sibyls eigenem Zimmer verabschiedeten sie sich. Eifersucht war im Herzen des jungen Menschen und ein wilder, mörderischer Haß auf den Fremden, der, wie er meinte, zwischen sie getreten war. Als aber ihre Arme sich um seinen Hals legten und ihre Finger durch sein Haar strichen, wurde er ruhiger und küßte sie mit echter Zärtlichkeit. Es standen Tränen in seinen Augen, als er die Treppe hinabging.

Seine Mutter wartete unten auf ihn. Sie murrte über seine Unpünktlichkeit, als er eintrat. Er gab keine Antwort, sondern setzte sich an sein kärgliches Essen. Die Fliegen schwirrten um den Tisch und krochen über das fleckige Tischtuch.

Durch das Gerassel der Omnibusse und das Lärmen der Droschken hörte er die eintönige Stimme, die ihm jede Minute wegnahm, die ihm noch blieb.

Nach einer ,Weile schob er den Teller zurück und stützte den Kopf in die Hände. Er fühlte, daß er ein Recht hatte, es zu wissen. Man hätte es ihm früher sagen sollen, wenn es so war, wie er argwöhnte. Von Angst gepeinigt, beobachtete ihn die Mutter. Die ,Worte fielen ihr mechanisch vom Munde. Ein zerfetztes Spitzentaschentuch zerdrückte sie in der Hand. Als die Uhr sechs schlug, stand er auf und ging zur Tür. Dann wandte er sich um und sah sie an. Ihre Augen trafen sich. In ihren sah er ein wildes Flehen um Erbarmen. Das machte ihn wütend. »Mutter, ich muß dick etwas fragen,« sagte er. Ihre Augen irrten unbestimmt im Zimmer umher. Sie gab keine Antwort. »Sag mir die Wahrheit! Ich habe ein Recht, es zu wissen! Warst du mit meinem Vater verheiratet?«

Sie seufzte tief auf. Es war ein Seufzer der Erleichterung. Der furchtbare Augenblick, der Augenblick, den sie Tag und Nacht seit Wochen und Monaten gefürchtet hatte, war endlich gekommen, und doch fühlte sie keine Furcht. In der Tat, gewissermaßen war das eine Enttäuschung für sie. Die grobe Deutlichkeit der Frage verlangte eine Antwort ohne Umschweife. Die Situation war nicht allmählich gesteigert worden. Es war roh. Es kam ihr vor wie eine schlechte Deklamation.

»Nein,« antwortete sie, und war verwundert über die harte Einfachheit des Lebens.

»Mein Vater war also ein Schurke!« rief der Bursche und ballte die Faust.

Sie schüttelte den Kopf. »Ich wußte, daß er nicht frei war. Wir liebten uns sehr. Wenn er am Leben geblieben wäre, hätte er für uns gesorgt. Sage nichts gegen ihn, mein Sohn. Er war dein Vater und ein Gentleman. Es ist wahr, er hatte hohe Verbindungen.«

Ein Fluch kam aus seinem Munde. »Ich kümmere mich nicht um mich,« rief er, »aber laß Sibyl nicht . . . Ist es ein Gentleman oder nicht, der in sie verliebt ist oder so sagt? Mit hohen Verbindungen, denk ich.« Einen Augenblick kam ein gräßliches Gefühl der Demütigung über die Frau. Sie ließ den Kopf sinken. Mit zitternden Händen wischte sie sich die Augen. »Sibyl hat eine Mutter,« sprach sie leise; »ich hatte keine.«

Der junge Mensch war gerührt. Er trat auf sie zu, beugte sich nieder und küßte sie. »Es tut mir leid, wenn ich dich mit der Frage nach meinem Vater gequält habe,« sagte er, »aber ich konnte nicht anders. Ich muß jetzt gehen. Leb wohl! Vergiß nicht, daß du jetzt nur noch ein Kind zu behüten hast, und glaube mir, wenn dieser Mann meiner Schwester ein Leid zufügt, finde ich heraus, wer er ist, spüre ihn auf und bringe ihn um wie einen Hund. Das schwör ich dir!«

Die wahnsinnige Übertreibung der Drohung, die leidenschaftlichen Gesten, die sie begleiteten, die tollen melodramatischen Worte machten ihr das Leben wieder behaglicher. Sie war mit dieser Atmosphäre vertraut. Sie atmete freier, und zum erstenmal seit vielen Monaten bewunderte sie ihren Sohn wahrhaft. Sie hätte die Szene gern auf derselben Höhe der Empfindsamkeit fortgeführt, aber er brach kurz ab. Koffer mußten hinuntergeschafft und Tücher mußten besorgt werden. Der Knecht des Logierhauses ging geschäftig hin und her. Mit dem Kutscher wurde verhandelt. Der Moment wurde mit gewöhnlichen Einzelheiten zerzettelt. Wiederum mit einem Gefühl der Enttäuschung stand sie am Fenster und ließ das zerfetzte Spitzentuch in der Luft flattern, als ihr Sohn abfuhr. Es war ihr, als sei eine große Gelegenheit verpaßt worden. Sie tröstete sich, indem sie Sibyl sagte, wie verödet ihr Leben künftig sein werde, jetzt, wo sie nur noch ein Kind zu behüten habe. Sie hatte sich diesen Satz gemerkt, er hatte ihr gefallen. Von der Drohung sagte sie nichts. Sie war lebhaft und dramatisch gesprochen gewesen. Sie hatte das Gefühl, sie würden alle eines Tages darüber lachen.

Sechstes Kapitel

»Du hast wohl das Neueste schon gehört, Basil?« sagte Lord Henry an diesem Abend, als Hallward in ein kleines reserviertes Zimmer des Restaurants Bristol trat, wo für drei Personen gedeckt war.

»Nein, Harry,« antwortete der Künstler, während er dem Kellner Hut und Überrock gab. »Was ist es? Nichts Politisches hoffentlich? Dafür interessiere ich mich nicht. Es gibt im ganzen Unterhaus kaum einen Menschen, den zu malen sich verlohnte; obwohl ich zugebe, daß eine kleine Übertünchung manchem unter ihnen, der sich rangieren möchte, nichts schaden könnte.«

»Dorian Gray hat sich verlobt,« sagte Lord Henry und beobachtete ihn, während er sprach.

Hallward fuhr zurück und runzelte dann die Stirn. »Dorian verlobt!« rief er. »Unmöglich!«

»Es ist völlig wahr.« »Mit wem?«

»Mit irgendeiner kleinen Schauspielerin.«

»Ich kann es nicht glauben. Dorian ist viel zu vernünftig.«

»Dorian ist viel zu gescheit, nicht hie und da Torheiten zu begehen, lieber Basil.«

»Die Ehe gehört kaum zu den Dingen, die man hier und da begehen kann, Harry.«

»Außer in Amerika,« erwiderte Lord Henry langsam. »Aber ich sagte nicht, daß er verheiratet sei. Ich sagte, daß er verlobt ist. Das ist ein großer Unterschied.«

»Aber denk an Dorians Geburt, seine Stellung, seinen Reichtum. Es wäre Unsinn, wenn er so tief unter seinem Stande heiraten wollte.«

»Wenn du willst, daß er dieses Mädchen heiratet, so sag ihm das, Basil. Dann tut er es sicher. Wenn ein Mann etwas ausgesucht Dummes tut, geschieht es immer aus den edelsten Motiven.«

»Ich hoffe, daß es ein gutes Mädchen ist. Ich möchte nicht haben, daß Dorian an ein gemeines Geschöpf gefesselt ist, das ihn herunterziehn und seinen Geist verderben würde.«

»Oh, sie ist mehr als gut – sie ist schön,« sagte Lord Henry, der an einem Glas Wermut mit Pomeranzen nippte. »Dorian sagt, sie sei schön; und auf diesem Gebiet irrt er sich nicht oft. Dein Porträt von ihm hat sein Urteil über die persönliche Erscheinung anderer Menschen beschleunigt. Es hat diese vorzügliche Wirkung getan, neben andern. Wir sollen sie heute abend sehen, wenn der Junge die Abmachung nicht vergißt.«

»Sprichst du im Ernst?«

»Völlig im Ernst, Basil. Es wäre schlimm, wenn ich denken müßte, ich sollte je ernsthafter sprechen als in diesem Augenblick.«

»Aber billigst du die Sache, Harry?« fragte der Maler, der im Zimmer hin und her ging und sich auf die Lippen biß. »Es ist nicht möglich, daß du sie billigst. Es ist irgendeine törichte Verblendung.«

»Ich billige oder mißbillige nie mehr etwas. Das ist eine ganz verkehrte Stellungnahme zum Leben. Wir sind nicht in die Welt gesetzt worden, um unsere moralischen Vorurteile zu ventilieren. Ich nehme nie Notiz von dem, was gewöhnliche Menschen sagen, und ich mische mich nie in das ein, was reizende Menschen tun. Wenn eine Persönlichkeit mir anziehend ist, so ist mir jede Art, in der diese Person sich zum Ausdruck bringt, erfreulich. Dorian Gray verliebt sich in ein schönes Mädchen, das die Julia spielt, und hält um sie an. Warum nicht? Wenn er Messalina heiratete, wäre er um nichts weniger interessant. Du weißt, ich bin keiner, der für die Ehe in die Schranken tritt. Die eigentliche Schattenseite der Ehe ist, daß sie einen selbstlos macht. Und selbstlose Menschen sind farblos. Es fehlt ihnen an Individualität. Jedoch, es gibt gewisse Naturen, die durch die Ehe komplizierter werden. Sie behalten ihren Egoismus und fügen ihm viele andere Ichs hinzu. Sie sind gezwungen, mehr als ein einziges Leben zu haben. Sie erlangen eine höhere Organisation, und hoch organisiert zu sein, ist, sollte ich meinen, der Zweck des menschlichen Daseins. Überdies ist jede Erfahrung von Wert, und mag man gegen die Ehe sagen, was man will, eine Erfahrung ist sie sicher. Ich hoffe, Dorian Gray wird dieses Mädchen zu seiner Frau machen, sie sechs Monate lang leidenschaftlich anbeten und dann plötzlich von einer andern angezogen werden. Es wäre prächtig, das zu beobachten.«

»Du glaubst kein einziges Wort von dem allem, Harry; du weißt das. Wenn Dorian Grays Leben zerstört würde, wäre niemand trauriger als du. Du bist viel besser, als du vorgibst.

Lord Henry lachte. »Der Grund, warum wir alle so gern gut von andern denken, ist, daß wir alle für uns selbst Angst haben. Die Grundlage des Optimismus ist reine Furcht. Wir halten uns für edelmütig, weil wir unserm Nächsten diese Tugenden borgen, die geeignet sind, uns Nutzen zu bringen. Wir rühmen den Bankier, damit wir unser Konto überschreiten können, und finden im Straßenräuber gute Eigenschaften in der Hoffnung, er werde unsere Taschen verschonen. Ich glaube alles, was ich gesagt habe. Ich habe die größte Verachtung vor dem Optimismus. Was das zerstörte Leben angeht, so ist kein Leben zerstört, dessen Wachstum nicht gehemmt wird. Willst du einen Menschen vernichten, so brauchst du ihn nur zu bessern. Was die Ehe angeht, so wäre sie natürlich eine Dummheit, aber es gibt andere und interessantere Bande zwischen Mann und Frau. Die werde ich sicher begünstigen. Sie haben den Reiz, in der Mode zu sein. – Doch hier ist Dorian selbst. Er kann dir mehr berichten als ich.«

»Lieber Harry, lieber Basil, ihr müßt mir beide gratulieren!« sagte der Jüngling, nahm seine elegante Pelerine ab und schüttelte den Freunden die Hand.

»Ich bin nie so glücklich gewesen. Natürlich kommt es plötzlich, wie alles wahrhaft Schöne im Leben. Und doch kommt es mir so vor, als sei ich mein Leben lang nur danach auf der Suche gewesen.« Er war rot vor Erregung und Freude und sah über die Maßen schön aus.

»Ich hoffe, du wirst immer sehr glücklich sein, Dorian,« sagte Hallward; »aber ich verzeihe dir nicht ganz, daß du mir nichts von deiner Verlobung mitgeteilt hast. Du hast es Harry mitgeteilt.«

»Und ich verzeihe dir nicht, daß du zu spät zum Essen kommst,« fiel Lord Henry ein, der seine Hand auf die Schulter des Jünglings legte und lächelte, während er sprach. »Komm, setzen wir uns und versuchen, was der neue Chef hier kann, und dann erzählst du uns, wie das alles gekommen ist.«

»Da ist wahrhaftig nicht viel zu erzählen,« rief Dorian, als sie sich an den kleinen runden Tisch gesetzt hatten. »Es war einfach so. Als ich gestern abend von dir weggegangen war, Harry, zog ich mich um, speiste in dem kleinen italienischen Restaurant in Rupert Street, das ich durch dich kennen gelernt habe, und ging um acht Uhr ins Theater. Sibyl spielte die Rosalinde. Natürlich waren die Dekorationen schrecklich und der Orlando zum Lachen. Aber Sibyl! Ihr hättet sie sehen sollen. Als sie in ihren Knabenkleidern hereinkam, war sie einfach wundervoll. Sie trug eine moosfarbene Samtjacke mit zimtbraunen Ärmeln, kurze braune Hosen, die kreuzweise überm Knie gebunden waren, ein reizendes grünes Mützchen mit einer Habichtsfeder, die von einem funkelnden Stein festgehalten wurde, und einen mit stumpfem Rot gefütterten Kapuzenmantel. Sie war mir nie köstlicher erschienen. Sie hatte ganz die zarte Grazie des Tanagrafigürchens, das du in deinem Atelier hast, Basil. Ihr dichtes Haar hing um ihr Gesicht wie dunkles Laub um eine blasse Rose. Ihr Spiel – nun, ihr werdet sie heute abend sehn. Sie ist einfach eine geborene Künstlerin. Ich saß in der schmutzigen Loge wie festgebannt. Ich vergaß, daß ich in London und im neunzehnten Jahrhundert lebe. Ich war mit meiner Liebsten weit weg in einem Walde, den nie jemand gesehn hatte. Als die Vorstellung zu Ende war, ging ich nach hinten und sprach mit ihr. Als wir so zusammen saßen, kam plötzlich in ihre Augen ein Ausdruck, den ich nie vorher gesehn hatte. Meine Lippen suchten sie. Wir küßten einander. Ich kann euch nicht schildern, was ich in dem Augenblick gefühlt habe. Mir schien, als mein Leben sei zusammengedrückt in einen einzigen Punkt rosafarbener Freude. Sie zitterte am ganzen Leib; sie bebte wie eine weiße Narzisse. Dann warf sie sich auf die Knie und küßte meine Hand. Ich weiß, ich sollte euch das nicht alles erzählen, aber ich kann nicht anders. Natürlich ist unsere Verlobung tiefstes Geheimnis. Sie hat nicht einmal ihrer Mutter davon gesprochen. Ich weiß nicht, was meine Vormünder dazu sagen werden. Lord Radley wird sicher wütend werden. Ich mache mir nichts daraus. In weniger als einem Jahr bin ich volljährig und kann dann tun, was ich will. Ich hatte recht, Basil, nicht wahr, meine Geliebte aus der Poesie zu holen und mein Weib in Shakespeares Stücken zu finden? Lippen, die Shakespeare sprechen gelehrt hat, haben mir ihr Geheimnis ins Ohr geflüstert. Die Arme Rosalindens haben mich umfaßt, und Julia hat mich auf den Mund geküßt.«

»Ja, Dorian, ich glaube, du hattest recht,« sagte Hallward langsam.

»Hast du sie heute gesehen?« fragte Lord Henry.

Dorian Gray schüttelte den Kopf. »Ich verließ sie in den Ardennen, ich werde sie in einem Garten Veronas wiederfinden.«

Lord Henry schlürfte nachdenklich seinen Champagner.

»Bei welcher Gelegenheit sprachst du das Wort Heirat aus, Dorian? Und was erwiderte sie? Vielleicht weißt du gar nichts mehr davon.«

»Lieber Henry, ich behandelte die Sache nicht als geschäftliche Verhandlung, und ich machte keinerlei formellen Antrag. Ich sagte ihr, daß ich sie liebe, und sie sagte, sie verdiene nicht, mein Weib zu sein. Verdiene nicht! Wahrlich, die ganze Welt gilt mir nichts, verglichen mit ihr!«

»Die Weiber sind bewundernswert praktisch,« sagte Lord Henry wie vor sich hin – »viel praktischer als wir. In Situationen dieser Art vergessen wir oft, die Heirat zu erwähnen, und sie erinnern uns immer daran.«

Hallward legte ihm die Hand auf den Arm. »Nicht, Harry; du kränkst Dorian. Er ist nicht wie andre Männer. Er wird nie jemanden ins Elend bringen. Dazu ist seine Natur zu edel.«

Lord Henry blickte über den Tisch. »Dorian fühlt sich nie von mir gekränkt,« antwortete er. »Ich stellte die Frage aus dem triftigsten Grund, den es geben kann, aus dem einzigen Grund fürwahr, der einen entschuldigt, daß man überhaupt eine Frage stellt – nämlich aus

Neugier. Ich habe eine Theorie, die lautet, daß es immer die Frauen sind, die uns einen Antrag machen, und nicht wir den Frauen.

Außer natürlich im Leben des Mittelstands. Aber der Mittelstand ist eben nicht auf der Höhe der Zeit.«

Dorian Gray lachte und schüttelte den Kopf. »Du bist ganz unverbesserlich, Harry; aber ich bin nicht böse. Es ist unmöglich, dir gram zu sein. Wenn du Sibyl Vane siehst, wirst du fühlen, daß der Mann, der ihr ein Leid zufügen kann, eine Bestie sein müßte, eine herzlose Bestie. Ich kann nicht verstehn, wie ein Mensch es über sich bringen kann, das Wesen, das er liebt, in Schande zu bringen. Ich liebe Sibyl Vane. Ich möchte sie auf eine goldene Säule stellen, auf daß ich sehe, wie die Welt das Weib anbetet, das mein ist. Was ist Heirat? Ein unwiderrufliches Gelübde. Du spottest darum über die Heirat. Oh, spotte nicht! Ein unwiderrufliches Gelübde will ich ablegen. Ihr Vertrauen macht mich fromm und treu, ihr Glaube macht mich gut. Wenn ich bei ihr bin, wende ich mich von allem, was du mich gelehrt hast, ab. Ich werde anders als der Mensch, den du in mir siehst. Ich bin verwandelt, und wenn mich Sibyl Vane bloß mit der Hand berührt, vergesse ich all deine schlechten, bezaubernden, vergifteten, entzückenden Theorien.«

»Und die wären...?« fragte Lord Henry und nahm etwas Salat auf seinen Teller.

»Oh, deine Theorien über das Leben, deine Theorien über die Liebe, deine Theorien über die Lust. Tatsächlich all deine Theorien, Harry.«

»Außer der Lust verdient kein Ding, eine Theorie zu haben,« erwiderte er mit seiner leisen, melodischen Stimme. »Aber ich fürchte, ich kann meine Theorie nicht für mich reklamieren. Sie gehört der Natur, nicht mir. Lust ist das Siegel der Natur, ihr Zeichen der Zustimmung. Wenn wir glücklich sind, sind wir immer gut, aber wenn wir gut sind, sind wir nicht immer glücklich.«

»Ah! Aber was nennst du gut?« rief Basil Hallward.

»Ja,« stimmte Dorian bei, lehnte sich in seinem Stuhl zurück und blickte Lord Henry über den schweren Strauß purpurner Schwertlilien hinweg, der in der Mitte des Tisches stand, an, »was nennst du gut, Harry?«

»Gut sein heißt in Harmonie mit sich selbst sein,« erwiderte er, indem er mit seinen blassen, schmalen Fingern den dünnen Stiel seines Glases umfaßte. »Mißklang herrscht, wo man gezwungen wird, in Harmonie mit andern zu sein. Das eigene Leben das ist es, worauf es ankommt. Was das Leben der Nächsten angeht, kann man, wenn man ein Affe oder ein Pfaffe sein will, sich mit seinen moralischen Ansichten darüber wichtig machen, aber es geht einen nichts an. Überdies hat der Individualismus in Wahrheit das höhere Ziel. Die moderne Moral besteht darin, den Maßstab ihres Zeitalters zu akzeptieren. Ich bin der Meinung, daß es für jeden einigermaßen kulturfähigen Menschen eine Form der gröbsten Unmoral ist, den Maßstab seiner Zeit zu akzeptieren.«

»Aber wenn man bloß für sich selbst lebt, Harry, zahlt man sicher einen furchtbaren Preis dafür!« meinte der Maler.

»Jawohl, man überfordert uns heutzutage in allem. Ich denke mir, die wahre Tragödie der Armen ist, daß sie sich nichts leisten können als Selbstverleugnung. Schöne Sünden sind wie schöne Dinge das Vorrecht der Reichen.«

»Man hat auf andre Weise zu zahlen als mit Geld.« »Auf welche Weise, Basil?«

»Oh, ich sollte meinen, mit Gewissensbissen, mit Schmerzen ... nun, eben mit dem Bewußtsein der Erniedrigung.«

Lord Henry zuckte die Achseln. »Lieber Freund, die mittelalterliche Kunst ist entzückend, aber die Empfindungen des Mittelalters sind nicht mehr Mode. Man kann sie natürlich für Romane brauchen. Aber die einzigen Dinge, die man in Romanen brauchen kann, sind eben die Dinge, um die man sich in Wahrheit nicht mehr kümmert. Glaub mir, kein zivilisierter Mensch bereut je einen Genuß, und kein unzivilisierter weiß je, was ein Genuß ist.«

»Ich weiß, was Genuß ist,« rief Dorian Gray. »Es ist ein Genuß, einen Menschen anzubeten.«

»Das ist jedenfalls besser, als angebetet zu werden,« antwortete er und spielte dabei mit den Früchten, die er auf seinen Teller gelegt hatte. »Angebetet zu werden ist von Schaden. Die Weiber behandeln uns genau so, wie die Menschheit ihre Götter behandelt. Sie liegen vor uns auf den Knien und quälen uns immer, wir sollen etwas für sie tun.«

»Ich möchte sagen, alles, worum sie uns bitten, haben sie uns erst gegeben,« sagte der Jüngling leise und ernst. »Sie erzeugen die Liebe in unserm Innern. Sie haben ein Recht, sie zurückzuverlangen.«

»Das ist völlig wahr, Dorian,« rief Hallward.

»Nichts ist jemals völlig wahr,« sagte Lord Henry.

»Dies ist es,« unterbrach Dorian. »Du mußt zugeben, daß die Frauen den Männern das Gold des Lebens schenken.«

»Möglich,« seufzte er, »aber unweigerlich verlangen sie es in kleiner Münze zurück. Das ist das Elend. Die Frauen, drückte es ein witziger Franzose einmal aus, flößen uns das Verlangen ein, Meisterwerke zu schaffen, und hindern uns dann immer, sie auszuführen.«

»Harry, du bist schrecklich! Ich weiß nicht, warum ich dich so gern habe.«

»Du wirst mich immer gern haben, Dorian,« erwiderte er. »Wollt ihr Kaffee haben, Kinder? Kellner, bringen Sie Kaffee und *fine-champagne* und Zigaretten. Nein, bemühen Sie sich nicht, keine Zigaretten; ich habe selbst welche. Basil, ich kann nicht zugeben, daß du Zigarren rauchst. Du mußt eine Zigarette nehmen. Eine Zigarette ist der vollendete Typus eines vollendeten Genusses. Er ist köstlich, und er läßt einen unbefriedigt. Was kann man mehr verlangen? Ja, Dorian, du wirst mich immer lieb haben. Ich stelle dir alle Sünden dar, die zu begehen du nie den Mut hast.«

»Was redest du für Unsinn, Harry!« rief der Jüngling und zündete an einem feueratmenden Drachen aus Silber, den der Kellner auf den Tisch gestellt hatte, seine Zigarette an. »Wir wollen ins Theater gehn. Wenn Sibyl auf die Bühne kommt, bekommst du ein neues Lebensideal. Sie wird dir etwas darstellen, was du nie kennen gelernt hast.«

»Ich habe alles kennen gelernt,« sagte Lord Henry, und in seinen Augen lag ein müder Ausdruck, »aber ich bin immer bereit, mich neu erregen zu lassen. Ich fürchte jedoch, daß ich für mein Teil nichts finde, was das zuwege bringt. Indessen, vielleicht bringt dein wundervolles Mädchen mich zur Ergriffenheit. Ich liebe das Theater. Es ist so sehr viel wirklicher als das Leben. Wir wollen gehn. Dorian, du kannst zu mir einsteigen. Es tut mir so leid, Basil, aber im Brougham ist nur Platz für zwei. Du mußt uns in einer Droschke folgen.«

Sie standen auf, zogen ihre Überröcke an und schlürften den Kaffee stehend. Der Maler war schweigsam und gedrückt. Es lag etwas Düsteres über ihm. Er konnte diese Heirat nicht billigen, aber doch schien sie ihm besser als vieles andre, was hätte geschehn können. Nach ein paar Minuten gingen sie zusammen die Treppe hinunter. Er fuhr allein, wie verabredet worden war, und sah auf die blitzenden Lichter des kleinen Broughams, der vorausfuhr. Ein seltsames Gefühl des Unwiederbringlichen überkam ihn. Er fühlte, Dorian Gray würde nie wieder das für ihn sein, was er früher gewesen war. Das Leben war zwischen sie getreten ... Seine Augen umdunkelten sich, und die hell erleuchteten Straßen, die von Menschen wimmelten, verschwammen vor ihnen. Als die Droschke am Theater vorfuhr, war es ihm, als sei er viele Jahre älter geworden.

Siebentes Kapitel

Aus dem oder jenem Grunde war das Haus an diesem Abend gepfropft voll, und der fette jüdische Direktor, den sie am Tore trafen, strahlte übers ganze Gesicht mit einem öligen, hin und her zuckenden Lächeln. Er geleitete sie mit einer Art prahlerischer Unterwürfigkeit bis zu ihrer Loge, bewegte die fetten, juwelenglänzenden Hände eifrig hin und her und sprach in seinen höchsten Tönen. Dorian Gray empfand mehr als je Widerwillen gegen ihn. Er hatte ein Gefühl, als sei er gekommen, Miranda zu besuchen, und sei von Kaliban in Empfang genommen worden. Lord Henry anderseits gefiel er beinahe. Wenigstens erklärte er, er gefalle ihm, bestand darauf, ihm die Hand zu schütteln, und versicherte ihn, er sei stolz darauf, einen Mann kennen zu lernen, der ein wahrhaftes Genie entdeckt habe und über einem Dichter bankrott geworden sei. Hallward amüsierte sich damit, die Gestalten auf dem Stehplatz zu betrachten. Es war eine drückende Hitze, und der riesige Sonnenbrenner flammte wie eine ungeheure Dabhe mit Blättern aus gelbem Feuer. Die jungen Leute auf der Galerie hatten ihre Röcke und Westen ausgezogen und über die Brüstung gehängt. Sie riefen einander über den Zuschauerraum weg zu und regalierten die aufgeputzten Mädchen, die neben ihnen saßen, mit Orangen. Ein paar Weiber auf dem Stehplatz lachten. Ihre Stimmen waren schrecklich schrill und mißtönend. Vom Schanktische her hörte man Pfropfen knallen.

»An einem solchen Ort soll einer seine Göttin finden!« sagte Lord Henry.

»Ja!« antwortete Dorian Gray. »Hier habe ich sie gefunden, und sie ist göttlicher als alles Lebendige, das ich kenne. Wenn sie spricht, wirst du alles vergessen. Die gemeinen, rohen Menschen mit ihren plumpen Gesichtern und brutalen Bewegungen werden ganz anders, wenn sie auf der Bühne ist. Sie sitzen stumm da und blicken auf sie. Sie jachen und weinen, wie sie es begehrt. Sie stimmt sie, wie man eine Geige stimmt. Sie vergeistigt sie, und man fühlt, daß sie vom selben Fleisch und Blut sind, wie man selbst.«

»Vom selben Fleisch und Blut, wie man selbst? Oh, ich hoffe nicht,« rief Lord Henry, der die Insassen der Galerie durch sein Opernglas studierte.

»Kümmere dich nicht um ihn, Dorian,« sagte der Maler. »Ich verstehe, was du meinst, und ich glaube an das Mädchen. Ein Mensch, den du liebst, muß wunderbar sein, und jedes Mädchen, das die Wirkung ausübt, die du schilderst, muß erlesen und edel sein. Seine Zeitgenossen vergeistigen – das zu tun, lohnt der Mühe. Wenn dieses Mädchen Menschen, die ohne Seele gelebt haben, beseelen kann, wenn sie in Menschen, deren Leben schmutzig und häßlich gewesen ist, den Sinn für Schönheit erwecken kann, wenn sie sie aus ihrer Selbstsucht herausziehen kann und ihnen Trincn um Schmerzen entpressen kann, die nicht ihre eigenen sind, dann verdient sie deine Verehrung, dann verdient sie die Verehrung der Welt. Diese Ehe ist ganz das Rechte. Ich dachte erst nicht so, aber ich sehe es jetzt ein. Die Götter haben Sibyl Vane für dich geschaffen. Ohne sie wärst du nicht vollständig gewesen.«

»Danke, Basil,« antwortete Dorian Gray und drückte ihm die Hand. »Ich wußte, du würdest mich vcrstehn. Harry ist so zynisch, er erschreckt mich. – Da haben wir das Orchester. Es ist fürchterlich, aber es dauert nur etwa fünf Minuten. Dann geht der Vorhang auf, und du siehst das Mädchen, dem ich all mein Leben geben will, dem ich alles gegeben habe, was gut in mir ist.«

Eine Viertelstunde nachher betrat unter einem Sturm des Beifalls Sibyl Vane die Bühne. Ja, sie sah allerdings entzückend aus – eines der schönsten Menschenkinder, dachte Lord Henry, die er je gesehen. Ihre scheue Lieblichkeit und ihre erstaunten Augen konnten einen an ein junges Reh gemahnen. Ein schwaches Erröten, wie das Bild einer Rose in einem silbernen Spiegel, stieg in ihre Wangen, als sie das überfüllte, begeisterte Haus sah. Sie trat ein paar Schritte zurück, und ihre Lippen schienen zu zittern. Basil Hall-ward sprang auf und klatschte in die Hände. Regungslos, wie ein Mensch, der tief vom Traum umfangen ist, saß Dorian Gray da und sah auf sie. Lord Henry brachte das Glas nicht von den Augen und rief leise: »Reizend! Reizend!«

Die Szene war der Saal in Capulets Hause, und Romeo war in seinem Pilgergewand mit Mercutio und seinen andern Freunden eingetreten. Die Musik spielte jämmerlich genug ein paar Takte, und dann fing der Tanz an. In der Schar der plumpen, schäbig gekleideten Schauspieler bewegte sich Sibyl Vane wie ein Wesen aus einer schöneren Welt. Ihr Körper neigte sich beim Tanzen wie eine Pflanze im Wasser. Die Linie ihres Halses war wie die einer weißen Lilie. Ihre Hände schienen aus kühlem Elfenbein geschaffen.

Aber sie machte einen seltsam abwesenden Eindruck. Sie zeigte keinerlei Freude, als ihr Auge auf Romeo ruhte. Die wenigen Worte, die sie zu sprechen hatte:

Nein, Pilger, lege nichts der Hand zuschulden
Für ihren sittsam-andachtsvollen Gruß;
Der Heil'gen Rechte darf Berührung dulden,
Und Hand in Hand ist frommer Waller Kuß

– mit dem kurzen Dialog, der folgt, sagte sie in einem völlig gemachten Tone. Die Stimme war wundervoll, aber der Ton war gänzlich verfehlt. Er traf die Farbe nicht. Er nahm dem Vers alles Leben. Er machte die Sprache der Leidenschaft unwahr.

Dorian Gray erblaßte, als er zuhörte. Er war wie vor den Kopf gestoßen und voller Angst. Seine Freunde wagten kein Wort zu ihm zu sagen. Es schien ihr schlechtweg jedes Talent zu fehlen. Sie waren schrecklich enttäuscht.

Indessen wußten sie, der wahre Prüfstein für jede Julia war die Balkonszene des zweiten Aktes. Darauf warteten sie. Wenn sie die verfehlte, war nichts an ihr.

Sie sah reizend aus, als sie im Mondlicht heraustrat. Das war nicht zu leugnen. Aber ihr theatralisches Spiel war unerträglich und wurde im Verlauf der Szene immer schlimmer. Ihre Gesten wurden immer gemachter, und es war fast zum Lachen. Sie sprach alles, was sie zu sagen hatte, mit übertriebenem Pathos. Die schöne Stelle

Du weißt, die Nacht verschleiert mein Gesicht,
Sonst färbte Mädchenröte meine Wangen

Um das, was du vorhin mich sagen hörtest wurde mit der qualvollen Genauigkeit eines Schulmädchens deklamiert, dem ein Sprachlehrer den schönen Vortrag beigebracht hat. Als sie sich über den Balkon bog und zu den wundervollen Versen kam

Obwohl ich dein mich freue,
Freu ich mich nicht des Bundes dieser Nacht:
Er ist zu rasch, zu unbedacht, zu plötzlich,
Gleicht allzusehr dem Blitz, der schon vorbei,
Noch eh man sagen kann: Es blitzt. – Schlaf süß!
Die Liebesknospe mag der Sommerhauch,
Bis wir uns wiedersehn, zur Blum' entfalten

sprach sie die Worte, als ob sie keinen Sinn für sie hätten.

Es war nicht Befangenheit. Sie schien durchaus nicht befangen, sondern völlig ruhig. Es war einfach schlechte Kunst, es war ein völliges Fiasko.

Selbst die gewöhnlichen, ungebildeten Zuhörer auf der Galerie und dem Stehplatz verloren ihr Interesse an dem Stück. Sie wurden unruhig und fingen an, laut zu sprechen und zu pfeifen. Der jüdische Direktor, der im Hintergrund des ersten Ranges stand, stampfte wütend mit dem Fuß auf und fluchte. Einzig und allein unbewegt war das Mädchen selbst.

Als der zweite Akt vorüber war, wurde heftig gezischt und Lord Henry stand auf und zog seinen Überrock an.

»Sie ist sehr schön,« sagte er, »aber sie ist keine Schauspielerin. Wir wollen gehen.«

»Ich will das Stück zu Ende hören,« antwortete der Jüngling mit harter, bitterer Stimme. »Es tut mir furchtbar leid, daß du durch meine Schuld einen Abend vergeudet hast, Harry. Ihr müßt beide entschuldigen.«

»Lieber Dorian, ich sollte meinen, Fräulein Vane muß krank sein,« versetzte Hallward. »Wir wollen an einem andern Abend wiederkommen.«

»Ich wollte, sie wäre krank,« erwiderte er. »Aber mir scheint, daß sie lediglich kalt und gefühllos ist. Sie ist völlig umgewandelt. Gestern abend war sie eine große Künstlerin. Heute ist sie nichts als eine gewöhnliche schlechte Schauspielerin.«

»Sprich nicht so über jemanden, den du liebst, Dorian. Liebe ist etwas Wunderbareres als Kunst.«

»Beide sind nichts als Formen der Nachahmung,« bemerkte Lord Henry. »Aber gehen wir. Dorian, du darfst hier nicht länger bleiben. Es ist nicht gut für die Moral eines Menschen, schlecht spielen zu sehen. Außerdem, denke ich, wirst du nicht wollen, daß deine Frau auftritt. Was liegt also daran, ob sie die Julia wie eine Holzpuppe spielt? Sie ist ganz bezaubernd, und wenn sie so wenig vom Leben weiß wie von der Kunst, wird sie ein künstliches Erlebnis sein. Es gibt nur zwei Arten Menschen, die wahrhaft anziehend sind. Menschen, die ganz und gar alles wissen, und Menschen, die ganz und gar nichts wissen. Mein Himmel, lieber Junge, blick nicht so tragisch drein! Das Geheimnis, wie man jung bleibt, besteht darin, nie eine Erregung zu haben, die nicht zuträglich ist. Komm mit Basil und mir in den Klub. Wir wollen Zigaretten rauchen und auf die Schönheit Sibyl Vanes anstoßen. Sie ist schön. Was willst du mehr?«

»Verlaß mich, Harry!« rief der Jüngling. »Ich will allein sein. Basil, geh! Ah! könnt ihr nicht sehn, daß mir das Herz bricht?« Heiße Tränen traten ihm in die Augen. Seine Lippen bebten, er suchte den Hintergrund der Loge, lehnte sich an die Wand und verbarg sein Gesicht in den Händen.

»Wir wollen gehen, Basil,« sagte Lord Henry mit seltsamer Zärtlichkeit in der Stimme; und die beiden jungen Leute gingen zusammen hinaus.

Ein paar Augenblicke später wurde die Rampe wieder hell, und der Vorhang hob sich zum dritten Akt. Dorian Gray setzte sich wieder. Er sah blaß und abwesend und gleichgültig aus. Das Stück zog sich in die Länge und schien nicht enden zu wollen. Die Hälfte der Zuhörer ging mit ihren schweren Stiefeln stampfend und lachend hinaus. Es war ein furchtbarer Durchfall. Der letzte Akt wurde fast vor leeren Bänken gespielt. Der Vorhang fiel unter Kichern und etlichem unzufriedenen Grunzen.

Sowie es vorbei war, eilte Dorian Gray hinter die Kulissen ins Ankleidezimmer. Das Mädchen stand allein da, ein sieghafter Ausdruck lag auf ihren Zügen. Ihre Augen leuchteten in sonderbarem Feuer. Es war wie ein Glanz um sie. Ihre halb offenen Lippen lächelten wie über ein Geheimnis, das nur sie wußte.

Als er eintrat, blickte sie ihn an, und ein Ausdruck unendlichen Glückes kam über sie. »Wie schlecht ich heute spielte, Dorian!« rief sie.

»Entsetzlich!« antwortete er und blickte sie in höchstem Staunen an – »entsetzlich! Es war fürchterlich. Bist du krank? Du hast keine Vorstellung, wie es war. Du hast keine Vorstellung, was ich durch-gemacht habe.«

Das Mädchen lächelte. »Dorian,« antwortete sie und zog seinen Namen melodisch in die Länge, als wäre er ihr süßer als Honig der roten Blüte ihres Mundes – »Dorian, du hättest es verstehen sollen. Aber jetzt verstehst du, nicht wahr?«

»Was verstehe ich?« fragte er heftig.

»Warum ich heute abend so schlecht spielte. Warum ich immer schlecht spielen werde. Warum ich nie wieder gut spielen werde.«

Er zuckte die Achseln. »Du bist krank, vermutlich. Wenn du krank bist, solltest du nicht auftreten. Du machst dich lächerlich. Meine Freunde langweilten sich gräßlich. Ich auch.«

Sie schien nicht auf ihn zu hören. Sie war wie von Glück verklärt. Eine Ekstase der Freude erfüllte sie.

»Dorian, Dorian,« rief sie, »eh ich dich kannte, war Spielen die einzige Wirklichkeit meines Lebens. Nur auf der Bühne lebte ich. Ich hielt alles für wahr. An einem Abend war ich Rosalinde und Porzia am andern. Das Glück der Beatrice war mein Glück, und das Leid der Cordelia war auch das meine. Ich glaubte an alles. Das gemeine Volk, das mit mir zusammen spielte, schien mir göttlich zu sein. Die gemalten Kulissen waren meine Welt. Ich kannte nichts als Schatten, und ich nahm sie für wirklich. Da kamst du – oh, mein schöner Geliebter! – und erlöstest meine Seele aus dem Kerker. Du lehrtest mich, was wirkliche Wirklichkeit ist. Heute sah ich zum erstenmal die Hohlheit, die Erbärmlichkeit, die Albernheit des öden, verlogenen Flitters, zwischen dem ich immer gespielt hatte. Heute wurde es mir zum erstenmal bewußt, daß der Romeo gräßlich und alt und geschminkt ist, daß das Mondlicht im Garten falsch ist, daß die Szenerie gemein ist und daß die Worte, die ich zu sprechen habe, unwirklich sind, nicht meine Worte, nicht was es mich zu sagen drängt. Du hast mir etwas Höheres gebracht, etwas, wovon alle Kunst nur ein Abglanz ist. Du hast mich dazu gebracht, daß ich verstehe, was die Liebe in Wirklichkeit ist. Mein Geliebter! Mein Geliebter! Prinz Wunderhold! Prinz meines Lebens! Ich mag die Schatten nicht mehr. Du bist mir mehr, als alle Kunst je sein kann. Was habe ich mit den Puppen eines Spieles zu schaffen? Als ich heute abend auftrat, konnte ich nicht verstehen, wie es kam, daß alles wie fort war. Ich hatte gedacht, ich würde wundervoll sein. Ich merkte, daß ich nichts mehr konnte. Plötzlich schwante es meiner Seele, was alles dies bedeutete. Das war ein köstliches Verstehen. Ich hörte sie zischen und lächelte.

Was konnten sie von einer Liebe wie der unsern wissen. Nimm mich mit dir, Dorian – nimm mich, wo wir allein sein können! Ich hasse das Theater. Ich könnte eine Leidenschaft spielen, die ich nicht fühle; aber ich kann nicht ein Empfinden spielen, das mich brennt wie Feuer. Oh, Dorian, Dorian, verstehst du jetzt, was es bedeutet? Selbst wenn ich es zuwege brächte, es wäre Entweihung für mich, die Liebe zu spielen. Du hast mich gelehrt, das zu erkennen.«

Er warf sich auf das Sofa und wandte das Gesicht weg. »Du hast meine Liebe getötet,« murmelte er.

Sie blickte ihn staunend an und lachte. Er gab keine Antwort. Sie ging zu ihm und streichelte mit ihren kleinen Fingern sein Haar. Sie kniete nieder und drückte seine Hände an ihre Lippen. Er zog sie weg, und ein Schaudern überlief ihn.

Dann sprang er auf und näherte sich der Tür. »Ja,« rief er, »du hast meine Liebe getötet! Du hattest meine Phantasie entfesselt. Jetzt fesselst du nicht einmal meine Neugier. Du bringst einfach keine Wirkung hervor. Ich liebte dich, weil du wie ein Wunder warst, weil du Genie und Geist hattest, weil du die Träume großer Dichter verwirklichtest und den Schatten der Kunst Körper und Gestalt gabst. Du hast das alles weggeworfen. Du bist seicht und stumpf. Mein Gott! was für ein Wahnsinn war es, dich zu lieben! Was für ein Narr bin ich gewesen! Du bist mir jetzt nichts. Ich will dich nie wiedersehn. Ich will nie an dich denken. Ich will nie deinen Namen nennen. Du weißt nicht, was du einmal für mich warst. Ja gewiß, einmal... Oh, ich ertrage es nicht, daran zu denken! Ich wollte, ich hätte dich nie gesehn! Du hast das Gedicht meines Lebens vernichtet. Wie wenig mußt du von der Liebe wissen, wenn du sagst, sie löscht deine Kunst aus! Ohne deine Kunst bist du nichts. Ich hätte dich berühmt, von Glanz umstrahlt, herrlich gemacht. Die Welt hätte dich angebetet, und du hättest meinen Namen getragen. Was bist du jetzt? Eine Schauspielerin dritten Ranges mit einer hübschen Larve.«

Das Mädchen war totenblaß geworden und zitterte. Sie rang die Hände, und die Stimme schien ihr in der Kehle stecken zu bleiben. »Du sprichst nicht im Ernst, Dorian!« flüsterte sie. »Du verstellst dich!«

»Verstellen! Das überlasse ich dir. Du verstehst dich so gut auf diese Kunst,« antwortete er in bitterstem Tone.

Sie erhob sich und trat mit einem jammervollen Ausdruck der Qual im Gesicht auf ihn zu. Sie legte ihm die Hand auf den Arm und blickte ihm in die Augen. Er stieß sie zurück. »Rühr mich nicht an!« schrie er. Ein leises Stöhnen entrang sich ihr, und sie warf sich ihm zu Füßen und lag da wie eine zertretene Blume. »Dorian, Dorian, verlaß mich nicht!« flüsterte sie.

»Es tut mir so leid, daß ich nicht gut gespielt habe. Ich dachte immer an dich. Aber ich will es versuchen – wahrhaftig, ich will es versuchen. So plötzlich kam das über mich, meine Liebe zu dir. Ich glaube, ich hätte nie darum gewußt, wenn du mich nicht geküßt hättest – wenn wir uns nicht geküßt hätten. Küsse mich, Geliebter! Geh nicht von mir! Ich könnte es nicht aushalten. Oh, geh nicht von mir! Mein Bruder... nein, nichts davon. Er sprach nicht im Ernst. Er scherzte ... Aber du, oh! Kannst du mir das von heute abend nicht verzeihen? Ich will so sehr arbeiten und besser zu werden suchen. Sei nicht grausam zu mir, weil ich dich mehr liebe als alles in der Welt. Schließlich, ich habe dir ein einziges Mal nicht gefallen. Aber du hast schon recht, Dorian. Ich hätte mehr von einer Künstlerin in mir haben sollen. Es war närrisch von mir; und doch konnte ich nicht anders. Oh, verlaß mich nicht, verlaß mich nicht!« Krampfhaftes Schluchzen erstickte ihre Stimme. Sie duckte sich wie ein wundes Tier zu Boden, und Dorian Gray sah mit seinen schönen Augen auf sie herunter, und seine scharf geschnittenen Lippen kräuselten sich in höchster Verachtung. Die Gefühle und Erregungen der Menschen, die man nicht mehr liebt, haben immer etwas Lächerliches an sich. Sibyl Vane schien ihm bis zum Komischen melodramatisch zu sein. Ihre Tränen und Seufzer ermüdeten ihn.

»Ich gehe,« sagte er schließlich mit seiner hellen, ruhigen Stimme. »Ich möchte nicht unfreundlich sein, aber ich kann dich nicht mehr sehen. Du hast mich enttäuscht.«

Sie weinte still weiter und gab keine Antwort, sondern kroch näher. Ihre kleinen Hände streckten sich in die Luft und schienen ihn zu suchen. Er drehte sich auf dem Absatz um und verließ das Zimmer. In wenigen Augenblicken hatte er das Theater hinter sich.

Wohin er ging, wußte er kaum. Er erinnerte sich, daß er durch schlecht erleuchtete Gassen gegangen, an elenden, in Schwarz getauchten Torwegen und verdächtig aussehenden Häusern vorbeigekommen war. Weiber mit heiseren Stimmen und grellem Gelächter hatten ihn angerufen. Betrunkene waren fluchend und mit sich selbst redend wie gräßliche Affen an ihm vorbeigetaumelt. Er hatte unglaublich verwahrloste Kinder auf der Schwelle beisammen hocken sehen und hatte aus düstern Höfen Kreischen und Fluchen gehört.

Als der Morgen graute, befand er sich in der Nähe von Covent Garden. Die Dunkelheit hob sich hinweg, der Himmel färbte sich mit mattem Feuer und wölbte sich zu einer vollendeten Perle. Große Wagen voll nickender Lilien rasselten langsam durch die leere Straße. Die Luft war schwer vom Duft der Blumen, und ihre Schönheit schien seinem Schmerz Linderung zu bringen. Er ging in die Markthalle hinein und sah zu, wie die Männer ihre Wagen ausluden. Ein Fuhrmann in weißem Kittel bot ihm einige Kirschen an. Er dankte ihm, wunderte sich, warum er kein Geld dafür annehmen wollte, und begann sie, ohne recht dabei zu sein, zu essen. Sie waren um Mitternacht gepflückt worden, und die Kühle des Mondes wohnte in ihnen. Burschen, die Körbe mit rotgestreiften Tulpen und gelben und roten Rosen trugen, zogen in langer Reihe an ihm vorbei und wanden sich durch die riesigen, graugrünen Gemüsehaufen durch. In der Vorhalle mit ihren grauen, von der Sonne gebleichten Säulen wartete eine Schar Mädchen, untätig, mit beschmutzten Rocksäumen und ohne Hut, bis die Versteigerung vorüber war. Andere drängten sich um die unaufhörlich auf und zu gehenden Türen des Kaffeehauses an der Piazza. Die schweren Lastpferde strauchelten und stampften auf den holperigen Steinen und schüttelten ihr Geschirr und ihre Glocken. Etliche Fuhrleute lagen schlafend auf einem Haufen Säcke. Mit regenbogenfarbenem Hals und rosigen Füßen liefen die Tauben herum und pickten die Körner auf.

Nach einer Weile rief er eine Droschke an und fuhr nach Hause. Ein paar Augenblicke zögerte er auf der Schwelle und blickte über den schweigsam daliegenden Platz und auf die Häuser mit den festverschlossenen Fenstern und den grellen Gardinen. Der Himmel war jetzt ein reiner Opal, und die Dächer der Häuser glänzten ihm wie Silber entgegen. Aus einem Schornstein ihm gegenüber ringelte sich dünner Rauch in die Höhe. Er kräuselte sich wie ein violettes Band durch die perlmutterfarbene Luft.

In der großen, vergoldeten venezianischen Laterne, die aus der Barke eines Dogen stammte und die von der Decke des großen eichengetäfelten Vorraums herabhing, brannten noch drei flackernde Gasflaschen: dünne blaue Flammenblüten schienen sie, von weißem

Feuer umsäumt. Er drehte sie aus, warf Hut und Mantel auf den Tisch und ging durch das Bücherzimmer auf die Tür seines Schlafzimmers zu. Das war ein großes, achteckiges Gemach im Erdgeschoß, das er in seinem neuerwachten Gefühl für Üppigkeit vor kurzem sich selbst eingerichtet und mit einigen alten Renaissanceteppichen behangen hatte, die in einer nicht mehr benutzten Dachkammer in Selby gelagert hatten und jetzt zum Vorschein gekommen waren. Als er nach der Klinke griff, fiel sein Auge auf das Porträt, das Basil Hallward von ihm gemalt hatte. Er trat betreten zurück. Dann ging er in sein Schlafzimmer. Er sah nachdenklich aus, als ob ihm etwas im Kopfe herumginge. Er nahm die Blume aus seinem Knopfloch und schien dann zu zögern. Schließlich ging er zurück, trat vor das Bild und schaute es prüfend an. In dem schwachen, verhaltenen Licht, das durch die hellgelben Seidenvorhänge drang, erschien ihm das Gesicht etwas anders als sonst. Es war ein anderer Ausdruck. Man hätte sagen mögen, um den Mund liege ein Zug von Grausamkeit. Es war seltsam.

Er drehte sich um, ging zum Fenster und zog den Vorhang hoch. Der helle Tag flutete in das Zimmer und fegte die gespenstischen Schatten in düstere Ecken, wo sie zitternd liegen blieben. Aber der seltsame Ausdruck, den er im Gesicht des Bildes bemerkt hatte, schien dableiben zu wollen, schien sogar noch verstärkt zu sein. Das vibrierende, strahlende Sonnenlicht zeigte ihm die Linien der Grausamkeit um den Mund so deutlich, als ob er, nachdem er etwas Furchtbares getan, in den Spiegel gesehen hätte.

Er fuhr zusammen; dann nahm er einen ovalen Spiegel vom Tisch, den elfenbeinerne Liebesgötter umrahmten – eins der vielen Geschenke, die Lord Henry ihm gemacht hatte – und blickte eilig in seine glänzenden Tiefen. Keine Linie der Art verzerrte seine roten Lippen. Was bedeutete das?

Er rieb sich die Augen und trat ganz nahe an das Bild, um es noch einmal genau zu betrachten. Es waren keine Spuren irgendeiner Änderung zu bemerken, wenn er das Technische des Bildes ins Auge faßte, und doch war kein Zweifel daran, daß der ganze Ausdruck anders geworden war. Es war keine bloße Einbildung von ihm. Die Sache war schrecklich deutlich.

Er warf sich in einen Stuhl und fing an nachzudenken. Plötzlich fielen ihm wie ein Blitz die Worte ein, die er am Tage, wo das Bild fertig geworden war, in Basil Hallwards Atelier gesagt hatte. Ja, er erinnerte sich genau. Er hatte den wahnsinnigen Wunsch geäußert, er selbst möchte jung bleiben und das Bild alt werden; seine eigene Schönheit sollte nie befleckt werden und das Gesicht auf der Leinwand die Last seiner Leidenschaften und seiner Sünden tragen; das gemalte Bild sollte von den Linien des Leidens und des Denkens verrunzelt werden, und er selbst wollte allen zarten Schmelz und alle Anmut seiner Jugend bewahren, deren er sich eben damals bewußt geworden war. Sein Wunsch war doch nicht in Erfüllung gegangen? Solche Dinge waren unmöglich. Es schien ungeheuerlich, auch nur daran zu denken. Und doch, da stand das Bild vor ihm und hatte den Zug der Grausamkeit um den Mund.

Grausamkeit! War er grausam gewesen? Es war die Schuld des Mädchens, nicht seine. Er hatte von ihr als einer großen Künstlerin geträumt, hatte ihr seine Liebe geschenkt, weil er sie groß geglaubt hatte. Dann hatte sie ihn enttäuscht. Sie war seicht und erbärmlich gewesen. Und doch kam ein Gefühl unendlichen Bedauerns über ihn, wenn er daran dachte, wie sie zu seinen Füßen gelegen und wie ein kleines Kind geschluchzt hatte. Er erinnerte sich, mit welcher Gefühllosigkeit er auf sie geblickt hatte. Warum war er so geschaffen worden? Warum war ihm so eine Seele gegeben worden? Aber er hatte auch gelitten. Während der drei schrecklichen Stunden, die das Stück gedauert hatte, hatte er Jahrhunderte des Schmerzes gelebt, unendliche Zeiten der Qualen. Sein Leben war so viel wert wie ihres. Sie hatte ihn für einen Augenblick vernichtet, wenn er sie für immer verwundet hatte. Überdies wären Frauen besser geeignet, Leiden zu ertragen, als Männer. Sie lebten in ihren Empfindungen, sie dächten nur an ihre Empfindungen. Wenn sie einen Geliebten hätten, so sei es nur, um einen Menschen zu haben, mit dem sie Szenen aufführen könnten. Lord Henry hatte ihm das gesagt, und Lord Henry wußte, was an den Frauen war. Warum sollte er sich wegen Sibyl Vane beunruhigen? Sie war ihm jetzt nichts mehr.

Aber das Bild? Was sollte er dazu sagen? Es barg das Geheimnis seines Lebens und erzählte seine Geschichte. Es hatte ihn gelehrt, seine eigene Schönheit zu lieben. Sollte es ihn lehren, sich vor seiner eigenen Seele zu ekeln? Konnte er es je wieder ansehn?

Nein; es war nur eine Täuschung, die die gestörten Sinne gewoben hatten. Die furchtbare Nacht, die er hinter sich hatte, hatte Gespenster zurückgelassen.

Plötzlich war auf sein Hirn der kleine rote Fleck gekommen, der die Menschen wahnsinnig macht. Das Bild hatte sich nicht verändert. Es war Verrücktheit, es zu glauben.

Aber es sah nach ihm hin mit seinem schönen, entstellten Gesicht und seinem grausamen Lächeln. Sein leuchtendes Haar glänzte im Schein der Frühsonne. Seine blauen Augen blickten in die seinigen.

Ein Gefühl unendlichen Mitleids, nicht mit sich selbst, sondern mit seinem gemalten Abbild überkam ihn. Es hatte sich schon verändert und würde sich noch mehr verändern. Sein Gold würde zu welkem Grau werden, seine roten und weißen Rosen würden sterben. Für jede Sünde, die er beginge, würde ein Mal seine Schönheit beflecken und verderben. Aber er wollte nicht sündigen. Das Bild, ob verändert oder unverändert, sollte ihm das sichtbare Wahrzeichen des Gewissens sein. Er wollte der Versuchung widerstehen. Er wollte Lord Henry nicht mehr sehn – wollte jedenfalls nicht mehr auf die feinen vergifteten Theorien hören, die in Basil Hallwards Garten zuerst in ihm die Leidenschaft für Dinge, die nicht möglich sind, erregt hatten. Er wollte zu Sibyl Vane zurückgehen, ihre Fehler verbessern, sie heiraten und versuchen, sie wieder zu lieben. Ja, es war seine Pflicht, das zu tun. Sie mußte mehr als er gelitten haben. Armes Kind! Er war selbstsüchtig und grausam gegen sie gewesen. Der Zauber, den sie auf ihn ausgeübt hatte, würde zurückkehren. Sie wollten glücklich beisammen sein. Sein Leben mit ihr sollte schön und rein sein.

Er stand vom Stuhl auf und schob einen großen Wandschirm vor das Porträt. Es schauderte ihn, als er darauf blickte. »Wie furchtbar!« murmelte er. Dann ging er an die Balkontür und öffnete sie. Als er in das Gras hinaustrat, holte er tief Atem. Die frische Morgenluft schien all seine düstern Leidenschaften zu verjagen. Er dachte nur an Sibyl. Ein schwacher Schimmer seiner Liebe kam wieder zu ihm. Er wiederholte ihren Namen immer und immer wieder. Die Vögel, die in dem taugetränkten Garten sangen, schienen den Blumen von ihr zu erzählen.

Achtes Kapitel

Spät am Mittag erwachte er erst. Sein Bedienter war ein paarmal auf den Fußspitzen ins Zimmer geschlichen, um zu sehn, ob er auf wäre, und hatte sich gewundert, weshalb sein junger Herr so lange schlief. Schließlich läutete es, und Viktor ging sacht mit einer Tasse Tee und einem Stoß Briefschaften, die auf einem kleinen Tablett aus altem Sévresporzellan lagen, hinein. Er zog die Vorhänge aus olivfarbenem Atlas mit ihrem flimmernden blauen Futter, die an den drei großen Fenstern hingen, zurück.

»Monsieur hat diesen Morgen gut geschlafen,« sagte er lächelnd.

»Wieviel Uhr ist es, Viktor?« fragte Dorian Gray schlaftrunken.

»Viertel zwei Uhr, Monsieur.«

Wie spät es war! Er richtete sich auf, nahm ein paar Schlucke Tee und sah seine Briefe durch. Einer davon war von Lord Henry und war diesen Morgen von einem Boten gebracht worden. Er schwankte einen Augenblick und legte ihn dann beiseite. Die andern öffnete er mit lässiger Hand. Sie enthielten die üblichen Karten, Einladungen zum Essen, Ausstellungsbillette, Programme für Wohltätigkeitskonzerte und dergleichen, wie sie jungen Herren der Gesellschaft während der Saison jeden Morgen ins Haus schneien. Dann war eine recht hohe Rechnung da für eine in Silber getriebene Waschgarnitur im Stil Louis' XV.; er hatte noch nicht den Mut gehabt, die Rechnung seinen Vormündern zu schicken, die äußerst altmodische Leute waren und nicht einsahen, daß wir in einer Zeit leben, wo unnötige Dinge unsere einzigen Bedürfnisse sind. Und endlich waren einige überaus höflich abgefaßte Zuschriften aus Jermyn Street da, die sich anheischig machten, auf eine Meldung hin sofort jede Summe zu sehr mäßigem Zinsfuß vorzustrecken.

Nach etwa zehn Minuten stand er auf, zog einen fein gearbeiteten Schlafrock aus Kaschmirwollstoff, der mit Seidenstickereien geziert war, an und ging in das Badezimmer, dessen Boden mit Onyx belegt war. Das kalte Wasser erfrischte ihn nach dem langen Schlaf. Er schien alles vergessen zu haben, was er erlebt hatte. Ein undeutliches Gefühl, in eine seltsame Tragödie verwickelt gewesen zu sein, kam ihm ein- oder zweimal, aber die Unwirklichkeit eines Traumes lag darüber.

Sowie er angezogen war, ging er in das Bücherzimmer und setzte sich zu einem leichten französischen Frühstück, das ihm auf einem runden

Tischchen in der Nähe des offenen Fensters serviert worden war. Es war ein herrlicher Tag. Die warme Luft schien mit Wohlgerüchen geladen. Eine Biene flog herein und summte um die Schale aus blauem Drachenporzellan, die mit schwefelgelben Rosen gefüllt vor ihm stand. Er fühlte sich sehr glücklich.

Plötzlich fiel sein Auge auf den Schirm, den er vor das Bild gestellt hatte, und er fuhr zusammen.

»Friert Monsieur?« fragte der Bediente, der eben eine Omelette auf den Tisch gestellt hatte. »Ich werde das Fenster schließen.«

Dorian schüttelte den Kopf. »Mich friert nicht,« antwortete er.

War es denn wahr? Hatte sich das Bild in Wahrheit verändert? Oder war es lediglich seine eigene Phantasie gewesen, die ihm ein böses Aussehen vorgespiegelt hatte, wo nur ein frohes Aussehen war? Eine gemalte Leinwand konnte sich doch wohl nicht verändern? Das war doch Unsinn! Es war eine Geschichte, die er eines Tages Basil erzählen konnte. Er würde darüber lächeln.

Und doch, wie lebhaft war seine Erinnerung an alles! Zuerst im schwachen Zwielicht und dann in der strahlenden Morgensonne hatte er den Zug der Grausamkeit um die leicht verzerrten Lippen gesehn. Er fürchtete fast den Augenblick, wo sein Bedienter hinausging. Er wußte, wenn er allein war, mußte er das Bild betrachten. Er hatte Angst vor der Gewißheit. Als der Kaffee und die Zigaretten gebracht worden waren und der Mann sich zum Gehen wandte, spürte er ein wildes Verlangen, ihn zurückzuhalten. Als die Tür sich eben hinter ihm schließen wollte, rief er ihn zurück. Der Mann stand da und wartete auf seine Befehle. Dorian sah ihn einen Augenblick an. »Ich bin für niemand zu Hause, Viktor,« sagte er mit einem Seufzer. Der Mann verbeugte sich und ging.

Dann stand er vom Tisch auf, steckte sich eine Zigarette an und warf sich auf ein Ruhebett mit üppig weichen Kissen, das dem Schirm gegenüberstand. Es war ein alter Wandschirm aus vergoldetem spanischen Leder, in das ein reiches Louis XIV.-Muster gepreßt war. Er sah ihn forschend an und sann, ob dieser Schirm je vorher wohl das Geheimnis eines Menschenlebens verdeckt habe.

Sollte er ihn überhaupt zur Seite schieben? Warum ihn nicht stehen lassen? Was nützte das Wissen? War die Sache wahr, so war es schrecklich. War sie nicht wahr, warum sich dann beunruhigen? Aber wie, wenn durch irgendein Geschick oder unglücklichen Zufall andere

Augen als seine dahinter blickten und die gräßliche Veränderung sahen? Was sollte er tun, wenn Basil Hallward käme und sein eignes Bild sehn wollte? Basil würde sicher den Wunsch äußern. Nein, die Sache mußte untersucht werden, und sofort. Alles war besser als diese entsetzliche Ungewißheit.

Er stand auf und verschloß beide Türen. Wenigstens wollte er allein sein, wenn er auf die Maske seiner Schande blickte. Dann schob er den Schirm beiseite und sah sich von Angesicht zu Angesicht. Es war völlige Wahrheit. Das Bildnis hatte sich verändert.

Er erinnerte sich später oft, und immer mit nicht geringem Staunen, daß er zuerst das Bild mit einer Art fast wissenschaftlichen Interesses in Augenschein nahm. Daß eine solche Veränderung vor sich gegangen sein sollte, schien ihm unglaublich. Und doch war es eine Tatsache. Gab es eine geheime Verwandtschaft zwischen den chemischen Atomen, die sich zu Form und Farbe auf der Leinwand zusammensetzten, und der Seele, die in ihm war? Konnte es sein, daß sie verwirklichten, was diese Seele dachte? – daß sie wahr machten, was sie träumte? Oder gab es einen andern, schrecklicheren Zusammenhang? Er schauerte und wurde von Angst gepackt. Dann ging er zum Sofa zurück, legte sich hin und starrte das Bild in krankhaftem Entsetzen an.

Eins jedoch, fühlte er, hatte das Bild für ihn getan. Es hatte ihm zum Bewußtsein gebracht, wie ungerecht, wie grausam er gegen Sibyl Vane gewesen war. Es war nicht zu spät, das wieder gutzumachen. Sie konnte noch sein Weib werden. Seine unwahre und selbstische Liebe konnte einem höheren Einfluß weichen, in eine edlere Glut umgewandelt werden, und das Porträt, das Basil Hallward gemacht hatte, sollte ihm ein Führer durchs Leben sein, sollte ihm sein, was einigen die Heiligkeit, andern das Gewissen und uns allen die Gottesfurcht ist. Es gab Schlafmittel für Gewissensbisse, Arzneien, die das moralische Empfinden in Schlaf lullen konnten. Aber hier war ein sichtbares Symbol der Erniedrigung durch die Sünde. Hier war ein ewig gegenwärtiges Abbild des Verderbens, das die Menschen über ihre Seele bringen.

Es schlug drei Uhr, und vier, und noch eine halbe Stunde verkündete das Glockenspiel, aber Dorian Gray rührte sich nicht. Er versuchte, die Scharlachfäden des Lebens aufzuspulen und sie zu einem Muster zu weben; seinen Weg durch das blutrote Labyrinth der Leidenschaft zu finden, durch das wir wandern. Er wußte nicht, was er tun sollte, was er denken sollte. Schließlich ging er zum Tisch und schrieb an das Mädchen, das er geliebt hatte, einen glühenden Brief, in dem er sie anflehte, ihm zu vergeben, und gestand, wahnsinnig gewesen zu sein. Er bedeckte Seite um Seite mit wilden Worten des Kummers und wilderen Worten der Qual. Es gibt eine Schwelgerei der Selbstanklage. Wenn wir uns tadeln, haben wir die Empfindung, daß niemand sonst das Recht hat, uns zu tadeln.

Die Beichte, nicht der Priester erteilt uns die Absolution. Als Dorian mit dem Brief fertig war, fühlte er, daß ihm vergeben war.

Plötzlich klopfte es an die Tür, und er hörte die Stimme Lord Henrys draußen. »Lieber Junge, ich muß dich sehn. Laß mich sofort ein. Ich kann nicht dulden, daß du dich so einschließt.«

Er gab zuerst keine Antwort, sondern blieb ganz still. Das Klopfen hörte nicht auf und wurde lauter. Ja, es war besser, Lord Henry einzulassen und ihm zu erklären, wie er ein neues Leben führen wolle; mit ihm zu streiten, wenn es nötig wäre zu streiten, und sich von ihm zu trennen, wenn die Trennung unvermeidlich wäre. Er sprang auf, schob den Schirm hastig vor das Bild und schloß die Tür auf.

»Das tut mir alles so furchtbar leid,« sagte Lord Henry, als er eintrat. »Aber du darfst nicht zuviel daran denken.«

»Meinst du das mit Sibyl Vane?«

»Natürlich, ja,« antwortete Lord Henry, ließ sich in einen Stuhl sinken und zog langsam seine gelben Handschuhe aus. »Es ist, von einer Seite betrachtet, schrecklich, aber es war nicht deine Schuld. Sag mir, gingst du hinter die Kulissen und sahst sie, als das Stück vorbei war?«

»Ja.«

»Ich wußte, daß es so war. Machtest du ihr eine Szene?«

»Ich war brutal, Harry, ganz und gar brutal. Aber es ist jetzt alles gut. Ich bedaure nichts von allem, was geschehen ist. Es hat mich gelehrt, mich besser kennen zu lernen.«

»Ah, Dorian, ich bin so froh, daß du es so nimmst! Ich fürchtete, du wärest in Gewissensbisse vergraben und zerrauftest dein schönes lockiges Haar.«

»Ich bin durch all das hindurchgegangen,« sagte Dorian kopfschüttelnd und lächelnd. »Ich bin jetzt vollkommen glücklich. Zuvörderst weiß ich jetzt, was das Gewissen ist. Es ist nicht das, was du mir gesagt hast. Es ist das Göttlichste, was wir haben. Höhne nicht darüber, Harry, nie mehr – zum wenigsten nicht vor mir. Ich will gut sein. Ich kann den Gedanken nicht ertragen, eine häßliche Seele zu haben.«

»Reizend, diese ästhetische Grundlage der Moral, Dorian! Ich gratuliere dir dazu! Aber wie willst du damit anfangen?«

»Ich werde Sibyl Vane heiraten.«

»Sibyl Vane heiraten!« schrie Lord Henry auf. Er erhob sich und blickte ihn in maßlosem Staunen an. »Aber, lieber Dorian...«

»Jawohl, Harry, ich weiß, was du sagen willst. Irgend etwas Häßliches gegen die Ehe. Sag es nicht. Sag nie wieder Dinge dieser Art zu mir. Vor zwei Tagen bat ich Sibyl, mich zum Manne zu nehmen. Ich will mein Wort nicht brechen. Sie soll meine Frau werden.«

»Deine Frau! Dorian! . . . Erhieltest du meinen Brief nicht? Ich schrieb dir heute morgen und sandte dir den Brief durch einen Boten.«

»Deinen Brief? Ach ja, ich erinnere mich. Ich habe ihn noch nicht gelesen, Harry. Ich hatte Angst, es könnte etwas darin stehn, was mir nicht gefiele. Du schneidest das Leben mit deinen Epigrammen in Stücke.«

»Du weißt also nichts?« »Was meinst du?«

Lord Henry machte einen Gang durchs Zimmer, setzte sich dann neben Dorian Gray, faßte seine beiden Hände und hielt sie fest. »Dorian,« sagte er, »mein Brief – erschrick nicht – sollte dir sagen, daß Sibyl Vane tot ist.«

Ein Schmerzensschrei kam von den Lippen des Jünglings. Er riß seine Hände aus Lord Henrys Umklammerung los und sprang auf. »Tot! Sibyl tot! Es ist nicht wahr! Es ist eine schreckliche Lüge! Wie wagst du's, das zu sagen?«

»Es ist völlige Wahrheit, Dorian,« sagte Lord Henry ernst. »Es steht in allen Morgenzeitungen. Ich schrieb es dir gleich und bat dich, niemanden zu sehn, bis ich käme. Es muß natürlich eine Untersuchung stattfinden, und du darfst nicht in sie verwickelt werden. Dinge dieser Art machen einen Mann in Paris zum Helden des Tages. Aber in London sind die Menschen so voller Vorurteile. Hier sollte man nie mit einem Skandal debütieren. Man sollte sich ihn aufsparen, um sein Alter interessant zu machen. Ich vermute, sie wissen im Theater deinen Namen nicht? Wenn dem so ist, ist alles gut. Hat jemand gesehn, daß du zu ihr nach hinten in ihr Zimmer gingst? Das ist ein wichtiger Punkt.«

Dorian gab ein paar Augenblicke keine Antwort. Er war vor Entsetzen betäubt. Endlich stammelte er mit erstickter Stimme: »Harry, sagtest du Untersuchung? Was meintest du damit? Hat Sibyl...? Oh, Harry, ich trage es nicht! Aber sprich schnell, sag mir alles auf einmal!«

»Ich habe keinen Zweifel, daß es kein Versehen war, Dorian, obwohl man es dem Publikum so darstellen muß. Es scheint, sie sagte zu ihrer Mutter, mit der sie um halb ein Uhr ungefähr das Theater verließ, daß sie oben etwas vergessen habe.

Die Mutter wartete eine Weile auf sie, aber sie kam nicht wieder herunter. Schließlich fanden sie sie tot auf dem Fußboden ihres Ankleidezimmers. Sie hatte aus Versehen etwas zu sich genommen, irgend etwas Schreckliches, das sie im Theater brauchen. Ich weiß nicht, was es war, aber es enthielt entweder Blausäure oder Bleiweiß. Ich sollte meinen, es war Blausäure, denn sie scheint sofort tot gewesen zu sein.«

»Harry, Harry, es ist furchtbar!« rief der Jüngling.

»Ja; es ist natürlich sehr tragisch, aber du mußt dafür sorgen, daß du nicht hinein verwickelt wirst. Ich las im Standard, daß sie siebzehn Jahre alt war. Ich hätte gedacht, sie wäre fast noch jünger. Sie sah so ganz wie ein Kind aus und schien so wenig vom Theaterspielen zu verstehen. Dorian, du darfst dir die Sache nicht so auf die Nerven gehn lassen. Du mußt mitkommen und mit mir essen, und nachher gehn wir noch ein bißchen in die Oper. Die Patti singt, und alle Welt wird da sein. Du hast Platz in der Loge meiner Schwester. Sie hat ein paar patente Weiber bei sich.« »So habe ich also Sibyl Vane ermordet,« sagte Dorian Gray halb zu sich selbst – »sie so sicher ermordet, als hätte ich ihre kleine Kehle mit einem Messer durchschnitten. Aber die Rosen sind trotz alledem nicht weniger lieblich. Die Vögel in meinem Garten singen gerade so fröhlich. Und heute werde ich mit dir essen und dann in die Oper gehn und vermutlich nachher irgendwo soupieren. Wie überaus dramatisch das Leben ist! Wenn ich das alles in einem Buche gelesen hätte, ich glaube, ich hätte darüber geweint. So aber, nun es tatsächlich geschehn ist, nun es mir geschehn ist, scheint es viel zu wundervoll für Tränen. Hier liegt der erste glühende Liebesbrief, den ich im Leben geschrieben habe. Seltsam, daß mein erster glühender Liebesbrief an eine Tote gerichtet ist. Ob sie wohl noch etwas empfinden, diese weißen schweigenden Leute, die wir die Toten nennen? Das möchte ich wissen. Sibyl! Kann sie empfinden, oder wissen, oder lauschen? O Harry, wie habe ich sie einmal geliebt! Es scheinen mir Jahre verflossen seitdem. Sie ist mir alles gewesen. Dann kam dieser furchtbare Abend – war es wirklich erst gestern? – wo sie so schlecht spielte und mir fast das Herz zerriß. Sie hat mir alles erklärt. Es war furchtbar pathetisch. Aber ich war nicht ein bißchen gerührt. Ich dachte, sie sei ein oberflächliches Geschöpf. Dann geschah plötzlich etwas, das mich in Angst und Schrecken jagte. Ich kann dir nicht sagen, was es war, aber es war furchtbar. Ich beschloß, zu ihr zurückzukehren. Ich fühlte, daß ich unrecht getan hatte. Und nun ist sie tot. Mein Gott! Mein Gott! Harry, was soll ich tun? Du weißt nicht, in welcher Gefahr ich bin, und es gibt nichts, was mir Halt geben kann. Sie hätte das für mich getan? Sie hatte kein Recht, sich zu töten. Es war selbstsüchtig von ihr.«

»Mein lieber Dorian,« antwortete Lord Henry, nahm eine Zigarette aus seinem Etui und zog eine goldene Streichholzbüchse heraus – »der einzige Weg, auf dem je eine Frau einen Mann bessern kann, besteht darin, daß sie ihn so gründlich langweilt, daß er alles Interesse am Leben verliert. Wenn du dieses Mädchen geheiratet hättest, wärst du ein Schuft geworden. Natürlich hättest du sie freundlich behandelt. Man kann zu Menschen, aus denen man sich nichts macht, immer freundlich sein. Aber sie hätte bald herausgefunden, daß du völlig gleichgültig gegen sie bist. Und wenn eine Frau das an ihrem Manne merkt, fängt sie an, sich entweder schrecklich nachlässig zu kleiden, oder sie trägt höchst elegante Hüte, die der Mann irgendeiner andern Frau bezahlen muß. Von dem sozialen Mißverhältnis, das sehr stark gewesen wäre, will ich nichts sagen; ich hätte die Sache nicht zugegeben und versichere dich, daß es in jedem Fall eine ganz und gar verfehlte Geschichte gewesen wäre.«

»Vermutlich,« sagte der Jüngling halblaut, der im Zimmer auf und ab ging und furchtbar blaß aussah. »Aber ich hielt es für meine Pflicht. Es ist nicht meine Schuld, daß diese furchtbare Tragödie mich verhindert hat, zu tun, was recht war. Ich erinnere mich, du hast einmal gesagt, es sei etwas Verhängnisvolles um gute Vorsätze – sie kämen immer zu spät. Bei meinen war es jedenfalls so.«

»Gute Vorsätze sind nutzlose Versuche, Naturgesetze beeinflussen zu wollen. Ihr Ursprung ist pure Eitelkeit. Ihr Resultat: *vacar*. Sie geben uns hie und da so eine Art unfruchtbare wollüstige Aufregung, die auf die Geschwächten einen gewissen Reiz ausübt. Das ist alles, was zu ihren Gunsten gesagt werden kann. Sie sind einfach Schecks, die die Menschen auf eine Bank ausstellen, bei der sie kein Konto haben.«

»Harry,« rief Dorian Gray, der herantrat und sich neben ihn setzte, »warum kann ich diese Tragik nicht so sehr empfinden, wie ich sollte? Ich denke nicht, daß ich herzlos bin. Oder hältst du mich dafür?«

»Du hast in den letzten vierzehn Tagen zuviel Torheiten begangen, als daß du auf diese Bezeichnung ein Anrecht hättest, Dorian,« antwortete Lord Henry mit seinem sanften, melancholischen Lächeln.

Der Jüngling runzelte die Stirn. »Diese Erklärung gefällt mir nicht, Harry,« erwiderte er, »aber ich freue mich, daß du mich nicht für herzlos hältst. Ich bin es durchaus nicht. Ich weiß, daß ich es nicht bin. Und doch muß ich zugeben, was geschehen ist, ergreift mich nicht so, wie es sollte. Es scheint mir wie ein wundervoller Abschluß eines wundervollen Stückes zu sein. Es hat all die schreckensvolle Schönheit einer griechischen Tragödie, einer Tragödie, in der ich selbst eine große Rolle spielte, aber in der ich nicht verwundet wurde.«

»Es ist eine interessante Frage,« sagte Lord Henry, dem es köstlichen Genuß gewährte, mit dem unbewußten Egoismus des Jünglings zu spielen – »eine überaus interessante Frage. Ich denke mir, die wahre Erklärung lautet so: Es kommt oft vor, daß die Wirklichkeitstragödien des Lebens auf so unkünstlerische Art geschehen, daß sie uns durch ihre lächerliche Sinnlosigkeit, ihre völlige Stillosigkeit kränken. Sie greifen so an, wie es alles Gewöhnliche tut. Sie wirken auf uns mit nackter, brutaler Gewalt, und wir lehnen uns dagegen auf. Manchmal jedoch greift eine Tragödie in unser Leben ein, die die künstlerischen Elemente der Schönheit in sich birgt. Wenn diese Elemente der Schönheit wahrhaft sind, wendet sich die ganze Sache lediglich an unsern Sinn für dramatische Wirkung. Mit einem Male merken wir, daß wir nicht länger die Spieler, sondern die Zuschauer des Stückes sind. Oder besser gesagt, wir sind beides. Wir sehn uns selbst zu und werden von der Schönheit des Schauspiels bezaubert. Was ist im vorliegenden Fall in Wirklichkeit geschehen? Jemand hat sich aus Liebe zu dir getötet. Ich wollte, ich hätte je so ein Erlebnis gehabt. Es hätte mir für den Rest meines Lebens Liebe zur Liebe gegeben. Die Menschen, die mich angebetet haben – es hat deren nicht sehr viele gegeben – wollten alle hartnäckig weiterleben, lange, nachdem ich aufgehört hatte, mich um sie zu kümmern, oder sie, sich um mich zu kümmern. Sie sind häßlich und fett geworden, und wenn ich sie treffe, fangen sie sofort mit Reminiszenzen an. Das schreckliche Gedächtnis der Weiber! Was für eine furchtbare Sache ist das! Und was für ein völliges Stehenbleiben des Geistes offenbart es! Man sollte die Farbe des Lebens schlürfen, aber sich niemals an seine Einzelheiten erinnern. Einzelheiten sind immer gemein.«

»Ich muß Mohn in meinen Garten säen,« seufzte Dorian.

»Das tut nicht not,« erwiderte sein Gefährte. »Das Leben hat immer Mohn für uns in Bereitschaft. Natürlich; manchmal schleppen sich die Dinge hin. Einmal trug ich eine ganze Saison hindurch nichts als Veilchen, als eine Form künstlerischer Trauer um einen Roman, der nicht sterben wollte. Schließlich jedoch ist er gestorben. Ich weiß nicht mehr, was ihn getötet hat. Ich glaube, es war ihr Vorsatz, mir die ganze Welt zum Opfer zu bringen. Das ist immer ein schrecklicher Augenblick. Er führt einem die Schrecknisse der Ewigkeit zu Gemüte. Schön. Würdest du es nun glauben? – vorige Woche bei Lady Hampshire sitze ich beim Essen neben der fraglichen Dame, und sie tat es nicht anders, sie mußte die ganze Sache noch einmal durchsprechen, die Vergangenheit ausgraben und die Zukunft aufrühren. Ich hatte die ganze Geschichte unter einem Narzissenbeet beerdigt. Sie scharrte sie wieder heraus und versicherte mich, ich hätte ihr Leben vernichtet. Ich bin verpflichtet, festzustellen, daß sie mit kolossalem Appetit dem Essen zusprach, so wurde ich nicht im mindesten ängstlich. Aber was für eine Geschmacklosigkeit! Der einzige Reiz der Vergangenheit ist, daß sie vergangen ist. Aber die Weiber wissen nie, wann der Vorhang gefallen ist. Sie möchten immer noch einen sechsten Akt, und sowie das Stück gar kein Interesse mehr bietet, nehmen sie sich vor, es fortzusetzen. Wenn man sie ihren Weg gehn ließe, hätte jedes Lustspiel einen tragischen Ausgang, und jede Tragödie gipfelte in einer Farce. Sie sind entzückend künstlich, aber sie haben keinen Sinn für Kunst. Du bist glücklicher als ich. Ich versichere dich, Dorian, keine einzige der Frauen, die ich gekannt habe, hätte für mich getan, was Sibyl Vane für dich tat. Gewöhnliche Frauen trösten sich immer. Einige tun es, indem sie sich auf sentimentale Farben verlegen. Traue nie einer Frau, die Mauve trägt, gleichviel, in welchem Alter sie ist, oder einer Frau über fünfunddreißig, die blaßrote Bänder liebt! Das bedeutet immer, daß sie eine Geschichte haben. Andre finden großen Trost darin, plötzlich die Vorzüge ihrer Gatten zu entdecken. Sie halten dir ihr eheliches Glück so stolz unter die Nase, als ob es die entzückendste

Sünde wäre. Andre wieder tröstet die Religion. Ihre Mysterien haben ganz den Reiz einer Liebelei, sagte mir einmal eine Frau, und ich kann es gut verstehen. Überdies macht einen nichts so eitel, als wenn einem gesagt wird, man sei ein Sünder. Das Gewissen macht Egoisten aus uns allen. Ja, die Tröstungsarten, die die Weiber im modernen Leben finden, nehmen wirklich kein Ende. Ich habe von der wichtigsten gar nicht gesprochen!«

»Und die ist?« fragte der Jüngling zerstreut.

»Oh, der Trost, der auf der Hand liegt. Man nimmt den Anbeter einer andern, wenn man den eigenen verloren hat. In der guten Gesellschaft wird eine Frau auf diese Weise immer wieder flott. Aber wahrhaftig, Dorian, wie anders muß Sibyl Vane gewesen sein, als all die Frauen, denen man begegnet! Es liegt für mich etwas Schönes in ihrem Sterben. Ich freue mich, in einem Jahrhundert zu leben, wo solche Wunder geschehen. Sie lassen einen an die Wirklichkeit der Dinge glauben, mit denen wir alle spielen, wie Romantik, Leidenschaft und Liebe.«

»Ich war furchtbar grausam zu ihr. Du vergißt das.«

»Ich fürchte, die Frauen schätzen die Grausamkeit, handgreifliche Grausamkeit, mehr als irgend sonst etwas. Sie haben wundervoll primitive Triebe. Wir haben sie emanzipiert, aber sie bleiben Sklavinnen, die auf die Augen des Herrn blicken, trotz alledem. Sie wollen beherrscht sein. Ich zweifle nicht, daß du glänzend warst. Ich habe dich nie wirklich und ganz und gar im Zorn gesehn; aber ich kann mir vorstellen, wie entzückend du aussahst, und schließlich, vorgestern sagtest du etwas zu mir, das mir damals nur phantastisch vorkam, aber jetzt sehe ich, daß es völlig wahr gewesen ist. Es ist der Schlüssel zu der ganzen Sache.«

»Was war das, Harry?«

»Du sagtest zu mir, Sibyl Vane vergegenwärtige dir all die Frauengestalten der Romantik – sie sei an einem Abend Desdemona und am andern Ophelia; sie sterbe als Julia, um als Imogen wieder zum Leben zu erwachen.«

»Sie wird nie wieder zum Leben erwachen,« stöhnte der Jüngling und begrub sein Gesicht in den Händen.

»Nein, sie wird nie wieder zum Leben erwachen. Sie hat ihre letzte Rolle gespielt. Aber du mußt an dieses einsame Sterben inmitten des grellen Flitterstaats des Ankleidezimmers nicht anders denken, als wenn es ein seltsames, unheimliches Fragment aus einer Tragödie unserer romantischen Dramatiker wäre, eine wundervolle Szene von Webster oder Ford oder Cyril Tourneur. Das Mädchen lebte nie wirklich, und so ist sie nicht wirklich gestorben. Für sich zum mindesten ist sie immer ein Traum gewesen, ein Geist, der durch Shakespeares Stücke huschte und sie durch ihr Dasein strahlender machte, ein Flötenton, durch den Shakespeares Musik inniger und freudenreicher wurde. Im Augenblick, wo sie das wirkliche Leben berührte, verdarb sie es, und es verdarb sie, und so schwand sie dahin. Traure um Ophelia, wenn es dir Genüge tut! Streue Asche auf dein Haupt, weil Cordelia zugrunde ging! Schrei zum Himmel, weil Brabantios Tochter sterben mußte! Aber verschwende deine Tränen nicht um Sibyl Vane. Sie war weniger wirklich als sie alle.«

Es trat Stille ein. Der Abend hüllte das Zimmer in Dämmerung. Geräuschlos, auf silbernen Füßen, krochen die Schatten aus dem Garten herein. Die Farben schwanden müde aus den verbleichenden Geräten.

Nach einer Weile blickte Dorian Gray auf. »Du hast mich mir selbst erklärt, Harry,« sagte er wie mit einem Seufzer der Erleichterung. »Ich empfand alles, was du gesagt hast, aber ich fürchtete mich etwas davor, und ich konnte es mir selbst nicht zum Ausdruck bringen. Wie gut du mich kennst! Aber wir wollen nicht wieder von dem sprechen, was geschehen ist. Es war ein wundersames Erlebnis – das ist alles. Ich möchte wissen, ob das Leben mir noch mehr so wundersame Dinge vorbehalten hat.«

»Das Leben hat dir alles und jedes vorbehalten, Dorian. Es gibt nichts, was du mit deiner außergewöhnlichen Schönheit nicht tun könntest.«

»Aber denke dir, Harry, ich würde hager und alt und verrunzelt. Was dann?«

»Ach dann,« sagte Lord Henry und erhob sich zum Gehen, »dann, mein lieber Dorian, müßtest du um deine Siege kämpfen. Wie es jetzt ist, werden sie dir entgegengetragen. Nein, du mußt schön bleiben, wie du bist. Wir leben in einer Zeit, die zuviel liest, um weise zu sein, und die zuviel denkt, um schön zu sein. Wir können dich nicht entbehren. Und jetzt tätest du besser, dich umzuziehen und in den Klub zu fahren. Wir sind sowieso recht spät daran.«

»Ich denke, ich treffe dich lieber in der Oper, Harry. Ich bin zu abgespannt, um etwas zu essen. Welche Nummer hat die Loge deiner Schwester?«

»Siebenundzwanzig, glaub ich. Ihr Name steht an der Tür. Aber es tut mir leid, daß du nicht mit essen kommst.«

»Ich bin nicht aufgelegt dazu,« sagte Dorian zerstreut; »aber ich bin dir schrecklich dankbar für alles, was du zu mir gesagt hast. Du bist sicher mein bester Freund. Niemand hat mich je so verstanden wie du.«

»Wir sind erst im Anfang unsrer Freundschaft, Dorian,« antwortete Lord Henry und schüttelte ihm die Hand. »Adieu! Hoffentlich sehe ich dich vor neun Uhr dreißig. Vergiß nicht: die Patti singt!«

Als die Tür sich hinter ihm geschlossen hatte, klingelte Dorian Gray, und nach ein paar Minuten erschien Viktor mit den Lampen und ließ die Rouleaus herunter. Er wartete ungeduldig, bis der Diener wieder ging. Der Mann schien unendlich lange zu allem zu brauchen.

Sowie er das Zimmer verlassen, stürzte Dorian Gray zu dem Schirm und schob ihn zurück. Nein, das Bild hatte sich nicht weiter verändert. Es hatte die Nachricht vom Tode Sibyl Vanes gehabt, ehe er darum gewußt hatte. Es wurde die Ereignisse des Lebens inne, sowie sie vorfielen. Die böse Grausamkeit, die die feinen Linien des Mundes verzerrte, war ohne Zweifel in dem Augenblick dagewesen, als das Mädchen das Gift getrunken hatte. Oder kümmerte es sich nicht um Resultate? Nahm es nur zur Kenntnis, was in der Seele vor sich ging? Das hätte er gern gewußt und hoffte, daß er eines Tages die Veränderung vor seinen Augen eintreten sähe, und ihn schauderte, als er es hoffte.

Arme Sibyl! Wie romantisch alles gewesen war! Sie hatte den Tod oft auf der Bühne gespielt. Jetzt hatte der Tod selbst nach ihr gegriffen und sie mit sich geführt. Wie hatte sie diese furchtbare letzte Szene gespielt? Hatte sie ihn verflucht, als sie starb? Nein; sie war aus Liebe zu ihm gestorben, und die Liebe sollte ihm fortan ein Sakrament sein. Sie hatte durch das Opfer ihres Lebens, das sie gebracht hatte, alles gesühnt. Er wollte nicht mehr an das denken, was er an diesem schrecklichen Abend im Theater durchgemacht hatte. Wenn er an sie dachte, sollte es als an eine wundervolle tragische Gestalt sein, die auf die Bühne der Welt gesandt worden war, um die erhabene Wirklichkeit der Liebe zu künden. Eine wundervolle tragische Gestalt? Tränen traten ihm in die Augen, als er an ihre kindliche Erscheinung, ihre heitere phantastische Art, ihre schüchterne, bebende Grazie dachte. Er wischte sie schnell fort und betrachtete wieder das Bild.

Er fühlte, der Zeitpunkt war da, wo er wählen mußte. Oder hatte er bereits gewählt? Ja, das Leben hatte für ihn entschieden – das Leben und seine eigene unsägliche Neugier auf das Leben. Ewige Jugend, unendliche Gluten, feine und geheime Genüsse, wilde Freuden und wildere Sünden all das sollte er haben. Das Bild sollte die Last seiner Schande tragen: das war alles.

Ein qualvolles Gefühl beschlich ihn, als er an die Entweihung dachte, die des schönen Antlitzes auf der Leinwand wartete. Einmal hatte er in knabenhaft-übermütiger Nachahmung des Narzissus die gemalten Lippen, die jetzt so grausam auf ihn herablächelten, geküßt oder getan, als ob er sie küsse. Morgen für Morgen hatte er vor dem Bilde gesessen und hatte seine Schönheit bewundert; es schien ihm zuzeiten, als ob er fest in das Bild verliebt sei. Sollte es sich jetzt mit jeder Laune, der er nachgab, verändern? Sollte es ein ungeheuerliches, widerwärtiges Ding werden, das man in verschlossenem Raum verstecken, vor dem Sonnenlicht, das so oft das wallende Wunder seines Haares noch glänzender vergoldet hatte, verschließen mußte? Oh, über den Jammer! Über den Jammer!

Einen Augenblick dachte er daran, zu beten und zu erflehen, die entsetzliche Sympathie, die zwischen ihm und dem Bilde bestand, sollte aufhören. Es hatte sich gewandelt, weil er es wie in einem Gebet erfleht hatte; vielleicht könnte es ein Gebet erreichen, daß es sich nicht mehr verwandelte. Aber doch: wer, der etwas vom Leben wußte, sollte die Möglichkeit, ewig jung zu bleiben, aufgeben, so phantastisch auch der Gedanke an diese Möglichkeit war und mit wie verhängnisvollen Folgen sie auch belastet war? Überdies, stand es wirklich in seiner Macht? War es in der Tat das Gebet gewesen, das die Veränderung bewirkt hatte? Konnte es nicht irgendeinen seltsamen wissenschaftlichen Grund für das alles geben? Wenn das Denken auf einen lebenden Organismus Einfluß ausüben konnte, konnte nicht das Denken auch auf tote und unorganische Dinge Einfluß üben? Ja, abgesehen vom Denken und bewußten Wunsch, konnten nicht Dinge, die außerhalb unseres Körpers waren, im Einklang mit unsern Stimmungen und Leidenschaftswallungen vibrieren, konnte nicht das Atom das Atom rufen in geheimer Liebe oder seltsamer Verwandtschaft? Aber der ursächliche Zusammenhang kümmerte ihn nicht. Nie wieder wollte er eine furchtbare Macht durch ein Gebet versuchen. Wenn das Bild sich ändern sollte, sollte es sich ändern. Das war nun so. Warum zu sehr nach Geheimnisvollem forschen?

Denn wahrlich, es könnte Genuß schaffen, das Bild zu beobachten. Er war nun imstande, seinem Geist an geheime Orte zu folgen. Dieses Bildnis sollte ihm der magischste Spiegel sein. Wie es ihm seinen Körper offenbart hatte, so sollte es ihm seine eigene Seele offenbaren. Und wenn der Winter über das Bild käme, stünde er immer noch da, wo der Frühling schwankt, ob er die Schwelle des Sommers überschreiten soll. Wenn das Blut aus dem Antlitz des Bildnisses entwiche und eine weiße, kalkige Maske mit toten Augen hinterließe, hätte er noch immer den Zauber des Jünglings. Keine Blüte seiner Anmut sollte je welken. Kein Puls seines Lebens sollte je schwächer werden. Wie die Griechengötter sollte er stark und schnell und fröhlich sein dürfen. Was kam es darauf an, was dem gemalten Abbild auf der Leinwand geschah? Er sollte unversehrt bleiben, daran lag alles.

Er schob den Schirm wieder auf seinen Platz vor dem Bild und lächelte, als er es tat. Dann ging er in sein Schlafzimmer, wo sein Diener schon auf ihn wartete. Eine Stunde später war er in der Oper, und Lord Henry beugte sich über seinen Stuhl.

Neuntes Kapitel

Als er am nächsten Morgen beim Frühstück saß, trat Basil Hallward ins Zimmer.

»Ich bin so froh, daß ich dich treffe, Dorian,« sagte er in ernstem Tone. »Ich war gestern abend da, und man sagte mir, du seist in der Oper. Natürlich wußte ich, daß das nicht sein konnte. Aber ich wollte, du hättest ein Wort hinterlassen, wohin du wirklich gegangen warst. Ich verbrachte eine schreckliche Nacht und fürchtete halb, der einen Tragödie könnte eine zweite gefolgt sein. Du hättest mir telegraphieren sollen, sowie du es erfuhrst. Ich las es ganz zufällig in einer späten Ausgabe des Globe, den ich im Klub in die Hand bekam. Ich eilte sofort hierher und war unglücklich, dich nicht zu finden. Ich kann dir nicht sagen, wie bitter weh mir das Ganze tut. Ich weiß, was du leiden mußt. Aber wo warst du? Warst du hingegangen, ihre Mutter zu sehen? Einen Augenblick dachte ich daran, dich dort aufzusuchen. In der

Zeitung stand die Adresse. Irgendwo in Euston Road, nicht wahr? Aber ich fürchtete, in einen Schmerz einzudringen, dem ich nicht helfen konnte. Die arme Frau! In was für einem Zustand muß sie sein? Und dazu ihr einziges Kind! Was sagte sie zu dem allem?«

»Mein lieber Basil, wie soll ich das wissen?« fragte Dorian Gray, der aus einem entzückenden bauchigen venezianischen Glas, das mit Goldperlen verziert war, von einem blaßgelben Wein kleine Schlucke nahm und äußerst indigniert aussah. »Ich war in der Oper. Du hättest auch kommen sollen. Ich lernte Lady Gwendolen, Harrys Schwester, kennen. Wir waren bei ihr in der Loge. Sie ist ein reizendes Geschöpf; und die Patti sang himmlisch. Sprich nicht über gräßliche Sachen! Wenn man über eine Sache nicht spricht, ist sie nie gewesen. Nur der Ausdruck, sagt Harry, gibt den Dingen Wirklichkeit. Hinzufügen möchte ich, daß sie nicht das einzige Kind der Mutter war. Es ist noch ein Sohn da, ein famoser Bursche, glaube ich. Aber er ist nicht beim Theater – Matrose oder so was Ähnliches. Und jetzt erzähle von dir etwas. Was machst du?«

»Du warst in der Oper?« sagte Hallward. Er sprach sehr leise, sein Ton war schmerzhaft gepreßt. »Du gingst in die Oper, während Sibyl Vane in einem schmutzigen Hause auf dem Totenbette liegt? Du kannst zu mir von andern reizenden Frauen sprechen und von dem himmlischen Gesang der Patti, ehe das Mädchen, das du geliebt hast, noch der Ruhe des Grabes übergeben ist, in dem sie schlafen soll? Mensch, Mensch, was für Schrecknisse warten auf ihren kleinen weißen Körper!«

»Hör auf, Basil, ich will das nicht hören!« rief Dorian aufspringend. »Du mußt nicht von geschehnen Dingen mit mir reden. Was geschehen ist, ist geschehen. Was vorbei ist, ist vorbei. Laß das Vergangne!«

»Du nennst gestern die Vergangenheit?«

»Was hat der Verlauf der Zeit damit zu tun? Nur oberflächliches Volk braucht Jahre, um eine Empfindung loszuwerden. Ein Mensch, der Herr über sich selbst ist, kann einem Schmerz so leicht ein Ende machen, wie er einen Genuß finden kann. Ich habe keine Lust, meinen Empfindungen preisgegeben zu sein. Ich will sie nutzen, sie genießen und sie beherrschen.«

»Dorian, das ist gräßlich! Es hat dich etwas völlig gewandelt. Du siehst genau so aus wie der wundervolle Jüngling, der Tag für Tag in mein Atelier kam, um mir für sein Bild zu sitzen. Aber damals warst du einfach, natürlich und liebevoll.

Du warst das unverdorbenste Menschenkind in der ganzen Welt. Ich weiß nicht, was jetzt über dich gekommen ist. Du sprichst, als ob du kein Herz und kein Erbarmen in der Brust hättest. Das ist alles Harrys Einfluß, ich sehe es.«

Der Jüngling errötete, trat ans Fenster und blickte einige Augenblicke auf den grünen, blitzenden, von der Sonne übergossenen Garten. »Ich verdanke Harry sehr viel,« antwortete er schließlich, »mehr als dir. Du warst es, der mir die Eitelkeit beigebracht hat.«

»Ich bin gestraft dafür, Dorian – oder werde eines Tages dafür gestraft werden.«

»Ich weiß nicht, was du meinst, Basil!« rief er aus und drehte sich um. »Ich weiß nicht, was du willst. Was willst du?«

»Ich will den Dorian Gray wieder, den ich gemalt habe,« sagte der Künstler traurig.

»Basil,« antwortete der Jüngling, trat zu ihm und legte ihm die Hand auf die Schulter. »Gestern, als ich erfuhr, daß Sibyl Vane sich getötet habe...«

»Sich getötet! Großer Gott! Ist das sicher?« schrie Hallward auf und blickte ihn entsetzt an.

»Mein lieber Basil! Du nimmst doch nicht an, daß es ein gemeiner Zufall war? Natürlich hat sie sich selbst getötet.« Der Ältere barg das Gesicht in den Händen. »Wie furchtbar,« flüsterte er, und ein Schauder durchlief ihn.

»Nein,« sagte Dorian Gray, »es ist nichts Furchtbares daran. Es ist eine der großen romantischen Tragödien unserer Zeit. In der Regel führen Leute vom Theater das trivialste Leben. Sie sind gute Ehemänner oder treue Gattinnen oder sonst etwas Langweiliges. Du weißt, was ich meine – Philistertugend und dergleichen. Wie anders war Sibyl! Sie lebte ihre schönste Tragödie. Sie war immer eine Heldin. Am letzten Abend, an dem sie spielte – an dem Abend, wo du sie sahst-, spielte sie schlecht, weil sie die Liebe als Wirklichkeit kennen gelernt hatte. Als sie ihre Unwirklichkeit kennen lernte, starb sie, wie Julia gestorben ist. Sie floh wieder ins Land der Kunst. Etwas von Märtyrertum umschwebt sie. Ihr Tod hat die ganze pathetische Nutzlosigkeit des Märtyrertums, all seine verschwendete Schönheit. Aber wie gesagt, du darfst nicht glauben, ich hätte nicht gelitten. Wenn du gestern in einem bestimmten Augenblick gekommen wärest – vielleicht um halb sechs Uhr oder dreiviertel sechs –, hättest du mich in Tränen gefunden. Selbst

Harry, der hier war, der mir die Nachricht tatsächlich gebracht hat, hat keine Ahnung, was ich durchgemacht habe. Ich litt unsäglich. Dann verflog es. Ich kann eine Empfindung nicht wiederholen. Niemand kann es, außer den Sentimentalen. Und du bist sehr ungerecht, Basil. Du kommst hierher, mich zu trösten. Das ist sehr lieb von dir. Du findest mich getröstet und wirst wütend. Ist das dein Mitgefühl? Du erinnerst mich an eine Geschichte, die Harry mir von einem Philantropen erzählte, der zwanzig Jahre seines Lebens sich bemühte, einen Mißstand zu heben oder die Abänderung eines ungerechten Gesetzes zu erwirken – ich weiß nicht mehr genau. Schließlich hatte er Erfolg, und nichts kann größer sein als seine Enttäuschung. Er hatte ganz und gar nichts mehr zu tun, starb fast vor Langerweile und wurde ein vollendeter Menschenfeind. Und überdies, lieber alter Basil, wenn du mich wirklich trösten willst, lehre mich lieber vergessen, was geschehen ist, oder es von dem rechten künstlerischen Standpunkt aus betrachten. War es nicht Gautier, der gern von der ›consolation des arts‹ geschrieben hat? Ich erinnere mich, in deinem Atelier fand ich einmal ein kleines Buch in Pergamenteinband und stieß auf das entzückende Wort. Nun, wie der junge Mann bin ich nicht, von dem du mir erzähltest, als wir zusammen in Marlow waren, der zu sagen pflegte, gelber Atlas könne einen in allen Unglücksfällen des Lebens trösten. Ich liebe schöne Dinge, die man berühren und zur Hand nehmen kann. Alter Brokat, grüne Bronze, Lackarbeiten, geschnitztes Elfenbein, ein erlesenes Interieur, verschwenderische Üppigkeit, von dem allem ist viel zu holen, Aber die künstlerische Seelenverfassung, die sie schaffen oder jedenfalls offenbaren, gilt mir noch mehr. Zuschauer seines eigenen Lebens werden, wie Harry sagt, heißt dem Leiden des Lebens entrinnen. Ich weiß, du bist überrascht, daß ich so zu dir spreche. Du hast nicht wahrgenommen, wie ich mich entwickelt habe. Ich war ein Knabe, als du mich kennen lerntest. Ich bin ein Mann geworden. Ich habe neue Leidenschaften, neue Gedanken, neue Ideen. Ich bin ein anderer, aber du darfst mich darum nicht weniger lieben. Ich bin verwandelt, aber du mußt immer mein Freund bleiben. Natürlich habe ich Harry sehr gern. Aber ich weiß, daß du besser bist als er. Du bist nicht stärker du fürchtest das Leben zu sehr– aber du bist besser. Und wie glücklich sind wir doch miteinander gewesen! Verlaß mich nicht, Basil, und streite nicht mit mir. Ich bin, was ich bin. Da ist nichts weiter zu sagen.«

Der Maler war seltsam bewegt. Der Jüngling war ihm unendlich wert, und seine Erscheinung war der große Wendepunkt in seiner Kunst gewesen. Er konnte den Gedanken nicht ertragen, ihm noch ferner Vorwürfe zu machen. Schließlich war seine Gleichgültigkeit wahrscheinlich nur eine vorübergehende Stimmung. Es war so viel in ihm, was gut, so viel, was edel war.

»Gut, Dorian,« sagte er endlich mit traurigem Lächeln, »ich werde von heute an nichts mehr von der traurigen Sache zu dir sagen.

Ich hoffe nur, dein Name wird nicht in Verbindung mit ihr genannt. Die Leichenschau wird diesen Nachmittag stattfinden. Bist du geladen?«

Dorian schüttelte den Kopf, und eine unangenehme Empfindung prägte sich bei dem Wort »Leichenschau" in seinen Mienen aus. Alles der Art hatte so etwas Rohes und Gemeines an sich. »Sie wissen nicht, wie ich heiße,« antwortete er.

»Aber sie wußte es doch?«

»Sie kannte nur meinen Vornamen, und ich bin sicher, daß sie den niemandem gegenüber aussprach. Sie sagte mir einmal, alle seien sehr neugierig, zu wissen, wer ich sei, und sie sage allen unweigerlich, ich heiße Prinz Wunderhold. Das war lieb von ihr. Du mußt mir eine Zeichnung von Sibyl machen, Basil. Ich möchte gern etwas mehr von ihr haben als ein paar Küsse und ein paar schmerzvolle pathetische Worte.«

»Ich will versuchen, etwas zu machen, wenn du es haben willst. Aber du mußt zu mir kommen und mir selbst wieder sitzen. Ich kann ohne dich nicht weiterkommen.«

»Ich kann dir nie wieder sitzen, Basil. Es ist unmöglich!« rief er aus und trat zurück.

Der Maler starrte ihn an. »Lieber Junge, was für Unsinn redest du!« rief er. »Willst du damit sagen, das Bild, das ich von dir gemalt habe, gefalle dir nicht? Wo ist es? Warum hast du den Schirm davorgestellt? Laß mich es sehn! Es ist die beste Arbeit, die je aus meinen Händen kam. Nimm den Schirm weg, Dorian! Es ist eine Schande, daß dein Diener mein Werk derart versteckt. Ich merkte gleich, als ich hereinkam, daß das Zimmer anders aussah.«

»Mein Diener hat nichts damit zu tun, Basil. Du glaubst doch nicht, daß ich es ihm überlasse, wie es in meinem Zimmer aussieht? Er ordnet manchmal meine Blumen, aber weiter nichts. Nein; ich tat es selbst. Das Bild hatte zuviel Licht.«

»Zuviel Licht! Gewiß nicht, mein Lieber. Es hat einen prachtvollen Platz. Ich möchte es sehen.« Und Hallward näherte sich der Zimmerecke.

Ein Ruf des Schreckens kam von den Lippen Dorian Grays, und er stürzte sich zwischen den Maler und den Wandschirm. »Basil,« sagte er und sah sehr blaß aus, »du darfst es nicht ansehn. Ich wünsche es nicht!«

»Mein eigenes Bild nicht ansehn! Du scherzest. Warum sollte ich es nicht sehen?« rief Hallward und lachte.

»Wenn du den Versuch machst, es anzusehn, Basil, gebe ich dir mein Ehrenwort, daß ich nie wieder, solange ich lebe, ein Wort mit dir spreche. Ich scherze nicht. Ich gebe keinerlei Erklärung, und du wirst nicht danach fragen. Aber vergiß nicht, wenn du diesen Schirm berührst, ist alles zwischen uns vorbei!«

Hallward war wie vom Donner gerührt. Er sah Donau Gray in heftigstem Staunen an. Er hatte ihn nie vorher so gesehen. Der Jüngling war tatsächlich blaß vor Wut. Seine Hände waren geballt, und seine Pupillen sahen aus wie Räder aus blauem Feuer. Er zitterte am ganzen Leib.

»Dorian!«

»Sprich nicht!«

»Aber was ist los? Natürlich sehe ich es nicht an, wenn du es nicht haben willst,« sagte er kalt, drehte sich auf dem Absatz herum und ging ans Fenster hinüber. »Aber wahrhaftig, es klingt wie Wahnsinn, daß ich mein eigenes Werk nicht sehn soll, besonders, wo ich es im Herbst in Paris ausstellen will. Ich werde es wahrscheinlich vorher neu firnissen und es daher eines Tages sehen müssen. Warum also nicht heute?«

»Es ausstellen! Du willst es ausstellen?« rief Dorian Gray, und ein seltsames Gefühl der Angst überkam ihn. Sein Geheimnis sollte der Welt gezeigt werden? Die Menschen sollten das Geheimnis seines Lebens begaffen dürfen? Das war unmöglich. Da mußte etwas – er wußte nicht was – sofort geschehen.

»Ja; ich denke nicht, daß du etwas dagegen hast. Georges Petit ist dabei, meine besten Bilder für eine Sonderausstellung in der Rue de Seze zusammenzustellen, die in der ersten Oktoberwoche eröffnet werden soll. Das Bild wird nur einen Monat fort sein. Ich sollte meinen, du könntest es leicht so lange entbehren. In Wahrheit wirst du sicher gar nicht in der Stadt sein. Und wenn du es immer hinter einem Schirm versteckst, kannst du dir nicht viel daraus machen.«

Dorian Gray fuhr mit der Hand über die Stirn, es standen Schweißtropfen darauf. Er spürte, daß er am Rande einer furchtbaren Gefahr war. »Vor einem Monat sagtest du mir, du wolltest es nie ausstellen. Warum bist du anderer Meinung geworden?

Ihr Menschen, die ihr solch Wesen aus der Konsequenz macht, habt genau soviel Launen wie andere. Der einzige Unterschied ist, daß eure Launen keinen Sinn haben. Du kannst nicht vergessen haben, daß du mir sehr feierlich versichert hast, nichts in der Welt sollte dich dazu bringen, es auf eine Ausstellung zu schicken. Du sagtest Harry genau dasselbe.« Er hielt plötzlich inne, und seine Augen glänzten auf. Er erinnerte sich, wie Lord Henry halb im Ernst, halb scherzhaft einmal zu ihm gesagt hatte: ›Willst du eine seltsame Viertelstunde haben, so laß dir von Basil sagen, warum er dein Bild nicht ausstellen will. Er sagte mir den Grund, und es war eine Offenbarung für mich.‹ Ja, vielleicht hatte auch Basil sein Geheimnis. Er wollte den Versuch machen und ihn fragen.

»Basil,« sagte er, trat dicht an ihn heran und sah ihm gerade ins Gesicht, »jeder von uns hat ein Geheimnis. Laß mich deines wissen, und sich sage dir meines. Was war der Grund, warum du es von dir wiesest, mein Bild auszustellen?«

Den Maler überlief ein Frösteln. »Dorian, wenn ich dir das sagte, hättest du mich vielleicht nicht mehr so lieb wie jetzt und lachtest sicher über mich. Ich könnte beides nicht ertragen. Wenn du wünschst, daß ich dein Bildnis nicht wieder sehn soll, will ich mich zufrieden geben. Ich kann immer noch dich ansehn. Wenn du das beste Werk, das ich je gemacht habe, vor der Welt verstecken willst, soll es mir recht sein. Deine Freundschaft gilt mir mehr als alle Berühmtheit.«

»Nein, Basil, du mußt es mir sagen,« drängte Dorian Gray. »Ich denke, ich habe ein Recht, es zu wissen.« Sein Angstgefühl war gewichen und Neugier an die Stelle getreten. Er war entschlossen, hinter Basil Hallwards Geheimnis zu kommen.

»Setzen wir uns, Dorian,« sagte der Maler, der verwirrt aussah. »Setzen wir uns. Und nun beantworte mir eine Frage. Hast du an dem

Bild etwas Seltsames bemerkt? – Etwas, was dir wahrscheinlich zuerst nicht auffiel, was sich dir aber plötzlich offenbarte?«

»Basil!« rief der Jüngling, umklammerte die Armlehnen seines Stuhles mit zitternden Händen und starrte ihn mit wilden, entsetzten Augen an.

»Ich sehe, du hast es bemerkt. Sprich nicht! Warte, bis du gehört hast, was ich zu sagen habe. Dorian, von dem Moment an, wo ich dich kennen lernte, übte deine Erscheinung den außerordentlichsten Einfluß auf mich aus. Du herrschtest über mich, über meine Seele, mein Hirn und all meine Kraft. Du wurdest für mich die sichtbare Verkörperung des unsichtbaren Ideals, das wir Künstler nicht los werden wie einen köstlichen Traum. Ich betete dich an. Ich wurde eifersüchtig auf jeden, mit dem du sprachst. Ich wollte dich ganz für mich haben. Ich war nur glücklich, wenn ich mit dir zusammen war. Wenn du von mir fort warst, lebtest du noch immer in meiner Kunst und warst da ... Natürlich ließ ich dich davon nie etwas ahnen – es wäre unmöglich gewesen. Du hättest es nicht verstanden, ich verstand es kaum selbst. Ich wußte nur, daß ich der Vollkommenheit von Angesicht zu Angesicht gegenübergestanden, und daß die Welt sich meinen Augen wundervoll erschlossen hatte – zu wundervoll vielleicht, denn in so wahnsinniger Anbetung liegt Gefahr – die Gefahr, daß sie aufhört, und die Gefahr, daß sie bleibt... Wochen und Wochen vergingen, und ich verlor mich mehr und mehr in dir. Dann kam eine neue Wendung. Ich hatte dich als Paris in funkelnder Rüstung gemalt und als Adonis im Jagdgewand mit blitzendem Jagdspieß. Mit schweren Lotosblumen bekränzt hast du am Bug der Barke Hadrians gesessen und auf das grüne, trübe Wasser des Nils gesehn. Du hast dich über den stillen Teich einer Waldlandschaft Griechenlands gebeugt und in dem schweigenden Silber des Wassers das Wunder deines eigenen Bildes erblickt. Und es war alles gewesen, wie die Kunst sein soll, unbewußt, ideal und entfernt. Eines Tages – eines verhängnisvollen Tages, denke ich manchmal, beschloß ich, ein wundervolles Bild von dir, wie du wirklich bist, zu malen, nicht in der Tracht vergangener Zeiten, sondern in deinen eignen Kleidern und deiner eignen Zeit. Ob es der Realismus der Aufgabe oder das bloße Wunder deiner eigenen Erscheinung war, die sich so unmittelbar ohne Dunst und Schleier vor mich hinstellte, kann ich nicht sagen. Aber ich weiß, als ich daran arbeitete, schien jede Schicht Farbe, die ich auftrug, mein Geheimnis zu enthüllen.

Ich bekam Angst, andere könnten die Abgötterei, die ich mit dir trieb, herausfinden. Ich empfand, Dorian, daß ich zuviel gesagt hatte, daß ich zuviel von mir selbst hineingelegt hatte. Damals entschloß ich mich, das Bild nie ausstellen zu lassen. Du schienst etwas betroffen; aber damals gewahrtest du nicht alles, was es für mich bedeutete. Harry, dem ich davon sprach, lachte mich aus. Aber das beirrte mich nicht. Als das Bild vollendet war und ich allein vor ihm saß, fühlte ich, daß ich recht hatte...

Nun, nach ein paar Tagen verließ es mein Atelier, und sowie ich den unerträglichen Zauber seiner Gegenwart los war, schien mir, ich sei töricht gewesen, daß ich irgend etwas darin hatte finden wollen, außer daß du sehr schön bist und daß ich gut malen kann. Selbst jetzt kann ich mich des Gefühls nicht gut erwehren, daß es ein Irrtum ist, zu glauben, die Glut, die man im Schaffen verspürt, zeige sich je leibhaftig in dem Werke, das man geschaffen hat. Die Kunst ist immer abstrakter, als wir glauben. Form und Farbe sagen uns etwas von Form und Farbe – weiter nichts. Mir will oft scheinen, die Kunst verbirgt den Künstler weit mehr, als sie ihn offenbart. Und als mir daher von Paris aus dieser Vorschlag gemacht wurde, beschloß ich, dein Porträt solle das Hauptstück meiner Ausstellung werden. Es fiel mir nie ein, du könntest die Erlaubnis versagen. Ich sehe jetzt, daß du recht hast. Das Bild darf nicht gezeigt werden. Du darfst mir nicht zürnen, Dorian, um deswillen, was ich dir gesagt habe. Ich ‚habe es einmal zu Harry gesagt und wiederhole es: Du bist dazu geschaffen, angebetet zu werden.« Dorian Gray holte tief Atem.
Die Farbe kehrte in seine Wangen zurück, und ein Lächeln spielte um seine Lippen. Die Gefahr war vorüber; für diesmal war er gerettet Aber er konnte sich nicht enthalten, unendliches Mitleid mit dem Maler zu empfinden, der ihm eben dieses seltsame Bekenntnis abgelegt hatte, und er sann darüber nach, ob er selber je von der Persönlichkeit eines Freundes so beherrscht werden könnte. Lord Henry hatte den Reiz, sehr gefährlich zu sein. Aber das war alles. Er war zu gescheit und zu zynisch, um wirklich geliebt zu werden. Würde es je einen Menschen geben, den er so seltsam abgöttisch verehrte? War das eins von den Dingen, die das Leben für ihn in Bereitschaft hielt?
»Es ist mir überaus erstaunlich, Dorian,« sagte Hallward, »daß du das dem Bild angesehen haben sollst. Sahst du es wirklich?«

»Ich sah etwas an ihm,« antwortete er, »etwas, das mir sehr seltsam vorkam.«

»Und nun hast du doch nichts mehr dagegen, daß ich das Bild ansehe?« Dorian schüttelte den Kopf. »Du mußt es nicht von mir verlangen, Basil. Es wäre mir nicht möglich, dich vor dem Bilde stehn zu sehen.«

»Aber doch ein andermal?« »Niemals.«

»Nun, vielleicht hast du recht. Und nun leb wohl, Dorian. Du bist die einzige Person in meinem Leben gewesen, die wirklichen Einfluß auf meine Kunst hatte. Alles Gute, was ich vollbracht habe, danke ich dir. Ah! du weißt nicht, was es mich gekostet hat, dir all das zu sagen, was ich gesagt habe.«

»Mein lieber Basil,« sagte Dorian, »was hast du mir gesagt? Nichts weiter, als daß du fühlst, du bewunderst mich zu sehr. Das ist nicht eben sehr schmeichelhaft.«

»Es sollte keine Schmeichelei sein – es war ein Bekenntnis. Jetzt, da ich es abgelegt habe, ist es mir, als hätte ich etwas verloren. Vielleicht sollte man nie seiner Anbetung in Worten Ausdruck geben.«

»Es war ein Bekenntnis und eine Enttäuschung.«

»Ja, aber was erwartetest du, Dorian? Du sahst doch nichts anderes an dem Bilde, oder? Es war nichts anderes an ihm zu sehn?«

»Nein; es war nichts anderes zu sehen. Warum fragst du? Aber du solltest nicht von Anbetung sprechen. Das ist Torheit. Du und ich sind Freunde, Basil, und wir wollen es immer bleiben.«

»Du hast Harry zum Freund,« sagte der Maler traurig.

»Oh, Harry,« sagte der junge Mann und lachte hell auf. »Harry verbringt seine Tage damit, Dinge zu sagen, die unglaublich sind, und seine Nächte, Dinge zu tun, die unwahrscheinlich sind. Gerade die Art Leben, wie ich es führen möchte. Aber doch, glaube ich, würde ich nicht zu Harry gehn, wenn mich etwas bekümmerte. Ich ginge eher zu dir, Basil.«

»Du wirst mir wieder sitzen?« »Unmöglich! «

»Du vernichtest mein Dasein als Künstler mit deiner Weigerung, Dorian. Niemand ist je zwei Idealen im Leben begegnet. Wenige haben eines getroffen.«

»Ich kann es dir nicht erklären, Basil, aber ich darf dir nie wieder sitzen. Es ist etwas Verhängnisvolles um das Bildnis eines Menschen. Es hat sein eigenes Leben in sich. Ich werde zu dir kommen und Tee mit dir trinken – das wird ebenso schön sein.«

»Für dich schöner, fürchte ich,« sagte der Maler in schmerzlichem Ton. »Und nun leb wohl. Ich bin traurig, daß du mich das Bild nicht noch einmal sehn lassen willst. Aber ich kann's nicht ändern. Ich verstehe völlig, was für eine Empfindung du dabei hast.«

Als er das Zimmer verlassen hatte, lächelte Dorian Gray. Armer Basil! wie wenig er den wahren Grund ahnte! Und wie seltsam es war, daß es ihm fast wie durch Zufall gelungen war, anstatt sein eigenes Geheimnis zu verraten, dem Freunde das seine zu entreißen! Wie viel erklärte ihm dieses seltsame Bekenntnis!

Die absurden Eifersuchtsanwandlungen des Malers, seine wilde Hingebung, seine ausschweifenden Bewunderungshymnen, die Stimmungen seltsamer Schweigsamkeit – das alles verstand er jetzt, und er wurde traurig. Es schien ihm etwas Tragisches um eine Freundschaft zu sein, die so von der Romantik gefärbt war. Er seufzte und klingelte. Das Bild mußte unter allen Umständen versteckt werden. Er konnte sich nicht noch einmal einer solchen Gefahr der Entdeckung aussetzen. Es war Wahnsinn von ihm gewesen, das Bild auch nur eine Stunde lang in einem Zimmer zu lassen, in das jeder seiner Freunde kommen konnte.

Zehntes Kapitel

Als sein Bedienter eintrat, blickte er ihm fest ins Auge und überlegte sich, ob es ihm wohl eingefallen sei, hinter den Schirm zu blicken. Der Mann stand da, ohne sich zu rühren, und wartete auf seine Befehle. Dorian zündete sich eine Zigarette an, schlenderte durchs Zimmer zum Spiegel und blickte hinein. Er konnte Viktors Gesicht völlig deutlich darin sehn. Es war wie eine ruhige Maske der Unterwürfigkeit. Da war nichts zu befürchten, da nicht. Aber er hielt es für das Beste, auf der Hut zu sein.

In sehr leisem Ton sagte er ihm, er solle die Wirtschafterin hereinrufen und dann zu dem Rahmenmacher gehn und ihn bitten, er möchte zwei seiner Leute gleich herüberschicken. Ihm schien, daß die Augen des Mannes, als er das Zimmer verließ, nach dem Wandschirm blickten. Oder bildete er sich das nur ein? Nach wenigen Augenblicken kam Frau Leaf in ihrem schwarzen Seidenkleid und mit altmodischen

Zwirnhandschuhen an ihren verrunzelten Händen in das Bücherzimmer. Er verlangte den Schlüssel zum Schulzimmer von ihr. »Das alte Schulzimmer, Herr Dorian?« rief sie aus. »Aber nein, das ist voller Staub. Ich muß es auskehren und in Ordnung bringen lassen, ehe Sie hinein können. Es ist nicht in dem Zustand, daß Sie es jetzt sehen können, gnädiger Herr, wahrhaftig nicht.«

»Es braucht nicht in Ordnung gebracht zu werden, Frau Leaf, ich brauche nur den Schlüssel.«

»Aber gnädiger Herr, Sie werden voller Spinnweben werden, wenn Sie hineingehn, es ist seit beinahe fünf Jahren nicht aufgemacht worden, seit Seine Gnaden gestorben sind.«

Er zuckte, als sein Großvater erwähnt wurde. Haß stieg in ihm auf, wenn er an ihn dachte. »Das macht nichts,« antwortete er. »Ich will das Zimmer nur sehn, weiter nichts. Gehen Sie mir den Schlüssel!«

»Hier ist er schon, gnädiger Herr,« sagte die alte Dame die mit zitterig unsichern Händen in ihrem Schlüsselbund gesucht hatte. »Hier ist der Schlüssel, er wird im Augenblick los sein. Aber Sie wollen sich doch nicht da drohen aufhalten, gnädiger Herr? Sie haben's hier so behaglich.«

»Nein, nein,« rief er ungeduldig. »Danke, Frau Leaf. Ich brauche weiter nichts.«

Sie verweilte noch einige Augenblicke und wollte über irgendeine Angelegenheit der Haushaltung ins Schwatzen kommen. Fr seufzte und sagte, sie solle alles machen, wie sie's fürs Beste hielte. Mit strahlendem Lächeln ging sie hinaus.

Als die Tür geschlossen war, steckte Dorian den Schlüssel in die Tasche und sah sich im Zimmer um. Sein Auge fiel auf eine große Decke aus purpurnem Atlas, die schwer mit Gold gestickt war. Es war ein prachtvolles Stück venezianischer Arbeit vom Ende des siebzehnten Jahrhunderts, das sein Großvater in einem Kloster in der Nähe Bolognas gefunden hatte. Ja, die konnte er brauchen, um das Schrecknis damit zu verhüllen. Sie hatte vielleicht oft als Bahrtuch gedient. Jetzt sollte sie etwas bedecken, das eine Fäulnis eigener Art an sich hatte, eine schlimmere noch als die Fäulnis des Todes – etwas, das Ungeheuerliches gebären sollte und doch nie sterben würde. Was der Wurm für den Leichnam ist, das sollten seine Sünden dem gemalten Bildnis auf der Leinwand werden. Sie würden seine Schönheit Stück für Stück zerstören und seine Anmut zerfressen.

Sie würden es besudeln und es so schänden. Und doch würde es weiter leben. Er würde immer lebendig sein.

Ihn schauderte, und einen Moment tat es ihm leid, daß er Basil nicht den wahren Grund gesagt hatte, warum er das Bild verstecken wollte. Basil hätte ihm geholfen, Lord Henrys Einfluß und den noch giftigeren Einflüssen, die aus seiner eigenen Natur kamen, zu widerstehn.

Die Liebe, die Basil zu ihm hegte – denn es war wirkliche Liebe – hatte nichts zu tun mit der bloßen physischen Bewunderung der Schönheit, die aus den Sinnen entspringt und die stirbt, wenn die Sinne erschlaffen. Es war eine Liebe, wie Michelangelo sie gekannt hatte und Montaigne und Winckelmann und der große Shakespeare. Ja, Basil hätte ihn retten können. Aber es war jetzt zu spät. Die Vergangenheit konnte immer zunichte gemacht werden. Reue, Leugnen oder Vergessen konnten das bewerkstelligen. Aber die Zukunft war unabwendbar. Es gab Leidenschaften in ihm, die ihren furchtbaren Weg aus ihm heraus finden würden, Träume, die den Schatten des Bösen, das in ihnen war, zur Wirklichkeit machen würden.

Er nahm die große Decke aus Purpur und Gold, die auf dem Sofa lag, und ging mit ihr hinter den Schirm. War das Gesicht auf der Leinwand schnöder, als es vorher war? Ihm schien, daß es sich nicht verändert habe; und doch war sein Widerwille dagegen stärker geworden. Goldenes Haar, blaue Augen und rosige Lippen – das war alles da. Nur der Ausdruck hatte sich verändert. Der war grauenhaft in seiner Grausamkeit. Im Vergleich zu dem Tadel und Vorwurf, den er in ihm erblickte, wie oberflächlich waren da Basils Vorhaltungen wegen Sibyl Vane gewesen! Wie oberflächlich und wie unbedeutend! Seine eigene Seele sah aus der Leinwand auf ihn und rief ihn vors Gericht. Ein qualvoller Ausdruck legte sich auf sein Gesicht, und er warf das üppige Bahrtuch über das Bild. Während er damit beschäftigt war, klopfte es an die Tür. Er kam hinter dem Schirm vor, als der Diener eintrat.

»Die Männer sind da, Monsieur.«

Er hatte das Gefühl, er müsse den Mann jetzt los werden.

Er durfte nicht wissen, wohin das Bild käme. Er hatte etwas Schlaues an sich und hatte nachdenkliche, verräterische Augen. Er setzte sich an den Schreibtisch und warf ein paar Zeilen an Lord Henry aufs Papier, worin er bat, ihm etwas zu lesen zu schicken, und ihn erinnerte, daß sie sich um viertel neun heute abend treffen wollten.

»Warten Sie auf Antwort,« sagte er, indem er ihm den Brief gab, »und lassen Sie die Männer herein.«

Nach zwei oder drei Minuten klopfte es wieder, und Herr Hubbard in Person, der berühmte Rahmenmacher aus South Audley Street, trat mit einem etwas struppig aussehenden Gesellen ein. Herr Hubbard war ein blühender, rotbärtiger kleiner Mann, dessen Bewunderung für die Kunst durch den eingewurzelten Geldmangel der meisten Künstler, die mit ihm zu tun hatten, gemildert wurde. In der Regel verließ er nie seine Werkstatt: er wartete, bis die Leute zu ihm kamen. Aber zugunsten Grays machte er immer eine Ausnahme. Es war an Dorian etwas, was jeden entzückte. Es war ein Genuß, ihn nur zu sehn.

»Womit kann ich Ihnen dienen, Herr Gray?« fragte er und rieb seine fetten, sommersprossigen Hände. »Ich dachte, ich wollte mir die Ehre geben, persönlich herüberzukommen. Auf einer Versteigerung erwischt. Altflorentiner Arbeit. Stammt, glaube ich, aus Fonthill. Wundervoll für eine religiöse Sache geeignet, Herr Gray.«

»Ich bedaure, daß Sie sich selbst die Mühe gemacht haben, Herr Hubbard. Ich werde natürlich gelegentlich vorsprechen und den Rahmen ansehn – obwohl ich zur Zeit an religiöser Kunst nicht viel Interesse nehme –, aber heute möchte ich nur ein Bild ins Dachgeschoß bringen lassen. Es ist recht schwer, darum kam ich auf den Gedanken, Sie zu bitten, mir ein paar Arbeiter zu leihen.«

»Nicht die geringste Mühe, Herr Gray. Freut mich, Ihnen dienen zu können. Wo ist das Kunstwerk, Herr Gray?«

»Hier,« erwiderte Dorian und schob den Schirm zurück. »Können Sie es mit der Decke und allem hinaufbringen, so wie es ist? Ich möchte nicht, daß es die Treppen hinauf zerkratzt wird.«

»Das wird keine Schwierigkeiten machen,« sagte der muntere Rahmenmacher und fing mit Hilfe seines Gesellen an, das Bild aus den langen Messingketten, an denen es aufgehängt war, loszumachen. »Und nun, wo soll's hinkommen, Herr Gray?«

»Ich werde Ihnen den Weg zeigen, Herr Hubbard, wenn Sie so freundlich sein wollen, mir nachzugehn. Oder vielleicht ist es besser, wenn Sie vorausgehn. Ich fürchte, es wird ganz unterm Dach sein. Wir wollen die Vordertreppe hinaufgehn, weil sie breiter ist.«

Er hielt die Tür für sie offen, und sie gingen mit dem Bild in den Vorraum und fingen an, hinaufzusteigen. Die reichen Zieraten des Rahmens hatten das Gemälde überaus umfangreich gemacht, und hie und da, trotz der unterwürfigen Proteste Herrn Hubbards, der die lebhafte Abneigung des echten Handwerkers gegen jede nützliche Arbeit eines feinen Herrn hatte, legte Dorian mit Hand an, um ihnen zu helfen.

»Eine ordentliche Last, Herr Gray,« schnaufte der kleine Mann, als sie den obersten Treppenabsatz erreicht hatten. Und er wischte sich die glänzende Stirn.

»Es wird wohl ziemlich schwer sein,« murmelte Dorian, während er die Tür zu dem Zimmer aufschloß, das ihm das seltsame Geheimnis seines Lebens aufbewahren und seine Seele vor den Augen der Menschen verbergen sollte.

Er hatte den Raum seit mehr als vier Jahren nicht betreten – in der Tat nicht, seit er ihn zuerst in seiner Kindheit als Spielzimmer und dann, als er etwas älter geworden war, als Schulzimmer benutzt hatte. Es war ein großes, schönes Zimmer, das der letzte Lord Kelso ausdrücklich zur Benutzung für den kleinen Enkel, den er wegen seiner außerordentlichen Ähnlichkeit mit seiner Mutter und auch aus andern Gründen immer gehaßt und möglichst in Entfernung gehalten, hatte bauen lassen. Das Zimmer schien Dorian wenig verändert. Da war der mächtige italienische *cassone* mit seinen phantastisch bemalten Füllungen und den matt und schmutzig gewordenen vergoldeten Ornamenten, in dem er sich so oft als Knabe versteckt hatte. Da war der Bücherschrank aus Satinholz mit seinen Schulbüchern voller Eselsohren. An der Wand hing noch derselbe zerfetzte flämische Wandteppich, auf dem fast verblichen ein König und eine Königin in einem Garten Schach spielten, während Falkeniere im Zug vorbeiritten und Vögel, denen die Kappe über den Augen saß, in den eisenbehandschuhten Händen trugen. Wie gut er sich an alles erinnerte! Jeder Augenblick seiner vereinsamten Kinderzeit kam ihm zurück, als er um sich sah. Er gedachte der unbefleckten Reinheit seines Knabenlebens, und es schien ihm entsetzlich, daß hier das verhängnisvolle Bildnis verborgen werden sollte. Wie wenig hatte er in jenen Tagen, die dahin waren, von alledem geahnt, was auf ihn warten sollte!

Aber es gab im ganzen Hause keinen andern Ort, der vor Späheraugen so sicher war. Er hatte den Schlüssel, und niemand sonst konnte hineinkommen. Hinter seinem purpurnen Bahrtuch konnte das Gesicht, das auf die Leinwand gemalt war, bestialisch, aufgedunsen und lasterhaft werden. Was tat es? Niemand konnte es sehn. Er selber wollte es nicht sehn. Warum sollte er die häßliche Verderbnis seiner Seele verfolgen? Er behielt seine Jugend das war genug. Und überdies, konnte nicht schließlich sein Wesen geläutert werden? Es war kein Grund, warum die Zukunft so schändlich werden sollte. Die Liebe konnte kommen und ihn rein machen und ihn vor den Sünden beschirmen, die sich im Geist und im Fleisch schon zu regen schienen – vor den seltsamen, unbekannten Sünden, deren Geheimnis ihnen eben den Reiz und die Verführung gaben. Vielleicht verschwand eines Tages der grausame Ausdruck von den sensitiven Scharlachlippen, und dann konnte er der Welt das Meisterwerk Basil Hallwards zeigen.

Nein; das war unmöglich. Stunde um Stunde und Woche um Woche sollte das Antlitz auf der Leinwand älter werden. Es konnte der Häßlichkeit der Sünde entrinnen, aber die Häßlichkeit des Alters wartete darauf. Die Wangen werden hohl oder schlaff werden. Gelbe Krähenfüße werden sich um die glanzlosen Augen sammeln und sie gräßlich machen. Das Haar wird seinen Glanz verlieren, der Mund wird klaffen oder einsinken, wird dumm oder gemein aussehn, wie alter Leute Mund aussieht. Der Hals wird faltig sein, die Hand kalt und voll blauer Adern, der Rücken gekrümmt, alles, wie es bei seinem Großvater war, der in seiner Knabenzeit so hart gegen ihn gewesen war. Das Bild mußte verborgen werden, es war nichts dagegen zu machen.

»Bitte, Herr Hubbard, bringen Sie es herein,« sagte er müde und wandte sich nach den Leuten. »Es tut mir leid, daß ich Sie so lange aufhielt. Ich dachte über etwas nach.«

»Immer angenehm, sich ausruhen zu können, Herr Gray,« antwortete der Rahmenmacher, der noch immer tief Atem holte. »Wo sollen wir es anbringen?«

»Oh, irgendwo. Hierher: da wird es gut stehn. Ich will es nicht aufgehängt haben. Lehnen Sie es nur gegen die Wand! Danke!«

»Darf man das Kunstwerk ansehn, Herr Gray?«

Dorian erschrak. »Es hat kein Interesse für Sie, Herr Hubbard,« sagte er und behielt den Mann im Auge. Er war imstande, sich auf ihn zu stürzen und ihn zu Boden zu werfen, wenn er es wagte, den schimmernden Vorhang zu heben, der das Geheimnis seines Lebens bedeckte. »Ich will Sie nicht länger bemühen. Vielen Dank für Ihre Freundlichkeit, daß Sie herübergekommen sind.«

»Nicht im geringsten, Herr Gray, nicht im geringsten. Stets zu allen Diensten für Sie bereit.« Und Herr Hubbard stampfte die Treppe hinunter, gefolgt von seinem Gesellen, der sich noch einmal nach Dorian umsah. Ein Ausdruck scheuer Bewunderung lag auf seinem gewöhnlichen, unschönen Gesicht. Er hatte nie einen Menschen gesehn, der so wunderschön war.

Als der Schall ihrer Fußtritte verhallt war, verschloß Dorian die Tür und steckte den Schlüssel in die Tasche. Er fühlte sich gerettet. Niemand sollte je das Grauenhafte erblicken, kein Auge als seines sollte je seine Schande sehen.

Als er in das Bücherzimmer trat, bemerkte er, daß es eben fünf Uhr vorbei und der Tee bereits gebracht worden war. Auf einem Tischchen von dunklem, wohlriechendem Holz, das reich mit Perlmutter ausgelegt war – die Frau seines Vormunds hatte es ihm geschenkt, die es sich zum Beruf gemacht hatte, leidend zu sein, und den vorigen Winter in Kairo verbracht hatte –, lag ein Briefchen von Lord Henry und daneben ein Buch mit gelbem, etwas eingerissenem Umschlag und ziemlich verschmutzten Kanten. Ein Exemplar der dritten Ausgabe der St. James Gazette war auf das Teebrett gelegt worden. Es war klar, Viktor war zurückgekehrt. Ob er wohl die Männer im Vestibül getroffen hatte, als sie im Begriff waren, das Haus zu verlassen, und ob er aus ihnen herausgeholt hatte, was sie gemacht hatten? Er würde sicher das Bild vermissen, hatte es ohne Zweifel bereits vermißt, während er den Teetisch zurechtgemacht hatte. Der Schirm war noch nicht wieder an seine Stelle gesetzt worden, und der leere Platz an der Wand war auffallend. Vielleicht ertappte er ihn eines Nachts, wie er sich hinaufschlich und den Versuch machte, die Tür aufzusprengen. Es war furchtbar, einen Spion bei sich im Hause zu haben. Er hatte von reichen Leuten gehört, an denen ihr ganzes Leben lang von einem Bedienten Erpressung verübt wurde, der einen Brief gelesen oder ein Gespräch mit angehört oder eine Karte mit einer Adresse aufgelesen oder unter einem Kissen eine verwelkte Blume oder ein kleines Stückchen zerdrückter Spitze gefunden hatte.

Er seufzte; dann goß er sich den Tee ein und öffnete Lord Henrys Briefchen. Es enthielt nur die paar Worte: beifolgend erhalte er das Abendblatt und ein Buch, das ihn vielleicht interessiere, und er erwartete ihn um viertel neun im Klub. Er öffnete langsam die St.

James und überflog sie. Ein roter Bleistiftstrich auf der fünften Seite fiel ihm auf. Der Strich wies auf die folgende Notiz hin: »Leichenschau an einer Schauspielerin. Eine gerichtliche Untersuchung wurde heute morgen in der Bell Tavern, Hozton Road, von Herrn Dauby, dem Bezirksleichenbeschauer, über den Leichnam Sibyl Vanes, einer jungen Schauspielerin, die seit kurzem am Royal Theater in Holborn engagiert war, abgehalten. Der Spruch lautete auf Tod durch Unglücksfall. Viel Teilnahme fand die Mutter der Verblichenen, die während ihrer Aussage und der des Dr. Birrell, der die Obduktion der Toten vorgenommen hatte, ihrem Schmerz ergreifenden Ausdruck gab.«

Er runzelte die Stirn, zerriß das Blatt und stand auf, um die Papierstücke wegzuwerfen. Wie häßlich das alles war! Und wie furchtbar wirklich die Häßlichkeit alles machte. Er war etwas ärgerlich über Lord Henry, daß er ihm den Bericht geschickt hatte. Und ohne Frage war es dumm von ihm, daß er ihn rot angestrichen hatte. Viktor hätte ihn lesen können. Der Mann konnte mehr als genug Englisch dazu.

Vielleicht hatte er ihn gelesen und angefangen, etwas zu vermuten. Aber doch, was lag denn daran? Was hatte Dorian Gray mit Sibyl Vanes Tod zu tun? Es war nichts zu befürchten. Dorian Gray hatte sie nicht getötet.

Sein Blick fiel auf das gelbe Buch, das Lord Henry ihm geschickt hatte. Er war neugierig darauf. Er ging zu dem perlfarbenen achteckigen Tischchen, das ihm immer wie die Arbeit seltsamer ägyptischer Bienen vorgekommen war, die ihre Waben aus Silber bauen könnten, nahm das Buch, warf sich in einen Lehnstuhl und fing an zu lesen. Nach ein paar Minuten ließ es ihn nicht mehr los. Es war das seltsamste Buch, das er je gelesen hatte. Es schien ihm, in köstlichem Gewande und unter sanfter Flötenmusik zögen in stummem Zuge die Sünden der Welt an ihm vorbei. Dinge, von denen er unklar geträumt hatte, wurden ihm eins nach dem andern enthüllt.

Es war ein Roman ohne eigentliche Handlung, der sich nur um einen einzigen Charakter drehte. Es war in der Tat lediglich eine psychologische Studie von einem jungen Pariser, der sein Leben damit verbrachte, den Versuch zu machen, im neunzehnten Jahrhundert all die Leidenschaften und Denkungsarten zu verwirklichen, die jedwedem früheren Jahrhundert außer seinem eigenen angehört hatten, und in sich selbst die mannigfachen seelischen Zustände, durch die der Weltengeist je irgend hindurchgegangen war, gewissermaßen zu summieren, indem er jene Entsagungen, die die Menschen töricht Tugend genannt haben, um ihrer bloßen Künstlichkeit willen nicht mehr und nicht weniger liebte als die Auflehnungen der Natur, die weise Menschen immer noch Sünde nennen.

Der Stil, in dem das Buch geschrieben war, war der seltsame preziöse Stil, der zugleich lebendig und dunkel ist, voller Argot und Archaismen, technischer Ausdrücke und ausgesuchter Paraphrasen, wie er die Arbeiten einiger sehr feiner Künstler aus der französischen Symbolistenschule charakterisiert. Es waren Metaphern darin, die so abenteuerlich gestaltet, aber auch so wunderbar fein in den Farbentönen waren wie Orchideen. Das Leben der Sinne war mit der Terminologie der mystischen Philosophie geschildert. Man wußte manchmal kaum, ob man die vergeistigten Ekstasen eines mittelalterlichen Heiligen oder die krankhaften Bekenntnisse eines modernen Sünders las. Es war ein Buch voller Gift. Der schwere Duft des Weihrauchs schien auf den Seiten wie festzusitzen und das Hirn zu verwirren. Der bloße Rhythmus der Sätze, die ausgesuchte Eintönigkeit ihrer Musik, so sehr sie auch voll schwieriger Refrains und künstlich wiederholter Taktfolgen waren, erzeugte in dem Geist des Jünglings, als er von Kapitel zu Kapitel flog, eine Art Fiebertraum, in dem er nicht merkte, daß der Tag zur Neige ging und Schatten hereinkrochen.

Wolkenlos, von einem einzigen Stern durchstochen, glimmte ein kupfern grüner Himmel durch die Scheiben. Er las bei seinem blassen Licht weiter, bis er nicht mehr sehen konnte. Dann, nachdem sein Diener ihn mehrmals erinnert hatte, wie spät es sei, stand er auf, ging in das anstoßende Zimmer, legte das Buch auf das Florentiner Tischchen, das immer neben seinem Bett stand, und fing an, sich umzuziehn.

Es war fast neun Uhr, als er im Klub ankam, wo er Lord Henry mit sehr verdrossenem Gesicht allein im Nebenzimmer sitzen fand.

»Es tut mir so leid, Harry,« rief er, aber es ist in Wahrheit ganz deine eigene Schuld. Das Buch, das du mir geschickt hast, hat mich so bezaubert, daß ich tatsächlich nicht wußte, wie spät es ist.«

»Ja, ich dachte mir, daß es dir gefällt,« erwiderte Lord Henry und erhob sich.

»Ich sagte nicht, daß es mir gefällt, Harry. Ich sagte, es bezauberte mich. Das ist ein großer Unterschied.«

»Ah, das hast du herausgefunden?« sagte Lord Henry. Und sie gingen zusammen ins Speisezimmer.

Elftes Kapitel

Lange Jahre konnte sich Dorian Gray nicht von dem Einfluß dieses Buches befreien. Oder es wäre vielleicht zutreffender zu sagen, er versuchte nie, sich von ihm zu befreien. Er ließ sich aus Paris nicht weniger als neun Luxusexemplare der ersten Auflage kommen und ließ sie verschiedenfarbig einbinden, auf daß sie zu seinen verschiedenen Stimmungen und zu den wechselnden Launen einer Natur paßten, über die er manchmal jede Herrschaft verloren zu haben schien. Der Held des Buches, der junge Pariser, in dem die romantischen und die wissenschaftlichen Neigungen so seltsam gemengt waren, wurde für ihn eine Art vorbildlicher Typus seiner selbst. Und in Wahrheit schien ihm das ganze Buch die Geschichte seines eigenen Lebens zu enthalten, die niedergeschrieben worden war, ehe er es gelebt hatte.

In einem Punkt war er glücklicher als der phantastische Romanheld. Er kannte nie – und hatte in Wahrheit nie einen Grund dazu – das fast groteske Grauen vor Spiegeln und glatten Metalloberflächen und stillen Wassern, das den jungen Pariser so früh im Leben überkam und das durch den plötzlichen Verfall einer Schönheit veranlaßt worden war, die einstmals so hervorragend gewesen sein mußte, Mit einer fast grausamen Freude – und vielleicht liegt in fast jeder Freude, wie sicher in jeder Lust, Grausamkeit – las er gern den letzten Teil des Buches mit seinem wahrhaft tragischen, wenn auch etwas übertrieben pathetischen Bericht über die Leiden und die Verzweiflung eines Menschen, der selber verloren hatte, was er an andern und an der Welt so sehr schätzte.

Denn die wundervolle Schönheit, die Basil Hallward und viele andre außer ihm so bezaubert hatte, schien ihn nie zu verlassen. Selbst solche, die die schlimmsten Dinge über ihn gehört hatten – und von Zeit zu Zeit schlichen seltsame Gerüchte über seine Lebensführung durch London und wurden zum Klubgespräch –, konnten nichts, was ihm zur Unehre gereichte, glauben, wenn sie ihn sahen,

Er sah immer aus wie einer, der sich in der Welt fleckenlos bewahrt hatte. Männer, die unanständige Reden führten, verstummten, wenn Dorian Gray ins Zimmer trat. Es lag etwas in der Reinheit seines Gesichtes, das sie zurechtwies. Seine bloße Anwesenheit schien ihnen die Erinnerung an die Unschuld zurückzurufen, die sie befleckt hatten. Sie wunderten sich, wie einer, der so reizend und anmutsvoll war wie er, der Befleckung einer Zeit hatte entgehn können, die schmutzig und sinnlich zugleich war.

Oft, wenn er nach einer geheimnisvollen längeren Abwesenheit, die sich öfter wiederholte und manchmal zu seltsamen Vermutungen unter denen, die seine Freunde waren oder sich dafür hielten, Veranlassung gab, nach Hause zurückkehrte, kletterte er ins Dachgeschoß hinauf, öffnete mit dem Schlüssel, den er jetzt immer bei sich trug, die Tür zu dem verschlossenen Zimmer und stand mit einem Spiegel in der Hand vor dem Porträt, das Basil Hallward von ihm gemalt hatte, und blickte bald auf das schlimme und gealterte Gesicht auf der Leinwand, bald auf das schöne, junge Antlitz, das ihm aus der glatten Fläche des Spiegels entgegenlachte. Die Stärke des Gegensatzes regte geradezu sein Lustgefühl an. Er verliebte sich mehr und mehr in seine eigene Schönheit, gewann mehr und mehr Interesse an der Verderbnis seiner eigenen Seele. Er untersuchte mit peinlicher Sorgfalt und manchmal mit ungeheuerlichem und furchtbarem Entzücken die gräßlichen Linien, die die faltige Stirn verunstalteten oder um den dicken, sinnlichen Mund krochen, und fragte sich manchmal, welche Spuren die scheußlicheren wären, die der Sünde oder die des Alters.

Er legte seine weißen Hände neben die plumpen, aufgetriebenen Hände des Bildes und lächelte. Er machte sich über den mißgeschaffenen Körper und die verfallenden Glieder lustig.

Es gab freilich Augenblicke, wenn er schlaflos in seinem eigenen parfümduftenden Gemache oder in dem schmutzigen Zimmer der kleinen berüchtigten Kneipe in der Nähe der Docks lag, die er unter einem falschen Namen und in Verkleidung zu besuchen pflegte – wo er mit einem Mitleid, das um so schärfer war, als es rein egoistischen Ursprungs war, an das Verderben dachte, das er über seine Seele gebracht hatte. Aber solche Augenblicke waren selten. Die Neugier auf das Leben, die Lord Henry zuerst in ihm erweckt hatte, als sie im Garten ihres Freundes zusammensaßen, schien mit ihrer Befriedigung zu wachsen. Je mehr er kennen lernte, um so mehr verlangte es ihn, zu erfahren. Er hatte wahnsinnige Hungergelüste, die heißhungriger wurden, je mehr er sie fütterte.

Aber er war doch nicht wirklich liederlich geworden, wenigstens nicht in seinen Beziehungen zur Gesellschaft. Ein- oder zweimal in jedem Monat während des Winters und jeden Mittwoch abend während der Dauer der Saison öffnete er der Welt sein schönes Haus und hatte immer die berühmtesten Musiker, die seine Gäste mit ihrer wunderbaren Kunst entzückten. Seine kleinen Diners, bei deren Arrangement Lord Henry ihm immer half, waren ebensosehr wegen der sorgsamen Auswahl und Placierung der Eingeladenen bekannt, wie wegen des erlesenen Geschmacks, der sich in der Dekoration der Tafel mit ihren feinen symphonischen Arrangements exotischer Blumen, ihren gestickten Decken und dem antiken Gold- und Silbergeschirr zeigte.

Es gab tatsächlich viele, besonders unter den ganz jungen Leuten, die in Dorian Gray die richtige Verwirklichung eines Typus sahen, von dem sie in den Tagen von Eton oder Oxford oft geschwärmt hatten, eines Typus, der so etwas wie die wahre Bildung und Kultur des Gelehrten mit der Grazie und der Vornehmheit und den vollendeten Manieren eines Mannes von Welt vereinigen sollte, oder die sie wenigstens zu sehn sich einbildeten. Ihnen schien er einer aus der Schar derer zu sein, die Dante schildert, die da suchten, »sich vollkommen zu machen durch den Kultus der Schönheit". Gleich Gautier war er einer, für den »die sichtbare Welt da war".

Und gewiß war ihm das Leben die erste und größte der Künste, und auf das Leben schienen alle andern Künste nur eine Vorbereitung zu sein. Die Mode, durch die einen Augenblick lang Gemeingut aller wird, was in Wahrheit phantastisch und Laune eines einzelnen ist, und das Dandytum, das in seiner besonderen Art ein Versuch ist, eine völlig moderne Schönheit zu verkörpern, übten natürlich ihren Reiz auf ihn aus. Seine Art, sich zu kleiden, und die besondern Stile, die er von Zeit zu Zeit zur Schau trug, hatten ihren deutlichen Einfluß auf die jungen Stutzer von den Bällen in Mayfair und den Fenstern des Pall Mall Klub, die ihn in allem, was er tat, kopierten, und die den absichtslosen Reiz seiner anmutigen, wenn schon ihm nur halb ernsten Geckereien nachzuahmten suchten.

Denn er war zwar nur zu gern bereit, die Rolle zu übernehmen, die ihm fast unmittelbar, nachdem er volljährig geworden war, zuflog, und er fand tatsächlich einen besondern Genuß in dem Gedanken, er könne dem London seiner Zeit wahrhaft das werden, was der Verfasser des »Satyricon" einst dem kaiserlichen Rom Neros gewesen war. aber im innersten Herzen verlangte es ihn doch, etwas mehr zu sein als ein bloßer *arbiter elegantiarum* und nicht bloß über das Tragen eines Schmuckstückes oder das Binden einer Krawatte oder das Halten eines Spazierstockes zu Rate gezogen zu werden. Er versuchte, einen neuen Plan der Lebensführung zu entwerfen, der seine philosophische Grundlage und geordnete Prinzipien haben und in der Vergeistigung der Sinne seine höchste Vollendung finden sollte.

Der Kultus der Sinne ist oft, und mit vielem Recht, in Verruf gebracht worden, da die Menschen einen natürlichen, instinktmäßigen Abscheu vor Leidenschaften und Triebempfindungen haben, die stärker als sie selbst scheinen und die sie, wie sie wissen, mit den weniger hoch organisierten Formen des Lebendigen gemein haben. Aber es kam Dorian Gray so vor, als wäre die wahre Natur der Sinne nie verstanden worden, und als wären sie nur darum wild und tierisch geblieben, weil die Welt versuchte, sie hungern zu lassen und dadurch zur Unterwerfung zu bringen, oder sie durch Qualen zu töten, anstatt dahin zu streben, sie zu Elementen einer neuen Geistigkeit zu machen, deren vorherrschendes Kennzeichen ein feiner Instinkt für die Schönheit war. Wenn er auf den Gang der Menschen durch die Geschichte zurückblickte, wurde er wie von einem Gefühl des Verlustes heimgesucht. Auf so viel war verzichtet worden und zu so kleinem Zweck! Es hatte wahnsinnige freiwillige Entsagungen gegeben, ungeheuerliche Formen der Selbstpeinigung und Selbstverleugnung, deren Ursprung Furcht und deren Ergebnis eine Erniedrigung war, unendlich viel schrecklicher als die eingebildete Erniedrigung, vor der sie sich in ihrer Unwissenheit retten wollten, da die Natur in ihrer wundervollen Ironie den Anachoreten hinaustrieb, damit er mit den wilden Tieren der Wüste zusammen sein Futter suche, und dem Eremiten die Tiere des Feldes zu Gefährten gab.

Ja: es mußte, wie Lord Henry prophezeit hatte, ein neuer Hedonismus kommen, der dazu bestimmt war, das Leben zu erneuern und es vor dem groben, häßlichen Puritanismus zu erretten, der in unsern Tagen sein seltsames Wiedererwachen gefunden hatte. Gewiß, er würde dem Intellekt zu gehorchen haben; aber er würde nie eine Theorie oder ein System anerkennen, das das Opfer irgendeiner Art Gefühls- oder

Trieberlebnisses verlangte. Sein Ziel war gerade die Erfahrung und das Erlebnis selbst, nicht die Früchte der Erfahrung, so süß oder so bitter sie auch wären. Von der Askese, die die Sinne tötet, würde dieser Hedonismus ebensowenig wissen wollen wie von der gewöhnlichen Liederlichkeit, die sie stumpf macht. Aber er sollte die Menschen lehren, sich auf die Momente eines Lebens zu konzentrieren, das selbst nur ein Moment ist.

Es gibt wenige unter uns, die nicht manchmal vor Tagesgrauen erwacht sind, entweder nach einer der traumlosen Nächte, die uns fast verliebt in den Tod machen, oder nach einer Nacht voller Entsetzen und Alpdruckslüste, die fürchterlicher sind als die Wirklichkeit selber und die von dem starken Leben triefen, das in allem Grotesken lauert und das der gotischen Kunst ihre unvertilgbare Lebenskraft gibt– denn diese Kunst, möchte man meinen, ist ganz besonders die Kunst derer, deren Geist von der Krankheit des Fiebertraums verwirrt worden ist. Langsam schieben sich weiße Finger zwischen den Vorhängen durch und scheinen zu zittern. In schwarzen verzerrten Formen kriechen lautlose Schatten in die Zimmerecken und bleiben da hocken. Draußen regen sich die Vögel im Laub, oder man hört die Schritte von Männern, die zur Arbeit gehn, oder das Seufzen und Heulen des Windes, der von den Bergen kommt und das schweigsame Haus umfährt, als ob er sich fürchtete, die Schläfer zu wecken, und doch es nicht lassen könnte, den Schlaf aus seiner purpurnen Höhle heraufzurufen. Schleier um Schleier aus dünner, dunkelfarbener Gaze hebt sich, und allmählich werden den Dingen die Formen und Farben wiedergegeben, und wir gewahren das Grauen des Tages, der die Welt in ihrem uralt-gleichen Bild wiederherstellt. Die bleichen Spiegel bekommen wieder ihr Scheinleben. Ausgelöscht stehen die Kerzen, wo wir sie gelassen haben, und neben ihnen liegt das halb aufgeschnittene Buch, in dem wir gelesen, oder die verwelkte Blume, die wir auf dem Ball getragen, oder der Brief, den zu lesen wir uns gefürchtet haben oder den wir zu oft gelesen haben. Nichts scheint uns verändert. Aus den unwirklichen Schatten der Nacht kommt das wirkliche Leben, wie wir es gekannt hatten, hervor. Wir müssen es wieder da aufnehmen, wo wir es gelassen hatten, und es überschleicht uns ein furchtbares Gefühl von der Notwendigkeit der Fortdauer der Energie in demselben ermüdenden Kreislauf stereotyper Gewohnheit, oder vielleicht ein wildes Verlangen, unsere Lider möchten sich eines Morgens einer

Welt öffnen, die in den dunkeln Stunden zu unserer Lust neu geformt worden wäre, einer Welt, in der die Dinge frische Linien und Farben hätten und verwandelt wären oder andere Geheimnisse enthielten, einer Welt, in der die Vergangenheit einen kleinen oder gar keinen Platz hätte oder wenigstens nicht in der Bewußtseinsform der Pflicht oder der Reue weiter lebte, wo selbst das Gedächtnis an die Freude Bitterkeit birgt und die Erinnerung an die Lust den Schmerz im Gefolge hat.

Solche Welten zu schaffen, schien Dorian Gray die wahre Aufgabe oder eine der wahren Aufgaben des Lebens; und auf seiner Suche nach Erlebnissen der Sinne und starken Empfindungen, die zugleich neu und lustvoll wären und jenes Element der Seltsamkeit besäßen, das der Romantik so wesentlich ist, nahm er oft gewisse Denkungsarten an, von denen er wohl wußte, daß sie seiner Natur in Wahrheit fremd waren, gab sich ihren feinen Einflüssen hin und ließ sie dann, nachdem er sozusagen ihre Farbe getrunken und seine geistige Neugier befriedigt hatte, mit der seltsamen Gleichgültigkeit fallen, die mit einem wirklich glühenden Temperament nicht unvereinbar ist, die in Wahrheit sogar, nach manchem Psychologen unserer Zeit, oft eine Bedingung dafür ist.

Es ging einmal das Gerücht über ihn, er stehe im Begriff, katholisch zu werden; und gewiß hatte der katholische Kult immer eine große Anziehung für ihn. Das tägliche Meßopfer, das in Wahrheit ehrwürdiger und furchtbarer ist als alle Opfer der antiken Welt, ergriff ihn ebensosehr durch seine prachtvolle Unbekümmertheit um den Augenschein der Sinne wie durch die primitive Einfachheit seiner Elemente und das ewige Pathos der Menschentragödie, der es ein Symbol sein wollte. Er kniete gern auf das kalte Marmorpflaster nieder und beobachtete, wie der Priester in seiner feierlichen, mit Blumen bestickten Dalmatika langsam mit weißen Händen den Vorhang des Tabernakels beiseite schob oder die mit edeln Steinen geschmückte Monstranz, die die blasse Hostie enthielt – die zuzeiten, möchte man gern glauben, wirklich der *panis coelestis* ist, das Brot der Engel – gleich einer Laterne in die Höhe hob; oder wie er, angetan mit den Gewändern der Passion Christi, die Hostie in den Kelch tauchte und sich die Brust schlug um seiner Sünden willen. Die rauchenden Weihrauchfässer, die die ernsthaften Knaben, in Spitzen und Scharlach gekleidet, wie große, goldfarbene Blumen in der Luft schwangen, übten eine tiefe Bezauberung auf ihn aus. Wenn er hinausging, blickte er wohl neugierig auf die dunkeln Beichtstühle und hatte Lust, in dem Düster eines solchen zu sitzen und Männern und Frauen zu lauschen, wie sie durch das abgegriffene Gitter die wahre Geschichte ihres Lebens flüsterten.

Aber er verfiel nie dem Irrtum, irgendeinen Glauben oder ein System formell zu akzeptieren und dadurch die Entfaltung seines Geistes zu hemmen, gleichsam eine Herberge, die nur gut ist für den Aufenthalt einer Nacht oder für ein paar Stunden einer Nacht, in der keine Sterne am Himmel sind und der Mond im Werden ist, mit einem Haus zu verwechseln, in dem man sein Leben verbringt. Die Mystik, mit ihrer wunderbaren Macht, uns gemeine Dinge fremd und ungemein zu machen, und mit der tiefen Ketzerei, die immer in ihrem Gefolge zu sein scheint, ergriff ihn für ein halbes Jahr; und dann neigte er wieder ein anderes halbes Jahr zu den materialistischen Lehren der darwinistischen Bewegung in Deutschland und fand einen seltsamen Genuß darin, die Gedanken und Leidenschaften der Menschen bis zu einer perigleichen Zelle im Hirn oder einem weißen Nerv im Körper zurückzuverfolgen, und schwelgte in der Vorstellung von der völligen Abhängigkeit des Geistes von gewissen physischen Bedingungen, krankhaften oder gesunden, normalen oder pathologischen. Jedoch, wie vorhin von ihm gesagt wurde: eine Theorie vom Leben schien ihm irgend Bedeutung zu haben im Vergleich mit dem Leben selbst. Er war sich in aller Schärfe bewußt, wie unfruchtbar alle Spekulation des Geistes ist, wenn sie vom Tun und vom Versuche getrennt ist. Er wußte, daß die Sinne nicht weniger als die Seele ihre Geistesmysterien zu offenbaren haben.

Und so erforschte er zu einer Zeit die wohlriechenden Stoffe und die Geheimnisse ihrer Herstellung, destillierte schwer mit Düften beladene Öle und verbrannte wohlriechendes Gummi aus dem Orient. Er sah, daß es keine Stimmung des Geistes gab, die nicht ihr Gegenstück im Leben der Sinne hatte, und machte sich daran, ihre wahren Beziehungen zu entdecken und also herauszufinden, was im Weihrauch war, der einen mystisch machte, und in der Ambra, die einem die Leidenschaften erweckte, und in den Veilchen, die die Erinnerung an gestorbene Liebe heraufriefen, und im Moschus, der das Hirn verwirrte, und im Tschambak, der die Phantasie schmutzig machte; und oft versuchte er, eine wahrhafte Psychologie der Düfte auszuarbeiten und die verschiedenen Einwirkungen zu bestimmen: Einwirkungen süß duftender Wurzeln und wohlriechender, Blütenstaub tragender Blumen, aromatischer Balsame und dunkler, stark riechender Hölzer, des Baldrians, der zum Erbrechen reizt, von der es heißt, sie könne die Melancholie aus der Seele der Hovenia, die die Menschen toll macht, und der Abe, von der es heißt, sie könne die Melancholie aus der Seele jagen.

Zu einer andern Zeit widmete er sich gänzlich der Musik und in einem langen, verdunkelten Zimmer, dessen Decke in goldenen und roten Tönen gehalten war, und dessen Wände mit olivgrünem Lack überzogen waren, gab er manchmal absonderliche Konzerte, in denen tolle Zigeuner auf kleinen Zithern spielten, oder ernste, in gelbe Schals gehüllte Tunesier die gespannten Saiten ungewöhnlich großer Lauten zupften, während grinsende Neger eintönig auf Kupfertrommeln schlugen, und schmächtige Inder mit dem Turban auf dem Kopf auf scharlachroten Matten saßen und durch lange Pfeifen aus Rohr oder Messing bliesen und dadurch große Brillenschlangen und Klapperschlangen wirklich oder angeblich bezauberten. Die mißtönenden Intervalle und schrillen Dissonanzen barbarischer Musik sprachen manchmal erregend zu ihm, wenn Schuberts Lieblichkeit, Chopins schönes Leid und die mächtigen Harmonien des großen Beethoven machtlos in sein Ohr fielen. Er sammelte aus allen Weltteilen die seltsamsten Instrumente, die man finden konnte, entweder in den Gräbern toter Völker oder unter den wenigen wilden Stämmen, die die Berührung mit der europäischen Zivilisation überlebt haben, und nahm sie gern zur Hand und versuchte auf ihnen zu spielen. Er hatte die geheimnisvolle Juruparis der Indianer vom Rio Negro, die die Frauen nicht ansehn dürfen, und die selbst junge Männer nicht zu sehn bekommen, ehe sie gefastet und sich gegeißelt haben, und die irdenen Gefäße der Peruaner, die den schrillen Schrei der Vögel wiedergeben, und Flöten aus Menschenknochen, wie sie Alfonso de Ovalle in Chile hörte, und den wohllautenden grünen Jaspis, den man bei Cuzco findet und der einen seltsam süßen Ton von sich gibt. Er hatte bemalte, mit Kieselsteinen gefüllte Kürbisse, die rasselten, wenn man sie schüttelte, die langen Zinken der Mexikaner, in die der Spieler nicht bläst, sondern durch die er die Luft einzieht; das mißtönende Ture der Amazonenstämme, das die Wachen ertönen lassen, die den ganzen Tag in hohen Bäumen sitzen, und das, wie man sagt, auf eine

Entfernung von drei Seemeilen gehört werden kann; das Teponaztli, das zwei vibrierende Zungen aus Holz hat und mit Stöcken geschlagen wird, die mit einer Art elastischem Gummi eingeschmiert sind, der aus dem milchigen Saft von Pflanzen gewonnen wird; die Dotl-Glocken der Azteken, die in Büscheln wie Trauben aufgehängt werden; und eine große zylindrische Trommel, über die Häute großer Schlangen gespannt waren, gleich der, die Bernal Diaz sah, als er mit Cortez den mexikanischen Tempel besuchte, und von deren nagendem Ton er uns eine so lebhafte Schilderung hinterlassen hat. Der phantastische Charakter dieser Instrumente bezauberte ihn, und er fühlte einen seltsamen Genuß, wenn er daran dachte, daß die Kunst wie die Natur ihre Mißgeburten hat, Dinge von scheußlicher Gestalt und mit abscheulichen Stimmen. Aber nach einiger Zeit wurde er ihrer müde, saß in seiner Loge in der Oper, entweder allein oder mit Lord Henry, lauschte hingerissen der Tannhäuser-Musik und erblickte in dem Vorspiel dieses großen Kunstwerks eine Darstellung der Tragödie seiner eigenen Seele.

Wieder ein anderes Mal warf er sich auf das Studium der Juwelen und erschien auf einem Kostümball als Anne de Joyeuse, Admiral von Frankreich, in einem Gewand, das mit fünfhundertundsechzig Perlen besetzt war. Der Geschmack daran hielt ihn jahrelang fest, und, man kann sagen, verließ ihn nie. Er verbrachte oft den ganzen Tag damit, die verschiedenen Steine, die er gesammelt hatte, zu ordnen und wieder in die Kästen zurückzulegen, wie zum Beispiel den olivgrünen Chrysoberyll, der im Lampenlicht rot wird, den Cymophan mit seinem dünnen Silberstrich, den pistazienfarbenen Chrysolith, rosenfarbene und Weingelbe Topase, Karfunkel mit Scharlachfeuer und zitternden Sternen mit je vier Strahlen, flammenrote Kaneelsteine, orangefarbene und violette Spinelle und Amethyste mit ihren regelmäßig aufeinanderfolgenden Schichten von Rubinen und Saphiren. Er liebte das rote Gold des Sonnensteins und die perlgleiche Weiße des Mondsteins und den gebrochenen Regenbogen des milchigen Opals. Er ließ sich von Amsterdam drei Smaragde von außergewöhnlicher Größe und Farbenfülle kommen und hatte einen Türkis *de la vieille roche,* der den Neid aller Kenner erregte.

Er kam auch auf wundervolle Geschichten über Edelsteine. In Alphonsos *Clericalis Disciplina* war eine Schlange mit Augen aus wirklichen Hyazinthsteinen erwähnt, und in der Alexandersage hieß es vom Eroberer von Emathia, er habe im Jordantal Schlangen gefunden »mit Geschmeiden aus richtigen Smaragden, die auf ihren Rücken gewachsen waren". Im Gehirn des Drachen, wird uns erzählt, sei ein Edelstein, und »dadurch, daß man ihm goldene Buchstaben und ein Scharlachgewand zeige«, könne das Ungeheuer in einen magischen Schlaf versetzt und erschlagen werden. Nach dem großen Alchimisten Pierre de Boniface sollte der Diamant einen Mann unsichtbar und der indische Achat ihn beredt machen. Der Karneol besänftigte den Zorn, der Hyazinth rief den Schlaf hervor, und der Amethyst vertrieb die Dünste des Weins. Der Granat trieb Teufel aus, und der Hydrophyt beraubte den Mond der Farbe. Der Selenit nahm mit dem Mond zu und ab, und der Meloceus, der Diebe entdeckte, konnte nur durch Zickleinblut kraftlos gemacht werden. Leonardus Camillus hatte einen weißen Stein gesehn, der aus dem Hirn einer frisch getöteten Kröte genommen worden, und der ein sicheres Gegenmittel gegen Gift war. Der Bezoar, den man im Herzen des arabischen Hirsches fand, war ein Zauber, der die Pest heilen konnte. In den Nestern arabischer Vögel war der Aspilates, der nach Demokrit jeden, der ihn trug, vor Feuersgefahr schützte.

Der König von Seilan ritt bei seiner Krönungsfeier mit einem großen Rubin in der Hand durch seine Stadt. Die Tore am Palast Johannes des Priesters waren »aus Sarder gemacht, in den das Horn der Hornviper hineinverarbeitet war, so daß niemand Gift ins Haus bringen konnte". Über dem Giebel waren »zwei goldene Apfel, in denen zwei Karfunkel waren«, auf daß das Gold bei Tage erglänzen könnte und die Karfunkel bei Nacht. In Lodges seltsamem Roman »Eine Perle von Amerika" war mitgeteilt, daß man im Zimmer der Königin »alle keuschen Damen der Welt erblicken konnte, »wie aus Silber ziseliert«, wenn man »durch fleckenlose Spiegel aus Chrysolithen, Karfunkeln, Saphiren und grünen Smaragden" blickte. Marco Pob hatte gesehn, wie die Bewohner Zipangus den Toten rosenfarbene Perlen in den Mund steckten. Ein Seeungeheuer war in die Perle verliebt, die der Taucher dem König Perozes gebracht hatte, und hatte den Dieb erschlagen und sieben Monde über den Verlust getrauert. Als die Hunnen den König in den großen Hinterhalt lockten – Prokop erzählt die Geschichte –, warf er die Perle weg, und sie wurde nie wiedergefunden, obwohl Kaiser Anastasius fünfhundert Pfund Goldstücke für sie aussetzte. Der

König von Malabar hatte einem Venezianer einen Rosenkranz von dreihundertundvier Perlen gezeigt, eine für jeden Gott, den er anbetete. Als der Herzog von Valentinois, der Sohn Alexanders VI., Ludwig XII. von Frankreich besuchte, war, nach Brantôme, sein Pferd über und über voll goldener Blätter, und seine Mütze hatte zweifache Reihen Rubine, die ein starkes Licht ausstrahlten.

Karl von England ritt in Steigbügeln, die mit vierhunderteinundzwanzig Diamanten besetzt waren.

Richard II. hatte ein Gewand, das auf dreißigtausend alte Mark geschätzt wurde und das mit Ballasrubinen bedeckt war. Nach der Schilderung Halls trug Heinrich VIII. auf seinem Wege zum Tower vor seiner Krönung »ein Panzerhemd aus getriebenem Gold, das Wams war bestickt mit Diamanten und andern reichen Steinen, und um den Hals trug er eine Kette aus großen Ballasrubinen". Die Günstlinge Jakobs 1. trugen Ohrringe aus Smaragden, die in Goldfiligran gefaßt waren. Eduard II. schenkte Piers Gaveston eine ganze Rüstung aus rotem Gold, die mit Hyazinthsteinen geschmückt war, eine Halskette aus goldenen Rosen, mit Türkisen besetzt, und eine mit Perlen übersäte Sturmhaube. Heinrich II. trug Handschuhe bis zum Ellbogen hinauf, die mit Juwelen besetzt waren, und hatte einen Falkenierhandschuh, mit zwölf Rubinen und zweiundfünfzig großen erlesenen Perlen verziert. Der Herzogshut Karls des Kühnen, des letzten Herzogs von Burgund aus seinem Geschlecht, war mit birnenförmigen Perlen behängt und mit Saphiren besetzt.

Wie köstlich das Leben einmal gewesen war! Wie verschwenderisch in seiner Pracht und Zier! Vom Luxus der Toten auch nur zu lesen war wundervoll.

Dann wandte er seine Aufmerksamkeit den Stickereien und den gewirkten Tapeten zu, die in den frostigen Zimmern der nördlichen Völker an die Stelle der Freskogemälde getreten waren. Als er dieses Gebiet erforschte – und er hatte immer in außerordentlichem Maße die Gabe, für den Augenblick von allem, was er in Angriff nahm, völlig angezogen zu werden – wurde er fast niedergeschlagen, wenn er an die Vernichtung dachte, die die Zeit über schöne und wundervolle Dinge gebracht hatte. Er jedenfalls war dieser Vernichtung entronnen. Sommer folgte auf Sommer, und die gelben Jonquillen blühten und starben vielmals dahin, und abscheuliche Nächte wiederholten die Geschichte ihrer Schande, aber er war unverändert.

Kein Winter entstellte sein Gesicht oder beschädigte seinen blumenhaften Flaum. Wie anders war es mit stofflichen Dingen! Wohin waren sie gegangen? Wo war das große krokusfarbene Gewand, auf dem die Götter gegen die Giganten kämpften, das von braunen Mädchen Athene zur Freude gewirkt worden war?

Wo war das große Velanum, das Nero über das Kolosseum in Rom gespannt hatte, das riesenhafte Purpursegel, auf dem der Sternenhimmel abgebildet war und Apollo, der einen Wagen lenkt, den weiße Stuten ziehen, die an goldenen Zügeln gehalten werden? Ihn verlangte, die seltsamen Tischtücher zu sehn, die für den Sonnenpriester gewebt worden waren, und auf denen all die Leckerbissen und Speisen zur Schau gewirkt waren, die man für ein Festgelage brauchen konnte: das Totengewand des Königs Chilperich, mit seinen dreihundert goldenen Bienen; die phantastischen Gewänder, die die Entrüstung des Bischofs von Pontus erregten, die mit »Löwen, Panthern, Bären, Hunden, Wäldern, Felsen, Jägern – wahrlich mit allem, was ein Maler in der Natur finden kann«, geziert waren; und den Rock, den Karl von Orleans einst trug, auf dessen Ärmel die Verse eines Liedes gestickt waren, das anfing: »*Madame, je suis tout joyeux*«, wobei die musikalische Begleitung der Worte in Goldfäden ausgeführt und jede Note – damals in eckiger Form – durch vier Perlen bezeichnet war. Er las von dem Zimmer, das im Palast zu Reims zur Benutzung für die Königin Johanna von Burgund hergerichtet worden war, und das mit »dreizehnhunderteinundzwanzig gestickten Papageien geziert war, die das Wappen des Königs trugen, und mit fünfhunderteinundsechzig Schmetterlingen, deren Flügel ebenso mit dem Wappen der Königin geschmückt waren, das Ganze in Gold ausgeführt". Katharina von Medici hatte ein Trauerbett, das für sie aus schwarzem Samt gemacht worden war, worauf Halbmonde und Sonnen gestickt waren. Die Bettvorhänge waren aus Damast und hatten Laubgewinde und Girlanden auf einem Grund von Gold und Silber gestickt, und vom Rand hingen Fransen mit Perlstickereien herab, und das Bett stand in einem Zimmer, in dem reihenweise die Wahlsprüche der Königin in schwarzem gerissenen Samt auf Silberstoff hingen. Ludwig XIV. hatte in seinem Gemach fünfzehn Fuß hohe goldgestickte Karyatiden. Das Staatsbett Sobieskis, des Königs von Polen, war aus Smyrna-Goldbrokat gemacht, auf dem in Türkisen Verse aus dem Koran gestickt waren. Seine Füße aus vergoldetem Silber waren schön ziseliert und verschwenderisch mit emaillierten und edelsteinfunkelnden Medaillons besetzt. Es stammte aus dem Türkenlager vor Wien, und das Banner Mohammeds war unter dem zitternden, goldstrotzenden Betthimmel aufgehängt.

Und so suchte er ein ganzes Jahr lang die erlesensten Proben zusammen zu bekommen, die er von Webarbeiten und Stickereien finden konnte. Er verschaffte sich Musseline aus Delhi, in die herrliche goldene Palmblätter geweht und auf die irisierende Käferflügel genäht waren; die Gazen aus Dacca, die, weil sie so durchscheinend sind, im Orient »gewebte Luft" oder »fließendes Wasser" oder »Abendtau" genannt werden; Stoffe aus Java mit seltsamen Figuren; feine gelbe chinesische Gardinen; Bücher, in gelbbraunen Atlas oder hellblaue Seide gebunden, in die Wappenlilien, Vögel und Abzeichen gewebt waren; Schleiergewebe mit ungarischen Spitzen; sizilianische Brokate und steife spanische Samte; georgische Arbeiten mit ihren vergoldeten Münzen und japanische Fukusas mit ihrem grüngetönten Gold und ihren Vögeln mit wunderbar ausgearbeitetem Gefieder. Er hatte ferner eine besondere Neigung für kirchliche Gewänder und für alle Gegenstände, die mit dem Ritus der Kirche in Zusammenhang standen. In den langen Kästen aus Zedernholz, die auf dem westlichen Korridor seines Hauses standen, hatte er manche seltenen und schönen Stücke angesammelt, Proben des wahrhaften Gewandes der Braut Christi, die Purpur und Edelsteine und feines Linnen tragen muß, um den bleichen, abgezehrten Leib darin zu bergen, der von dem Leiden, das sie selber aufsucht, erschöpft und von selbst auferlegter Qual verwundet ist. Er besaß einen üppigen Chorrock aus karmesinroter Seide und goldgewirktem Damast, der mit einem fortlaufenden Muster von goldenen Granatäpfeln geschmückt war, die sich über sechsblätterigen, regelmäßigen Blüten befanden, unter denen auf jeder Seite das Tannzapfenmuster in Staubperlen gestickt war. Die Goldstickereien waren in einzelne Fächer geteilt, die Szenen aus dem Leben der Jungfrau darstellten, und die Krönung der Jungfrau war in farbiger Seide auf die dazugehörige Kappe gestickt. Das war italienische Arbeit aus dem fünfzehnten Jahrhundert. Ein anderer Chorrock war aus grünem Samt, mit herzförmigen Gruppen von Akanthusblättern bestickt, aus denen langstielige weiße Blüten herauswuchsen, die fein mit Silberfäden und bunten Kristallperlen bis ins einzelne ausgearbeitet waren. Die Spange trug den Kopf eines Seraphs aus

Goldfäden in Hochstickerei gefertigt. Die Boten waren in einem fortlaufenden Muster aus roter und goldfarbener Seide gewebt und mit Medaillonbildern vieler Heiligen und Märtyrer, unter denen der heilige Sebastian war, bedeckt.

Er hatte ferner Meßgewänder aus bernsteinfarbener Seide, aus blauer Seide und Goldbrokat, aus gelbem Seidendamast und Goldstoffen, auf denen sich Darstellungen der Passion und der Kreuzigung Christi befanden, und die mit Löwen und Pfauen und andern Emblemen bestickt waren; Dalmatiken aus weißem Atlas und rosenrotem Seidendamast, die mit Tulpen und Delphinen und Wappenlilien geziert waren; Altardecken aus karmesinrotem Samt und blauem Leinen; und viele Korporalia, Tücher, die zum Verdecken des Abendmahlskelches bestimmt waren, und Armbinden. In den mystischen Verrichtungen, zu denen diese Dinge bestimmt waren, lag etwas, das seine Phantasie anregte.

Denn diese Schätze und alles, was er in seinem reizenden Hause sammelte, waren für ihn Mittel zum Vergessen, und Beschäftigungen, durch die er eine Zeitlang der Angst entrinnen konnte, die ihm zuzeiten unerträglich schien. An der Wand des verlassenen verschlossenen Zimmers, in dem er in seiner Knabenheit so oft geweilt hatte, hatte er mit eigenen Händen das entsetzliche Porträt aufgehängt, dessen Züge in ihrer Veränderung ihm die wirkliche Erniedrigung seines Lebens zeigten, und darüber hatte er als Vorhang das rot und goldene Bahrtuch angebracht. Wochenlang ging er wohl nicht hinauf, vergaß das gräßliche Gemälde und hatte wieder sein leichtes Herz, seine wundervolle Fröhlichkeit, seine leidenschaftliche Hingabe an das Dasein an und für sich. Dann schlich er sich plötzlich in einer Nacht aus dem Hause, besuchte scheußliche Orte in der Nähe von Blue Gate Fields und blieb da Tag um Tag, bis es ihn nicht mehr duldete. Nach seiner Rückkehr setzte er sich dann wohl vor das Bild, manchmal voller Ekel vor ihm und vor sich selbst, zu andern Zeiten aber mit dem Stolz des Individualismus, der den halben Zauber der Sünde ausmacht, und dann lächelte er wohl in geheimem Vergnügen über das häßliche Abbild, das die Last zu tragen hatte, die eigentlich seine war.

Nach ein paar Jahren konnte er es nicht aufhalten, lange außerhalb Englands zu sein, und gab die Villa, die er in Trouville zusammen mit Lord Henry gehabt hatte, auf, und ebenso das kleine Haus mit den weißen Wänden in Algier, wo sie mehr als einmal den Winter verbracht hatten. Er ertrug den Gedanken nicht, von dem Bilde getrennt zu sein, das so zu einem Teil seines Lebens geworden war, und fürchtete auch, während seiner Abwesenheit könnte jemand trotz der künstlichen Schlösser, die er an der Tür hatte anbringen lassen, Zutritt in das Zimmer erlangen. Er wußte ganz gut, daß das Bild niemandem etwas sagen würde. Allerdings hatte das Porträt unter all der Gemeinheit und Häßlichkeit des Gesichts seine ausgeprägte Ähnlichkeit mit ihm behalten; aber was konnte man daraus entnehmen? Er würde über jeden lachen, der den Versuch machen wollte, ihn zu schmähen. Er hatte es nicht gemalt. Was bedeutete es ihm, wie schändlich und schmachvoll es aussah? Selbst wenn er jemandem die Wahrheit sagen wollte, wer würde sie glauben?

Und doch hatte er Angst. Wenn er manchmal auf dem Lande auf seiner großen Besitzung in Nottinghamshire war, die eleganten jungen Leute, die meistens seine Gesellschaft bildeten, bewirtete, und die Leute der Gegend durch den üppigen Luxus und den verschwenderischen Glanz seiner Lebenshaltung in Staunen setzte, verließ er wohl plötzlich seine Gäste und fuhr eilends in die Stadt zurück, um zu sehn, ob sich niemand an der Tür zu schaffen gemacht habe und ob das Bild noch da sei. Wie, wenn es gestohlen worden wäre? Der bloße Gedanke flößte ihm kaltes Entsetzen ein. Gewiß würde dann die Welt sein Geheimnis erfahren. Vielleicht hatte die Welt schon Verdacht geschöpft.

Denn ebenso wie er viele bezauberte, gab es nicht wenige, die Mißtrauen gegen ihn hatten. Es war sehr nahe daran gewesen, daß seine Aufnahme in einen Klub im Westend, auf die er kraft seiner Geburt und seiner Stellung in der Gesellschaft vollen Anspruch hatte, in geheimer Abstimmung abgelehnt worden wäre, und es hieß, daß einmal, als ein Freund ihn in das Rauchzimmer des Churchill Club mitgenommen hatte, der Herzog von Berwick und ein anderer Herr in auffallender Weise aufgestanden und hinausgegangen wären. Seltsame Erzählungen waren über ihn im Umlauf, nachdem er sein fünfundzwanzigstes Jahr überschritten hatte. Es wurde gemunkelt, er sei in einer elenden Spelunke in den entlegenen Teilen Whitechapels in einem Streit mit fremden Matrosen beobachtet worden, und er gehe mit Dieben und Falschmünzern um und kenne die Geheimnisse ihres Gewerbes. Sein auffallendes Verschwinden zu bestimmten Zeiten war bekannt, und wenn er dann wieder in der Gesellschaft erschien, flüsterte man miteinander in den Ecken oder ging mit einem gewissen

Lachen an ihm vorüber, oder sah ihn mit kühlen, forschenden Blicken an, als wäre man entschlossen, hinter sein Geheimnis zu kommen.

Von solchen Dreistigkeiten und Versuchen der Geringschätzung nahm er natürlich keine Notiz, und in den Augen der meisten Leute war seine offene freundliche Art, sein entzückendes Knabenlächeln und die unendliche Grazie der wundervollen Jugend, die ihn nie zu verlassen schien, an sich eine genügende Antwort auf die Verleumdungen, wie sie das Gerede nannten, das über ihn umging. Man konnte indessen bemerken, daß einige von denen, die besonders intim mit ihm gewesen waren, ihn nach einiger Zeit zu meiden schienen. Frauen, die ihn glühend angebetet hatten und um seinetwillen allem Tadel der Gesellschaft getrotzt und sich über die Konvention hinweggesetzt hatten, sah man vor Scham oder Grauen erbleichen, wenn Dorian Gray ins Zimmer trat.

Aber dieses Skandalgeflüster vermehrte für viele nur seinen seltsamen und gefährlichen Reiz. Sein großer Reichtum war ein gewisses Element der Sicherheit. Die Gesellschaft, wenigstens die zivilisierte Gesellschaft, ist nie sehr geneigt, zum Nachteil derer etwas zu glauben, die zugleich reich und interessant sind. Sie fühlt instinktiv, daß das Benehmen wichtiger ist als die Moral, und nach ihrer Meinung ist die höchste Ehrbarkeit von geringerer Bedeutung als der Besitz eines guten Küchenchefs. Und schließlich ist es in der Tat ein schwacher Trost, wenn man erfährt, daß der Mann, der einem ein schlechtes Diner oder miserablen Wein vorgesetzt hat, in seinem Privatleben tadellos dasteht. Selbst die Kardinaltugenden können nicht mit beinahe kalt gewordenen Entrees versöhnen, wie Lord Henry einmal in einem Gespräch über das Thema bemerkte; und es spricht sehr viel für seine Meinung. Denn die Regeln der guten Gesellschaft sind dieselben wie die Regeln der Kunst, oder sollten es wenigstens sein. Die Form ist ein ganz und gar wesentlicher Bestandteil der Gesellschaft. Sie sollte die Würde einer Zeremonie und ebenso ihre Unwirklichkeit haben, und sollte die Unaufrichtigkeit eines romantischen Stückes mit dem Witz und der Schönheit verbinden, die diese Stücke zu unserem Entzücken machen. Ist Unaufrichtigkeit so etwas Schreckliches? Ich denke, nein. Sie ist nur eine Art, durch die wir unsere Persönlichkeit vervielfachen können. In jedem Fall war dies die Meinung Dorian Grays. Er wunderte sich oft über die seichte Psychologie der Leute, die sich das Ich im Menschen als etwas Einfaches, Bleibendes, Verläßliches und

Einheitliches vorstellen. Für ihn war der Mensch ein Wesen mit einem wahrhaften Gewimmel von einzelnen Leben und einem Gewimmel von Sinnesempfindungen, ein zusammengesetztes, vielgestaltetes Geschöpf, das seltsame Erbschaften in seinem Denken und seinen Trieben in sich trug und dessen Fleisch sogar von furchtbaren Krankheiten der Gestorbenen angesteckt war. Er ging gern durch die kalten Räume der kleinen Gemäldegalerie in seinem Landhause und betrachtete sich die verschiedenen Porträts derer, deren Blut in seinen Adern floß. Da war Philipp Herbert, den Francis Osborne in seinen »Memoiren über die Regierungen der Königin Elisabeth und des Königs Jakob" als einen schildert, »der am Hofe wegen seines schönen Gesichts beliebt war, das ihm nicht lange Gesellschaft leistete". War es das Leben des jungen Herbert, das er manchmal führte? War ein seltsamer, giftführender Keim von Körper zu Körper gegangen, bis er in seinem angelangt war? War es eine dumpfe Erinnerung an diesen zerstörten Liebreiz gewesen, die damals, in Basil Hallwards Atelier, schuld war, daß er so plötzlich und fast ohne Ursache das wahnsinnige Gebet gesprochen hatte, das eine solche Veränderung über sein Leben gebracht hatte? Und hier stand in goldgesticktem, rotem Kamisol, juwelengeschmücktem Überrock und goldgesäumten Hals- und Ärmelkrausen Sir Antony Sherard mit den schwarz und silbernen Beinschienen. Was war das Vermächtnis, das er von diesem Mann hatte? Hatte der Geliebte der Giovanna von Neapel ihm ein Erbe der Sünde und Schmach vermacht? Waren seine eigenen Handlungen nur die Träume, die der Gestorbene nicht zu verwirklichen gewagt hatte? Und dort lächelte aus der verblichenen Leinwand Lady Elisabeth Devereux mit ihrer Gazehaube, ihrem perlenbesetzten Brustlatz und ihren rosenroten Schlitzärmeln. Eine Blume hielt sie in ihrer rechten Hand, und ihre Linke umfaßte einen emaillierten Halsschmuck aus weißen und roten Rosen. Auf einem Tisch ihr zur Seite lag eine Mandoline und ein Apfel. Große grüne Rosetten waren auf ihren kleinen spitzen Schuhen. Er wußte um ihr Leben und die seltsamen Geschichten, die man von ihren Liebhabern erzählte. Hatte er etwas von ihrem Naturell an sich? Diese ovalen Augen mit den schweren Lidern schienen seltsam auf ihn zu sehen.

Und wie war es mit George Willoughby mit seinem gepuderten Haar und seinen wunderlichen Schönheitspflästerchen?

Wie schlimm er aussah! Das Gesicht war melancholisch und von dunkler Farbe, und die sinnlichen Lippen schienen verächtlich verzogen.

Kostbare Spitzenkrausen fielen über die mageren gelben Hände, die so überladen mit Ringen waren. Er war ein Dandy des achtzehnten Jahrhunderts gewesen und in seiner Jugend der Freund von Lord Ferrars. Wie war es mit dem zweiten Lord Beckenham, dem Gefährten des Prinzregenten in seinen wildesten Tagen, der auch einer der Zeugen der geheimen Eheschließung mit Frau Fitzberbert gewesen war? Wie stolz und schön er war mit seinen kastanienbraunen Locken und seiner herausfordernden Haltung! Was für Leidenschaften hatte er übermacht? Die Welt hatte ihn für schändlich gehalten. Er hatte die Orgien in Carlton House angeführt. Der Stern des Hosenbandordens blitzte auf seiner Brust. Neben ihm hing das Porträt seiner Gemahlin, einer blassen Frau mit dünnen Lippen, die schwarz gekleidet war. Auch ihr Blut floß in ihm. Wie seltsam das alles schien! Und seine Mutter mit ihrem Lady Hamilton-Gesicht und ihren feuchten, weinbenetzten Lippen – er wußte, was er von ihr bekommen hatte. Er hatte von ihr seine Schönheit bekommen und seine Sucht nach der Schönheit anderer. Sie lachte ihn an in ihrem losen Bacchantingewand. Es war Weinlaub in ihrem Haar, und der purpurne Saft floß über das Glas, das sie hielt. Die Fleischtöne des Bildes waren verblichen, aber die Augen waren noch wundervoll in der Tiefe und dem Glanz ihrer Farbe. Sie schienen ihm überall hin zu folgen, wo er auch ging.

Aber man hatte Ahnen ebenso in der Literatur wie in seinem eigenen Geschlecht, Ahne, deren Typus und Naturell einem vielleicht oft näher steht, und sie sicher einen Einfluß ausübten, von dem man sich bestimmtere Rechenschaft geben konnte. Es gab Zeiten, wo es Dorian Gray vorkam, als sei die ganze Geschichte nichts als ein Bericht seines eigenen Lebens, nicht wie er es nach Taten und Umständen geführt hatte, sondern wie seine Phantasie es für ihn geschaffen hatte, wie es in seinem Hirn und seinen Trieben gewesen war. Er hatte das Gefühl, sie alle gekannt zu haben, diese seltsamen, furchtbaren Gestalten, die über die Bühne der Welt geschritten waren und die Sünde so wunderbar und das Böse so tief und fein gemacht hatten. Es kam ihm so vor, als wäre auf geheimnisvolle Weise ihr Leben sein eigenes gewesen.

Der Held des wunderbaren Romans, der auf sein Leben solchen Einfluß geübt hatte, hatte diese seltsame Phanasie auch gekannt. Im siebenten Kapitel erzählt er, wie er mit Lorbeer bekränzt, damit der Blitz ihn nicht treffen könne, als Tibersus in einem Garten zu Capri gesessen und die schändlichen Bücher von Elephantis gelesen habe, während Zwerge und Pfauen sich um ihn spreizten und der Flötenspieler den Weihrauchschwinger neckte; und wie er als Caligula mit den Stallknechten mit ihren grünen Schürzen in den Ställen gezecht und aus einem elfenbeinernen Futtertrog mit dem Pferd, das ein juwelengeschmücktes Stirnband trug, zusammen gegessen habe; und wie er als Domitian durch einen Korridor gewandelt sei, an dessen Wänden Marmorspiegel waren, in denen er mit verstörten Blicken auf den Reflex des Dolches sah, der sein Leben beenden sollte, krank an der Langenweile, dem furchtbaren *taedium vitae,* das die überkommt, denen das Leben nichts versagt; und wie er durch einen hellen Smaragd der blutigen Schlächterei im Zirkus zugesehn habe und dann in einer Sänfte aus Perlen und Purpur, die von silbergesprenkelten Maultieren gezogen wurde, durch eine Straße mit Granatbäumen nach einem Hause von Gold gefahren sei und gehört habe, wie die Menschen ihm zuriefen: Nero Cäsar! als er vorbeifuhr; und wie er als Heliogabal sein Gesicht mit Farben bemalt habe und mit den Frauen am Rochen gesessen und den Mond aus Karthago geholt und ihn in mystischer Ehe der Sonne vermählt habe.

Wieder und wieder las Dorian dieses phantastische Kapitel und die beiden unmittelbar folgenden, in denen, wie in seltsamen Gobelins oder künstlerisch gearbeiteten Emaillen, die furchtbar-schönen Gestalten derer gemalt waren, die Laster und Blut und Müdigkeit zu Ungeheuern und Wahnsinnigen gemacht hatten: Filippo, der Herzog von Mailand, der sein Weib erschlug und ihre Lippen mit einem scharlachroten Gift bestrich, damit ihr Geliebter von dem Leichnam, den er im Schmerze liebkoste, den Tod küssen sollte; Pietro Barbi, der Venezianer, der als Paul der Zweite bekannt ist und der in seiner Eitelkeit den Beinamen Formosus annehmen wollte, dessen Tiara, die zweihunderttausend Gulden wert war, um den Preis einer furchtbaren Sünde gekauft worden; Gian Maria Visconti, der Hunde hatte, mit denen er auf lebende Menschen Jagd machte und dessen Leichnam nach seiner Ermordung von einer Dirne, die ihn geliebt hatte, mit Rosen bedeckt wurde; der Borgia mit seinem weißen Pferd, neben dem der Brudermord ritt, und dessen Mantel vom Blute Perottos befleckt war; Pietro Riario, der Kardinal-Erzbischof von Florenz, Kind und Liebster von Sixtus IV., dessen Schönheit nur von seiner Ausschweifung erreicht wurde, und der Leonora von Aragonien in einem Pavillon empfing, der mit weißer und karmesinroter Seide ausgeschlagen und voller Nymphen und Kentauren war, und der einen Knaben vergoldete, damit er beim Gelage als Ganymedes oder Hylas dienen konnte; Ezzelin, dessen Melancholie nur durch das Schauspiel des Todes geheilt werden konnte, und der eine Leidenschaft für rotes Blut hatte, wie andere Menschen für roten Wein – der Sohn des Satans, wie man raunte, und dazu einer, der seinen Vater im Spiel betrogen, als er mit ihm um seine Seele würfelte; Giambattista Cibo, der aus Spott den Namen Innozenz annahm und in dessen starr und stumpf gewordene Adern von einem jüdischen Arzt das Blut dreier Jünglinge gepumpt worden war; Sigismondo Malatesta, der Geliebte der Isotta und der Herr von Rimini, der in Rom im Bilde als Feind Gottes und der Menschen verbrannt wurde und der Polyssena mit einer Serviette erdrosselte und Ginevra d'Este aus einem smaragdenen Becher Gift zu trinken gab und der zu Ehren einer schändlichen Leidenschaft eine heidnische Kirche für christlichen Gottesdienst baute; Karl VI., der so wild für seines Bruders Weib erglüht war, daß ein Aussätziger ihm den Wahnsinn verkündet hatte, der über ihn kommen werde, und der, als sein Hirn krank und absonderlich geworden war, sich nur im Spiel mit sarazenischen Karten beruhigte, auf denen die Bilder von Liebe und Tod und Wahnsinn waren; und in seinem schmucken Koller und der juwelengeschmückten Mütze und den akanthusgleichen Locken Grifonetto Baglioni, der Astorre bei seiner Braut und Simonetto bei seinem Pagen erschlug und dessen Liebreiz so groß war, daß, als er sterbend in der gelben Piazza von Perugia lag, die ihn gehaßt hatten, das Einen nicht zurückhalten konnten, und Atalanta, die ihn verflucht hatte, ihn segnete.

Ein grauenvoller Zauber ging von ihnen allen aus. Er sah sie bei Nacht, und sie verwirrten seine Gedanken zu seltsamen Phantasien am Tag. Die Renaissance kannte seltsame Methoden der Vergiftung – Vergiftung durch einen Helm und eine angezündete Fackel, durch einen bestickten Handschuh und einen mit Steinen besetzten Fächer, durch eine vergoldete Ambrakugel und eine Bernsteinkette: Dorian Gray war durch ein Buch vergiftet worden.

Es gab Augenblicke, wo er das Böse lediglich als eine Möglichkeit ansah, durch die er seine Idee des Schönen verwirklichen konnte.

Zwölftes Kapitel

Es war am neunten November, am Vorabend seines achtunddreißigsten Geburtstages, wie er sich nachher oft erinnerte.

Er ging gegen elf Uhr von Lord Henry, bei dem er zum Diner gewesen war, nach Hause. Er war in schwere Pelze gehüllt, da die Nacht kalt und neblig war. An der Ecke von Grosvenor Square und South Audley Street ging im Nebel jemand sehr schnell an ihm vorüber, der den Kragen seines Mantels hochgeschlagen hatte. Er trug eine Handtasche. Dorian erkannte ihn: es war Basil Hallward. Eine seltsame Angst, über die er sich keine Rechenschaft ablegen konnte, überkam ihn. Er ließ nicht merken, daß er ihn erkannte, und ging schnell weiter nach Hause zu.

Aber Hallward hatte ihn gesehn. Dorian hörte, wie er erst stehn blieb und ihm dann nacheilte. In wenigen Augenblicken lag Basils Hand auf seinem Arm.

»Dorian! Was für ein außerordentlicher Glückszufall! Ich war bei dir und habe in deinem Bücherzimmer seit neun Uhr auf dich gewartet. Schließlich tat mir dein müder Bedienter leid, und ich sagte ihm, als er mich hinausließ, er solle zu Bett gehn. Ich fahre mit dem Zwölfuhrzug nach Paris, und ich hatte den lebhaften Wunsch, dich vor der Abreise zu sehen. Ich dachte, das müßtest du sein oder wenigstens dein Pelzmantel, als du vorbeigingst. Aber ich war nicht ganz sicher. Hast du mich nicht erkannt?«

»In diesem Nebel, lieber Basil? Ich kann nicht einmal Grosvenor Square erkennen. Ich glaube, mein Haus ist hier irgendwo in der Nähe, aber ich bin mir nicht ganz sicher. Es tut mir leid, daß du weggehst, ich habe dich eine Ewigkeit nicht gesehn. Aber ich denke, du wirst bald wieder zurück sein?«

»Nein, ich werde ein halbes Jahr von England fort sein. Ich will in Paris ein Atelier mieten und mich einschließen, bis ein großes Bild fertig ist, das ich im Kopfe habe. Indessen, ich wollte nicht über mich reden. Hier sind wir an deiner Tür. Laß mich einen Augenblick eintreten. Ich habe dir etwas zu sagen.«

»Es wird mich freuen. Aber versäumst du deinen Zug nicht?« sagte Dorian Gray mit matter Stimme, während er die Stufen hinaufging und die Tür mit seinem Drücker öffnete.

Das Licht der Laterne flackerte im Nebel unruhig hin und her, und Hallward sah auf die Uhr. »Ich habe noch eine Menge Zeit,« antwortete er. »Der Zug geht erst zwölf Uhr fünfzehn, und es ist jetzt eben erst elf. In Wahrheit war ich im Begriff, in den Klub zu gehn, um da nach dir zu fragen, als ich dich traf. Du siehst, das Gepäck hält mich nicht auf, da ich die schweren Stücke vorausgeschickt habe. Alles, was ich mit mir nehme, ist in dieser Handtasche, und ich kann Victoria Station leicht in zwanzig Minuten erreichen.«

Dorian sah ihn an und lächelte. »Was für eine Art für einen berühmten Maler zu reisen! Eine Handtasche und ein Ulstermantel! Komm herein, sonst dringt der Nebel ins Haus. Und bitte, sprich über nichts Ernsthaftes mit mir. Nichts ist heutzutage ernsthaft. Wenigstens sollte es nichts sein.«

Hallward schüttelte den Kopf, als er eintrat, und folgte Dorian ins Bücherzimmer. Ein helles Holzfeuer brannte in dem offenen Kamin. Die Lampen waren angezündet, und ein holländischer silberner Likörkasten stand offen nebst einigen Sodawassersiphons und großen Kristallgläsern auf einem eingelegten Tischchen.

»Du siehst, Dorian, dein Diener hat es mir ganz behaglich gemacht. Er gab mir alles, was ich brauchte, einschließlich deiner besten Zigaretten mit Goldmundstück. Er ist ein sehr freundliches Menschenkind. Er gefällt mir viel besser als der Franzose, den du früher hattest. Was ist übrigens aus dem geworden?«

Dorian zuckte die Achseln. »Ich glaube, er heiratete das Dienstmädchen Lady Radleys und etablierte sie in Paris als englische Kleidermacherin. Die Anglomanie ist drüben jetzt sehr in Mode, höre ich. Das ist doch dumm von den Franzosen, nicht? Aber, weißt du, er war durchaus kein schlechter Bedienter. Ich konnte ihn nie leiden, aber ich hatte nicht über ihn zu klagen. Man bildet sich oft etwas ein, das ganz sinnlos ist; er war mir sehr ergeben und schien ganz traurig, als er wegging. Willst du noch eine Soda mit Kognak? Oder Lieber Wein und Selters? Ich trinke immer Wein und Selters. Im nächsten Zimmer steht es sicher.«

»Danke, ich nehme nichts mehr,« sagte der Maler, legte Mantel und Mütze ab und warf sie auf die Tasche, die er in die Ecke gestellt hatte.

»Und nun, lieber Freund, möchte ich ernsthaft mit dir reden. Du mußt nicht so die Stirn runzeln, du machst es mir dadurch viel schwerer.«

»Um was handelt es sich denn?« rief Dorian in einem Tone, der die Sache nicht wichtig nahm und doch abweisend war. »Ich hoffe, es handelt sich nicht um mich. Ich habe heute abend keine Lust zu mir. Ich wünschte, ich wäre ein anderer.«

»Es handelt sich um dich,« antwortete Hallward mit seiner ernsten, tiefen Stimme, »und ich muß es dir sagen. Ich werde dich nicht länger als eine halbe Stunde aufhalten.«

Dorian seufzte und zündete sich eine Zigarette an. »Eine halbe Stunde!« murmelte er.

»Das ist nicht viel von dir verlangt, Dorian, und ich rede nur um deinetwillen. Ich halte es für richtig, daß du erfährst, daß die fürchterlichsten Dinge über dich in London geredet werden.«

»Ich will nicht das geringste davon hören. Ich mag den Klatsch über andere Leute, aber über mich selbst interessiert er mich nicht. Er hat nicht einmal den Reiz der Neuheit.« »Was über dich geredet wird, muß dich interessieren, Dorian. Jeder anständige Mensch hat Interesse an seinem guten Namen. Du darfst die Leute nicht von dir reden lassen wie von einem lasterhaften und gesunkenen Menschen. Natürlich hast du deine gesellschaftliche Stellung und deinen Reichtum und was noch sonst derart. Aber Stellung und Reichtum sind nicht alles. Verstehe wohl, ich glaube diesen Gerüchten nicht! Zum mindesten kann ich ihnen nicht glauben, wenn ich dich sehe. Die Sünde ist etwas, was sich einem Menschen aufs Gesicht schreibt. Sie kann nicht verhehlt werden. Die Menschen reden manchmal von geheimen Lastern. So etwas gibt es nicht! Wenn ein Unwürdiger ein Laster hat, zeigt es sich in den Linien seines Mundes, in seinen gesenkten Lidern, sogar in der Form seiner Hände. Jemand – ich nenne seinen Namen nicht, aber du kennst ihn – kam im vorigen Jahr zu mir und wollte sich malen lassen. Ich hatte ihn vorher gesehn und hatte damals nie etwas über ihn gehört – inzwischen habe ich freilich genug gehört. Er bot mir einen außerordentlich hohen Preis. Ich lehnte ab. Es war etwas in den Formen seiner Finger, was mir widerwärtig war. Ich weiß jetzt, daß ich mit dem, was ich von ihm dachte, ganz recht hatte. Er führt ein schreckliches Leben. Aber du, Dorian, mit deinem reinen, strahlenden, unschuldigen Gesicht und deiner wunderbaren unberührten Jugend – ich kann nichts, was gegen dich gesagt wird, glauben.

Aber ich sehe dich jetzt selten, und du kommst jetzt nie mehr zu mir ins Atelier, und wenn ich dir fern bin und all diese häßlichen Dinge höre, die die Leute über dich raunen, dann weiß ich nicht, was ich sagen soll. Woher kommt es, Dorian, daß ein Mann wie der Herzog von Berwick aufsteht und das Klubzimmer verläßt, wenn du hereinkommst? Woher kommt es, daß so viele Männer der Gesellschaft dein Haus nie betreten und dich nie zu sich einladen? Du warst mit Lord Staveley befreundet. Ich traf ihn vorige Woche bei einem Diner. Dein Name fiel zufällig im Gespräch, in Verbindung mit den Miniaturen, die du für die Ausstellung im Dudley hergegeben hast. Staveley verzog das Gesicht und sagte, du hättest vielleicht den erlesensten künstlerischen Geschmack, aber du seist ein Mann, den kein reines Mädchen kennen lernen dürfe, und mit dem keine züchtige Frau im selben Zimmer sitzen solle. Ich erinnerte ihn daran, daß ich mit dir befreundet bin, und fragte ihn, was er damit meinte. Er sagte es mir. Er sagte es mir vor allen Leuten gerade heraus. Es war schändlich! Warum ist deine Freundschaft jungen Männern so verhängnisvoll? Da war der unglückliche Jüngling in der Garde, der Selbstmord begangen hat. Du warst sehr mit ihm befreundet. Da war Sir Henry Ashton, der mit einem befleckten Namen England verlassen mußte. Du und er waren unzertrennlich. Wie ist es mit Adrian Singleton und seinem furchtbaren Ende? Wie mit Lord Kents einzigem Sohne und seiner Karriere? Ich traf gestern seinen Vater in St. James' Street. Er schien gebrochen vor Schande und Kummer. Wie steht es mit dem jungen Herzog von Perth? Was für eine Art Leben führt er jetzt? Welcher anständige Mensch wollte mit ihm umgehen? »"Hör auf, Basil! Du redest von Dingen, von denen du nichts weißt,« sagte Dorian Gray, der sich auf die Lippen biß und in einem Tone unendlicher Verachtung sprach. »Du fragst mich, warum Berwick das Zimmer verläßt, wenn ich hereinkomme. Es geschieht, weil ich sein Leben genau kenne, nicht, weil er etwas von mir weiß. Mit dem Blut, das er in den Adern hat, wie könnte da sein Konto in Ordnung sein? Du fragst mich um Henry Ashton und den jungen Perth? Lehrte ich den einen seine Laster und den andern seine Ausschweifungen? Wenn Kents dummer Sohn seine Frau von der Straße nimmt, was geht das mich an? Wenn Adrian Singleton den Namen seines Freundes auf einen Wechsel schreibt, bin ich sein Aufseher? Ich weiß, wie die Menschen in England schwatzen. Die Mittelklassen breiten ihre moralischen Vorurteile behaglich über ihre großen Eßtische aus und flüstern über etwas, was sie die Schändlichkeiten derer nennen, denen es besser als ihnen geht, hauptsächlich um damit zu prahlen, daß sie sich in feiner Gesellschaft bewegen und im intimen Verkehr mit denen stehn, die sie verleumden. In unserm Land genügt es, daß jemand vornehm ist und Geist hat, damit jede gemeine Zunge sich gegen ihn rührt. Und was für eine Sorte Leben führen diese Menschen, die sich als moralisch aufspielen, selber? Mein Lieber, du vergißt, daß wir in der Heimat der Heuchler leben!«

»Dorian,« rief Hallward, »darum handelt es sich nicht. England ist schlimm genug, ich weiß es, und die englische Gesellschaft ist ganz und gar schlecht. Das ist der Grund, warum ich wünsche, daß du gut bist. Du bist nicht gut gewesen. Man hat ein Recht, einen Menschen nach der Wirkung zu beurteilen, die er auf seine Freunde übt. Deine scheinen allen Sinn für Ehre, für Tugend, für Reinheit zu verlieren. Du hast sie mit einer wahnsinnigen Genußgier erfüllt. Sie sind in die Tiefe gesunken. Du hast sie dahin geführt. Jawohl, du hast sie dahin geführt und kannst doch lächeln, und lächelst jetzt! Und es kommt noch Schlimmeres! Ich weiß, du und Harry sind unzertrennlich. Gewiß hättest du aus diesem Grund, wenn aus keinem andern, dich hüten müssen, den Namen seiner Schwester zum Spott zu machen. »Nimm dich in acht, Basil! Du gehst zu weit!«

»Ich muß sprechen, und du mußt mich hören. Als du Lady Gwendolen kennen lerntest, hatte sie nie auch nur der Hauch eines Geredes berührt. Gibt es in London eine einzige anständige Frau, die jetzt in ihrem Wagen sich im Park sehn lassen möchte? Ja, nicht einmal ihren Kindern ist es erlaubt, bei ihr zu leben. Dann hört man andere Geschichten – Geschichten, daß man dich gesehn hat, wie du dich in der Dämmerung aus gräßlichen Häusern gestohlen hast und verkleidet in die niederträchtigsten Höhlen Londons geschlichen bist. Ist das wahr? Kann das wahr sein? Als ich zuerst so etwas hörte, lachte ich. Ich höre es jetzt, und es schaudert mich. Wie steht es mit deinem Landhaus, und wie geht es da zu? Dorian, du weißt nicht, was man von dir sagt! Ich will dir das nicht sagen, ich will dir keine Predigt halten. Ich erinnere mich, Harry sagte einmal, jeder, der im Beruf des Geistlichen dilettiert, sagt zunächst immer, er wolle nicht predigen, und bricht dann sofort sein Wort. Also gut, ich will dir eine Predigt halten.

Ich will, daß du ein solches Leben führst, daß die Welt Achtung vor dir haben muß. Ich will, daß du einen reinen Namen und ein geordnetes Register hast. Ich will, daß du dich von den schrecklichen Menschen lossagst, die deine Genossen sind. Zucke nicht so mit den Achseln! Sei nicht so gleichgültig! Du hast einen starken Einfluß. Laß ihn einen guten sein, nicht einen schlechten. Man sagt, du verdirbst jeden, mit dem dii intim wirst, und es sei völlig genug, daß du ein Haus betrittst, damit irgendeine Schande nachfolge. Ich weiß nicht, ob es so ist oder nicht. Wie sollte ich es wissen? Aber man sagt es. Man hat mir Dinge erzählt, daß es unmöglich ist, daran zu zweifeln. Lord Cloucester war in Oxford einer meiner liebsten Freunde. Er zeigte mir einen Brief, den seine Frau ihm geschrieben hat, als sie allein in ihrer Villa in Mentone im Sterben lag. Dein Name kam in der furchtbarsten Beichte vor, die ich je im Leben gelesen habe. Ich sagte ihm, es sei Wahnsinn – ich kennte dich durch und durch, sagte ich, und du seist nicht imstande zu irgend etwas der Art. Ich sagte ihm, ich kennte dich. Aber kenne ich dich? Ich möchte wissen, ob ich dich kenne! Ehe ich darauf antworten könnte, müßte ich deine Seele sehn.«

»Meine Seele sehn!« flüsterte Dorian Gray, stand vom Sofa auf und wurde fast weiß vor Angst.

»Ja,« antwortete Hallward ernst, und tiefer Schmerz lag im Klang seiner Stimme, »deine Seele müßte ich sehn. Aber das kann nur Gott!« Ein bitteres Hohngelächter brach aus dem Munde des Jüngeren. »Du sollst sie selber sehn, noch heute nacht!« rief er und nahm eine Lampe vom Tisch. »Komm, sie ist ein Werk deiner eigenen Hand. Warum solltest du es nicht ansehn? Du kannst nachher der Welt alles davon erzählen, wenn du willst. Niemand würde dir glauben. Wenn sie dir glaubten, hätten sie mich nur um so lieber. Ich kenne die Zeit besser als du, obwohl du langweilig davon reden kannst. Komm, sag ich dir! Du hast genug von Verderbnis geschwatzt. Jetzt sollst du sie von Angesicht zu Angesicht sehn. «

Der Wahnsinn des Hochmuts lag in jedem Wort, das er sprach. Er stampfte in seiner knabenhaften, dreisten Art auf den Boden. Er empfand eine furchtbare Freude bei dem Gedanken, ein anderer solle sein Geheimnis teilen, und der Mann, der das Porträt gemalt hatte, das der Ursprung all seiner Schmach war, solle für den Rest seines Lebens mit der gräßlichen Erinnerung an das, was er getan, beladen werden.

»Ja,« fuhr er fort, indem er näher an ihn herantrat und ihm fest in seine strengen Augen sah, »ich will dir meine Seele zeigen. Du sollst das Ding sehn, von dem du dir einbildest, nur Gott könne es sehn.«

Hallward trat zurück. »Das ist Lästerung, Dorian!« rief er. »Du solltest keine solchen Reden führen. Sie sind schrecklich und haben keinen Sinn.«

»Meinst du?« Er lachte wieder.

»Ich weiß es. Was ich dir heute sagte, sagte ich zu deinem Besten. Du weißt, ich war dir immer ein treuer Freund.«

»Werde jetzt nur nicht gerührt! Komm zu Ende mit dem, was du zu sagen hast!«

Das Gesicht des Malers zuckte schmerzlich. Er schwieg einen Augenblick, und ein wildes Gefühl des Mitleids überkam ihn. Schließlich, was hatte er für ein Recht, in das Leben Dorian Grays zu spähen? Wenn er auch nur den zehnten Teil dessen getan hatte, was über ihn geredet wurde, wieviel mußte er gelitten haben! Dann richtete er sich auf und ging zum Kamin und blieb da stehn. Er blickte auf die brennenden Klötze mit ihrer Asche, die wie weißer Reif aussah, und auf die zuckenden Flammen.

»Ich warte, Basil,« sagte der junge Mann mit harter, heller Stimme.

Hallward drehte sich um. »Was ich zu sagen habe, ist dies!« rief er. »Du mußt mir irgendeine Antwort auf diese schrecklichen Anklagen geben, die gegen dich erhoben werden! Wenn du mir sagst, daß sie von Anfang bis zu Ende unwahr sind, werde ich dir glauben. Bestreite sie, Dorian, bestreite sie! Kannst du nicht sehn, was ich durchmache? Mein Gott, sag mir nicht, daß du schlecht und verdorben und schändlich bist!«

Dorian Gray lächelte. Seine Lippen kräuselten sich verächtlich. »Komm nach oben, Basil,« sagte er ruhig. »Ich habe da Aufzeichnungen von Tag zu Tag, ein Tagebuch über mein Leben, und es kommt nie aus dem Zimmer heraus, in dem es geschrieben wird. Ich will es dir zeigen, wenn du mitkommst.«

»Ich werde mit dir kommen, Dorian, wenn du es haben willst. Ich sehe, ich habe meinen Zug versäumt. Das macht nichts; ich kann morgen fahren. Aber gib mir heute nacht nichts zu lesen! Ich brauche nur eine klare Antwort auf meine Frage.«

»Die soll dir droben gegeben werden. Ich kann sie hier nicht geben. Du wirst nicht lange zu lesen haben.«

Dreizehntes Kapitel

Er trat aus dem Zimmer und fing an, die Treppe hinaufzugehn; Basil Hallward folgte dicht hinter ihm. Sie traten leise auf, wie man es instinktiv bei Nacht zu tun pflegt. Die Lampe warf auf die Wand und die Treppe phantastische Schatten. Einige Fenster klirrten in dem Wind, der sich erhoben hatte.

Als sie den obersten Treppenabsatz erreicht hatten, stellte Dorian Gray die Lampe auf den Fußboden, nahm den Schlüssel aus der Tasche und schloß auf. »Du bestehst auf einer Antwort, Basil?« fragte er leise.

»Ja.«

»Mit Vergnügen,« erwiderte er lächelnd. Dann fügte er mit etwas rauher Stimme hinzu: »Du bist der einzige Mensch in der Welt, der Anspruch darauf hat, alles über mich zu wissen. Du hast mehr mit meinem Leben zu tun gehabt, als du glaubst.« Damit nahm er die Lampe auf, öffnete die Tür und trat ein. Ein kalter Luftzug traf sie, und das Licht schoß einen Augenblick zu einer dunkelorangefarbenen Flamme empor. Er schauderte. »Schließe die Tür hinter dir!« flüsterte er und stellte die Lampe auf den Tisch.

Hallward blickte erstaunt um sich. Das Zimmer sah aus, als sei es seit vielen Jahren nicht bewohnt. Ein verblichener flämischer Wandteppich, ein verhängtes Bild, ein alter italienischer *cassone* und ein fast leerer Bücherschrank, das war, außer einem Stuhl und einem Tisch, alles, was darin zu sein schien. Als Dorian Gray eine halb heruntergebrannte Kerze anzündete, die auf dem Kaminsims stand, sah Basil, daß das ganze Zimmer mit Staub bedeckt war und daß der Teppich in Fetzen lag. Eine Maus lief ängstlich hinter die Täfelung. Es roch dumpfig nach Schimmel.

»Du glaubst also, nur Gott sehe die Seele, Basil? Zieh den Vorhang zurück, und du wirst meine sehn.«

Die Stimme, die sprach, war kalt und grausam.

»Du bist wahnsinnig, Dorian, oder spielst eine Rolle!« erwiderte Hallward und runzelte die Stirn.

»Du willst nicht? Dann muß ich es selbst tun,« sagte der junge Mann; und er riß den Vorhang von seiner Stange und warf ihn zu Boden.

Ein Ausruf des Entsetzens kam von den Lippen des Malers, als er in der schlechten Beleuchtung das häßliche Gesicht auf der Leinwand sah, das ihn angrinste. Es lag etwas in dem Ausdruck, das ihn mit

Widerwillen und Ekel erfüllte. Großer Gott! es war Dorian Grays eigenes Gesicht, auf das er blickte! Das Gräßliche, was es auch war, hatte die wunderbare Schönheit noch nicht ganz zerstört. Noch war etwas Gold in dem dünnen Haar und etwas Rot auf dem sinnlichen Mund. Die stumpfen Augen hatten etwas von ihrem lieblichen Blau bewahrt, die edeln, geschwungenen Linien um die feingebauten Nüstern und der plastische Hals waren noch nicht ganz geschwunden. Ja, es war Dorian selbst. Aber wer hatte das gemacht? Er glaubte das Werk seines eigenen Pinsels zu erkennen, und der Rahmen war von ihm selbst entworfen. Der Gedanke war ungeheuerlich, aber ihn überkam Angst. Er ergriff die Kerze und hielt sie nahe ans Bild. In der linken Ecke stand sein Name in langen hellroten Buchstaben.

Es war irgendeine verruchte Parodie, eine schmähliche, unwürdige Satire. Er hatte das nie gemalt. Aber doch, es war sein eigenes Bild. Er wußte es und hatte die Empfindung, als wandle sich sein Blut in einem Augenblick aus Feuer in stockendes Eis. Sein eigenes Bild! Was sollte das heißen? Warum war es verändert? Er drehte sich um und sah Dorian mit fiebernden Augen an. Sein Mund zuckte, und seine Zunge klebte am Gaumen und schien sich nicht rühren zu können. Er fuhr mit der Hand über die Stirn; kalter Schweiß bedeckte sie.

Der junge Mann stand an den Kamin gelehnt da und beobachtete ihn mit dem seltsamen Ausdruck, den man auf den Mienen derer sieht, die vom Spiel eines großen Künstlers in einem Theaterstück ganz hingerissen sind. Es war kein wirklicher Schmerz und keine wirkliche Freude. Es war nur die Leidenschaft des Zuschauers, vielleicht noch mit einem Flackern des Triumphs in den Augen. Er hatte die Blume aus seinem Knopfloch genommen und sog ihren Duft ein oder tat wenigstens so.

»Was bedeutet das?« rief Hallward endlich. Seine eigene Stimme klang ihm grell und seltsam in den Ohren.

»Vor vielen Jahren, als ich fast noch ein Knabe war,« sagte Dorian Gray und zerdrückte die Blume in seiner Hand, »lerntest du mich kennen, schmeicheltest mir und lehrtest mich, auf mein Aussehn eitel zu sein.

Eines Tages machtest du mich mit einem deiner Freunde bekannt, der mir erklärte, was für eine wunderbare Sache die Jugend sei, und du vollendetest ein Porträt von mir, das mir das Wunder der Schönheit offenbarte. In einem tollen Augenblick – ich weiß auch jetzt nicht, ob ich ihn bedaure oder nicht – sprach ich einen Wunsch aus, vielleicht würdest du es ein Gebet nennen ...

»Ich erinnere mich! Oh, wie gut erinnere ich mich daran! Nein! So etwas ist unmöglich. Das Zimmer ist feucht. Die Leinwand ist verschimmelt. Die Farben, die ich benutzt habe, hatten irgendein schädliches, mineralisches Gift in sich. Ich sage dir, so etwas ist unmöglich!«

»Ah, was ist unmöglich?« murmelte der junge Mann, ging zum Fenster und lehnte seine Stirn an die kalte, nebelnasse Scheibe.

»Du sagtest mir, du hättest das Bild zerstört.«

»Das habe ich falsch gesagt. Es hat mich zerstört.«

»Kannst du dein Ideal nicht darin erblicken?« sagte Dorian bitter.

»Ich glaube nicht, daß es mein Bild ist.«

»Mein Ideal, wie du es nennst . .

»Wie du es nanntest.«

»Es hatte nichts Böses in sich nichts Schmachvolles. Du warst für mich ein Ideal, wie ich es nie wieder finden werde. Dies ist das Gesicht eines Satyrs.«

»Es ist das Gesicht meiner Seele.«

»Mein Heiland! was habe ich angebetet! Es hat die Augen eines Teufels.«

»Jeder von uns hat Himmel und Hölle in sich, Basil!« rief Dorian mit einer wilden Bewegung der Verzweiflung.

Hallward wandte sich wieder dem Bild zu und starrte es an. »Mein Gott! es ist wahr,« rief er aus, »und das hast du aus deinem Leben gemacht! Wehe, du mußt noch schlechter sein, als die, die so schlimm von dir reden, ahnen!« Er hielt das Gesicht wieder nahe an die Leinwand und untersuchte sie genau. Die Oberfläche schien völlig unangetastet und geblieben, wie sie aus seinen Händen gekommen war. Von innen war augenscheinlich die Verderbnis und das Entsetzliche gedrungen. Durch einen seltsamen Zeugungsprozeß inneren Lebens fraß der Aussatz der Sünde langsam an dem Bilde. Das Faulen eines Leichnams, der im Wasser begraben liegt, war nicht so grauenhaft.

Seine Hand zitterte, und die Kerze fiel aus dem Leuchter auf den Fußboden und lag qualmend da. Er trat mit dem Fuß darauf und löschte sie aus. Dann warf er sich in den gebrechlichen Stuhl, der am Tisch stand, und begrub das Gesicht in den Händen.

»Guter Gott, Dorian, was für eine Züchtigung! Was für eine gräßliche Züchtigung!« Es kam keine Antwort, aber er konnte hören, wie der junge Mann am Fenster schluchzte. »Bete, Dorian, bete!« sagte er in leisem, eindringlichem Tone. »Wie war es, was man uns in der Kinderzeit aufsagen ließ? ›Führe uns nicht in Versuchung. Vergib uns unsere Sünden. Tilge unsere Missetaten.‹ Komm, wir wollen es zusammen sprechen! Das Gebet deines Hochmuts ist erhört worden. Das Gebet deiner Reue wird auch erhört werden. Ich betete dich zu sehr an. Ich bin dafür gestraft worden. Du hast dich selbst zu sehr angebetet. Wir sind beide gestraft.

Dorian Gray drehte sich langsam um und sah ihn mit tränenumschleierten Augen an. »Es ist zu spät, Basil,« sagte er, und die Stimme versagte ihm fast.

»Es ist nie zu spät, Dorian. Wir wollen zusammen hinknien, wir wollen versuchen, uns eines Gebetes zu erinnern. Steht nicht ein Vers irgendwo: ›Und wenn schon eure Sünden wie Scharlach sind, ich will sie weiß machen wie Schnee?‹«

»Solche Worte haben keinen Sinn mehr für mich.«

»Still! sag nicht so etwas! Du hast genug Schlimmes getan im Leben. Mein Gott! siehst du nicht, wie das verruchte Bild höhnisch zu uns her schielt?«

Dorian Gray sah auf das Bild, und plötzlich überkam ihn ein unwiderstehliches Gefühl des Hasses gegen Basil Hallward, als ob es ihm von dem Bildnis auf der Leinwand eingeflößt würde, von diesen grinsenden Lippen in sein Ohr geraunt würde. Die wilde Wut eines gehetzten Tieres erwachte in ihm, und er verabscheute den Mann, der am Tische saß, mehr, als er je im Leben etwas verabscheut hatte. Er blickte wild um sich. Es glänzte etwas oben auf der bemalten Truhe, die ihm gegenüberstand. Sein Auge fiel darauf. Er erkannte, was es war. Es war ein Messer, das er ein paar Tage vorher mit herauf gebracht hatte, um ein Stück Schnur durchzuschneiden, und das er vergessen hatte, wieder fortzutragen. Er bewegte sich langsam darauf zu, wobei er an Hallward vorüber mußte.

Sowie er an ihm vorbei war, ergriff er es und drehte sich um. Hallward bewegte sich auf seinem Stuhl, als ob er eben aufstehn wollte. Dorian stürzte auf ihn und stieß das Messer in die große Schlagader hinter dem Ohr, preßte den Kopf des Mannes auf den Tisch herunter und stieß wieder und wieder.

Es gab ein dumpfes Röcheln und den gräßlichen Ton eines Menschen, der am Blute erstickt. Dreimal streckten sich die krampfhaft ausgebreiteten Arme empor, und die Hände wogten mit steif gereckten Fingern grotesk durch die Luft. Er stieß noch zweimal mit dem Messer nach, aber der Mann rührte sich nicht mehr. Etwas fing an, auf den Boden zu tröpfeln. Er wartete einen Augenblick und drückte immer noch den Kopf herunter. Dann warf er das Messer auf den Tisch und lauschte.

Er konnte nichts weiter hören als das Tropf-Tropf auf den fadenscheinigen Teppich. Er öffnete die Tür und ging bis zum Beginn der Treppe. Das Haus war völlig ruhig, niemand war zu hören. Ein paar Sekunden stand er über die Brüstung gelehnt und spähte hinab in den schwarzen, kochenden Brunnen der Dunkelheit. Dann zog er den Schlüssel heraus, kehrte in das Zimmer zurück und schloß die Tür hinter sich zu.

Das Ding saß noch im Stuhl und hing mit gebeugtem Kopf und gekrümmtem Rücken und langen, wunderlichen Armen über den Tisch. Wäre nicht der rote, tief ausgebohrte Riß im Nacken gewesen und die schwarze, geronnene Pfütze, die sich auf dem Tisch langsam erweiterte, man hätte denken können, der Mann sei eingeschlafen.

Wie schnell das alles gegangen war! Er war seltsam ruhig, ging zur Balkontür, öffnete sie und trat hinaus. Der Wind hatte den Nebel auseinandergejagt, und der Himmel war wie ein ungeheurer Pfauenschweif mit unzähligen goldenen Augen ausgestirnt. Er sah hinunter und sah den Schutzmann, der seine Runde machte und mit der Laterne an die Türen der schweigend daliegenden Häuser leuchtete. Das rote Licht einer langsam fahrenden Droschke glomm an der Ecke auf und verschwand dann wieder. Eine Frau schlich langsam an den Geländern hin und taumelte im Gehn. Ihr Tuch flatterte im Winde. Hie und da blieb sie stehn und sah sich um. Plötzlich fing sie mit heiserer Stimme zu singen an. Der Schutzmann ging langsam über die Straße und sagte etwas zu ihr. Sie stolperte lachend weiter. Ein scharfer Windstoß fegte über den Platz. Die Gasflammen flackerten und wurden blau, und die entlaubten Bäume schüttelten ihre schwarzen Zweige, die wie Eisenstangen aussahen, hin und her. Er fröstelte, trat zurück und schloß die Tür hinter sich.

Als er an der Stubentür angekommen war, drehte er den Schlüssel und öffnete sie. Er warf keinen Blick auf den ermordeten Menschen. Er fühlte, das Geheimnis der ganzen Sache bestand darin, sich die Situation nicht zu vergegenwärtigen. Der Freund, der das verhängnisvolle Porträt gemalt hatte, von dem all sein Elend kam, war aus dem Leben geschieden. Das war genug.

Dann erinnerte er sich der Lampe. Es war eine ziemlich absonderliche von maurischer Arbeit, aus mattem Silber gefertigt, das mit Arabesken aus schwarzem Stahl und mit ungeschliffenen Türkisen belegt war. Vielleicht könnte sie von seinem Diener vermißt werden, es könnte danach gefragt werden. Er zögerte einen Augenblick, dann kehrte er um und nahm sie vom Tisch. Dabei mußte er die tote Gestalt sehn. Wie still sie war! Wie schrecklich weiß die langen Hände aussahen! Es war wie eine gräßliche Wachsfigur.

Er schloß die Tür hinter sich und schlich langsam die Treppe hinunter. Das Holzwerk krachte und schien wie klagend zu schreien. Er blieb ein paarmal stehn und wartete. Nein, es war alles still. Es war nichts zu hören als der Klang seiner eignen Tritte.

Als er in seinem Zimmer angelangt war, sah er die Tasche und den Mantel in der Ecke. Sie mußten irgendwo versteckt werden. Er schloß einen Geheimschrank in der Holzverkleidung auf, in dem er die eigenen Kleidungsstücke aufbewahrte, die er manchmal für seine Vermummungen brauchte, und tat die Sachen hinein. Er konnte sie später leicht verbrennen. Dann sah er nach der Uhr. Es war zwanzig Minuten vor zwei. Er setzte sich und fing an zu überlegen. In jedem Jahr – in jedem Monat beinahe – wurden in England Menschen für solche Dinge, wie er eben eins getan hatte, gehenkt. Eine tolle Mordlust war in der Luft gewesen. Ein roter Stern war der Erde zu nahe gekommen.

Aber was für einen Beweis gab es gegen ihn? Basil Hallward hatte das Haus um elf Uhr verlassen. Niemand hatte gesehn, daß er noch einmal zurückgekommen war. Die meisten Bedienten waren in Selby Royal. Sein Diener war zu Bett gegangen ... Paris! Ja. Basil war nach Paris gefahren, und zwar mit dem Zwölfuhrzug, wie er vorgehabt hatte. Bei seinen seltsamen Gewohnheiten, sich von allem zurückzuziehen, würde es Monate dauern, bevor sich ein Argwohn regte. Monate! Jede Spur konnte lange vorher getilgt sein. Ein plötzlicher Einfall kam ihm. Er zog seinen Pelzmantel an, setzte den Hut auf und ging in das Vestibül.

Dort stand er still und lauschte auf den langsamen, schweren Tritt des Schutzmannes draußen auf dem Pflaster und sah auf den Widerschein der leuchtenden Blendlaterne im Türfenster. Er wartete und hielt den Atem an.

Nach ein paar Augenblicken schob er den Riegel zurück, schlich hinaus und schloß die Tür sehr leise hinter sich zu. Dann fing er an, die Glocke zu ziehen. Nach etwa fünf Minuten erschien sein Diener halb angezogen und sehr verschlafen.

»Es tut mir leid, daß ich Sie wecken mußte, Francis,« sagte er und ging die Stufen hinauf; »aber ich habe vergessen, meinen Drücker mitzunehmen. Wieviel Uhr ist es?«

»Zehn Minuten nach zwei, gnädiger Herr,« antwortete der Mann, der nach der Uhr gesehn hatte, und blinzelte.

»Zehn Minuten nach zwei? Wie schrecklich spät! Sie müssen mich morgen um neun Uhr wecken. Ich habe zu tun.«

»Gewiß, gnädiger Herr.«

»Ist jemand hier gewesen?«

»Herr Hallward, gnädiger Herr. Er blieb hier bis elf Uhr und ging dann, um seinen Zug zu erreichen.«

»Schade, daß ich ihn nicht getroffen habe. Hinterließ er etwas?«

»Nein, gnädiger Herr; er sagte nur, er werde Ihnen von Paris aus schreiben, wenn er Sie im Klub nicht anträfe.«

»Es ist gut, Francis. Vergessen Sie nicht, mich morgen um neun Uhr zu wecken!«

»Sehr wohl, gnädiger Herr.«

Der Mann schlürfte in seinen Pantoffeln über die Durchfahrt in die Dienerwohnung.

Dorian Gray legte Hut und Mantel auf den Tisch und trat in das Bücherzimmer. Eine Viertelstunde lang ging er im Zimmer hin und her, biß sich auf die Lippen und überlegte. Dann nahm er das Adreßbuch aus einem der Fächer und fing an zu blättern. »Alan Campbell, 152, Hertford Street, Mayfair.« Ja; das war der Mann, den er brauchte.

Vierzehntes Kapitel

Um neun Uhr am nächsten Morgen trat sein Diener mit einer Tasse Schokolade auf einem Servierbrett herein und öffnete die Fensterläden. Dorian lag auf seiner rechten Seite mit einer Hand unter der Wange und schlief friedlich. Er sah wie ein Knabe aus, der sich mit Spielen oder Arbeiten müde gemacht hat.

Der Mann mußte ihn zweimal an die Schulter fassen, ehe er erwachte, und als er die Augen öffnete, huschte ein schwaches Lächeln über seine Lippen, als ob er in einen entzückenden Traum versenkt gewesen wäre. Aber er hatte nicht geträumt. Seine Nacht war von keinen Bildern gestört worden, weder der Lust noch des Grauens. Aber die Jugend lächelt auch ohne Grund. Das ist einer ihrer besondern Reize.

Er wandte sich um und fing an, auf den Ellbogen gestützt, seine Schokolade zu schlürfen. Die milde Novembersonne floß ins Zimmer. Es war ein strahlender Himmel, und eine heitere Wärme lag in der Luft. Es war fast wie ein Maimorgen.

Allmählich schlichen sich die Ereignisse der Nacht auf stillen, blutbefleckten Sohlen in sein Gehirn und stellten sich selbst mit furchtbarer Deutlichkeit wieder her. Er zuckte bei der Erinnerung an alles, was er gelitten hatte, zusammen, und einen Augenblick kam ihm das seltsame Gefühl des Hasses gegen Basil Hallward zurück, das ihn dazu gebracht hatte, ihn zu töten, als er im Stuhle saß, und er wurde kalt vor Wut. Und der tote Mann saß immer noch da, und jetzt gar im Sonnenlicht. Wie entsetzlich das war! So gräßliche Dinge waren für die Dunkelheit, nicht für den Tag.

Er fühlte, wenn er über das, was er durchgemacht hatte, ins Brüten kam, würde er krank oder wahnsinnig werden. Es gab Sünden, deren Zauber mehr in der Erinnerung als in der Ausführung bestand, seltsame Triumphe, die mehr dem Stolz als den Trieben Genüge taten und den Geist in eine lebhafte Empfindung der Freude versetzten, die größer war als jede Lust, die sie den Sinnen brachten oder je hätten bringen können. Aber diesmal war es nicht so eine. Das war eine, die man aus dem Geiste verjagen, die man mit Schlafmitteln behandeln, die man erwürgen mußte, damit sie einen nicht erwürgte.

Als es halb zehn schlug, fuhr er mit der Hand über die Stirn, stand dann schnell auf und kleidete sich fast noch sorgfältiger als gewöhnlich an, verwandte viel Aufmerksamkeit auf die Wahl seiner Krawatte und

Vorstecknadel und wechselte seine Ringe mehr als einmal. Dann verbrachte er längere Zeit beim Frühstück, kostete von den verschiedenen Gerichten, sprach dabei mit seinem Diener über neue Livreen, die er für die Dienerschaft in Selby machen lassen wollte, und sah seine Korrespondenz durch. Bei einigen Briefen lächelte er. Drei davon langweilten ihn. Einen las er ein paarmal durch und zerriß ihn dann mit einem leichten Ausdruck des Ärgers im Gesicht. »Diese greuliche Sache, das Gedächtnis eines Weibes!« wie Lord Henry einmal gesagt hatte.

Nachdem er seinen schwarzen Kaffee getrunken hatte, wischte er sich langsam die Lippen ab, bedeutete seinem Diener, er solle warten, und ging zum Tisch, setzte sich hin und schrieb zwei Briefe. Einen steckte er in die Tasche, den andern reichte er dem Diener hin.

»Bringen Sie ihn nach Hertford Street 152 , Francis, und wenn Herr Campbell nicht in der Stadt ist, lassen Sie sich seine Adresse geben.«

Sowie er allein war, steckte er sich eine Zigarette an und begann auf einem Stück Papier zu zeichnen; er entwarf erst Blumen, dann kleine Architekturstücke und dann menschliche Gesichter. Plötzlich bemerkte er, daß jedes Gesicht, das er zeichnete, eine phantastische Ähnlichkeit mit Basil Hallward zu haben schien. Er runzelte die Stirn, stand auf, ging zum Bücherschrank und zog aufs Geratewohl einen Band heraus. Er war entschlossen, nicht an das zu denken, was geschehen war, ehe es durchaus notwendig war.

Als er sich auf dem Sofa ausgestreckt hatte, sah er nach dem Titel des Buches. Es waren Gautiers *»Emaux et Camées«*, Charpentiers Japanpapier-Ausgabe mit der Radierung von Jacquemart. Das Buch war in zitronengelbes Leder gebunden, auf das vergoldetes Laubwerk und punktierte Granatäpfel geprägt waren. Adrian Singleton hatte ihm den Band geschenkt. Als er darin blätterte, fiel sein Auge auf das Gedicht über die Hand Lacenaires, die kalte gelbe Hand *»du supplice encore mal lavée«* mit ihren roten Flaumhaaren und ihren *»doigts de faune«*. Er blickte auf seine eigenen weißen schlanken Finger und schauerte leicht zusammen. Dann las er weiter, bis er an die lieblichen Stanzen auf Venedig kam:

> *Sur une gamme chromatique*
> *Le sein de perles ruisselant,*
> *La Vénus de l'Adriatique*
> *Sort de l'eau son corps rose et blanc.*

Les dômes, sur l'azur des ondes
Suivant la phrase au pur contour,
S'enflent comme des gorges rondes
Que soulève un soupir d'amour.
L'esquif aborde et me dépose,
Jetant son amarre au pi!ier,
Devant une façade rose,
Sur le marbre d'un escalier.

Wie köstlich die Verse waren! Wenn man sie las, schien man in einer schwarzen Gondel mit silbernem Bug und schleppend langen Gardinen zu sitzen und die grünen Kanäle der rot- und perlfarbenen Stadt hinabzufahren. Die bloßen Zeilen im Buche schienen ihm wie die geraden Linien aus Türkisblau, die einem folgen, wenn man nach dem Lido rudert. Die raschen Farbenblitze erinnerten ihn an den Schimmer der Vögel mit ihren opal- und regenbogenfarbenen Kehlen, die um den schlanken Kampanile mit seinen Filigrandurchblicken flattern oder mit so stolzer Grazie durch die dunkeln, staubigen Arkaden trippeln. Er lehnte sich mit halb geschlossenen Augen zurück und sagte sich wieder und wieder die Verse vor:

Devant une façade rose,
Sur le marbre d'un escalier.

Das ganze Venedig lag in diesen zwei Zeilen. Er erinnerte sich an den Herbst, den er dort verbracht hatte, und an eine wundervolle Liebe, die ihn zu wahnsinnigen, entzückenden Tollheiten verleitet hatte. Es gab überall Romantik; aber Venedig hatte wie Oxford den Hintergrund für die Romantik noch bewahrt, und für den echten Romantiker ist der Hintergrund alles oder beinahe alles. Basil war einen Teil der Zeit bei ihm gewesen und hatte sich mit leidenschaftlichem Interesse Tintoretto hingegeben. Armer Basil! wie furchtbar, so zu sterben! Er seufzte, nahm das Buch wieder auf und suchte zu vergessen. Er las von den Schwalben, die in dem kleinen Café in Smyrna ein und aus fliegen, wo die Hadschis sitzen und ihre Bemsteinperlen durch die Hand gehn lassen und die Kaufleute im Turban ihre langen Pfeifen rauchen und ernsthaft miteinander sprechen; er las von dem Obelisk auf der *Place de la Concorde,* der granitene Tränen weint in der Verlassenheit seines sonnenlosen Exils und nach dem heißen, lotusbedeckten Nil zurückverlangt, wo die Sphinxe sind und rosenrote Ibisse und weiße

Geier mit goldfarbenen Klauen und Krokodile mit kleinen Beryllaugen, die über den grünen, dampfenden Schlamm kriechen; er fing an, über die Verse zu sinnen, die ihre Musik aus Marmor zu holen scheinen, der von Küssen gefleckt ist, und uns von der seltsamen Statue berichten, die Gautier einer Altstimme vergleicht, dem *»monstre charmant«,* das im Porphyrsaal des Louvre ruht. Aber nach einer Weile fiel das Buch aus seiner Hand. Er wurde nervös, und eine schreckliche Angst überfiel ihn. Wie, wenn Alan Campbell nicht in England wäre? Tage könnten verstreichen, ehe er zurückkäme. Vielleicht lehnte er ab, zu kommen. Was sollte er denn tun? Jeder Augenblick war von tödlicher Wichtigkeit.

Sie waren einmal sehr befreundet gewesen, vor fünf Jahren – fast unzertrennlich sogar. Dann war die Intimität plötzlich zu Ende gewesen. Wenn sie sich jetzt in Gesellschaft trafen, war es nur Dorian Gray, der lächelte, Alan Campbell nie.

Er war ein äußerst begabter junger Mann, obwohl er kein wirkliches Verhältnis zu den sichtbaren Künsten hatte und das bißchen Sinn für Poesie, das er besaß, gänzlich Dorian Gray verdankte. Die geistige Leidenschaft, die ihn beherrschte, ging ganz auf die Wissenschaft. In Cambridge hatte er einen großen Teil seiner Zeit auf Arbeiten im Laboratorium verwandt und hatte sein Examen in der Naturwissenschaft mit Auszeichnung bestanden. Er beschäftigte sich noch immer mit chemischen Studien und hatte sein eigenes Laboratorium, in das er sich oft den ganzen Tag einschloß, sehr zum Kummer seiner Mutter, die es sich in den Kopf gesetzt hatte, er solle fürs Parlament kandidieren, und die undeutliche Vorstellung hatte, ein Chemiker sei eine Art Drogist. Er war indessen auch ein trefflicher Musiker und spielte Geige und Klavier besser als die meisten Dilettanten. In der Tat war es die Musik, die ihn und Dorian Gray zuerst zusammengebracht hatte – die Musik und die unerklärliche Anziehung, die Dorian auszuüben imstande schien, wenn er wollte, und oft auch ausübte, ohne es zu wissen. Sie hatten sich bei Lady Berkshire an dem Abend, wo Rubinstein dort spielte, kennen gelernt, und von da an sah man sie immer zusammen in der Oper und überall, wo gute Musik zu hören war. Anderthalb Jahre dauerte ihre Freundschaft. Campbell war immer entweder in Selby Royal oder in Grosvenor Square.

Für ihn wie für viele andere war Dorian Gray der Typus alles dessen, was im Leben wundervoll und bezaubernd ist. Ob es zwischen ihnen einen Streit gegeben hatte oder nicht, hat nie ein Mensch erfahren. Aber plötzlich bemerkten die Leute, daß sie kaum miteinander sprachen, wenn sie sich trafen, und daß Campbell jede Gesellschaft früh zu verlassen schien, bei der Dorian Gray anwesend war. Er hatte sich auch verändert – war manchmal seltsam melancholisch, schien fast keine Musik mehr hören zu wollen und spielte nie mehr selbst. Wenn er aufgefordert wurde, sagte er zu seiner Entschuldigung, die Wissenschaft nehme ihn so in Anspruch, daß ihm keine Zeit zum Üben übrig bleibe. Und dies war schon ein- oder zweimal in wissenschaftlichen Zeitschriften in Verbindung mit gewissen absonderlichen Experimenten genannt worden.

Das war der Mann, auf den Dorian Gray wartete. Fast jeden Augenblick sah er auf die Uhr. Als Minute um Minute verging, kam er in furchtbare Aufregung. Schließlich stand er auf und fing an, im Zimmer hin und her zu gehn. Er sah aus wie eine schöne Bestie im Käfig. Er machte lange Schritte und trat leise auf. Seine Hände waren seltsam kalt.

Das Warten wurde unerträglich. Die Zeit schien ihm mit bleiernen Füßen zu schleichen, während er von ungeheuren Stürmen dem schroffen Grat eines schwarzen Abgrunds zugeschleudert wurde. Er wußte, was dieses Warten für ihn bedeutete; er sah es und drückte schaudernd mit seinen feuchten Händen die brennenden Lider zusammen, als wolle er dem Hirn die Sehkraft nehmen und die Augäpfel in ihre Höhle sperren. Es war umsonst. Das Hirn hatte seine eigene Nahrung, von der es sich mästete, und die Phantasie, die von der Angst ins Groteske gesteigert war, drehte und wand sich vor Schmerz wie ein lebendes Wesen, tanzte wie eine schnöde Puppe in einem Schaukasten und grinste durch bewegliche Masken hindurch. Dann blieb plötzlich die Zeit für ihn stehn. Ja, die blinde, langsam atmende Zeit rührte sich nicht mehr, und, da sie tot war, jagten entsetzliche Gedanken mit furchtbarer Schnelligkeit über ihn hin und wühlten eine gräßliche Zukunft aus ihrem Grab und zeigten sie ihm. Er starrte darauf, und ihre Entsetzlichkeit machte ihn zu Stein.

Schließlich öffnete sich die Tür, und sein Diener trat ein. Er wandte ihm seine verglasten Augen zu.

»Herr Campbell,« sagte der Mann.

Ein Seufzer der Befreiung kam von seinen trockenen Lippen, und die Farbe kehrte in seine Wangen zurück.

»Bitten Sie ihn hereinzukommen, Francis.« Er fühlte, daß er wieder er selbst war. Die Anwandlung von Feigheit war verflogen.

Der Diener verbeugte sich und ging. Nach ein paar Augenblicken kam Alan Campbell herein. Er sah sehr finster und etwas blaß aus, und seine Blässe trat noch stärker hervor durch seine kohlschwarzen Haare und die dunklen Brauen.

»Alan, das ist freundlich von dir. Ich danke dir, daß du gekommen bist.«

»Ich hatte die Absicht, dein Haus nie mehr zu betreten, Gray. Aber du schriebst, es sei eine Sache auf Leben und Tod.« Seine Stimme war hart und kalt. Er sprach langsam und überlegt. Es lag ein verächtlicher Ausdruck in dem festen, forschenden Blick, den er auf Dorian richtete. Er behielt die Hände in den Taschen seines Astrachanmantels und schien die Hand, die sich zur Begrüßung ausstrecken wollte, nicht zu bemerken.

»Ja, es ist eine Sache auf Leben und Tod, Alan, und für mehr als einen Menschen. Setz dich!«

Campbell setzte sich an den Tisch, und Dorian nahm einen Stuhl ihm gegenüber. Die Augen der beiden Männer trafen sich. In denen Dorians lag unendliches Mitleid. Er wußte, was er jetzt tun mußte, war furchtbar.

Nach einem Augenblick gespannten Schweigens beugte er sich vor, und während er die Wirkung jedes Wortes auf dem Gesicht des Mannes, den er hatte holen lassen, beobachtete, sagte er: »Alan, in einem verschlossenen Zimmer unter dem Dach dieses Hauses, in einem Zimmer, zu dem außer mir niemand Zutritt hat, sitzt ein toter Mensch an einem Tisch. Er ist jetzt seit zehn Stunden tot. Spring nicht auf und blick mich nicht so an! Wer der Mann ist, warum er starb, wie er starb, kümmert dich nicht! Was du zu tun hast, ist . .

»Halt! Gray. Ich will nichts weiter hören. Ob, was du mir gesagt hast, wahr ist oder nicht, geht mich nichts an. Ich lehne es völlig ab, in dein Leben verwickelt zu werden. Behalte deine gräßlichen Geheimnisse für dich! Sie haben kein Interesse mehr für mich.«

»Alan, du wirst Interesse daran nehmen müssen! Dies Geheimnis wird dich interessieren müssen! Es tut mir furchtbar leid um dich, Alan, aber ich kann mir nicht helfen. Du bist der einzige Mensch, der mich retten kann! Ich bin gezwungen, dich in die Sache hineinzuziehen. Ich habe keine Wahl! Alan, du bist Naturwissenschaftler. Du verstehst dich auf Chemie und derlei Dinge. Du hast Experimente gemacht. Was du zu tun hast, ist, das Ding da oben zu vernichten – es so zu vernichten, daß nicht eine Spur davon übrig bleibt. Niemand hat den Mann ins Haus kommen sehn. Man vermutet ihn in diesem Augenblick in Paris. Er wird monatelang nicht vermißt werden. Wenn er vermißt wird, darf hier keine Spur von ihm gefunden werden. Du, Alan, mußt ihn und alles, was zu ihm gehört, in eine Handvoll Asche verwandeln, die ich in die Luft streuen kann.«

»Du bist toll, Dorian!«

»Ah! Darauf habe ich gewartet, daß du mich Dorian nennst.«

»Du bist toll, sage ich dir, toll, daß du erwartest, ich würde einen Finger rühren, um dir zu helfen; toll, daß du mir dieses ungeheuerliche Bekenntnis ablegst? Ich will mit dieser Sache, sie mag sein, wie sie will, nichts zu tun haben. Glaubst du, ich werde für dich meinen Ruf aufs Spiel setzen? Was geht es mich an, mit was für einem Teufelswerk du zu tun hast?«

»Es war Selbstmord, Alan.«

»Das freut mich. Aber wer trieb ihn dazu? Wahrscheinlich du.«

»Lehnst du noch immer ab, das für mich zu tun?«

»Natürlich lehne ich es ab. Ich will nicht das geringste damit zu tun haben. Ich kümmere mich nicht darum, was für eine Schande über dich kommt. Du verdienst sie völlig. Ich würde nicht bedauern, dich entehrt zu sehn, öffentlich entehrt. Wie darfst du es wagen, mich, von allen Menschen in der Welt mich in diese Schändlichkeit hineinzubringen? Ich hätte gedacht, du verständest dich besser auf den Charakter eines Menschen. Dein Freund Lord Henry Wotton kann dir nicht viel Psychologie beigebracht haben, was er dir auch sonst beigebracht hat. Nichts wird mich vermögen, dir zu Hilfe einen Schritt zu tun. Du bist an den Unrechten gekommen. Geh zu einem deiner Freunde, aber nicht zu mir!«

»Alan, es war Mord. Ich habe ihn umgebracht. Du weißt nicht, was für Weh er über mich gebracht hat. Mein Leben mag sein, wie es will: er hatte mehr damit zu tun, es zu erzeugen und zu verderben als der arme Harry. Er mag es nicht gewollt haben, es kommt aufs gleiche heraus.«

»Mord! Guter Gott, Dorian, so weit bist du gekommen? Ich werde dich nicht anzeigen. Es ist nicht meines Amtes.

Überdies wird man dich festnehmen, auch ohne daß ich mich einmische. Niemand begeht je ein Verbrechen, ohne eine Dummheit zu machen. Aber ich will nichts damit zu tun haben.«

»Du mußt etwas damit zu tun haben! Warte, warte einen Augenblick; hör mich an! Nur hören sollst du, Alan. Alles, worum ich dich bitte, ist, ein bestimmtes wissenschaftliches Experiment zu machen. Du gehst in Krankenhäuser und Leichenhallen, und das Fürchterliche, was du da tust, rührt dich nicht. Wenn du diesen Mann in irgendeinem gräßlichen Sezierraum oder in einem stinkenden Laboratorium auf einem plumpen Tisch liegen fändest, mit roten Rinnen, die man hineingeschlagen hat, damit das Blut hindurchfließt, würdest du ihn einfach als prächtiges Objekt betrachten. Kein Haar sträubte sich dir. Du nähmest nicht an, daß du irgend etwas Schlechtes tust. Im Gegenteil, wahrscheinlich hättest du das Gefühl, der Menschheit einen Dienst zu erweisen, oder die Summe des Wissens für die Welt zu vermehren, oder die wissenschaftliche Neugier zu befriedigen oder so etwas Ähnliches. Was ich von dir verlange, ist nichts anderes, als was du schon oft getan hast. Wahrhaftig, einen Leichnam aus der Welt zu schaffen muß weit weniger gräßlich sein als vieles, woran du gewöhnt bist. Und vergiß nicht: er ist das einzige Beweisstück gegen mich. Wenn er entdeckt wird, bin ich verloren; und er muß entdeckt werden, wenn du mir nicht hilfst.«

»Ich habe keine Lust, dir zu helfen. Du vergißt das. Die ganze Sache ist mir gleichgültig. Ich habe nichts damit zu schaffen.«

»Alan, ich beschwöre dich! Denk an die Lage, in der ich bin. Jetzt eben, ehe du eintratst, sank ich fast in Ohnmacht vor Angst. Vielleicht lernst du eines Tages die Angst selbst kennen. Nein, denk nicht daran! Betrachte die Sache einfach vom Standpunkt der Wissenschaft. Du forschest nicht nach, woher die toten Dinge, an denen du experimentierst, kommen. Forsche jetzt auch nicht danach! Ich habe dir sowieso zuviel gesagt. Aber ich bitte dich, zu tun, was ich sagte. Wir waren einmal Freunde, Alan.«

»Sprich nicht von diesen Tagen, Dorian; sie sind tot.«

»Tote Dinge verweilen manchmal. Der Mann da droben geht nicht fort. Er sitzt mit vorgebeugtem Kopf und ausgestreckten Armen am Tisch. Alan! Alan! wenn du mir nicht zu Hilfe kommst, bin ich verloren. Alan! sie werden mich hängen! Verstehst du nicht? Sie werden mich für das, was ich getan habe, hängen!«

»Es hat keinen Wert, diese Szene länger fortzusetzen. Ich lehne es völlig ab, in der Sache etwas zu tun. Es ist wahnsinnig von dir, es von mir zu verlangen!«

»Du lehnst ab?« »Ja.«

»Ich beschwöre dich, Alan!« »Es ist zwecklos.«

Derselbe Ausdruck des Mitleids kam in Dorian Grays Augen. Dann streckte er die Hand aus, nahm ein Stück Papier und schrieb etwas darauf. Er las es zweimal durch, faltete es sorgfältig und schob es über den Tisch. Nachdem er das getan hatte, stand er auf und ging zum Fenster.

Campbell blickte ihn erstaunt an, nahm dann das Papier und öffnete es. Als er es gelesen hatte, wurde sein Gesicht totenblaß, und er sank in den Stuhl zurück. Ein entsetzliches Gefühl der Schwäche kam über ihn. Es war ihm, als schlüge sich sein Herz in einer leeren Höhle zu Tode.

Nach zwei oder drei Minuten furchtbaren Schweigens wandte sich Dorian um, stellte sich hinter ihn und legte ihm die Hand auf die Schulter.

»Es tut mir so leid um dich, Alan,« sagte er, »aber du läßt mir keine Wahl. Ich habe den Brief bereits geschrieben. Hier ist er. Du siehst die Adresse. Wenn du mir nicht hilfst, sende ich ihn ab. Du weißt, was dann kommt. Aber du wirst mir helfen. Es ist unmöglich, daß du jetzt noch nein sagst! Ich wollte dich schonen. Du wirst mir die Gerechtigkeit widerfahren lassen, das zuzugeben. Du warst bitter, hart, beleidigend. Du hast mich behandelt, wie nie ein Mann gewagt hat mich zu behandeln – kein lebender Mann wenigstens. Ich ertrug alles. Jetzt ist es an mir, die Bedingungen zu diktieren.«

Campbell begrub das Gesicht in den Händen, und ein Schauder überlief ihn.

»Ja, die Reihe ist an mir, die Bedingungen zu diktieren, Alan. Du kennst sie. Die Sache ist ganz einfach. Komm, bohre dich nicht in dieses Fieber hinein! Die Sache muß getan werden. Sieh ihr ins Auge und tu sie!«

Ein Stöhnen entrang sich Campbells Lippen, und er bebte am ganzen Leib. Das Ticken der Uhr auf dem Kaminsims schien ihm die Zeit in kleine Stückchen Verzweiflung zu schneiden, von denen jedes einzelne unerträglich war. Er hatte das Gefühl, ein eiserner Ring werde allmählich fester und fester um seine Stirn gespannt, als ob die Schande, mit der er bedroht war, schon über ihn gekommen wäre.

Die Hand auf seiner Schulter drückte wie eine Hand aus Blei. Sie war unerträglich. Sie schien ihn zu zerdrücken.

»Komm, Alan, du mußt dich entscheiden!«

»Ich kann es nicht tun,« sagte er mechanisch, als ob Worte die Dinge ändern könnten.

»Du mußt! Du hast keine Wahl. Zögere nicht!«

Er schwieg einen Augenblick. »Ist da oben in dem Zimmer ein Ofen oder so etwas?«

»Ja, es ist ein Asbest-Gasofen oben.«

»Ich werde nach Hause gehn müssen und einiges aus dem Laboratorium holen.«

»Nein, Alan, du darfst das Haus nicht verlassen! Schreib auf ein Stück Papier, was du brauchst, und mein Diener nimmt eine Droschke und holt dir die Sachen!«

Campbell warf ein paar Zeilen hin, trocknete sie und adressierte ein Kuvert an seinen Assistenten. Dorian nahm das Blatt und las es sorgfältig. Dann klingelte er, gab den Brief seinem Diener und schärfte ihm ein, so schnell wie möglich mit den Sachen, die er erhielte, zurückzukommen.

Als die Vestibültür sich schloß, fuhr Campbell nervös zusammen, stand auf und trat an den Kamin. Eine Art Fieberfrost schüttelte ihn. Fast zwanzig Minuten lang sprach keiner der beiden Männer ein Wort. Eine Fliege schwirrte im Zimmer umher, und das Ticken der Uhr war wie das Schlagen eines Hammers.

Als das Glockenspiel ein Uhr schlug, wandte sich Campbell um, blickte auf Dorian Gray und sah, daß seine Augen in Tränen schwammen. Es lag etwas in der Schönheit und dem Adel dieser leidvollen Züge, was ihn in Wut zu bringen schien. »Du bist infam, völlig infam!« rief er halblaut.

»Still, Alan, du hast mir das Leben gerettet!« sagte Dorian.

»Dein Leben? Daß Gott erbarm! Was für ein Leben ist das! Du bist von Verderbnis zu Verderbnis gegangen, und jetzt hast du dein Leben mit dem Verbrechen gekrönt.

Wenn ich tue, was ich tun werde, was zu tun du mich zwingst, so ist es nicht dein Leben, an das ich denke.«

»Ach, Alan,« sagte Dorian leise seufzend, »ich wollte, du hättest den tausendsten Teil des Mitleids mit mir, das ich mit dir habe.« Er wandte sich ab, als er so sprach, und blickte in den Garten hinaus. Campbell gab keine Antwort.

Nach etwa zehn Minuten klopfte es an die Tür, und der Bediente trat mit einem großen Mahagonikasten voller Chemikalien ein. Außerdem trug er eine lange Rolle Stahl und Platindraht und zwei sehr seltsam geformte Eisenklammern.

»Soll ich die Sachen hier lassen?« fragte er Campbell.

»Ja,« antwortete Dorian. »Und ich fürchte, Francis, ich habe noch einen Gang für Sie. Wie heißt der Mann in Richmond, der die Orchideen nach Selby liefert?«

»Harden, gnädiger Herr.«

»Richtig – Harden. Bitte, fahren Sie gleich nach Richmond, sprechen Sie mit Harden persönlich und sagen Sie ihm, er solle doppelt soviel Orchideen schicken, als ich bestellt habe, und möglichst wenig weiße darunter. Oder, ich brauche überhaupt keine weißen. Es ist ein schöner Tag, Francis, und Richmond ist sehr hübsch, sonst würde ich Sie nicht damit behelligen.«

»Hat gar nichts zu sagen, gnädiger Herr. Wann soll ich zurück sein?«

Dorian sah Campbell an. »Wie lange brauchst du zu deinem Experiment, Alan?« fragte er mit ruhiger, gleichgültiger Stimme. Die Anwesenheit eines Dritten im Zimmer schien ihm außergewöhnlichen Mut zu machen. Campbell runzelte die Stirn und biß sich auf die Lippen.

»Es wird ungefähr fünf Stunden dauern.«

»Dann wird es Zeit genug sein, wenn Sie um halb sieben Uhr zurück sind, Francis. Oder warten Sie: legen Sie nur noch meine Sachen zum Umziehen zurecht. Sie können den Abend für sich verwenden. Ich esse nicht zu Hause und brauche Sie nicht mehr.«

»Danke, gnädiger Herr,« sagte der Mann und ging.

»Jetzt, Alan, ist kein Augenblick zu verlieren. Wie schwer dieser Kasten ist! Ich trage ihn dir. Du bringst die andern Sachen.« Er sprach hastig und in befehlendem Tone. Campbell fühlte sich von ihm bezwungen. Sie verließen zusammen das Zimmer.

Als sie den letzten Treppenabsatz erreicht hatten, zog Dorian den Schlüssel heraus und schloß auf. Dann hielt er inne, und ein unruhiger Ausdruck kam in seine Augen. Es schauderte ihn. »Ich glaube nicht, daß ich hineingehn kann, Alan,« flüsterte er.

»Das macht mir nichts. Ich brauch dich nicht,« sagte Campbell kalt.

Dorian öffnete halb die Tür. Als er es tat, sah er dem Porträt, das hell von der Sonne beleuchtet war, gerade ins Gesicht. Auf dem Boden lag der heruntergerissene Vorhang. Er erinnerte sich, daß er in der Nacht zum erstenmal im Leben vergessen hatte, die verhängnisvolle Leinwand zu verbergen, und wollte gerade hineilen, als er schaudernd zurücktrat.

Was war das für ein grauenhafter roter Fleck, der naß und glänzend an einer der Hände klebte, als ob die Leinwand Blut geschwitzt hätte? Wie entsetzlich sah das aus! entsetzlicher schien es ihm im Augenblick, als die schweigsame Gestalt, von der er wußte, daß sie noch über den Tisch gelehnt dasaß, die Gestalt, deren grotesker, kläglicher Schatten auf dem fleckigen Teppich ihm zeigte, daß sie sich nicht geregt hatte, sondern noch da war, wo er sie gelassen hatte.

Er holte tief Atem, öffnete die Tür etwas weiter und ging mit halb geschlossenen Augen und abgewandtem Kopf schnell hinein, entschlossen, nicht ein einziges Mal nach dem Toten zu sehen. Dann bückte er sich, nahm den gold- und purpurprangenden Vorhang auf und warf ihn über das Bild.

Da blieb er stehn; er hatte Angst, sich umzudrehn, und seine Augen richteten sich auf die verworrenen Muster des Vorhanges. Er hörte Campbell den schweren Kasten und die Eisen und die andern Dinge, die er für sein furchtbares Werk sich hatte kommen lassen, hereinbringen. Er fing an, sich zu fragen, ob Campbell und Hallward sich je gekannt hätten, und wenn ja, was sie voneinander gehalten hatten.

»Laß mich jetzt allein,« sagte eine rauhe Stimme hinter ihm.

Er wandte sich und eilte hinaus. Gerade hatte er noch gesehn, daß der Tote in den Stuhl zurückgelegt worden war, und daß Campbell in ein glänzendes, gelbes Gesicht blickte. Als er die Treppe hinabeilte, hörte er, wie das Zimmer geschlossen wurde.

Es war lange nach sieben Uhr, als Campbell in das Bücherzimmer herunterkam. Er war blaß, aber völlig ruhig. »Ich habe getan, was du verlangtest,« sagte er. »Und jetzt, adieu! Wir wollen uns nie wieder begegnen.«

»Du hast mir das Leben gerettet, Alan. Ich werde das nie vergessen!« sagte Dorian schlicht.

Sowie Campbell fort war, ging er hinauf. Es roch furchtbar nach Salpetersäure im Zimmer. Aber was da am Tische gesessen hatte, war verschwunden.

Fünfzehntes Kapitel

Um halb neun Uhr am selben Abend wurde Dorian Gray in gewählter Toilette, einen großen Strauß Parmaveilchen im Knopfloch tragend, von den Dienern in den Salon Lady Narboroughs geleitet. Er hatte wahnsinnige Kopfschmerzen und war furchtbar abgespannt; aber sein Benehmen, als er sich über die Hand seiner Gastgeberin beugte, war so leicht und graziös wie immer. Vielleicht sieht man nie so ruhig aus, als wenn man eine Rolle zu spielen hat. Gewiß hätte niemand, der an diesem Abend Dorian Gray sah, geglaubt, daß er eine Tragödie durchgemacht hatte, die so schauderhaft war wie irgendeine unserer Zeit. Diese feingeformten Finger, meinte man, hätten nie ein Messer zur Sünde führen, diese lächelnden Lippen nie Gott und den Himmel verwünschen können. Er selbst mußte sich über die Ruhe seiner Haltung verwundern und verspürte einen Augenblick lang in voller Stärke den furchtbaren Genuß eines Doppellebens.

Es war eine kleine Gesellschaft, die Lady Narborough ziemlich eilig zusammengeladen hatte. Die Lady war eine sehr gescheite Frau mit – wie Lord Henry es auszudrücken liebte – sehr ansehnlichen Resten einer wirklich bedeutenden Häßlichkeit. Sie war einem unserer langweiligsten Botschafter eine treffliche Frau gewesen und widmete sich, nachdem sie ihren Mann, wie sichs gehörte, in einem Marmormausoleum beigesetzt hatte, zu dem sie selbst den Entwurf gezeichnet, und nachdem sie ihre Töchter an reiche, etwas ältliche Herren verheiratet hatte, den Genüssen französischer Romane, französischer Küche und, wenn sie ihn auftreiben konnte, französischen Esprits.

Dorian war einer ihrer erklärten Lieblinge, und sie sagte ihm immer, sie sei überaus froh, ihn nicht in jüngeren Jahren kennen gelernt zu haben. »Ich weiß, mein Lieber, ich hätte mich wahnsinnig in Sie verliebt,« sagte sie dann, »und hätte um ihretwillen die größten Dummheiten gemacht. Es ist ein großes Glück, daß man damals von Ihnen noch nichts wußte.

In unserer Zeit waren die Dummheiten so rar, daß ich nicht einmal eine harmlose Liebschaft hatte. Indessen war das ganz Narboroughs Schuld. Er war schrecklich kurzsichtig, und es macht kein Vergnügen, einen Ehemann zu betrügen, der nie etwas sieht.«

Ihre Gäste waren an diesem Abend ziemlich langweilig. Die Sache war die, wie sie Dorian hinter einem ziemlich schäbigen Fächer erklärte, daß eine ihrer verheirateten Töchter ganz plötzlich zu Besuch gekommen war und, um das Unglück voll zu machen, auch noch ihren Mann mitgebracht hatte.

»Ich finde, es ist sehr unfreundlich von ihr, mein Lieber,« flüsterte sie. »Natürlich besuche ich sie jeden Sommer, wenn ich von Homburg komme; aber eine alte Frau wie ich muß eben manchmal frische Luft haben, und außerdem wirke ich tatsächlich belebend auf sie. Sie glauben nicht, was für ein Dasein die da draußen führen. Es ist reines, unverfälschtes Landleben. Sie stehn früh auf, weil sie so viel zu tun haben, und gehn früh zu Bett, weil sie so wenig zu denken haben. Es hat in der Gegend seit den Tagen der Königin Elisabeth keinen Skandal gegeben, und infolgedessen schlafen sie alle nach dem Essen ein. Sie sollen neben keinem von beiden sitzen. Sie sollen bei mir sitzen und mich amüsieren.«

Dorian murmelte ein anmutiges Kompliment und sah sich um. Ja, es war sicher eine langweilige Gesellschaft. Zwei von den Anwesenden hatte er nie vorher gesehn, und die andern waren Ernest Harrowden, eine der Mittelmäßigkeiten mittleren Alters, die in Londoner Klubs so häufig sind, die keine Feinde haben, aber die keiner ihrer Freunde ausstehn kann; Lady Roxton, eine überladene Dame mit einer Habichtsnase im Alter von siebenundvierzig Jahren, die ewig den Versuch machte, sich zu kompromittieren, aber so absonderlich unschön war, daß zu ihrer großen Enttäuschung niemals jemand etwas zu ihren Ungunsten glaubte; Frau Erlynne, eine zudringliche Null mit entzückendem Lispeln und venezianisch-rotem Haar; Lady Alice Chapman, die Tochter der Gastgeberin, eine schlecht angezogene, unbedeutende Person mit einem der charakteristisch englischen Gesichter, die man, wenn man sie einmal gesehn hat, nie im Gedächtnis behält; und ihr Mann, ein rotwangiges Menschenkind mit weißem Backenbart, der, wie so viele seiner Art, der Meinung war, ungehörige Jovialität könne mit einem völligen Mangel an Gedanken versöhnen.

Es tat Dorian fast leid, daß er gekommen war, bis Lady Narborough auf die große vergoldete Bronzeuhr sah, die sich, geschmacklos mit allerlei Schnickschnack verziert, auf dem mit lila Stoff drapierten Kaminsims spreizte, und ausrief: »Wie schlecht von Henry Wotton, so spät zu kommen! Ich sandte heute morgen aufs Geratewohl zu ihm, und er versprach aufs Wort, mich nicht im Stich zu lassen.«

Es war tröstlich, daß Harry kommen sollte, und als die Tür sich öffnete und Dorian seine leise musikalische Stimme hörte, die irgendeine unwahre Entschuldigung reizend vorbrachte, hörte er auf, verdrießlich zu sein.

Aber bei Tisch konnte er nicht das geringste essen. Eine Platte nach der andern wurde gereicht, ohne daß er etwas anrührte. Lady Narborough schalt ihn fortwährend aus, meinte, das sei eine Beleidigung für den armen Adolphe, der das Menü speziell für ihn erfunden habe, und hie und da blickte Lord Henry zu ihm hinüber und wunderte sich über sein Schweigen und sein zerstreutes Wesen. Von Zeit zu Zeit füllte der Diener sein Glas mit Champagner. Er trank gierig, und sein Durst schien zu wachsen.

»Dorian,« sagte Lord Henry schließlich, als das Chaudfroid herumgereicht wurde, »was ist heute abend mit dir los? Du bist sehr verstimmt.«

»Ich vermute, er ist verliebt,« rief Lady Narborough, »und er hat Angst, mir das zu erzählen, weil er fürchtet, ich könnte eifersüchtig werden. Und da hat er recht.«

»Teure Lady Narborough,« sagte Dorian lächelnd, »ich bin seit einer vollen Woche nicht verliebt gewesen – bei Gott nicht, seit Madame de Ferrol nicht mehr in der Stadt ist.«

»Wie ihr Männer euch in diese Frau verlieben könnt!« rief die alte Dame aus. »Ich kann es wahrhaftig nicht verstehn.«

»Das kommt einfach daher, daß sie Sie an Ihre erste Mädchenzeit erinnert, Lady Narborough,« sagte Lord Henry. »Sie ist das einzige Glied zwischen uns und ihren kurzen Röcken.«

»Sie erinnert mich nicht im mindesten an meine kurzen Röcke, Lord Henry. Aber ich entsinne mich sehr wohl der Zeit, da ich sie vor dreißig Jahren in Wien getroffen habe und wie dekolletiert sie damals war.«

»Sie ist noch dekolletiert,« antwortete er und nahm eine Olive in seine langen Finger, »und wenn sie sehr elegant angezogen ist, sieht sie wie die Luxusausgabe eines schlechten französischen Romans aus.«

Sie ist wahrhaftig wundervoll und voller Überraschungen. Ihr Talent zur ehelichen Liebe ist außerordentlich. Als ihr dritter Mann starb, wurde ihr Haar ganz goldblond vor Kummer.«

»Wie kannst du nur so etwas sagen, Harry!« rief Dorian.

»Das ist eine sehr romantische Erklärung,« lachte die Gastgeberin. ,«Aber ihr dritter Mann, Lord Henry! Sie wollen doch nicht sagen, Ferrol sei der vierte?«

»Gewiß, Lady Narborough.«

»Ich glaube kein Wort davon.«

»Nun, fragen Sie Herrn Gray. Er ist einer ihrer intimsten Freunde.«

»Ist das wahr, Herr Gray?«

»Sie versichert es mir,« sagte Dorian. »Ich fragte sie, ob sie wie Margarete von Navarra ihre Herzen einbalsamiert und an ihren Gürtel gehängt habe. Sie sagte mir: nein, weil keiner von ihnen überhaupt ein Herz gehabt habe.« »Vier Männer! Auf mein Wort, das ist *trop de zèle.*« *»Trop d'audace,* sagte ich ihr,« erwiderte Dorian. »Oh! Sie erkühnt sich jedes Dings, mein Lieber. Und was für eine Art Mensch ist Ferrol? Ich kenne ihn nicht.« »Die Männer sehr schöner Frauen gehören der Verbrecherklasse an,« sagte Lord Henry und schlürfte seinen Wein. Lady Narborough schlug ihn mit dem Fächer. »Lord Henry, ich bin nicht im geringsten überrascht, daß die Welt Sie für überaus ruchlos hält.«

»Aber welche Welt tut das?« fragte Lord Henry und zog die Brauen hoch. »Es kann nur die kommende Welt sein. Diese Welt und ich stehn auf brillantem Fuß miteinander.«

»Jeder Mensch, den ich kenne, sagt, Sie seien sehr ruchlos,« rief die alte Dame kopfschüttelnd.

Lord Henry sah ein paar Augenblicke ernsthaft aus. »Es ist ganz abscheulich,« sagte er schließlich, »heutzutage gehn die Leute herum und sagen hinter dem Rücken eines Menschen Dinge, die ganz und gar wahr sind.«

»Ist er nicht unverbesserlich?« rief Dorian und beugte sich vor.

»Ich hoffe,« sagte die Gastgeberin lachend. »Aber wahrhaftig, wenn Sie alle Madame de Ferrol so lächerlich anbeten, muß ich auch wieder heiraten, um in Mode zu kommen.«

»Sie werden nie wieder heiraten, Lady Narborough,« fiel Lord Henry ein. »Sie waren viel zu glücklich. Wenn eine Frau wieder heiratet, tut sie es, weil sie ihren ersten Mann verabscheute. Wenn ein Mann wieder heiratet, tut er es, weil er seine erste Frau anbetete. Frauen versuchen ihr Glück; Männer setzen ihres aufs Spiel.«

»Narborough war nicht vollkommen,« rief die alte Dame. »Wenn er es gewesen wäre, hätten Sie ihn nicht geliebt, Verehrteste,« war die Erwiderung. »Frauen lieben uns wegen unserer Fehler. Wenn wir deren genug haben, verzeihen sie uns alles, selbst unsern Geist. Sie werden mich nie wieder einladen, fürchte ich, nachdem ich das gesagt habe; aber es ist wahr.«

»Natürlich ist es wahr, Lord Henry. Wenn wir Frauen euch nicht wegen eurer Fehler liebten, wo wäret ihr alle? Kein einziger von euch würde je eine Frau bekommen. Ihr wäret eine Garnitur unglücklicher Junggesellen. Indessen, das würde nicht viel an euch ändern. Heutzutage leben alle verheirateten Männer wie Junggesellen und alle Junggesellen wie verheiratete Männer.«

»*Fin de siecle*,« murmelte Lord Henry.

»*Fin du globe*,« antwortete die Gastgeberin.

»Ich wollte, es wäre *fin du globe*,« sagte Dorian seufzend; »das Leben ist eine große Enttäuschung.«

»Ah, mein Lieber,« rief Lady Narborough und zog ihre Handschuhe an, »sagen Sie mir nicht, daß Sie das Leben erschöpft haben. Wenn ein Mann das sagt, weiß man, daß das Leben ihn erschöpft hat. Lord Henry ist sehr ruchlos, und ich wünsche manchmal, ich wäre es gewesen; aber Sie sind dazu geschaffen, gut zu sein, Sie sehn so gut aus. Ich muß Ihnen eine hübsche Frau suchen. Lord Henry, meinen Sie nicht, Herr Gray sollte heiraten?«

»Ich sage ihm das immer, Lady Narborough,« sagte Lord Henry mit einer Verbeugung.

»Nun, da müssen wir uns nach einer passenden Gefährtin für ihn umsehn. Ich werde den Adelskalender heute nacht sorgsam durchgehn und eine Liste aller in Betracht kommenden jungen Damen aufstellen.«

»Mit ihrem Alter, Lady Narborough?« fragte Dorian.

»Natürlich, mit ihrem Alter, leicht redigiert. Aber es darf nichts übereilt werden. Ich will, daß es das wird, was die Morningpost eine passende Partie nennt, und will, daß Sie beide glücklich werden.«

»Was die Menschen über glückliche Ehen für Unsinn reden!« rief Lord Henry aus. »Ein Mann kann mit jeder Frau glücklich sein, solange er sie nicht liebt.«

»Ah! was sind Sie für ein Zyniker!« rief die alte Dame, schob ihren Stuhl zurück und nickte Lady Ruxton zu. »Sie müssen bald wieder zu mir kommen und bei mir essen. Sie regen wirklich wundervoll den Appetit an, viel besser als alles, was mir der Arzt verschreibt. Sie müssen mir sagen, welche Menschen Sie gern hier treffen würden. Es soll eine entzückende Gesellschaft werden.«

»Ich mag Männer, die eine Zukunft haben, und Frauen, die eine Vergangenheit haben,« antwortete er.

Sie lachte und erhob sich. »Ach verzeihen Sie, liebe Lady Ruxton, ich sah nicht, daß Sie mit Ihrer Zigarette noch nicht fertig sind.«

»Tut nichts, Lady Narborough. Ich rauche viel zuviel, ich muß es in Zukunft einschränken.«

»Bitte, tun Sie das nicht, Lady Ruxton,« sagte Lord Henry. »Mäßigung ist eine verhängnisvolle Sache. Genug ist nicht besser als ein Mittagessen. Mehr als genug ist so gut wie eine Festmahl.«

Lady Ruxton sah ihn neugierig an. »Sie müssen einmal eines Nachmittags zu mir kommen und mir das erklären, Lord Henry. Die Theorie scheint sehr erquicklich.« Und damit rauschte sie aus dem Zimmer.

»Nun, bitte, bleibt nicht zu lange bei eurer Politik und euren Skandalen,« rief Lady Narborough von der Tür aus. »Wenn ihr das tut, zanken wir ganz sicher mit euch, wenn ihr nach oben kommt.«

Die Männer lachten, und Herr Chapman stand feierlich auf und ging von einem Ende der Tafel ans andere. Dorian Gray wechselte den Platz und setzte sich neben Lord Henry. Herr Chapman fing an, mit lauter Stimme von der parlamentarischen Lage zu reden. Er wieherte laut über seine Widersacher. Das Wort Doktrinär – ein Wort des Schreckens für den englischen Geist – tauchte von Zeit zu Zeit zwischen seinen Lachexplosionen auf. Er sprach die Anfangssilben der Worte in der Hitze der Rede gern doppelt aus, und diese Art Stabreim diente als Redeschmuck. Er hißte die britische Flagge auf der Zinne des Gedankens auf. Die eingewurzelte Dummheit der Nation – gesunden englischen Menschenverstand nannte sie der Biedere – stellte sich als das eigentliche Fundament der Gesellschaft heraus.

Lord Henry lächelte, drehte sich um und sah auf Dorian.

»Ist dir jetzt besser, mein Lieber?« fragte er. »Du schienst bei Tisch recht unwohl?«

»Mir ist ganz wohl, Harry. Ich bin müde, weiter nichts.«

»Du warst gestern abend entzückend. Die kleine Herzogin hat dich ganz ins Herz geschlossen. Sie sagt mir, sie wird nach Selby kommen.« »Sie hat versprochen, am Zwanzigsten zu kommen.« »Wird Monmouth auch da sein?«

»O gewiß, Harry.«

»Er langweilt mich schrecklich, fast ebensosehr, wie er sie langweilt. Sie ist sehr gescheit, zu gescheit für eine Frau. Es fehlt ihr der unerklärliche Reiz der Schwäche. Die tönernen Füße sind es, die das Gold der Bildsäule wertvoll machen. Ihre Füße sind reizend, aber es sind keine Tonfüße. Weiße Porzellanfüße, wenn du willst. Sie sind im Feuer gewesen, und was das Feuer nicht zerstört, das härtet es. Sie hat viel erlebt.«

»Seit wann ist sie verheiratet?« fragte Dorian.

»Eine Ewigkeit, behauptet sie. Nach dem Pairskalender müssen es, glaube ich, zehn Jahre sein; aber zehn Jahre mit Monmouth müssen eine Ewigkeit gewesen sein, wenn man die Zeit noch dazu rechnet. Wer wird sonst da sein?«

»Oh, die Willoughbys, Lord Rugby und seine Frau, unsere Wirtin, Geoffrey Clouston, die übliche Garnitur. Ich habe auch Lord Grotian aufgefordert.«

»Ich mag ihn gern,« sagte Lord Henry. »Viele Leute können ihn nicht leiden, aber ich mag ihn. Er ist manchmal übertrieben gut angezogen, aber er macht das dadurch gut, daß er immer übertrieben gebildet ist. Ein sehr moderner Typus.« »Ich weiß nicht, ob er kommen kann, Harry. Vielleicht muß er mit seinem Vater nach Monte Carlo gehn.«

»Ah! Dieser furchtbare Familiensinn ist ein Mißstand! Sieh zu, daß er kommt! Nebenbei, du liefst gestern sehr früh weg. Was tatest du nachher? Gingst du gleich nach Hause?«

Dorian sah ihn schnell an und runzelte die Stirn. »Nein, Harry,« sagte er endlich, »ich kam erst gegen drei Uhr nach Hause.«

»Gingst du noch in den Klub?«

»Ja,« antwortete er. Dann biß er sich auf die Lippen. »Nein, wollte ich sagen. Ich ging nicht in den Klub. Ich ging in den Straßen umher. Ich weiß nicht mehr, was ich tat ... Wie du einen ausforschest, Harry! Du willst immer wissen, was man getan hat. Ich will immer vergessen, was ich getan habe. Ich kam um halb drei Uhr nach Hause, wenn du die genaue Zeit wissen willst.

Ich hatte meinen Hausschlüssel vergessen, und mein Diener mußte mich einlassen. Wenn du vielleicht ein bestätigendes Zeugnis wünschest, kannst du ihn fragen.«

Lord Henry zuckte die Achseln. »Mein Lieber, als ob ich mich darum kümmerte! Gehn wir in den Salon hinauf. Keinen Sherry, danke, Herr Chapman. Dir ist etwas zugestoßen, Dorian. Sag mir, was es ist! Du bist heute abend nicht du selbst.«

»Sei nicht böse, Harry, ich bin reizbar und schlechter Laune. Morgen komme ich zu dir, oder übermorgen. Entschuldige mich bei Lady Narborough. Ich gehe nicht mehr hinauf, ich muß nach Hause.«

»Schon gut, Dorian. Ich glaube schon, daß du morgen zum Tee kommst. Die Herzogin wird da sein.«

»Ich will versuchen, da zu sein, Harry,« sagte er und verließ das Zimmer. Als er nach Hause fuhr, war er sich bewußt, daß das Angstgefühl, von dem er geglaubt hatte, er habe es hinter sich gebracht, wiedergekommen war. Lord Henrys zufällige Frage hatte ihn einen Augenblick aus der Fassung gebracht und nervös gemacht, und er brauchte seine Nerven noch. Gefährliche Dinge mußten vernichtet werden. Er zuckte zusammen. Der Gedanke, sie auch nur zu berühren, war ihm widerwärtig.

Aber es mußte geschehn, das sah er ein. Als er die Tür seines Zimmers geschlossen hatte, öffnete er den Geheimschrank, in dem er Basil Hallwards Mantel und Tasche verborgen hatte. Es brannte ein starkes Feuer. Er legte noch ein Scheit darauf. Der Geruch der versengten Kleider und des brennenden Leders war schrecklich. Er brauchte drei Viertelstunden, bis alles verbrannt war. Als er fertig war, fühlte er sich schwach und unwohl. Er zündete in einer Kupferkanne ein paar algerische Räucherkerzchen an und badete dann seine Hände und seine Stirn in einem kalten, nach Moschus duftenden Essig.

Plötzlich fuhr er auf. Seine Augen wurden seltsam glänzend, und er nagte nervös an seiner Unterlippe. Zwischen zwei Fenstern stand ein großer florentinischer Schrank, der aus Ebenholz gearbeitet und mit Elfenbein und Lapislazuli ausgelegt war. Er sah darauf hin, als ob er etwas wäre, was anziehn und Furcht machen kann, als ob er enthielte, wonach ihn verlangte, und was er doch fast verabscheute. Sein Atem ging schneller. Eine wilde Gier kam über ihn. Er zündete eine Zigarette an und warf sie dann weg. Seine Lider senkten sich, bis die langen Wimpern fast seine Wangen berührten.

Aber er sah noch immer nach dem Schrank. Endlich stand er auf vom Sofa, auf dem er gelegen hatte, ging zu dem Schrank hinüber, schloß ihn auf und rührte an eine verborgene Feder. Ein dreieckiges Geheimfach schob sich langsam heraus. Seine Finger bewegten sich instinktiv danach hin, langten hinein und umschlossen etwas. Es war eine kleine chinesische Büchse, eine Lackarbeit in Schwarz und Goldstaub, die sehr schön gearbeitet war, die Seiten hatten ein Muster von gekrümmten Wogen, und die seidenen Schnüre waren mit runden Kristallen behangen und endeten in Quasten aus ineinander geflochtenen Metallfäden. Er öffnete sie. Innen war eine grüne Paste mit wachsartigem Glanz, der Geruch seltsam schwer und durchdringend.

Er zögerte ein paar Augenblicke, mit einem seltsam unbeweglichen Lächeln auf den Lippen. Dann richtete er sich fröstelnd auf, obwohl es im Zimmer entsetzlich heiß war, und sah nach der Uhr. Es war zwanzig Minuten vor zwölf. Er legte die Büchse zurück, schloß die Türen des Schranks und ging in sein Schlafzimmer.

Als die Mitternacht eherne Schläge in die Nacht schickte, schlich sich Dorian Gray in ordinären Kleidern und ein Tuch um den Hals geschlungen leise aus dem Hause. In Bond Street traf er eine Droschke mit einem kräftigen Pferd. Er rief sie an und nannte dem Kutscher mit leiser Stimme eine Adresse.

Der Mann schüttelte den Kopf. »Das ist mir zu weit,« brummte er.

»Hier ist ein Goldstück,« sagte Dorian. »Sie sollen noch einmal soviel bekommen, wenn Sie schnell fahren.« »Gut, Herr,« antwortete der Mann, »Sie werden in einer Stunde da sein,« und nachdem sein Fahrgast eingestiegen war, drehte er um und fuhr in der Richtung nach der Themse.

Sechzehntes Kapitel

Ein kalter Regen begann zu fallen, und das trübe Licht der Laternen sah in dem tropfenden Nebel unheimlich aus. Die Wirtshäuser wurden eben geschlossen, und schattenhafte Gruppen von Männern und Frauen drängten sich um die Türen. Aus manchen Kneipen erscholl gräßliches Gelächter. In andern lärmten und schrien Betrunkene.

Dorian Gray hatte sich in den Wagen zurückgelehnt, den Hut tief in die Stirn gezogen, und blickte achtlos auf den Schmutz und Auswurf der Großstadt. Ab und zu wiederholte er sich die Worte, die Lord Henry am ersten Tag, wo sie sich kennen gelernt, gesprochen hatte: »Die Seele vermittelst der Sinne und die Sinne vermittelst der Seele zu heilen.« Ja, das war das Geheimnis. Er hatte es oft versucht und wollte es jetzt wieder versuchen. Es gab Opiumhöhlen, in denen man Vergessenheit kaufen konnte, Höhlen des Grauens, wo das Gedächtnis alter Sünden durch den Wahnsinn neuer getilgt werden konnte.

Der Mond hing niedrig am Himmel wie eine gelbe Schale. Von Zeit zu Zeit streckte eine große ungestake Wolke einen langen Arm aus und verbarg ihn. Die Laternen wurden spärlicher und die Straßen enger und düsterer. Einmal fuhr der Kutscher falsch und mußte ein paar hundert Meter zurückfahren. Das Pferd dampfte, während es durch die Pfützen trabte. Die Seitenfenster des Wagens waren vom Nebel wie mit grauem Flanell beschlagen.

»Die Seele vermittelst der Sinne und die Sinne vermittelst der Seele zu heilen!« Wie die Worte ihm in den Ohren klangen! Seine Seele jedenfalls war krank zum Tode. Ist es wahr, daß die Sinne sie heilen konnten? Unschuldiges Blut war vergossen worden. Womit konnte das gesühnt werden? Dafür gab es keine Sühne; aber wenn Vergebung unmöglich war, war doch Vergessen möglich, und er war entschlossen zu vergessen, das Ding niederzutreten und auszutilgen wie eine Schlange, die einen gestochen hat. Was für ein Recht hatte denn Basil gehabt, so zu ihm zu sprechen, wie er es getan hatte? Wer hatte ihn zum Richter über andere gemacht? Er hatte Dinge gesagt, die furchtbar, entsetzlich, unerträglich waren.

Weiter und weiter suchte die Droschke ihren Weg und fuhr, wie es schien, mit jedem Schritt langsamer. Er schob das Schiebefenster zurück und rief hinter ihm dem Kutscher zu, er solle schneller fahren. Der gräßliche Opiumhunger nagte an ihm. Die Kehle brannte ihm, und seine zarten Hände zupften nervös aneinander. Er schlug mit dem Spazierstock wie toll auf das Pferd ein. Der Kutscher lachte und schlug mit der Peitsche zu. Er lachte auch, und der Kutscher wurde still.

Der Weg schien nicht enden zu wollen, und die Straßen waren wie ein schwarzes, wirres Spinngewebe. Die Eintönigkeit wurde unerträglich, und als der Nebel dicker wurde, überfiel ihn Angst.

Dann fuhren sie an einsamen Ziegeleien vorbei. Der Nebel war hier durchsichtiger, und er konnte die seltsamen flaschenförmigen Ziegelöfen mit ihren orangefarbenen, fächerartigen Feuerzungen sehen. Ein Hund bellte, als sie vorüberkamen, und weit entfernt im Dunkeln schrie eine Möwe. Das Pferd stolperte, wurde scheu und rannte im Galopp weiter.

Nach einiger Zeit verließen sie den lehmigen Weg und rasselten wieder über holpriges Straßenpflaster. Die meisten Fenster waren dunkel, aber hie und da sah man phantastische Schatten wie Silhouetten hinter einem erleuchteten Vorhang. Er sah neugierig darauf hin. Sie bewegten sich wie große Marionetten und gestikulierten wie lebende Wesen. Etwas wie Haß gegen sie überkam ihn. Eine dumpfe Wut war in seinem Herzen. Als sie um eine Ecke bogen, schrie ein Weib aus einer offenen Tür ihnen etwas zu, und zwei Männer liefen ein paar hundert Schritt hinter dem Wagen her. Der Kutscher schlug mit der Peitsche nach ihnen.

Man hat gesagt, die Leidenschaft drehe einem die Gedanken im Kreise herum. Jedenfalls formten die zerbissenen Lippen Dorian Grays immer und immer wieder die feingestellten Worte von der Seele und den Sinnen, bis er in ihnen sozusagen den vollen Ausdruck seiner Stimmung gefunden und durch die Zustimmung des Intellekts Leidenschaften gerechtfertigt hatte, die auch ohne solche Rechtfertigung seiner Natur beherrscht hätten. Von Zelle zu Zelle in seinem Hirn kroch dieser eine Gedanke; und die wilde Sucht zu leben, das schrecklichste von allen Gelüsten der Menschen, stachelte jede Fiber und jeden zuckenden Nerv furchtbar gewaltsam empor. Die Häßlichkeit, die ihm einst verhaßt gewesen war, weil sie die Dinge wirklich machte, wurde ihm jetzt aus eben dem Grunde lieb. Häßlichkeit war die einzige Wirklichkeit. Das rohe Geschrei, die ekelhafte Kneipe, die gemeine Gewalttätigkeit liederlichen Lebens, die Verworfenheit sogar des Diebes und des Abschaums der Menschheit waren in der intensiven Tatsächlichkeit des Eindrucks, den sie machten, lebendiger als all die graziösen Formen der Kunst, die Traumschatten der Poesie. Das war es, was er zum Vergessen brauchte. In drei Tagen wollte er befreit sein.

Plötzlich hielt der Kutscher am Ende einer dunkeln Gasse mit einem Ruck an. Über die niedern Dächer und die zackigen Schornsteinmassen der Häuser ragten die schwarzen Masten von Schiffen.

Weiße Nebelfetzen hingen wie gespenstische Segel über den Schiffsplätzen. »Hier irgendwo, nicht?« fragte der Mann mit heiserer Stimme durch das Schiebefenster.

Dorian fuhr auf und sah sich um. »Es ist gut,« antwortete er, stieg hastig aus, gab dem Kutscher die Extrabelohnung, die er ihm versprochen hatte, und ging schnell in der Richtung des Kais weiter. Hie und da blitzte eine Laterne am Heck eines mächtigen Kauffahrteischiffs. Das Licht zitterte und zersplitterte in den Pfützen. Ein roter Schimmer kam von einem weit draußen verankerten Dampfer, der Kohlen lud. Das schlüpfrige Pflaster sah wie ein naßglänzender Gummimantel aus.

Er eilte nach links weiter und sah sich hie und da um, ob ihm niemand folgte. Nach etwa sechs bis acht Minuten erreichte er ein kleines, niedriges Haus, das zwischen zwei schmutzigen Fabriken stand. In einem der Dachfenster stand eine Lampe. Er blieb stehn und klopfte. Es klang wie ein verabredetes Zeichen.

Nach einer Weile hörte er Schritte im Flur und das Klirren der Türkette, die losgemacht wurde. Die Tür ging leise auf, und er ging hinein, ohne zu der kleinen, elenden Gestalt, die sich, als er vorbeiging, in den Schatten drückte, ein Wort zu sagen. Am Ende des Flurs hing ein zerfetzter grüner Vorhang, der in dem starken Wind, der von der Straße mit hereingekommen war, hin und her flatterte. Er schob ihn zur Seite und betrat einen langen, niedrigen Raum, der aussah, als wär er einmal ein Tanzsaal niedrigster Sorte gewesen. Grelle, flackernde Gasflammen, die in den fliegenbeschmutzten Spiegeln, die ihnen gegenüber hingen, stumpf und verzerrt wurden, brannten an den Wänden. Verschmierte Scheinwerfer aus geripptem Blech waren hinter ihnen angebracht, um die zitternde Lichtkreise schwebten. Der Boden war mit ockerfarbenem Sägemehl bestreut, das von den Tritten hie und da zu Kot geworden war und auf dem sich von vergossenen Getränken dunkle, kreisrunde Flecken zeigten. Ein paar Malaien hockten an einem kleinen Kohlenofen, spielten mit beinernen Würfeln und zeigten beim Sprechen ihre weißen Zähne. In einer Ecke saß ein Matrose, den Kopf auf den Armen über den Tisch gebeugt, und an der grell bemalten Schenke, die eine ganze Seite des Saals einnahm, standen zwei verkommene Weiber, die einen alten Mann verhöhnten, der mit einem Ausdruck des Ekels im Gesicht die Ärmel seines Rockes bürstete. »Er denkt, er hat Läuse gekriegt,« lachte eine von ihnen, als

Dorian vorbeiging. Der Mann sah sie ängstlich an und begann zu wimmern.

Am Ende des Saals war eine kleine Treppe, die zu einem verhängten Zimmer führte. Als Dorian die drei gebrechlichen Stufen hinaufging, kam ihm der schwere Duft des Opiums entgegen. Er holte tief Atem, und seine Nüstern zitterten vor Lust. Als er eintrat, blickte ein junger Mann mit glattem blonden Haar, der sich über eine Lampe beugte, um eine lange, dünne Pfeife anzuzünden, zu ihm auf und nickte zögernd.

»Du hier, Adrian?« sagte Dorian halblaut.

»Wo sollte ich sonst sein?« antwortete jener, ohne sich stören zu lassen. »Kein Mensch spricht jetzt mehr mit mir.«

»Ich dachte, du hättest England verlassen.«

»Darlington wird nichts tun; mein Bruder hat den Wechsel schließlich bezahlt. George spricht auch nicht mehr mit mir. . . Mir eins,« sagte er seufzend, »solange man das hier hat, braucht man keine Freunde. Ich glaube, ich habe zu viel Freunde gehabt.«

Dorian zuckte und betrachtete sich die grotesken Gestalten, die in so phantastischen Stellungen auf den zerrissenen Matratzen lagen. Die gekrümmten Glieder, die starren, glanzlosen Augen, der offene Mund ließen ihn nicht los. Er wußte, in was für seltsamen Himmeln sie litten, und was für düstere Höllen sie das Geheimnis eines neuen Genusses lehrten. Sie waren besser daran als er. Er saß im Denken gefangen. Das Gedächtnis fraß wie eine schreckliche Krankheit an seiner Seele. Von Zeit zu Zeit glaubte er die Augen Basil Hallwards auf sich gerichtet zu sehn. Aber er fühlte, er konnte nicht bleiben. Die Gegenwart Adrian Singletons störte ihn. Er mußte irgendwo sein, wo ihn niemand kannte. Er mußte sich selbst entfliehen.

»Ich gehe in das andere Haus,« sagte er nach einer Pause. »Am Kai?«

»Ja.«

»Die Wildkatze wird sicher da sein. Sie wollen sie hier nicht mehr haben.«

Dorian zuckte die Achseln. »Ich habe die Weiber, die einen lieben, satt. Weiber, die einen hassen, sind viel interessanter. Überdies ist dort der Stoff besser.«

»Genau derselbe.«

»Ich ziehe ihn vor. Komm, wir trinken etwas. Ich muß etwas trinken.«

»Ich brauche nichts,« murmelte der junge Mann. »Tut nichts.«

Adrian Singleton stand müde auf und folgte Dorian zur Schenke. Ein Mischling in zerrissenem Turban und schäbigem Mantel grinste zur Begrüßung, als er eine Flasche Schnaps und zwei Gläser vor sie hinstellte. Die Weiber machten sich heran und fingen zu schwatzen an. Dorian wandte ihnen den Rücken und sagte leise etwas zu Adrian Singleton.

Ein gekrümmtes Lächeln gleich einem malaiischen Dolch verzerrte die Züge des einen Weibes. »Wir sind heute sehr stolz,« lachte sie höhnisch.

»Um Gottes willen, sprich nicht zu mir!« schrie Dorian und stampfte mit dem Fuß auf. »Was willst du? Geld? Hier hast du's. Rede mich nie wieder an!«

Zwei rote Funken blitzten einen Augenblick in den stumpfen Augen des Weibes, dann verlöschten sie und ließen sie trüb und glasig. Sie schüttelte den Kopf und sammelte mit gierigen Fingern die Münzen, die er auf den Schenktisch gelegt hatte. Ihre Begleiterin sah mit neidischen Blicken zu.

»Es hat keinen Zweck,« seufzte Adrian Singleton. »Ich will nirgends anders hin. Was macht es aus? Ich fühle mich hier sehr wohl.«

»Du schreibst mir, wenn du etwas brauchst, ja?« sagte Dorian nach einer Pause.

»Vielleicht.«

»Dann gute Nacht.«

»Gute Nacht,« antwortete der junge Mann, ging die Stufen hinauf und wischte sich dabei mit dem Taschentuch den Mund ab.

Dorian ging mit einem Ausdruck der Qual im Gesicht zur Tür. Als er den Vorhang zur Seite schob, kam von den geschminkten Lippen des Weibes, das sein Geld genommen hatte, ein gräßliches Lachen. »Da geht der Seelenverkäufer!« rief sie mit heiserer, glucksender Stimme.

»Verflucht!« antwortete er, »du sollst mich nicht so nennen!«

Sie schnippte mit den Fingern. »Was, Prinz Wunderhold soll ich dich nennen, das gefiele dir?« schrie sie ihm nach.

Der schlaftrunkene Matrose sprang auf, als sie das sagte, und blickte wild um sich. Der Klang der Haustür, die zufiel, traf sein Ohr. Er stürzte hinaus.

Dorian Gray ging mit schnellen Schritten durch den Sprühregen den Kai entlang. Sein Zusammentreffen mit Adrian Singleton hatte ihn seltsam bewegt, und er sann darüber nach, ob die Vernichtung dieses jungen Lebens wirklich ihm zuzuschreiben sei, wie Basil Hallward mit so schmählich beleidigenden Worten zu ihm gesagt hatte. Er biß sich auf die Lippen, und in seine Augen kam für ein paar Augenblicke ein Ausdruck der Trauer. Aber schließlich, was ging es ihn an? Das Leben war zu kurz, als daß man die Fehler eines andern auf seine Schultern laden konnte. Jeder lebte sein eigenes Leben und zahlte seinen eigenen Preis dafür. Der einzige Jammer war, daß man für *eine* Schuld so oft zahlen mußte. Man mußte immer und immer wieder zahlen. Dem Menschen gegenüber schloß das Schicksal seine Rechnung nie ab.

Es gibt Augenblicke, sagen die Psychologen, wo der wilde Trieb zur Sünde oder zu dem, was die Welt Sünde nennt, eine Natur so beherrscht, daß jede Fiber des Körpers, jede Zelle des Gehirns mit furchtbaren Trieben wie getränkt zu sein scheint. Männer und Frauen verlieren in solchen Augenblicken ihren freien Willen. Sie gehn blind ihrem schrecklichen Ende entgegen, als ob sie Automaten wären. Sie haben keine Wahl mehr, und das Gewissen ist entweder getötet oder, wenn es noch lebt, dann nur, um der Auflehnung ihren Zauber und dem Frevel seinen Reiz zu geben. Denn alle Sünden – die Theologen werden nicht müde, es uns immer wieder einzuschärfen – entspringen dem Ungehorsam. Als jener hohe Geist, jenes Frühlicht alles Bösen, aus dem Himmel stürzte, geschah es, weil er ein Rebell war.

Gefühllos und verhärtet, aufs Böse wie konzentriert, mit verdunkeltem Geist und einer Seele, die nach Auflehnung dürstete, eilte Dorian Gray weiter und ging immer schneller; aber als er rasch in einen Torweg einbog, durch den er oft gegangen war, um seinen Weg zu dem berüchtigten Hause, dem er zustrebte, abzukürzen, fühlte er sich plötzlich von hinten ergriffen, und ehe er Zeit hatte, sich zu wehren, wurde er gegen die Mauer geschleudert und fühlte eine rohe Hand an seiner Kehle.

Er rang wild um sein Leben, und in furchtbarer Anstrengung gelang es ihm, die Finger, die ihn umklammerten, wegzuzerren. Einen Augenblick später hörte er das Knacken eines Revolvers und sah das Glänzen eines blanken Laufs, der direkt nach seinem Kopfe gerichtet war, und die dunkle Gestalt eines untersetzten Mannes.

»Was wollen Sie?« keuchte er.

»Halt dich still!« sagte der Mann. »Wenn du dich rührst, schieß ich.«

»Sie sind toll! Was habe ich mit Ihnen zu tun?«

»Du hast das Leben Sibyl Vanes vernichtet,« war die Antwort, »und Sibyl Vane war meine Schwester. Sie hat sich getötet. Ich weiß es, du bist an ihrem Tode schuld! Ich habe geschworen, dich dafür zu töten. Seit Jahren suche ich dich. Ich hatte keinen Anhaltspunkt, keine Spur. Die zwei Menschen, die dich hätten beschreiben können, waren tot. Ich wußte nichts von dir als den Kosenamen, den sie dir gab. Mach deinen Frieden mit Gott, denn heute nacht sollst du sterben!«

Dorian Gray wurde fast ohnmächtig vor Angst. »Ich habe sie nie gekannt,« stammelte er. »Ich habe nie von ihr gehört. Sie sind toll!«

»Du tätest besser, deine Sünden zu bekennen, denn so wahr ich James Vane heiße: du mußt sterben!« Es war ein entsetzlicher Augenblick. Dorian wußte nicht, was er sagen oder tun sollte. »Auf die Knie!« tobte der Mann. »Ich gebe dir eine Minute, um deinen Frieden mit Gott zu machen – mehr nicht! Ich gehe heute nacht nach Indien an Bord und muß erst tun, was nötig ist. Eine Minute, mehr nicht!«

Dorians Arme fielen herunter. Er war vor Angst wie gelähmt und wußte nicht, was er tun sollte. Plötzlich zuckte eine wilde Hoffnung in seinem Hirn auf. »Halt!« rief er. »Wie lange ist es her, daß Ihre Schwester starb? Schnell, sagen Sie es!«

»Achtzehn Jahre,« sagte der Mann. »Warum fragst du? Was kommt's darauf an?«

»Achtzehn Jahre,« lachte Dorian Gray, und seine Stimme klang triumphierend. »Achtzehn Jahre! Bringen Sie mich zur Laterne und sehn Sie mein Gesicht an!«

James Vane zögerte einen Augenblick. Er verstand nicht, was das heißen sollte. Dann packte er Dorian Gray und zog ihn aus dem Torweg hervor.

Das Licht, das im Sturm wehte, war undeutlich und flackernd, aber es genügte doch, um James Vane den furchtbaren Irrtum zu zeigen, in dem er befangen gewesen schien, denn das Gesicht des Mannes, den er hatte töten wollen, zeigte all den knabenhaften Flaum, all die unbefleckte Reinheit der Jugend. Er schien kaum älter als ein Jüngling von zwanzig Jahren, vielleicht erst so alt, wie seine Schwester gewesen war, als sie vor vielen Jahren dahingegangen war. Es lag auf der Hand, das war nicht der Mann, der ihr Leben zerstört hatte.

Er ließ sein Opfer los und taumelte zurück. »Mein Gott! mein Gott!« rief er, »und ich hätte Sie beinahe getötet!«

Dorian Gray holte tief Atem. »Sie waren nahe daran, ein furchtbares Verbrechen zu begehen, Mann,« sagte er und sah ihm streng in die Augen. »Lassen Sie sich das eine Warnung sein, die Rache nicht in die eigene Hand zu nehmen.«

»Verzeihen Sie, Herr!« murmelte James Vane. »Ich täuschte mich. Ein zufälliges Wort, das ich in der verfluchten Kneipe hörte, brachte mich auf die falsche Spur.«

»Es wäre besser, Sie gingen nach Hause und legten die Pistole fort, oder Sie könnten in schlimme Händel kommen,« sagte Dorian Gray, drehte sich um und ging langsam die Straße hinunter.

James Vane war voller Entsetzen stehengeblieben. Er zitterte am ganzen Körper. Nach einer kleinen Weile bewegte sich ein schwarzer Schatten, der an der nassen Wand entlang gekrochen war, gegen das Licht vor und kam mit leisen Schritten näher herangeschlichen. Er spürte eine Hand auf seiner Schulter und sah sich erschreckt um. Es war die eine der Frauen, die an der Schenke getrunken hatten.

»Warum hast du ihn nicht getötet?« zischte sie und brachte ihr verfallenes Gesicht ganz nahe an seines. »Ich wußte, daß du ihm folgtest, als du von Dalys Haus fortstürztest. Du Narr! Du hättest ihn töten sollen. Er hat eine Menge Geld und ist der Schlechteste der Schlechten.«

»Er ist nicht der Mann, den ich suche,« antwortete er, »und ich suche nicht das Geld eines Menschen, ich suche sein Leben. Der Mann, dessen Leben ich suche, muß jetzt fast vierzig sein. Der da war fast noch ein Knabe. Ich danke Gott, daß sein Blut nicht an meinen Händen klebt.«

Das Weib lachte bitter auf. »Fast noch ein Knabe!« rief sie höhnisch. »Mann, wahrhaftig, es sind fast achtzehn Jahre, seit Prinz Wunderhold mich zu dem gemacht hat, was ich bin.«

»Du lügst!« schrie James Vane.

Sie hob die Hand zum Himmel. »Bei Gott, ich sage die Wahrheit!« rief sie.

»Bei Gott?«

»Du kannst mich stumm machen, wenn es nicht so ist. Er ist der Schlechteste von allen, die herkommen. Sie sagen, er hätte für ein hübsches Gesicht dem Teufel seine Seele verkauft. Es sind fast achtzehn Jahre, daß ich ihn kennen gelernt habe.

Er hat sich nicht viel verändert seitdem. Um so mehr ich,« fügte sie mit traurigem Blick hinzu.

»Das schwörst du?«

»Ich schwöre es!« kam es wie ein heiseres Echo aus ihrem häßlichen Munde. »Aber verrate mich ihm nicht,« greinte sie, »ich habe Angst vor ihm. Gib mir ein bißchen Geld, daß ich schlafen gehn kann.«

Er machte sich fluchend los und rannte zur Straßenecke; aber Dorian Gray war verschwunden. Als er zurückblickte, war auch das Weib nicht mehr da.

Siebzehntes Kapitel

Eine Woche später saß Dorian Gray im Gewächshause zu Selby Royal im Gespräch mit der hübschen Herzogin von Monmouth, die mit ihrem Gatten, einem erschöpft aussehenden Mann von sechzig Jahren, unter seinen Gästen war. Es war die Teestunde, und das milde Licht der großen, mit einem Spitzenschleier bedeckten Lampe, die auf dem Tische stand, fiel auf das entzückende Porzellan und das getriebene Silber des Services, das bei der Herzogin stand. Ihre weißen Hände machten sich zierlich mit den Tassen zu schaffen, und ihre vollen roten Lippen lächelten über etwas, was Dorian ihr zuflüsterte. Lord Henry lag zurückgelehnt in einem mit Silberstoff überzogenen Korbstuhl und schaute auf die beiden. Auf einem pfirsichfarbenen Diwan saß Lady Narborough und tat so, als hörte sie zu, wie ihr der Herzog einen brasiliischen Käfer schilderte, den er jüngst für seine Sammlung erworben hatte. Drei junge Leute in eleganter Gesellschaftstoilette versorgten einige der Damen mit Teegebäck. Die Gesellschaft, die Dorian auf seiner Besitzung bewirtete, bestand aus zwölf Personen, und am nächsten Tag wurden noch einige erwartet.

»Worüber redet ihr beiden?« sagte Lord Henry, der langsam an den Tisch trat und seine Tasse niedersetzte. »Ich hoffe, Dorian hat dir von meinem Plan, alles wiederzutaufen, erzählt, Gladys. Es ist eine reizende Idee.«

»Aber ich will nicht wiedergetauft werden, Harry,« erwiderte die Herzogin und sah ihn mit ihren wundervollen Augen an. »Ich bin mit meinem eigenen Namen sehr zufrieden, und ich denke, Herr Gray sollte es auch mit seinem sein.«

»Liebe Gladys, um keinen Preis der Welt möchte ich einen der beiden Namen ändern. Sie sind beide vollendet. Ich dachte hauptsächlich an Blumen. Gestern schnitt ich mir für mein Knopfloch eine Orchidee ab. Es war eine wunderbar gefleckte Blume, so wirkungsvoll wie die sieben Todsünden. In einem Anfall von Gedankenlosigkeit fragte ich einen der Gärtner, wie sie heißt. Er sagte mir, es sei ein schönes Exemplar der Robinsoniana oder etwas anderes Schreckliches der Art. Es ist eine traurige Wahrheit, aber wir haben das Talent, den Dingen schöne Namen zu geben, verloren. Der Name ist alles. Ich streite nie gegen das Tun. Mein einziger Streit geht gegen die Worte. Das ist der Grund, warum ich den gemeinen Realismus in der Literatur verabscheue. Der Mann, der einen Spaten bei seinem Namen nennen kann, sollte gezwungen werden, einen zur Hand zu nehmen. Er ist zu weiter nichts tauglich.«

»Wie sollten wir also dich nennen, Harry?« fragte sie. »Sein Name ist Prinz Paradox,« sagte Dorian.

»Jawohl!« rief die Herzogin aus, »wird sofort anerkannt.« »Ich will ihn nicht hören,« lachte Lord Henry und ließ sich in einen Stuhl sinken. »Vor einer Etikette gibt es keine Rettung. Ich lehne den Titel ab.«

»Fürsten können nicht abdanken,« warnten reizende Lippen.

»Du wünschest also, daß ich meinen Thron verteidige?« »Ja.«

»Ich sage die Wahrheiten von morgen.« »Ich lebe die Irrungen von heute.«

»Du entwaffnest mich, Gladys,« rief er, über ihre Laune entzückt.

»Deines Schildes, Harry, nicht deines Speers.«

»Ich kämpfe nie gegen die Schönheit,« sagte er mit grüßender Handbewegung.

»Das ist ein Fehler, Harry, glaube es mir. Du stellst die Schönheit viel zu hoch.«

»Wie kannst du das sagen? Ich gebe zu, daß ich meine, schön sein ist besser als gut sein. Aber anderseits ist niemand mehr als ich bereit, anzuerkennen, daß gut sein besser ist als häßlich sein.«

»Dann ist also die Häßlichkeit eine der sieben Todsünden?« rief die Herzogin. »Was wird aus deinem Orchideengleichnis?«

»Häßlichkeit ist eine der sieben Tugenden, Gladys. Die darfst du, wenn du deiner Tory-Gesinnung treu bleiben willst, nicht unterschätzen. Bier, die Bibel und die sieben tödlichen Tugenden haben unser England zu dem gemacht, was es ist.«

»Du liebst also dein Vaterland nicht?« fragte sie. »Ich lebe darin.«

»Um es besser tadeln zu können.«

»Würdest du lieber sehn, daß ich mich dem Urteil Europas über unser Land anschließe?« fragte er.

»Was sagen sie von uns?«

»Sie sagen, Tartüff sei nach England ausgewandert und habe da einen Laden aufgemacht.«

»Ist das von dir, Harry?« »Ich schenke es dir.«

»Ich kann es nicht brauchen. Es ist zu wahr.«

»Du brauchst nicht zu erschrecken. Unsere Landsleute fühlen sich nie getroffen, wenn man sie schildert.«

»Sie sind zu praktisch.«

»Sie sind mehr schlau als praktisch. Wenn sie die Bilanz ziehen, gleichen sie die Dummheit durch Reichtum und das Laster durch Heuchelei aus.«

»Und doch haben wir große Dinge getan.«

»Große Dinge sind uns auferlegt worden, Gladys.« »Wir haben ihre Last getragen.«

»Nur bis zur Börse.«

Sie schüttelte den Kopf. »Ich glaube an unser Volk,« rief sie.

»Es repräsentiert das Überleben der Rücksichtslosigkeit.« »Es hat Entwicklung.«

»Verfall reizt mich mehr.« »Wie stehts mit der Kunst?« »Eine Krankheit.« »Liebe?«

»Eine Illusion.« »Religion?«

»Modernes Surrogat für den Glauben.« »Du bist ein Skeptiker.«

»Niemals! Skepsis ist der Anfang alles Glaubens.« »Was bist du?«

»Definieren heißt beschränken.« »Gib mir einen Faden.«

»Fäden zerreißen. Du verlörest deinen Weg im Labyrinth.« »Du machst mich wirblig. Reden wir von sonst jemandem. «

»Unser Wirt ist ein reizendes Thema. Vor vielen Jahren wurde er Prinz Wunderhold getauft.«

»Ah! erinnere mich nicht daran!« rief Dorian Gray. »Unser Wirt ist heute abend recht greulich!« antwortete die Herzogin und errötete. »Ich glaube, er denkt, Monmouth habe mich aus rein wissenschaftlichen Gründen geheiratet, als bestes Musterstück eines modernen Schmetterlings.«

»Ich hoffe aber, er steckt keine Stecknadeln in Sie, Frau Herzogin,« lachte Dorian.

»Oh, das tut schon meine Jungfer, Herr Gray, wenn sie sich über mich ärgert.«

»Und worüber ärgert sie sich denn, Frau Herzogin?« »Wegen lauter Kleinigkeiten, Herr Gray, glauben Sie nur. Gewöhnlich, weil ich zehn Minuten vor neun hereinkomme und ihr sage, bis halb neun müsse ich angezogen sein.« »Wie unvernünftig von ihr! Sie sollten ihr kündigen!«

»Ich wage es nicht, Herr Gray. Sie erfindet nämlich meine Hüte. Sie erinnern sich an den Hut, den ich auf dem Gartenfest bei Lady Hilstone trug? Natürlich nein; aber es ist hübsch von Ihnen, daß Sie so tun. Sehn Sie, den hat sie aus nichts gemacht. Jeder gute Hut ist aus nichts gemacht.«

»Wie jeder gute Ruf, Gladys,« fiel Lord Henry ein. »Jede Wirkung, die man ausübt, verschafft einem einen Feind. Um populär zu sein, muß man ein Durchschnittsmensch sein.«

»Bei Frauen nicht,« sagte die Herzogin und schüttelte den Kopf, »und Frauen regieren die Welt. Ich versichere Sie, wir können Durchschnittsmenschen nicht ausstehn. Wir Frauen, hat einmal einer gesagt, lieben mit den Ohren, wie ihr Männer mit den Augen liebt, wenn ihr überhaupt liebt.«

»Mir scheint, wir tun nie etwas anderes,« murmelte Dorian.

»Ah! dann lieben Sie nie in Wirklichkeit,« antwortete die Herzogin und legte etwas Schmerzliches in ihren Ton.

»Liebe Gladys!« rief Lord Henry. »Wie kannst du das sagen? Die Gefühle leben von der Wiederholung, und die Wiederholung verwandelt einen Trieb in eine Kunst. Überdies, jedesmal, wenn man liebt, ist es das erste Mal, daß man je geliebt hat. Die Verschiedenheit des Gegenstandes ändert die Einzigkeit der Leidenschaft nicht. Sie macht sie nur intensiver. Wir können im Leben im besten Fall nur ein einziges großes Erlebnis haben, und die geheime Kunst des Lebens ist, dieses Erlebnis so oft wie möglich zu reproduzieren.«

»Selbst wenn es einen verwundet hat, Harry?« fragte die Herzogin nach einer Pause.

»Besonders wenn es einen verwundet hat,« antwortete Lord Henry.

Die Herzogin wandte sich Dorian Gray zu und sah ihn mit einem seltsamen Ausdruck in ihren Augen an. »Was sagen Sie dazu, Herr Gray?« forschte sie.

Dorian zögerte einen Augenblick. Dann warf er den Kopf zurück und lachte. »Ich bin immer derselben Meinung wie Harry, Frau Herzogin.«

»Auch wenn er unrecht hat?« »Harry hat nie unrecht.«

»Und macht seine Philosophie Sie glücklich?« »Ich bin nie aufs Glück ausgewesen. Wer braucht Glück? Ich bin auf Genuß ausgewesen.«

»Und haben ihn gefunden, Herr Gray?« »Oft. Zu oft.«

Die Herzogin seufzte. »Ich suche den Frieden,« sagte sie, »und wenn ich jetzt nicht zum Anziehen gehe, habe ich heute abend keinen.«

»Ich werde Ihnen ein paar Orchideen holen, Frau Herzogin,« rief Dorian, stand auf und ging das Gewächshaus hinunter.

»Du flirtest schändlich mit ihm,« sagte Lord Henry zu seiner Kusine. »Sieh dich vor! Er ist gefährlich.« »Wenn er es nicht wäre, gäb's keinen Kampf.« »Griechen kämpfen denn also gegen Griechen?« »Ich bin auf der Seite der Trojaner. Sie stritten für eine Frau.«

»Sie wurden geschlagen.« »Es gibt schlimmere Dinge als Gefangenschaft.« »Du galoppierst mit losem Zügel.« »Das Tempo macht's leben,« war der schnelle Gegenstoß. »Ich schreib es heute abend in mein Tagebuch.« »Was?«

»Daß ein gebranntes Kind das Feuer liebt.«

»Ich bin nicht einmal versengt. Meine Flügel sind unberührt.«

»Du benutzt sie zu allem, nur nicht zum Fliehen.« »Der Mut ist von den Männern zu den Frauen übergegangen. Das ist ein neues Erlebnis für uns.«

»Du hast eine Nebenbuhlerin.« »Wen?«

Er lachte. »Lady Narborough,« flüsterte er. »Sie betet ihn an!«

»Du machst mir Angst. Solch graues Altertum ist uns Romantikern verhängnisvoll.«

»Romantisch! Du hast alle Methoden der Wissenschaft.« »Männer haben uns erzogen.«

»Aber nicht erklärt.«

»Gib uns eine Definition unseres Geschlechts,« forderte sie ihn heraus. »Sphinxe ohne Geheimnisse.«

Sie sah ihn lächelnd an. »Wie lange Herr Gray ausbleibt!« sagte sie. »Wir wollen ihm helfen. Ich habe ihm noch nicht gesagt, was mein Kleid für eine Farbe hat.«

»Ah! du mußt das Kleid nach der Farbe seiner Blumen wählen, Gladys.«

»Da ergäbe ich mich zu früh.«

»Die romantische Kunst fängt mit dem Höhepunkt an.« »Ich muß für die Möglichkeit des Rückzugs sorgen.«

»Nach der Art der Parther?«

»Sie fanden in der Wüste Sicherheit, das wäre mir nicht möglich.«

»Man läßt Frauen nicht immer die Wahl,« antwortete er; aber kaum hatte er den Satz zu Ende gesprochen, da hörte man aus der Tiefe des Treibhauses einen erstickten Schrei, dem der dumpfe Ton eines schweren Falles folgte. Alles sprang auf. Die Herzogin stand vor Schreck regungslos da. Und mit dem Ausdruck der Angst in den Augen eilte Lord Henry unter den hängenden Zweigen der Palmen hindurch und fand Dorian Gray am Boden liegen. Er lag, mit dem Gesicht auf den kalten Ziegeln, in schwerer Ohnmacht da und sah aus wie tot.

Man trug ihn schnell in den blauen Salon und legte ihn auf ein Sofa. Nach kurzer Zeit kam er wieder zu sich und sah sich verstört um.

»Was ist geschehen?« fragte er. »Oh, ich weiß! Bin ich hier sicher, Harry?« Er fing an zu zittern.

»Lieber Dorian,« antwortete Lord Henry, »du hattest nur eine Ohnmacht. Das war alles. Du scheinst übermüdet. Es wäre besser, du kämst nicht zum Diner herunter. Ich werde dich vertreten.«

»Nein, ich werde herunterkommen,« sagte er und stand mühsam auf. »Ich komme lieber herunter. Ich darf nicht allein sein.«

Er ging in sein Zimmer und kleidete sich um. Er zeigte eine unbekümmerte Fröhlichkeit, als er bei Tisch saß, aber hie und da überlief ihn ein Schauder, wenn er daran dachte, daß er gegen die Scheiben des Gewächshauses gepreßt wie ein weißes Tuch das lauernde Gesicht James Vanes gesehn hatte.

Achtzehntes Kapitel

Am nächsten Tag verließ er das Haus nicht und blieb fast immer in seinem Zimmer. Eine wilde Angst vor dem Tod hatte ihn erfaßt, und dabei war ihm das Leben gleichgültig geworden. Das Gefühl, aufgespürt, gehetzt und umstellt zu sein, verließ ihn nicht mehr. Wenn nur der Wandteppich im Wind zitterte, fuhr er zusammen.

Das tote Laub, das gegen die Scheiben geweht wurde, schien ihm seinen eigenen vergeblichen Vorsätzen, seiner wilden Reue zu gleichen. Wenn er die Augen schloß, sah er wieder das Gesicht des Matrosen und die Augen, die sich durch das feucht beschlagene Glas bohren wollten, und das Entsetzen schien ihm wieder ans Herz zu fassen.

Aber vielleicht war es nur seine Phantasie gewesen, die die Rache aus der Nacht hervorgerufen und ihm die gräßliche Gestalt der Strafe vorgespiegelt hatte. Das wirkliche Leben war Chaos, aber es lag eine schreckliche Logik in der Phantasie. Die Phantasie hetzte den Gewissensbiß gegen die flüchtigen Füße der Sünde. Die Phantasie ließ jedes Verbrechen Entsetzen im Schoße tragen. In der gemeinen Welt der Tatsachen wurden die Bösen nicht bestraft und die Guten nicht belohnt. Der Erfolg gehörte den Starken, die Schwachen mußten unterliegen, und weiter geschah nichts. Überdies wäre jeder Fremde, der um das Haus gestreift wäre, von den Dienern oder den Pförtnern gesehn worden. Wären irgendwelche Fußspuren auf den Beeten bemerkt worden, so hätten es die Gärtner berichtet. Ja, es war bloße Phantasie gewesen. Sibyl Vanes Bruder war nicht zurückgekommen, um ihn zu töten. Er war mit seinem Schiff fortgefahren, um in irgendeinem stürmischen Meer unterzugehn. Vor ihm war er jedenfalls sicher. Der Mann wußte ja nicht, wer er war, und konnte es nicht erfahren. Die Maske der Jugend hatte ihn gerettet.

Und doch, wenn es nur eine Gestalt der Phantasie gewesen war, wie furchtbar war der Gedanke, daß das Gewissen so schreckliche Hirngespinste erzeugen, ihnen sichtbare Form und Bewegung geben konnte! Was für ein Leben war ihm beschieden, wenn Tag und Nacht die Schatten seines Verbrechens in dunklen Ecken auf ihn lauerten, ihn an stillen Orten narrten, ihm ins Ohr flüsterten, wenn er beim Mahle saß, ihn mit eisigen Fingern weckten, wenn er im Schlafe lag! Als der Gedanke sich ihm ins Gehirn schlich, wurde er blaß vor Angst, und die Luft schien ihm auf einmal kälter geworden. Oh! in was für einer wilden Stunde des Wahnsinns hatte er seinen Freund getötet! Wie grauenhaft war schon die Erinnerung an die Szene. Er sah alles wieder vor sich; jede gräßliche Einzelheit kam mit verstärktem Grausen wieder zu ihm. Aus dem schwarzen Grab der Zeit stieg furchtbar und in Scharlach gehüllt das Bildnis seiner Sünde auf. Als Lord Henry um sechs Uhr hereinkam, fand er ihn weinend. Er weinte wie einer, dem das Herz brechen will.

Erst am dritten Tage wagte er wieder auszugehn. Es lag etwas in der hellen, tannenwürzigen Luft dieses Wintermorgens, das ihm seine Fröhlichkeit und seine Lebenslust wiederzugeben schien. Aber nicht nur die physischen Bedingungen der Umgebung hatten die Wandlung hervorgebracht. Seine Natur selbst hatte sich gegen das Übermaß der Angst aufgelehnt, die ihre vollendete Ruhe hatte stören und verderben wollen. Mit fein und zart gebauten Naturen ist es immer so. Ihre starken Leidenschaften müssen zermalmen oder zergehn; sie bringen den Menschen entweder um oder sterben selbst. Oberflächliche Schmerzen und oberflächliche Liebesgefühle leben weiter. Die Liebesgefühle und Schmerzen, die stark und tief sind, gehn an ihrer eigenen Heftigkeit zugrunde. Außerdem hatte er die Überzeugung gewonnen, daß er das Opfer einer Schreckphantasie gewesen war, und blickte jetzt auf seine Ängste mit einer Art Mitleid und ziemlicher Verachtung zurück.

Nach dem Frühstück ging er mit der Herzogin eine Stunde im Garten spazieren und fuhr dann durch den Park, um die Jagdgesellschaft zu treffen. Der Reif lag wie Salz auf dem Gras. Der Himmel sah aus wie ein umgestülpter Becher aus blauem Metall. Eine dünne Schicht Eis war am Rande des flachen, schilfumwachsenen Teiches.

An der Ecke des Tannenwaldes gewahrte er Sir Geoffrey Clouston, den Bruder der Herzogin, der eben zwei verbrauchte Patronen aus seiner Büchse entfernte. Dorian sprang vom Wagen, sagte dem Groom, er solle mit dem Pferd nach Hause fahren, und ging durch das welke Farnkraut und das Gestrüpp des Unterholzes auf seinen Gast zu.

»Gute Jagd, Geoffrey?« fragte er.

»Nicht sehr gut, Dorian. Die meisten Vögel scheinen aufgeflogen. Ich denke, es wird nach Tisch besser sein, wenn wir einen andern Platz suchen.«

Dorian schlenderte an seiner Seite weiter. Die starke, würzige Luft, die braunen und roten Lichter, die im Walde schimmerten, das laute Geschrei der Treiber, das manchmal erschallte, und die scharfen Schüsse aus den Büchsen, die dann folgten, das alles belebte ihn und erfüllte ihn mit einem Gefühl entzückender Freiheit. Er war von sorgloser Heiterkeit durchdrungen, von der hohen Unbekümmertheit der Freude.

Plötzlich brach an einer Stelle, an der dicke Büschel alten Grases standen, kaum zwanzig Meter vor ihnen, die schwarzgestülpten Ohren steif haltend und die langen Hinterbeine nach vorn werfend, ein Hase heraus. Er jagte auf ein Erlengebüsch zu. Sir Geoffrey warf die Büchse an die Schulter, aber in der graziösen Bewegung des Tieres war etwas, was Dorian Gray seltsam entzückte, und er rief schnell: »Schieß nicht, Geoffrey! Laß ihn leben!« »Unsinn, Dorian!« lachte sein Gefährte, und wie der Hase mit langen Sätzen ins Dickicht springen wollte, feuerte er. Man hörte zwei Schreie, den Schrei eines getroffenen Hasen, der schrecklich ist, und den Schrei eines Menschen im Todeskampf, der noch furchtbarer ist.

»Gott im Himmel! ich habe einen Treiber getroffen!« rief Sir Geoffrey. »Was war das für ein Esel, vor die Büchse zu kommen! Hört auf mit Schießen!« rief er mit lauter Stimme. »Ein Mann ist getroffen worden!«

Der Wildhüter rannte mit einem Stock in der Hand herbei.

»Wo, Herr, wo?« rief er. Zur selben Zeit hörte das Feuern auf der ganzen Linie auf.

»Hier,« antwortete Sir Geoffrey ärgerlich und eilte auf das Dickicht zu. »Warum in aller Welt halten Sie Ihre Leute nicht weiter zurück? Für heute hab ich genug vom Jagen.« Dorian sah ihnen nach, wie sie in das Erlengebüsch gingen und die Zweige zur Seite bogen. Nach ein paar Augenblicken erschienen sie wieder und zogen einen Körper ins Freie heraus. Er wandte sich entsetzt weg. Es schien, das Mißgeschick folgte ihm, wohin er ging. Er hörte, wie Sir Geoffrey fragte, ob der Mann wirklich tot sei, und die bejahende Antwort des Hüters. Der Wald schien ihm plötzlich von Gesichtern zu wimmeln. Er hörte unzählige Tritte und das leise Flüstern von Stimmen. Ein großer kupferfarbener Fasan schwirrte durch die Zweige über ihm.

Nach ein paar Augenblicken, die für ihn in seiner verstörten Verfassung wie viele qualvolle Stunden waren, spürte er eine Hand auf seiner Schulter. Er fuhr zusammen und sah sich um.

»Dorian,« sagte Lord Henry, »es wäre besser, ihnen zu sagen, daß die Jagd für heute abgebrochen ist. Es würde keinen guten Eindruck machen, wenn sie fortgesetzt würde.«

»Ich wollte, sie würde für immer abgebrochen, Harry,« antwortete er bitter. »Die ganze Sache ist häßlich und grausam. Ist der Mann. . .?« Er konnte den Satz nicht zu Ende sprechen.

»Leider ja,« erwiderte Lord Henry. »Er bekam die ganze Ladung in die Brust. Er muß sofort gestorben sein. Komm, gehn wir nach Hause.«

Sie gingen zusammen in der Richtung der großen Allee und sprachen ungefähr fünfzig Meter lang kein Wort. Dann blickte Dorian Lord Henry an und sagte tief aufseufzend:

»Es ist ein böses Omen, Harry, ein sehr böses Omen.«

»Was denn?« fragte Lord Henry. »Oh, dieser Zwischenfall vermutlich! Mein Lieber, da ist nichts zu ändern. Der Mann war selber schuld. Warum kam er direkt vor die Büchsen? Außerdem geht es uns nichts an. Für Geoffrey ist es natürlich recht unangenehm. Es ist nicht gut, Treiber niederzuknallen. Das bringt die Leute auf den Gedanken, man sei ein schlechter Schütze. Und das ist Geoffrey nicht; er schießt sehr gut! Aber es hat keinen Wert, über die Sache zu reden.«

Dorian schüttelte den Kopf. »Es ist ein böses Omen, Harry. Ich habe das Gefühl, als ob einem von uns etwas Schreckliches geschehen müßte. Mir selbst vielleicht,« fügte er hinzu und legte in schmerzlicher Bewegung die Hand über die Augen.

Der andere lachte. »Das einzige Schreckliche in der Welt ist Langeweile, Dorian. Das ist die einzige Sünde, für die es keine Vergebung gibt. Aber es ist nicht wahrscheinlich, daß wir darunter leiden werden, außer, wenn die Gesellschaft bei Tisch von diesem Vorfall redet. Ich muß ihnen sagen, daß dieses Thema Tabu ist. Und was du von Omen sagst, so was wie ein Omen gibt es nicht! Das Geschick sendet keine Herolde voraus; es ist dazu zu weise oder zu grausam. Überdies, was in aller Welt könnte bei dir geschehen, Dorian? Du hast alles, was ein Mensch auf Erden begehren kann. Es gibt keinen, der nicht freudig mit dir tauschte.«

»Es gibt keinen, mit dem ich nicht tauschte, Harry. Du mußt nicht lachen, ich sage die Wahrheit. Der elende Bauer, der eben gestorben ist, ist besser daran als ich. Ich habe Angst vor dem Tode. Seine ungeheuren Flügel scheinen in der bleiernen Luft um mich zu schwingen. O Gott! siehst du nicht da einen Mann hinter den Bäumen, der zu mir hersieht, der auf mich wartet?«

Lord Henry blickte auf die Stelle, wo die behandschuhte Hand zitternd hinwies. »Ja,« sagte er lächelnd, »ich sehe den Gärtner, der auf dich wartet. Vermutlich will er dich fragen, was für Blumen du heute abend auf der Tafel haben willst. Wie gräßlich nervös du bist, mein Lieber! Wenn wir wieder in der Stadt sind, mußt du zu meinem Arzt gehn.«

Dorian stieß einen Seufzer der Befreiung aus, als er den Gärtner herankommen sah. Der Mann grüßte, schaute einen Augenblick zögernd auf Lord Henry und brachte dann einen Brief hervor, den er seinem Herrn übergab. »Ihre Gnaden sagten mir, ich solle auf Antwort warten,« sagte er.

Dorian steckte den Brief in die Tasche. »Bestell der Frau Herzogin, ich werde kommen,« sagte er kalt. Der Mann machte kehrt und ging schnell aufs Haus zu.

»Wie gern die Frauen gefährliche Dinge tun,« lachte Lord Henry. »Das ist eine ihrer Eigenschaften, die ich am meisten bewundere. Eine Frau wird mit jedem in der Welt flirten, solange andere Menschen zusehn.«

»Wie gern du gefährliche Dinge sagst, Harry! Aber diesmal bist du auf ganz falscher Fährte. Die Herzogin gefällt mir sehr gut, aber ich liebe sie nicht.«

»Und die Herzogin liebt dich sehr, aber du gefällst ihr nicht, so ist die Sache wieder im gleichen.«

»Du klatschest, Harry, und diesmal gibt es keine Grundlage für den geringsten Klatsch.«

»Die Grundlage jedes Klatsches ist eine unmoralische Sicherheit,« sagte Lord Henry und steckte eine Zigarette an.

»Um eines Epigramms willen opferst du jeden Menschen, Harry. «

»Die Welt geht aus freien Stücken zum Altar, wo sie geopfert wird,« war die Antwort.

»Ich wollte, ich könnte lieben,« rief Dorian Gray, und tiefes Pathos klang in seiner Stimme. »Aber es scheint, ich habe die Glut verloren und die Sehnsucht vergessen. Ich bin zu sehr in mich selbst konzentriert. Meine eigene Person ist mir zur Last geworden. Ich muß entfliehen, fortgehn, vergessen! Es war töricht von mir, überhaupt hierher zu kommen. Ich denke, ich werde an Harvey telegraphieren, die Jacht bereitzuhalten. Auf einer Jacht ist man sicher.«

»Wovor sicher, Dorian? Irgend etwas beunruhigt dich.«

»Ich kann es dir nicht sagen, Harry,« wiederholte er düster. »Und es ist wohl nur eine Anwandlung. Dieser unglückliche Zwischenfall hat mich aus der Fassung gebracht. Ich habe eine gräßliche Vorahnung, etwas Ähnliches könne mir zustoßen.«

»Was für ein Unsinn!«

»Ich hoffe, es ist Unsinn, aber ich habe die Empfindung. Ah! hier ist die Herzogin in einem *Tailor made*-Kostüm Wenn Artemis so eins getragen hätte, sähe sie genau so aus. – Sie sehn, wir sind zurück, Frau Herzogin.«

»Ich habe schon alles gehört, Herr Gray,« antwortete sie. »Der arme Geoffrey ist ganz außer sich. Und Sie hatten ihn gebeten, nicht auf den Hasen zu schießen. Wie seltsam!«

»Ja, es war sehr seltsam. Ich weiß nicht, was mich dazu brachte. Eine Laune vermutlich. Es war ein so reizender Kerl. Aber es tut mir leid, daß man Ihnen davon sprach. Es ist ein trauriges Thema.«

»Es ist ein langweiliges Thema,« fiel Lord Henry ein. »Es hat nicht den geringsten psychologischen Wert. Wenn nun aber Geoffrey es absichtlich getan hätte, wie interessant wäre er! Ich möchte gern jemand kennen, der einen wirklichen Mord begangen hat.«

»Wie gräßlich von dir, Harry!« rief die Herzogin. »Nicht wahr, Herr Gray? Harry, Herr Gray ist wieder unwohl. Er will ohnmächtig werden!«

Dorian hielt sich mit Anstrengung aufrecht und lächelte. »Es ist nichts, Frau Herzogin,« murmelte er, »meine Nerven sind schrecklich durcheinander. Es ist nichts weiter. Ich fürchte, ich bin heute morgen zuviel gegangen. Ich hörte nicht, was Harry sagte. War es sehr schlimm? Sie müssen es mir ein andermal sagen. Ich denke, ich tue am besten, mich hinzulegen. Sie entschuldigen mich, nicht wahr?«

Sie hatten die große Treppe erreicht, die vom Gewächshaus zur Terrasse emporführte. Als die Glastür sich hinter Dorian geschlossen hatte, wandte sich Lord Henry der Herzogin zu und sah sie mit seinen schläfrigen Augen an. »Bist du sehr in ihn verliebt?« fragte er.

Sie gab eine Weile keine Antwort, sondern stand da und blickte auf die Landschaft. »Ich wollte, ich wüßte es,« sagte sie schließlich.

Er schüttelte den Kopf. »Wissen wäre verhängnisvoll. Die Ungewißheit reizt einen. Ein Nebel macht die Dinge wundervoll .«

»Man kann seinen Weg verlieren.«

»Alle Wege enden am selben Punkt, liebe Gladys.« »Was für ein Punkt ist das?«

Enttäuschung.«

»Das war mein Debüt im Leben,« seufzte sie.

»Sie kam mit einer Krone zu dir.« »Ich bin der Herzogskrone müde.«

»Sie steht dir gut.«

»Nur in der Öffentlichkeit.« »Monmouth hat Ohren.«

»Alte Leute sind schwerhörig.«

»Ist er nie eifersüchtig gewesen?« »Ich wollte, er wäre es.«

Oben in seinem Zimmer lag inzwischen Dorian Gray auf einem Sofa. Jede Fiber seines Körpers erbebte. Das Leben war für ihn auf einmal eine gräßliche Bürde geworden, die nicht mehr zu tragen war. Der schreckliche Tod des unglücklichen Treibers, der im Dickicht wie ein wildes Tier erschossen worden, war ihm eine Vorbedeutung seines eigenen Todes. Er war fast in Ohnmacht gesunken, als Lord Henry in einer zufälligen Laune seinen zynischen Scherz gemacht hatte.

Um fünf Uhr klingelte er seinem Diener und hieß ihn seine Sachen für den Nachtschnellzug, der nach der Stadt fuhr, packen und den Wagen zu halb neun Uhr vor die Tür bestellen. Er war entschlossen, keine Nacht mehr in Selby Royal zuzubringen. Der Ort hatte nichts Gutes für ihn; der Tod ging da am hellen Tage um. Das Gras des Waldes war mit Blut befleckt worden.

Dann schrieb er einen Brief an Lord Henry, in dem er ihm sagte, er fahre in die Stadt, um seinen Arzt zu konsultieren, und bitte ihn, in seiner Abwesenheit die Gäste zu unterhalten. Als er das Briefchen eben in den Umschlag steckte, klopfte es an die Tür, und sein Diener kam, ihm mitzuteilen, der Wildhüter wünsche ihn zu sprechen. Er runzelte die Stirn und biß sich auf die Lippen. »Schick ihn herein!« murmelte er, nachdem er ein paar Augenblicke gezögert hatte. Während der Mann eintrat, holte Dorian sein Scheckbuch aus einer Schublade und legte es vor sich hin.

»Sie kommen vermutlich wegen des Unglücksfalles von heute morgen, Thornton,« sagte er und nahm die Feder zur Hand.

»Ja, Herr,« antwortete der Wildhüter.

»War der arme Kerl verheiratet? Hatte er Angehörige zu versorgen?« fragte Dorian, müde dreinsehend. »Wenn es an dem ist, wünsche ich nicht, daß sie in Not zurückbleiben. Ich werde ihnen die Summe schicken, die Sie für richtig halten.«

»Wir wissen nicht, wer es ist, Herr. Deswegen nahm ich mir die Freiheit, vorzusprechen.«

»Sie wissen nicht, wer es ist?« fragte Dorian, ohne recht hinzuhören. »Was meinen Sie damit? War es nicht einer von Ihren Leuten?«

»Nein, Herr. Hab ihn nie im Leben gesehn. Sieht aus wie ein Matrose, Herr.«

Die Feder fiel Dorian Gray aus der Hand. Ihm war, als hörte sein Herz auf einmal auf zu schlagen.

»Ein Matrose!« rief er aus. »Sagten Sie ein Matrose?«

»Ja, Herr. Er sieht aus, als wäre er eine Art Matrose gewesen; auf beiden Armen tätowiert und so in der Art.«

»Hat man irgend etwas bei ihm gefunden?« fragte Dorian, beugte sich vor und sah den Mann mit starren Augen an. »Etwas, woraus man seinen Namen erfährt?«

»Einiges Geld, Herr – nicht viel, und einen Revolver. Nichts von einem Namen. Sieht anständig aus, der Mann, aber etwas struppig. Eine Art Matrose, denken wir.«

Dorian sprang auf. Eine wilde Hoffnung blitzte in ihm auf. Er klammerte sich leidenschaftlich an sie an. »Wo liegt der Leichnam?« rief er. »Schnell! Ich muß ihn sofort sehn.«

»Er liegt in einem leeren Stall in der Home Farm, Herr. Die Leute mögen so was nicht in ihrem Haus. Sie sagen, eine Leiche bringt Unglück!«

»Home Farm! Gehn Sie sofort hin und warten Sie auf mich! Ein Stallknecht soll mein Pferd bringen! Nein, ist nicht nötig. Ich gehe selbst zum Stall, es geht schneller.«

Nach kaum einer Viertelstunde galoppierte Dorian Gray, so schnell er konnte, die lange Allee hinab. Die Bäume schienen in gespenstigem Zuge an ihm vorbeizufliegen und wilde Schatten sich ihm in den Weg zu werfen. Einmal scheute das Pferd vor einem weißen Pfosten und warf seinen Reiter fast ab. Er schlug dem Tier die Peitsche über den Nacken. Das Pferd teilte die dämmernde Luft wie ein Pfeil, die Steine stoben von seinen Hufen.

Endlich hielt er an der Home Farm. Zwei Männer standen im Hof. Er sprang aus dem Sattel und warf einem die Zügel hin. Im letzten Stall schimmerte ein Licht. Ihm war es, als ob da die Leiche liegen müsse; er eilte zur Tür und legte die Hand auf die Klinke.

Da hielt er einen Augenblick inne. Er fühlte, daß er vor einer Entdeckung stand, die sein Leben entweder rettete oder zerstörte. Dann warf er die Tür zurück und trat ein.

Auf einem Haufen Sackleinwand am Ende des Stalles lag die Leiche eines Mannes in einer groben Bluse und blauen Hosen. Ein schmutziges Taschentuch war ihm übers Gesicht gelegt worden. Eine schlechte Kerze hatte man in eine Flasche gesteckt, sie brannte düster. Dorian Gray schauderte. Er fühlte, daß seine Hand das Tuch nicht fortnehmen konnte, und rief einen der Knechte herein.

»Nehmen Sie das hier vom Gesicht! Ich will ihn sehn,« sagte er und hielt sich am Türpfosten fest.

Als der Knecht es getan hatte, trat Dorian vor. Ein Schrei der Freude entfuhr ihm. Der Mann, der im Dickicht erschossen worden war, war James Vane.

Er stand ein paar Minuten da und sah den Leichnam an. Als er nach Hause ritt, standen seine Augen voller Tränen, denn er wußte, er war gerettet.

Neunzehntes Kapitel

Es hat keinen Sinn, daß du mir sagst, du willst gut werden,« rief Lord Henry und tauchte seine Finger in eine rote Kupferschale, die mit Rosenwasser gefüllt war. »Du bist vollkommen! Bitte, werde nicht anders.«

Dorian Gray schüttelte den Kopf. »Nein, Harry, ich habe zu viel furchtbare Dinge im Leben getan. Ich will keine mehr tun. Ich fing gestern damit an, Gutes zu tun.«

»Wo warst du gestern?«

»Auf dem Lande, Harry. Ich war allein in einem kleinen Dorfwirtshaus.

»Lieber Junge,« sagte Lord Henry lächelnd, »auf dem Lande kann jeder gut sein. Da gibt es keine Versuchungen. Das ist der Grund, warum die Leute, die nicht in der Stadt wohnen, so ganz und gar ohne Kultur sind. Kultur ist eine Sache, die keineswegs leicht zu erreichen ist. Es gibt nur zwei Wege, zu ihr zu kommen. Der eine heißt Bildung, der andere Verdorbenheit. Die Leute auf dem Lande haben zu beiden keine Gelegenheit, darum versumpfen sie.«

»Bildung und Verdorbenheit,« wiederholte Dorian. »Ich habe sie beide kennen gelernt. Es scheint mir jetzt schrecklich, daß man sie immer zusammen findet. Denn ich habe ein neues Ideal, Harry. Ich werde anders werden. Ich glaube, ich bin anders geworden.«

»Du hast mir noch nicht erzählt, was du Gutes getan hast. Wie war es doch? Einmal oder öfter hast du etwas Gutes getan?« fragte sein Gefährte und nahm sich eine kleine rote Pyramide Erdbeeren auf seinen Teller, auf die er aus einem muschelförmigen durchlöcherten Löffel weißen Zucker streute. Ich kann es dir erzählen, Harry. Es ist eine Geschichte, die ich niemand sonst erzählen könnte. Ich habe einen Menschen geschont. Es klingt eitel, aber du verstehst, was ich meine. Sie war sehr schön und hatte eine wunderbare Ähnlichkeit mit Sibyl Vane. Ich glaube, das war es, was mich zuerst anzog. Du erinnerst dich an Sibyl, nicht wahr? Wie lange das her ist! Nun Hetty gehörte natürlich nicht unserm Stande an. Sie war nichts weiter als ein Dorfmädchen. Aber ich liebte sie wirklich. Ich bin sicher, daß ich sie liebte. Während dieses ganzen wundervollen Monats Mai, den wir gehabt haben, ritt ich hinaus und sah sie zwei-, dreimal in der Woche. Gestern erwartete sie mich in einem kleinen Obstgarten. Die Apfelblüten fielen auf ihr Haar hernieder, und sie lächelte. Diesen Morgen vor Sonnenaufgang sollte sie mit mir kommen. Plötzlich entschloß ich mich, sie so einer Blume gleich zu lassen, wie ich sie gefunden hatte.«

»Ich glaube, das Ungewohnte, das du dabei empfunden hast, muß ein richtiger Wollustschauer für dich gewesen sein, Dorian,« unterbrach Lord Henry. »Aber ich kann dein Idyll für dich zu Ende erzählen. Du gabst ihr gute Ratschläge und brachst ihr das Herz. Das war der Anfang deiner Besserung.«

»Harry, du bist schrecklich! Du mußt nicht so abscheuliche Dinge sagen. Hettys Herz ist nicht gebrochen. Natürlich weint sie und so weiter. Aber keine Schande ist über sie gekommen. Sie kann wie Perdita in ihrem Garten bei Krauseminze und Ringelblumen weiterleben.«

»Und über einen treulosen Florizel weinen,« sagte Lord Henry lachend und lehnte sich in den Stuhl zurück. »Lieber Dorian, du hast ganz seltsam knabenhafte Anwandlungen. Glaubst du, dieses Mädchen wird je mit einem ihres eigenen Standes glücklich werden? Ich nehme an, sie wird eines Tages mit irgendeinem rohen Fuhrmann oder einem groben Bauern verheiratet. Schön, die Tatsache, daß sie dich gekannt und dich geliebt hat, wird sie dazu bringen, ihren Mann zu verachten, und sie wird sich unglücklich fühlen. Vom moralischen Standpunkt kann ich nicht sagen, daß ich von deiner großen Entsagung viel halte. Selbst als Anfang betrachtet ist sie kümmerlich. Überdies, wie willst du wissen, ob Hetty nicht in diesem Augenblick in einem Mühlwasser liegt, in das die Sterne scheinen, und liebliche Wasserlilien um sich hat wie Ophelia?«

»Ich kann das nicht ertragen, Harry! Du spottest über alles und hast deinen Spaß damit, und dann deutest du auf die ernstesten Tragödien. Es tut mir jetzt leid, daß ich dir die Sache erzählte. Ich kümmere mich nicht um das, was du sagst. Ich weiß, ich habe recht gehandelt. Arme Hetty! Als ich heute morgen an dem Gehöft vorbeiritt, sah ich ihr blasses Gesicht am Fenster. Es sah aus wie ein Zweig Jasmin. Wir wollen nicht weiter davon sprechen. Mache keinen Versuch, mich zu überreden, daß das erste Gute, was ich seit Jahren getan habe, das erste kleine Opfer, das ich je gebracht habe, tatsächlich eine Art Sünde sei. Ich will besser werden. Erzähle mir etwas von dir! Was ist in der Stadt los? Ich bin tagelang nicht im Klub gewesen.«

»Die Leute erörtern immer noch das Verschwinden des armen Basil.«

»Ich hätte gedacht, sie könnten in all der Zeit genug davon bekommen haben,« sagte Dorian mit leichtem Stirnrunzeln und goß sich etwas Wein ein.

»Mein Lieber, sie reden erst seit sechs Wochen davon, und das englische Publikum ist wirklich nicht der Anspannung des Geistes fähig, mehr als ein Thema im Vierteljahr zu haben. Sie haben in letzter Zeit viel Glück gehabt. Sie hatten meinen Ehescheidungsprozeß und Alan Campbells Selbstmord. Jetzt haben sie das geheimnisvolle Verschwinden eines Künstlers bekommen. Die hiesige Polizei bleibt hartnäckig dabei, daß der Mann in dem grauen Ulstermantel, der am 9. November mit dem Zwölfuhrzug nach Paris gereist ist, der arme Basil gewesen ist, und die französische Polizei erklärt, Basil sei überhaupt nie in Paris angekommen. Vermutlich erfahren wir in etwa vierzehn Tagen, er sei in San Francisco gesehn worden. Es ist eine kuriose Sache, aber von jedem, der verschwindet, heißt es, man habe ihn in San Francisco gesehn. Es muß eine entzückende Stadt sein und all die Anziehungskraft der künftigen Welt besitzen.«

»Was glaubst du, daß Basil zugestoßen ist?« fragte Dorian, der seinen Burgunder gegen das Licht hielt und sich wunderte, wie es kam, daß er so ruhig über die Sache plaudern konnte.

»Ich habe nicht die geringste Ahnung. Wenn Basil Gefallen daran findet, sich versteckt zu halten, kümmert es mich nicht. Wenn er tot ist, will ich nicht an ihn denken. Der Tod ist das einzige, wovor ich Angst habe. Ich hasse ihn.«

»Warum?« fragte Dorian müde.

»Darum,« sagte Lord Henry und führte eine offene Riechdose zur Nase, »weil man heutzutage alles überleben kann außer dem Tod. Tod und Philistertum sind im neunzehnten Jahrhundert die beiden einzigen Tatsachen, die man nicht forterklären kann. Wir wollen den Kaffee im Musikzimmer trinken, Dorian. Du mußt mir Chopin spielen. Der Mann, mit dem meine Frau durchbrannte, spielte wundervoll Chopin. Arme Viktoria! ich hatte sie sehr gern. Das Haus ist ohne sie recht einsam. Natürlich ist das Eheleben nur eine Gewohnheit, eine schlechte Gewohnheit. Aber schließlich beklagt man den Verlust auch seiner übelsten Gewohnheiten. Vielleicht vermißt man sie am meisten. Sie sind ein wesentlicher Teil unserer Persönlichkeit.«

Dorian sagte nichts, sondern stand vom Tisch auf, ging ins nächste Zimmer, setzte sich ans Klavier und ließ seine Finger über die weiß und schwarzen Elfenbeintasten gleiten. Als der Kaffee gebracht wurde, hielt er inne, sah zu Lord Henry hinüber und sagte: »Harry, ist dir je eingefallen, Basil könnte ermordet worden sein?«

Lord Henry gähnte. »Basil war sehr populär und trug immer eine Uhr für drei Mark. Warum hätte man ihn ermorden sollen? Er war nicht gescheit genug, um Feinde zu haben. Natürlich war er ein überaus genialer Maler. Aber ein Mensch kann malen wie Velazquez und doch so dumm wie möglich sein. Basil war wirklich ziemlich dumm. Er interessierte mich nur einmal, und das war damals, als er mir vor vielen Jahren gestand, er bete dich leidenschaftlich an, und du seist das beherrschende Motiv seiner Kunst.«

»Ich mochte Basil sehr gern,« sagte Dorian, und seine Stimme hatte einen traurigen Klang. »Aber sagt man im Publikum nicht, er sei ermordet worden?«

»Oh, ein paar Zeitungen sagen es. Es scheint mir nicht im geringsten wahrscheinlich. Ich weiß, es gibt schreckliche Orte in Paris; aber Basil war nicht der Mann, der sie aufsuchte. Er war nicht neugierig. Das war sein Hauptfehler.

»Was würdest du dazu sagen, Harry, wenn ich dir erzählte, ich hätte Basil ermordet?« fragte Dorian. Er sah ihn gespannt an, als er das gesagt hatte.

»Ich würde sagen, lieber Freund, daß du einen Charakter posierst, der dir nicht steht. Alles Verbrechen ist gewöhnlich, gerade wie alle Gewöhnlichkeit ein Verbrechen ist. Dir fehlt die Gabe, Dorian, einen Mord zu begehn. Es tut mir leid, wenn ich damit deine Eitelkeit kränke, aber ich versichere dich, es ist so. Das Verbrechen gehört ganz und gar den untern Klassen. Ich tadle sie nicht im geringsten. Ich sollte meinen, das Verbrechen sei ihnen, was uns die Kunst ist, einfach eine Art, sich außergewöhnliche Empfindungen zu verschaffen.«

»Eine Art, sich Empfindungen zu verschaffen? Glaubst du also, ein Mensch, der einmal einen Mord begangen hat, wäre imstande, das nämliche Verbrechen noch einmal zu begehn? Sag das nicht!«

»Oh, alles wird zum Genuß, wenn man es zu oft tut!« rief Lord Henry lachend. »Das ist eins der wichtigsten Geheimnisse des Lebens. Indessen meine ich, der Mord ist immer eine verfehlte Sache. Man sollte nie etwas tun, wovon man nicht nach dem Essen plaudern kann. Aber lassen wir den armen Basil. Ich wollte, ich könnte glauben, er hätte ein so romantisches Ende genommen, wie du fragst; aber ich kann nicht. Ich glaube eher, er fiel von einem Omnibus in die Seine, und der Schaffner vertuschte die Sache. Ja, ich sollte meinen, das war sein Ende. Ich sehe ihn jetzt auf dem Rücken unter dem dunkelgrünen Wasser liegen, und die schweren Kähne schwimmen über ihm, und lange Stücke Tang hängen in seinem Haar. Weißt du, ich glaube nicht, daß er noch viel Gutes gemalt hätte. In den letzten zehn Jahren ist es mit seiner Malerei sehr zurückgegangen.«

Dorian seufzte, und Lord Henry schlenderte durch das Zimmer und machte sich daran, einen absonderlichen Papagei aus Java am Kopf zu kraulen, einen großen Vogel mit grauem Gefieder und rotem Schopf und Hals, der sich auf einer Bambusstange hin und her bewegte. Als seine spitzen Finger ihn berührten, ließ der Vogel die weiße Haut seiner faltigen Lider über die schwarzen Augen, die wie Glas aussahen, fallen und fing an, sich hin und her zu schwingen.

»Ja,« fuhr er fort, drehte sich um und zog das Taschentuch aus der Tasche, »mit seiner Malerei war es ganz vorbei. Mir schien, sie hatte etwas verloren. Sie hatte ein Ideal verloren. Als du mit ihm nicht mehr so befreundet warst, hörte er auf, ein großer Künstler zu sein. Was hat euch auseinander gebracht? Ich vermute, er langweilte dich. Wenn das der Fall war, hat er dir nie verziehen. Das ist bei den langweiligen Menschen gewöhnlich so. Nebenbei, was ist aus dem wundervollen Porträt geworden, das er von dir gemacht hat? Ich glaube, ich habe es nicht gesehn, seit er es fertig gemacht hat. Oh, ich erinnere mich, daß du mir vor vielen Jahren gesagt hast, du hättest es nach Selby geschickt, und es sei unterwegs abhanden gekommen oder gestohlen worden. Du bekamst es nie zurück? Wie schade! Es war tatsächlich ein Meisterstück. Ich entsinne mich, ich wollte es kaufen. Ich wollte, ich hätte es jetzt. Es stammte aus Basils bester Zeit. Nachher war seine Kunst die seltsame Mischung aus schlechter Malerei und guten Absichten, die einem Mann immer Anspruch darauf gibt, ein hervorragender englischer Maler zu heißen. Inseriertest du nicht deswegen? Das hättest du tun sollen.«

»Ich weiß es nicht mehr,« sagte Dorian. »Vermutlich tat ich es. Aber ich mochte es nie wirklich leiden. Es tat mir leid, daß ich dazu gesessen hatte. Die Erinnerung an das Ding ist mir verhaßt. Warum sprichst du davon? Es erinnerte mich oft an die seltsamen Zeilen von einem Stück – ›Hamlet‹, glaube ich – wie heißen sie?

›Wie das Bildnis eines Grames,
Ein Antlitz ohne Herz.‹

»Ja, so sah es aus.«

Lord Henry lachte. »Wenn ein Mensch das Leben künstlerisch nimmt, ist sein Hirn sein Herz,« antwortete er und setzte sich in einen Lehnstuhl.

Dorian Gray schüttelte den Kopf und schlug auf dem Klavier ein paar sanfte Akkorde an. »Wie das Bildnis eines Grames,« wiederholte er, »ein Antlitz ohne Herz.«

Der ältere Freund legte sich zurück und blickte mit halb geschlossenen Augen zu ihm hinüber. »Nebenbei, Dorian,« sagte er nach einer Pause, »was nützte es einem Menschen, wenn er die ganze Welt gewönne, und verlöre – wie heißt die Stelle doch? – seine eigene Seele?«

Die Musik brach schrill ab. Dorian sprang auf und starrte seinen Freund an. »Warum fragst du mich das, Harry?«

»Mein Lieber,« sagte Lord Henry und zog die Brauen erstaunt hoch, »ich fragte dich, weil ich dachte, du könntest mir eine Antwort darauf geben. Das ist alles. Ich ging letzten Sonntag durch den Hyde Park, und nahe beim Marble Arch stand eine kleine Gruppe schäbig gekleideter Menschen, die einem gewöhnlichen Straßenprediger zuhörten. Als ich vorbeiging, hörte ich den Mann mit schreiender Stimme diese Frage an sein Publikum richten. Es berührte mich ziemlich dramatisch. London ist sehr reich an absonderlichen Wirkungen dieser Art. Ein regnerischer Sonntag, ein ungehobelter Christ im Regenmantel, ein Kreis kränklicher, blasser Gesichter unter einem welligen Dach tropfender Schirme und ein wundervoller Satz gellend und hysterisch in die Luft geworfen – es war in seiner Art wirklich sehr gut, es lag eine gewisse Schwungkraft darin. Ich dachte daran, dem Mann zu sagen, die Kunst habe eine Seele, aber der Mensch habe keine. Ich fürchte indessen, er hätte mich nicht verstanden.«

»Nicht, Harry. Die Seele ist eine furchtbare Wirklichkeit. Sie kann gekauft werden und verkauft und vertauscht. Sie kann vergiftet werden, sie kann vollkommen gemacht werden. In jedem von uns lebt eine Seele, ich weiß es.«

»Bist du dessen ganz gewiß, Dorian?« »Ganz gewiß.«

»Ah! dann muß es eine Illusion sein. Die Dinge, die man für ganz sicher hält, sind niemals wahr. Das ist das Verhängnis des Glaubens und die Lehre der Romantik. Wie feierlich du bist! Du mußt nicht so ernsthaft sein. Was hast du oder ich mit den abergläubischen Vorstellungen unserer Zeit zu tun? Nein, wir haben unsern Glauben an die Seele aufgegeben. Spiel mir etwas! Spiel mir ein Nocturno, Dorian, und während du spielst, sag mir mit leiser Stimme, wie du dir deine Jugend bewahrt hast. Du mußt wahrlich ein geheimes Mittel haben! Ich bin nur zehn Jahre älter als du, und ich bin runzlig und abgenutzt und gelb. Du bist wahrhaft wundervoll, Dorian! Du hast nie entzückender ausgesehn als heute abend! Du gemahnst mich an den Tag, an dem ich dich zum erstenmal sah. Du warst ein kecker und doch schüchterner Bursche und ganz und gar außergewöhnlich. Du hast dich natürlich verändert, aber nicht in der Erscheinung. Ich wollte, du sagtest mir dein Geheimnis. Meine Jugend wiederzubekommen, täte ich alles in der Welt, außer Gymnastik treiben, früh aufstehn oder ehrbar sein. Jugend! Es gibt nichts, was ihr gleichkommt. Es ist Unsinn, von der Unwissenheit der Jugend zu reden. Die einzigen Menschen, auf deren Ansichten ich jetzt mit einigem Respekt höre, sind Leute, die viel jünger als ich sind. Sie scheinen mir voraus. Das Leben hat ihnen sein letztes Wunder enthüllt. Den Alten widerspreche ich immer. Ich tue es aus Prinzip. Wenn du sie nach ihrer Meinung über etwas fragst, das gestern vorgefallen ist, so geben sie in feierlichem Ton die Meinungen zum besten, die 1820 gangbar waren, als die Leute hohe Halsbinden trugen, an alles glaubten und von nichts etwas wußten. Wie entzückend das ist, was du da spielst. Ob es wohl Chopin in Mallorca geschrieben hat, wo das Meer um die Villa weinte und der salzige Schaum gegen die Scheiben klatschte? Es ist wunderbar romantisch. Was für ein Segen ist es, daß uns die eine Kunst geblieben ist, die nicht nachahmend ist! Hör nicht auf! Ich brauche heute abend Musik. Es kommt mir vor, als seist du der junge Apollo und ich Marsyas, der dir zuhört. Ich habe meine eigenen Kümmernisse, Dorian, von denen nicht einmal du etwas weißt. Die Tragödie des Alters ist nicht, daß man alt wird, sondern daß man jung bleibt. Ich bin manchmal über meine eigene Aufrichtigkeit erstaunt. Ah, Dorian, wie glücklich du bist! Wie köstlich ist dein Leben gewesen! Du hast tief von allem getrunken. Du hast die Trauben an deinem Gaumen zerdrückt. Nichts ist dir verborgen geblieben. Und es ist nicht mehr für dich gewesen als der Klang von Musik. Es konnte dir nichts anhaben; du bist noch derselbe.«

»Ich bin nicht mehr derselbe, Harry.«

»Doch, du bist derselbe. Ich bin begierig, wie dein Leben weitergehn wird. Verdirb es nicht durch Entsagung! Jetzt bist du ein vollkommener Typus. Mach dich nicht unvollkommen! Jetzt bist du ganz ohne Tadel. Du brauchst nicht den Kopf zu schütteln: du weißt, du bist es. Außerdem, Dorian, täusche dich nicht selbst. Das Leben wird nicht vom Willen oder Vorsatz regiert. Das Leben ist eine Sache der Nerven und Fibern und allmählich aufgebauten Zellen, in denen das Denken wohnt und die Leidenschaft ihre Träume hat. Du magst wähnen, du ständest sicher da und seist stark. Aber ein zufälliger Farbenton in einem Zimmer oder ein Morgenhimmel, ein besonderer Duft, den du einst geliebt hast und der tiefe Erinnerungen mit sich führt, eine Zeile eines vergessenen Gedichts, die dir wieder einfällt, ein paar Takte aus einem Musikstück, das du nicht mehr gespielt hast, ich sage dir, Dorian, von derlei Dingen hängt unser Leben ab. Browning schreibt irgendwo darüber; aber unsere eigenen Sinne wissen es ohnedies. Es gibt Augenblicke, wo ich plötzlich den Duft von weißem Flieder spüre, und ich durchlebe wieder den seltsamsten Monat meines Lebens. Ich wollte, ich könnte mit dir tauschen, Dorian. Die Welt hat gegen uns beide Zeter geschrien, aber sie hat dich immer bewundert. Sie wird dich immer bewundern. Du bist der Typus dessen, wonach die Zeit sucht und was sie fürchtet, gefunden zu haben. Ich bin so froh, daß du nie etwas getan hast, nie eine Statue gemeißelt oder ein Bild gemalt oder irgend etwas außerhalb deiner Person geschaffen hast! Das Leben ist deine Kunst gewesen. Du hast dich in Musik gesetzt. Die Tage deines Lebens sind deine Sonette.«

Dorian stand vom Klavier auf und fuhr sich mit der Hand durchs Haar. »Ja, das Leben ist köstlich gewesen,« sagte er halblaut. »Aber ich werde dieses Leben nicht fortsetzen, Harry. Und du darfst nicht so überschwengliche Dinge zu mir sagen. Du weißt nicht alles von mir. Ich glaube, wenn du es wüßtest, würdest selbst du dich von mir wenden! Du lachst. Lache nicht!«

»Warum spielst du nicht weiter, Dorian? Geh wieder ans Klavier und spiele mir das Nocturno noch einmal. Sieh den großen honigfarbenen Mond, der in der dunkeln Luft hängt. Er wartet auf dich, daß du ihn entzückst, und wenn du spielst, kommt er näher zur Erde heran. Du willst nicht? Dann wollen wir in den Klub gehn. Es war ein entzückender Abend, und wir müssen ihn entzückend beenden. In White's Club ist jemand, der unendlich wünscht, dich kennen zu lernen, der junge Lord Poole, Bournemouths ältester Sohn. Er hat schon deine Krawatten kopiert und hat mich gebeten, ihn mit dir bekannt zu machen. Er ist ganz wundervoll und erinnert mich ein bißchen an dich.«

»Ich hoffe nicht,« sagte Dorian mit schmerzlichem Ausdruck in den Augen. »Aber ich bin müde heute abend. Ich gehe nicht in den Klub. Es ist fast elf Uhr, und ich will früh zu Bett gehn.«

»Bleib noch! Du hast noch nie so gut gespielt wie heute abend. Es war etwas in deinem Anschlag – etwas Wundervolles. Er hatte mehr Ausdruck, als ich je früher von dir gehört habe.«

»Das kommt daher, daß ich jetzt gut werde,« antwortete er lächelnd. »Ich bin schon ein wenig anders.«

»Du kannst für mich kein anderer werden, Dorian,« sagte Lord Henry. »Du und ich werden immer Freunde sein.«

»Aber einst hast du mich mit einem Buche vergiftet. Ich sollte das nicht verzeihen. Harry, versprich mir, daß du das Buch nie einem leihen willst! Es richtet Unheil an.« »Lieber Freund, du fängst wirklich an zu moralisieren. Du wirst bald herumlaufen wie die Bekehrten und die Erweckungsprediger, und wirst die Menschen vor all den Sünden warnen, deren du müde geworden bist. Du bist viel zu entzückend für so etwas. Außerdem hat es keinen Zweck. Du und ich sind, was wir sind, und werden sein, was wir sein werden. Was die Vergiftung durch ein Buch angeht, so etwas gibt es nicht. Die Kunst hat keinen Einfluß auf das Tun. Sie vernichtet den Trieb des Handelns. Sie ist wundervoll unfruchtbar. Die Bücher, die die Welt unmoralisch nennt, sind solche, die der Welt ihre eigene Schande zeigen, weiter nichts. Aber wir wollen nicht über Literatur diskutieren. Komm morgen her! Ich reite um elf Uhr aus. Wir könnten zusammen reiten, und nachher nehme ich dich zum Frühstück zu Lady Branksome mit. Das ist eine reizende Frau, und sie will dich wegen einiger Wandteppiche, die sie kaufen will, zu Rate ziehen. Bitte, komm! Oder sollen wir zu unserer kleinen Herzogin gehn? Sie sagt, sie sieht dich gar nicht mehr. Vielleicht hast du genug von ihr? Ich dachte es mir. Ihre flinke Zunge geht einem auf die Nerven. Also, in jedem Fall sei um elf Uhr hier.« »Muß ich wirklich kommen, Harry?«

»Unbedingt. Der Park ist jetzt entzückend. Ich glaube, der Flieder ist seit dem Jahr, in dem ich dich kennen lernte, nicht mehr so schön gewesen.«

»Schön. Ich werde um elf Uhr hier sein,« sagte Dorian. »Gute Nacht, Harry.« Als er an der Tür war, zögerte er einen Augenblick, als ob er noch etwas sagen wollte. Dann seufzte er und ging.

Zwanzigstes Kapitel

Es war eine wundervolle Nacht und so warm, daß er den Überzieher auf dem Arm trug und nicht einmal das seidene Halstuch umnahm. Als er seine Zigarette rauchend langsam nach Hause ging, kamen zwei junge Leute im Gesellschaftsanzug an ihm vorbei. Er hörte, wie einer von ihnen dem andern zuflüsterte: »Das ist Dorian Gray.« Er dachte daran, wie es ihm immer gefallen hatte, wenn man auf ihn zeigte oder ihn ansah oder über ihn redete. Er war es jetzt müde, seinen Namen zu hören. Der halbe Reiz des kleinen Dorfes, wo er in letzter Zeit so oft gewesen war, bestand darin, daß niemand ihn kannte. Er hatte dem Mädchen, das er zur Liebe gelockt hatte, oft gesagt, er sei arm, und sie hatte es geglaubt. Er hatte ihr einmal gesagt, er sei schlecht, und sie hatte gelacht und geantwortet, schlechte Menschen seien immer sehr alt und sehr häßlich. Was sie für ein Lachen hatte ! – gerade wie der Gesang einer Drossel. Und wie hübsch sie gewesen war in ihrem Baumwollkleidchen und ihrem großen Hut! Sie wußte von nichts etwas, aber sie besaß alles, was er verloren hatte.

Zu Hause hatte sein Diener seine Rückkehr abgewartet. Er schickte ihn ins Bett und warf sich im Bücherzimmer aufs Sofa und fing an, über einiges von dem, was Lord Henry gesagt hatte, nachzudenken.

War es wirklich wahr, daß man nie anders werden konnte? Er verspürte ein wildes Verlangen nach der unbefleckten Reinheit seiner Knabenzeit – seiner lilienweißen Knabenzeit, wie Lord Henry einmal gesagt hatte. Er wußte, er hatte sie befleckt, hatte seinen Geist mit Verderbnis gefüllt und seine Phantasie in Entsetzen getaucht; er hatte einen schlechten Einfluß auf andere geübt und eine furchtbare Freude daran gehabt; und von den Menschenleben, die sein eigenes gekreuzt hatten, waren es die reinsten und verheißungsvollsten gewesen, die er in Schande gebracht hatte. Aber war das nicht wieder gut zu machen? Gab es keine Hoffnung für ihn?

Oh! in welch ungeheuerlichem Augenblick von Hochmut und Leidenschaft hatte er das Gebet gesprochen, das Bild solle die Last seiner Tage tragen und er den fleckenlosen Glanz ewiger Jugend bewahren! Sein ganzes verfehltes Leben kam daher. Es wäre besser für ihn gewesen, wenn jede Sünde ihre sichere, schnelle Buße nach sich gezogen hätte. Es lag etwas Reinigendes in der Strafe. Nicht »Vergib uns unsere Sünden«, sondern »Züchtige uns für unsere Missetaten« sollte das Gebet des Menschen zu einem allgerechten Gott sein.

Der mit seltsamem Schnitzwerk umrahmte Spiegel, den Lord Henry ihm vor so vielen Jahren geschenkt hatte, stand auf dem Tisch, und die Liebesgötter mit ihren silberweißen Gliedern lachten wie vorzeiten auf dem Rahmen. Er nahm ihn zur Hand, wie er es in der Schreckensnacht getan, als er zuerst die Veränderung an dem verhängnisvollen Bilde gewahrt hatte, und blickte mit verzweifelten, tränenumschleierten Augen in die blanke Fläche. Einst hatte ihm ein Mensch, der ihn abgöttisch geliebt hatte, einen überspannten Brief geschrieben, der mit den wahnsinnigen Worten schloß: »Die Welt ist anders geworden, weil du aus Elfenbein und Gold geschaffen wurdest. Die geschwungenen Linien deiner Lippen wandeln die Geschichte.« Die Sätze kamen ihm jetzt ins Gedächtnis, und er wiederholte sie immer und immer wieder. Dann haßte er seine Schönheit, schleuderte den Spiegel zu Boden und zertrat ihn in silberne Splitter. Gerade seine Schönheit hatte ihn zugrunde gerichtet, seine Schönheit und die Jugend, um die er gebetet hatte. Wenn die zwei nicht gewesen wären, wäre sein Leben vielleicht makellos geblieben. Seine Schönheit war ihm nur eine Maske gewesen, seine Jugend nur ein Blendwerk. Was war Jugend im besten Fall? Eine grüne, unreife Zeit, eine Zeit oberflächlicher Stimmungen und blasser Gedanken. Warum hatte er ihr Gewand getragen? Nur die Jugend hatte ihn in die Schmach gebracht.

Es war besser, nicht ans Vergangene zu denken. Er mußte an sich und seine eigene Zukunft denken. James Vane war in einem namenlosen Grab im Kirchhof zu Selby geborgen. Alan Campbell hatte sich eines Nachts in seinem Laboratorium erschossen, hatte aber das Geheimnis nicht verraten, zu dessen Mitwisserschaft er gezwungen worden war. Die Aufregung über Basil Hallwards Verschwinden würde sich bald legen; sie war schon schwächer geworden. Dann war er ganz sicher. Auch war es in der Tat nicht der Tod Basil Hallwards, was seinen Geist am meisten bedrückte. Der lebendige Tod seiner eigenen Seele ließ ihm keine Ruhe. Basil hatte das Porträt gemalt, das sein Leben zerstört hatte. Er konnte ihm das nicht verzeihen. Das Porträt war an allem schuld. Basil hatte Dinge zu ihm gesagt, die unerträglich waren und die er doch geduldig ertragen hatte. Der Mord war nichts als der Wahnsinn eines Augenblicks gewesen. Und Alan Campbells Selbstmord war seine eigene Tat; sein freier Entschluß, der ging ihn nichts an.

Ein neues Leben! Ein neues Leben brauchte er. Darauf wartete er. Gewiß hatte er es schon angefangen. Ein unschuldiges Geschöpf hatte er jedenfalls geschont. Er wollte nie wieder die Unschuld in Versuchung führen. Er wollte gut sein.

Als er an Hetty Merton dachte, kam ihm der Gedanke, ob sich wohl das Bild in dem verschlossenen Zimmer verändert habe. Gewiß war es doch nicht mehr so gräßlich, wie es gewesen war. Vielleicht könnte er, wenn sein Leben ein reines würde, jede Spur schlechter Leidenschaft aus dem Bilde treiben. Vielleicht waren die Zeichen der Schlechtigkeit schon verschwunden. Er wollte hinaufgehn und nachsehn.

Er nahm die Lampe vom Tisch und schlich die Treppe hinauf. Als er die Tür aufschloß, flog ein frohes Lächeln über sein seltsam junges Gesicht und weilte einen Augenblick auf seinen Lippen. Ja, er wollte gut sein, und das gräßliche Ding, das er versteckt hielt, brauchte nicht länger ein Gegenstand des Schreckens für ihn zu sein. Ihm war, als sei die Last schon jetzt von ihm genommen.

Er ging ruhig hinein, schloß die Tür hinter sich, wie er gewohnt war, und zog den Purpurvorhang von dem Bilde. Ein Schrei der Qual und des Zorns kam von seinen Lippen.

Er konnte keine Veränderung sehn, außer daß in den Augen ein Ausdruck wie von Schlauheit lag und um den Mund die gebogene Falte des Heuchlers. Das Bild war noch grauenhaft – grauenhafter, wenn möglich, als vorher – und der scharlachrote Fleck auf der Hand schien mehr zu glänzen und sah mehr wie frisch vergossenes Blut aus. Er zitterte. War es bloß Eitelkeit gewesen, was ihn dazu gebracht hatte, einmal etwas Gutes zu tun? Oder die Luft zu einer neuen Art Empfindung, wie Lord Henry mit seinem spöttischen Lachen angedeutet hatte? Oder der Trieb, eine Rolle zu spielen, der uns manchmal dazu bringt, etwas zu tun, was besser ist als wir selbst? Oder vielleicht all das zusammen genommen? Und warum war der rote Fleck größer als vorher? Er schien wie eine fürchterliche Krankheit weitergefressen zu haben, bis zu den faltigen Fingern. Es war Blut auf den gemalten Füßen zu sehn, als ob es von den Händen getropft wäre – Blut selbst an der Hand, die nicht das Messer geführt hatte. Gestehn? Bedeutete das, daß er gestehn sollte? Sich aufgeben und hingerichtet werden? Er lachte. Er wußte, der Gedanke war ungeheuerlich. Überdies, selbst wenn er gestünde, wer würde ihm glauben? Es war nirgends eine Spur des ermordeten Mannes. Alles, was zu ihm gehörte, war zerstört worden. Er selbst hatte verbrannt, was unten geblieben war. Die Welt würde nichts anderes sagen, als daß er verrückt sei. Man würde ihn ins Irrenhaus sperren, wenn er auf seiner Geschichte bestünde ... Aber es war seine Pflicht, zu gestehn, öffentliche Schande zu erdulden und öffentlich Buße zu tun. Es war ein Gott, der den Menschen zurief, ihre Sünden der Erde wie dem Himmel zu beichten. Nichts, was er tun konnte, würde ihn reinigen, bis er seine Sünde selber gebeichtet hatte. Seine Sünde? Der Tod Basil Hallwards schien ihm sehr unwichtig! Er dachte an Hetty Merton. Denn es war ein ungerechter Spiegel, dieser Spiegel seiner Seele, auf den er blickte. Eitelkeit? Gier nach Neuem? Heuchelei? War in seiner Entsagung nicht mehr als das gewesen? Es war noch etwas darin gewesen. Wenigstens meinte er es. Aber wer weiß? ... Nein, es war nichts weiter darin gewesen. Aus Eitelkeit hatte er sie geschont. Als Heuchler hatte er die Maske der Güte getragen. Um der Neugier willen hatte er es mit der Selbstverleugnung versucht. Er erkannte es jetzt. Aber dieser Mord – sollte dieser Mord sein Leben lang hinter ihm her sein? Sollte er immer die Last seiner Vergangenheit tragen? Sollte er wirklich ein Geständnis ablegen? Niemals. Es gab nur ein einziges, was als Beweis gegen ihn dienen konnte. Das Bildnis selbst – das war beweiskräftig. Er wollte es zerstören. Warum hatte er es so lange behalten? Einst war es ihm ein Genuß gewesen zuzusehn, wie es sich veränderte und alt wurde. In letzter Zeit hatte er keinen solchen Genuß mehr verspürt. Es hatte ihn nachts nicht schlafen lassen. Wenn er ausgegangen war, war er voller Angst gewesen, fremde Augen könnten darauf blicken. Es hatte Schwermut in seine Lüste gebracht. Die bloße Erinnerung an das Bild hatte viele Augenblicke der Freude gestört. Es war ihm wie ein Gewissen gewesen. Ja, es war sein Gewissen gewesen. Er wollte es zerstören.

Er sah sich um und erblickte das Messer, das Basil Hallward erstochen hatte. Er hatte es oft gereinigt, bis kein Fleck mehr darauf war. Es war blank und glänzte. Wie es den Maler getötet hatte, so sollte es das Werk des Malers und alles, was es bedeutete, töten. Es sollte die Vergangenheit töten, und wenn die tot wäre, würde er frei sein. Es sollte dieses ungeheuerliche Leben der Seele töten, und wenn diese gräßlichen Zeichen der Drohung nicht mehr wären, hätte er Frieden. Er ergriff das Messer und durchbohrte das Bild damit.

Man hörte einen Schrei und ein Krachen. Der Schrei war in seiner Todesnot so gräßlich, daß die Dienerschaft entsetzt aufwachte und aus ihren Zimmern stürzte. Zwei Herren, die auf dem Platz unten vorbeigingen, blieben stehn und blickten an dem stattlichen Haus empor. Sie gingen weiter, bis sie einen Schutzmann trafen, und nahmen ihn mit zurück. Der Mann läutete mehrmals, aber es meldete sich niemand. Außer einem Licht in einem der Dachfenster war das ganze Haus dunkel. Nach einer Weile ging er fort und stellte sich in einen anstoßenden Säulengang und behielt das Haus im Auge.

»Wem gehört dieses Haus, Schutzmann?« fragte der ältere der beiden Herren.

»Herrn Dorian Gray,« war die Antwort des Polizisten.

Sie blickten einander an, als sie weitergingen, und lächelten. Der eine von beiden war der Oheim Sir Henry Ashtons.

Innen, im Bedientenzimmer, sprachen die halb angezogenen Bedienten leise flüsternd miteinander. Die alte Frau Leaf weinte und rang die Hände. Francis war blaß wie der Tod.

Nach etwa einer Viertelstunde nahm er den Kutscher und einen der Lakaien mit sich und schlich die Treppe hinauf. Sie klopften an, aber es kam keine Antwort. Sie riefen.

Alles war still. Schließlich stiegen sie, nachdem sie vergebens versucht hatten, die Tür zu sprengen, aufs Dach und ließen sich auf den Balkon hinunter. Die Balkontür gab leicht nach, ihre Riegel waren alt.

Als sie eingetreten waren, sahen sie ein glänzendes Porträt ihres Herrn an der Wand hängen, wie sie ihn zuletzt gesehn hatten, in all dem Wunder seiner köstlichen Jugend und Schönheit. Auf dem Boden aber lag ein toter Mann im Gesellschaftsanzug, mit einem Messer im Herzen. Er war welk, runzlig und Abscheu erregend. Erst als sie die Ringe untersuchten, erkannten sie, wer es war.

Titelliste Taschenbuch-Literatur-Klassiker

Bd. 1 *Abenteuer und Fahrten des Huckleberry Finn*, Mark Twain, Bd. 2 *Andersens Märchen*, Hans Christian Andersen, Bd. 3 *Anton Reiser*, Karl Philipp Moritz, Bd. 4 *Aus dem Leben eines Taugenichts*, Joseph Freiherr v. Eichendorff, Bd. 5 *Bahnwärter Thiel*, Gerhard Hauptmann, Bd. 6 *Bambi Eine Lebensgeschichte aus dem Walde*, Felix Salten, Bd. 7 *Bauern, Bonzen und Bomben*, Hans Fallada, Bd. 8 *Bel Ami*, Guy de Maupassant, Bd. 9 *Bergkristall*, Adalbert Stifter, Bd. 10 *Candide oder der Optimismus*, Voltaire, Bd. 11 *Caspar Hauser oder Die Trägheit des Herzens*, Jakob Wassermann, Bd. 12 *Dantons Tod*, Georg Büchner, Bd. 13 *Das Bildnis des Dorian Grey*, Oscar Wilde, Bd. 14 *Das Dschungelbuch*, Rudyard Kipling, Bd. 15 *Das Fräulein von Scuderi*, ETA Hoffmann, Bd. 16 *Das Gemeindekind*, Marie v. Ebner-Eschenbach, Bd. 17 *Das Heptameron*, Margarete v. Navarra, Bd. 18 *Märchenbriefbuch der heiligen Nächte*, Max Dauphtendey, Bd. 19 *Das Marmorbild*, Joseph v. Eichendorff, Bd. 20 *Das Schloss*, Franz Kafka, Bd. 21 *Das Urteil*, Franz Kafka, Bd. 22 *David Copperfield*, Charles Dickens, Bd. 23 *Der abenteuerliche Simplizissimus*, Grimmelshausen, Bd. 24 *Der arme Spielmann*, Franz Grillparzer, Bd. 25 *Der eingebildete Kranke*, Moliere, Bd. 26 *Der ewige Spießer*, Ödön v. Horváth, Bd. 27 *Der Fürst*, Nocolò Machiavelli, Bd. 28 *Der Glöckner von Notre Dame*, Victor Hugo, Bd. 29 *Der goldene Esel*, Apuleius, Bd. 30 *Der goldene Topf*, ETA Hoffmann, Bd. 31 *Der Graf von Monte Christo*, Alexandre Dumas, Bd. 32 *Der grüne Heinrich*, Gottfried Keller, Bd. 33 *Der kleine Häwelmann und andere Märchen*, Theodor Storm, Bd. 34 *Der kleine Lord*, Frances Hodgson Burnett, Bd. 35 *Der letzte Mohikaner*, James Fenimore Cooper, Bd. 36 *Der Prozess*, Franz Kafka, Bd. 37 *Der Sandmann*, ETA Hoffmann, Bd. 38 *Der Schimmelreiter*, Theodor Storm, Bd. 39 *Der Schuss von der Kanzel*, Conrad Ferdinand Meyer, Bd. 40 *Der Seewolf*, Jack London, Bd. 41 *Der seltsame Fall des Dr. Jekyll und Mr. Hyde*, Robert Louis Stevenson, Bd. 42 *Der Stechlin*, Theodor Fontane, Bd. 43 *Der Sturmheidhof (Sturmhöhe)*, Emily Brontë, Bd. 44 *Der Tor und der Tod*, Hugo v. Hofmannsthal, Bd. 45 *Der Weg ins Freie*, Arthur Schnitzler, Bd. 46 *Der zerbrochene Krug*, Heinrich v. Kleist, Bd. 47 *Deutsches Märchenbuch*, Ludwig Bechstein, Bd. 48 *Deutschland. Ein Wintermärchen*, Heinrich Heine, Bd. 49 *Die Abenteuer der sieben Schwaben*, Ludwig Aurbacher, Bd. 50 *Die Burg von Otranto*, Horace Walpole, Bd. 51 *Die drei Musketiere*, Alexandre Dumas, Bd. 52 *Die Elixiere des Teufels*, ETA Hoffmann, Bd. 53 *Die Geschichte meines Lebens*, Georg Ebers, Bd. 54 *Die Insel Felsenburg*, Johann Gottfried Schnabel, Bd. 55 *Die Judenbuche*, Annette v. Droste-Hülshoff, Bd 56. *Die Kameliendame*, Alexandre Dumas, Bd. 57 *Die Kartause von Parma*, Stendhal, Bd. 58 *Die Kreutzersonate*, Lew Tolstoi, Bd. 59 *Die Leiden des jungen Werther*, Johann Wolfgang v. Goethe, Bd. 60 *Die Leute von Seldvyla I*, Gottfried Keller, Bd. 61 *Die Leute von Seldvyla II*, Gottfried Keller, Bd. 62 *Die Marquise*, George Sand, Bd. 63 *Die Marquise von O.*, Heinrich v. Kleist, Bd. 64 *Die Memoiren der Fanny Hill*, John Cleland, Bd. 65 *Die Ratten*, Gerhard Hauptmann, Bd. 66 *Die Räuber*, Friedrich v. Schiller, Bd. 67 *Die Regentrude*, Theodor Storm, Bd. 68 *Die Reisen des Baron zu Münchhausen*, Bd. 69 *Die Schatzinsel*, Robert Louis Stevenson, Bd. 70 *Die Verlobten*, Allessandro Manzoni, Bd. 71 *Die Verwandlung*, Franz Kafka, Bd. 72 *Die Verwirrungen des Zöglings Törleß*, Robert Musil, Bd. 73 *Die Waffen nieder*, Berta von Suttner, Bd. 74 *Die Wahlverwandtschaften*, Johann Wolfgang v. Goethe, Bd. 75 *Don Carlos*, Friedrich v. Schiller, Bd. 76 *Eduards Traum*, Wilhelm Busch, Bd. 77 *Effi Briest*, Theodor Fontane, Bd. 78 *Egmont*, Johann Wolfgang v. Goethe, Bd. 79 *Ein Held unserer Zeit*, Michail Lermontoff, Bd. 80 *Einsichten und Ausblicke*, Gerhard Hauptmann, Bd. 81 *Emilia Galotti*, Gottold Ephraim Lessing, Bd. 82 *Erinnerungen aus galanter Zeit*, Giacomo Casanova, Bd. 83 *Erzählungen*, Wilhelm Busch, Bd. 84 *Es waren zwei Königskinder*, Theodor Storm, Bd. 85 *Essays*, Michel de Montaigne, Bd. 86 *Franz Sternbalds Wanderungen*, Ludwig Tieck, Bd. 87 *Fräulein Else*, Arthur Schnitzler, Bd. 88 *Frühlings Erwachen*, Frank Wedekind, Bd. 89 *Gedanken*, Blaise Pascal, Bd. 90 *Gefährliche Liebschaften*,

Pierre-Ambroise-François Choderlos de Laclos, Bd. 91 *Gegen den Strich*, Joris-Karl Huysmany, Bd. 92 *Geschichte des Fräuleins von Sternheim*, Sophie v. La Roche, Bd. 93 *Geschichte vom braven Kasperl und dem Annerl*, Clemens Brentano, Bd. 94 *Geschichten aus dem Wienerwald*, Ödön v. Horváth, Bd. 95 *Glanz und Elend der Kurtisanen*, Honore de Balzac, Bd. 96 *Glück und Unglück der berühmten Moll Flanders*, Daniel Defoe, Bd. 97 *Götz von Berlichingen*, Johann Wolfgang v. Goethe, Bd. 98 *Gullivers Reisen*, Jonathan Swift, Bd. 99 *Heidis Lehr und Wanderjahre*, Johann Spyri, Bd. 100 *Heinrich von Ofterdingen*, Novalis, Bd. 101 *Hiob Roman eines einfachen Mannes*, Joseph Roth, Bd. 102 *Immensee*, Theodor Storm, Bd. 103 *Iphigenie auf Tauris*, Johann Wolfgang v. Goethe, Bd. 104 *Italienische Märchen*, Clemens Brentano, Bd. 105 *Ivannhoe*, Walter Scott, Bd. 106 *Jahrmarkt der Eitelkeiten*, William Makepaece Thackeray, Bd. 107 *Jane Eyre*, Charlotte Brontë, Bd. 108 *Jugend ohne Gott*, Ödön v. Horvath, Bd. 109 *Jürg Jenatsch*, Conrad Ferdinand Meyer, Bd. 110 *Kabale und Liebe*, Friedrich v. Schiller, Bd. 111 *Kasimir und Karoline*, Ödön v. Horvath, Bd. 112 *Kinder- und Hausmärchen*, Gebrüder Grimm, Bd. 113 *Kleiner Mann, was nun*, Hans Fallada, Bd. 114 *König Alkohol*, Jack London, Bd. 115 *Krambambuli*, Marie Ebner-Eschenbach, Bd. 116 *Lausbubengeschichten*, Ludwig Thoma, Bd. 117 *Lavinia - Pauline - Kora*, George Sand, Bd. 118 *Leben und Lüge*, Detlev von Liliencron, Bd. 119 *Lebensansichten des Katers Murr*, ETA Hoffmann, Bd. 120 *Lenz. Der hessische Landbote*, Georg Büchner, Bd. 121 *Lieutenant Gustl*, Arthur Schnitzler, Bd. 122 *Lord Jim*, Joseph Conrad, Bd. 123 *Luise*, Johann Heinrich Voß, Bd. 124 *Madame Bovary*, Gustave Flaubert, Bd. 125 *Märchen*, Wilhelm Hauff, Bd. 126 *Maria Stuart*, Friedrich v. Schiller, Bd. 127 *Max Havelaar*, Multatuli, Bd. 128 *Meister Floh*, ETA Hoffmann, Bd. 129 *Michael Kohlhaas*, Heinrich v. Kleist, Bd. 130 *Minna von Barnhelm*, Gotthold Ephraim Lessing, Bd. 131 *Moby Dick*, Hermann Melville, Bd. 132 *Nathan, der Weise*, Gotthold Ephraim Lessing, Bd. 133-1 und 133-2 *Nils Holgersson wunderbare Reise*, Selma Lagerlöf, Bd. 134 *Niels Lyne*, Jens Peter Jacobsen, Bd. 135 *Nußknacker und Mausekönig*, ETA Hoffmann, Bd. 136 *Oliver Twist*, Charles Dickens, Bd. 137 *Onkel Toms Hütte*, Herriett Beecher Stowe, Bd. 138 *Peter Schlemihls wundersame Geschichte*, Adalbert v. Chamisso, Bd. 139 *Peterchens Mondfahrt*, Gerdt v. Bassewitz, Bd. 140 *Pinocchio*, Carlo Collodi, Bd. 141 *Reinecke Fuchs*, Johann Wolfgang v. Goethe, Bd. 142 *Rheinmärchen*, Clemens Brentano, Bd. 143 *Rinaldo Rinaldini*, Christian August Vulpius, Bd. 144 *Robinson Crusoe*; Daniel Defoe, Bd. 145 *Romeo und Julia*, William Shakespeare Bd. 146 *Schach von Wuthenow*, Theodor Fontane, Bd. 147 *Schachnovelle*, Stefan Zweig, Bd. 148 *Schatzkästlein des rheinischen Hausfreundes*, Johann Peter Hebel, Bd. 149 *Schelmuffskys Reisebeschreibung*, Christian Reuter, Bd. 150 *Schloss Gripsholm*, Kurt Tucholsky, Bd. 151 *Siebenkäs*, Jean Paul, Bd. 152 *Sternstunden der Menschheit*, Stefan Zweig, Bd. 153 Tao te king, Laotse, Bd. 154 *Till Eulenspiegel*, Hermann Bote, Bd. 155 *Tolldreiste Geschichten*, Honorè de Balzac, Bd. 156 *Tom Jones, Geschichte eines Findelkindes*, Henry Fielding, Bd. 157 *Tom Sawyers Abenteuer und Streiche*, Mark Twain, Bd. 158 *Troquato Tasso*, Johann Wolfgang v. Goethe, Bd. 159 *Traumnovelle*, Arthur Schnitzler, Bd. 160 *Trost der Philosophie*, Boethius, Bd. 161 *Über den Umgang mit Menschen*, Adolph Freiherr v. Knigge, Bd. 162 *Uli der Knecht*, Jeremias Gotthelf, Bd. 163 *Uli der Pächter*, Jeremias Gotthelf, Bd. 164 *Ungeduld des Herzens*, Stefan Zweig, Bd. 165 *Ut oler Welt*, Wilhelm Busch, Bd. 166 *Vater Goriot*, Honorè de Balzac, Bd. *167 Väter und Söhne*, Ivan Sergejeviç Turgenev, Bd. 168 *Verlorene Illusionen*, Honorè de Balzac, Bd. 169 *Von der Freiheit eines Christenmenschen*, Martin Luther – Bd. 170 *Von der Ursache, dem Prinzip und dem Einen*, Bruno Giordano, Bd. 171 *Vor Sonnenuntergang*, Gerhard Hauptmann, Bd. 172 *Walden oder Leben in den Wäldern*, Henry D. Thoreau, Bd. 173 *Wilhelm Meisters Lehrjahre*, Johann Wolfgang v. Goethe, Bd. 174 *Wilhelm Meisters Wanderjahre*, Johann Wolfgang v. Goethe, Bd. 175 *Wilhelm Tell*, Friedrich v. Schiller

Von demselben Autor/Herausgeber sind bei BOD bereits erschienen:

Alle Tage Feiertage
ISBN 978-3-7386-0409-2, 280 S.
Allerlei Anlässe zum Aktionieren, Feiern und Gedenken

100 Kinderlieder
ISBN 978-3-7322-3024-2, 112 S.
100 Kinderlieder, altbekannt und immer wieder gern gesungen

Liederbuch (Deutsche Volkslieder)
ISBN 978-3-8423-6702-9, 312 S.
300 Volkslieder aus 8 Jahrhunderten und aller Herren Länder

Sagen und Erzählungen aus Marburg und Oberhessen
ISBN 978-3-7347-8909-0 , 164 S.
Allerlei Schwänke und Geschichten aus dem Marburger Land

Tausenderlei über die Freiheit
ISBN 978-3-7322-9721-4, 140 S.
Mehr als 1000 Zitate, Bonmots und Aphorismen über die Freiheit

Tausenderlei über das Glück
ISBN 978-3-7322-5525-2, 160 S.
Mehr als 1000 Zitate, Bonmots und Aphorismen über das Glück

Tausenderlei über die Liebe
ISBN 978-3-8423-7474-4, 140 S.
Mehr als 1000 Zitate, Bonmots und Aphorismen zum Thema Nr. Eins

Weihnachtsgedichte– Verse, Reime und Gedichte zum Fest
ISBN 978-3-7347-6393-9, 352 S.
290 Werke bekannter und unbekannter Dichter zum Weihnachtsfest

Weihnachtsgeschichten - Erzählungen und Märchen
ISBN 978-3-7347-6404-2, 392 S.
85 kurze und lange Texte zur Weihnachtszeit

Weihnachtsgeschichten 2
ISBN 978-3-7481-7533-9, 360 S.
35 kürzere und längere Geschichten zur Weihnacht

100 Weihnachtslieder
ISBN 978-3-7322-3375-5, 112 S.
100 Weihnachtslieder aus der Heimat und der ganzen Welt

Lob und Tadel an tessitore@web.de